Dana Lukas

Weihnachtszauber mit Alpakas

PIPER

Zu diesem Buch

»In der Nacht auf Freitag hatte es erneut geschneit. Seitdem bekam ich die Eingangstür nicht mehr auf, weil sie sich nach außen öffnete und der Schnee vor dem Eingang aufgetürmt war. Deshalb konnte ich das Haus nur noch durch die Hintertür verlassen.
Hier funktionierte einiges nicht so, wie es sollte.
Und jetzt dieses entsetzliche Geräusch.
Das war Bernd.
Von meiner Position am leicht geöffneten Fenster aus spähte ich nach draußen auf die vom Mondlicht erhellte Weide. Mein Alpakawallach stapfte aufgeregt durch den Schnee, den Kopf hoch erhoben, und gab diesen grell lachenden Baby-Vogelähnlichen Ton von sich, der sich anfühlte, als würde jemand mit einem Fingernagel über eine Tafel kratzen. Eigentlich war Bernd der Anführer, an dem sich Kniesbüggel und Stoffel, aber auch die Stuten – Fussel, Kalte Schnauze und Schavöttche – orientierten. Doch was hatte ihn so in Aufregung versetzt?«

Dana Lukas ist das Pseudonym einer Schriftstellerin aus dem Ruhrgebiet, die ihre Liebe zu Alpakas auf einer Wanderung mit diesen süßen und witzigen Neuweltkamelen entdeckte. Die Bekanntschaft mit einigen besonderen Tieren hat sie zu dieser Geschichte inspiriert.

Dana Lukas

Weihnachts-
zauber
mit
Alpakas

Roman

PIPER

Mehr über unsere Autorinnen, Autoren und Bücher:
www.piper.de

Wenn Ihnen dieser Roman gefallen hat, schreiben Sie uns unter Nennung des Titels »Weihnachtszauber mit Alpakas« an *empfehlungen@piper.de*, und wir empfehlen Ihnen gerne vergleichbare Bücher.

Wir behalten uns eine Nutzung des Werks für Text und Data Mining im Sinne von § 44b UrhG vor.

Originalausgabe
ISBN 978-3-492-32035-1
1. Auflage Oktober 2024
2. Auflage Oktober 2024
© Piper Verlag GmbH, München 2024
Redaktion: Hanna Bauer
Umschlaggestaltung: zero-media.net, München
Umschlagabbildung: FinePic®, München
Satz auf Grundlage eines CSS-Layouts von
digital publishing competence (München) mit abavo vlow (Buchloe)
Druck und Bindung: CPI books GmbH, Leck
Printed in the EU

Für die Tiere mit der besten Frise von allen

Eins

Es war ein Geräusch wie ein hysterisches Lachen. Wie ein schreiendes Baby. Wie ein panischer Vogel. Alles gleichzeitig. Es klang unerträglich laut, unangenehm und schrecklich schrill.

Ich war sofort wach.

Im ersten Moment wusste ich nicht, wo ich war. Das Problem hatte ich morgens meistens, auch nach fast drei Wochen. Am schlimmsten war es, wenn es noch dunkel war und ich auf Toilette musste und überall anstieß. Diverse blaue Flecken erinnerten mich daran. Einmal war ich sogar frontal gegen eine Wand gelaufen, weil ich die Augen nur halb geöffnet hatte und mir sicher gewesen war, dass an dieser Stelle eine Tür sein musste. Sie wäre da gewesen, wenn ich noch zu Hause in unserer Kölner Wohnung leben würde und nicht hier, auf einem gerade erst gepachteten Hof im tiefsten Sauerland.

Dieses Mal blieb mir nicht viel Zeit, mich in dem kleinen Raum zu orientieren, in dem gerade genug Platz für ein Bett, eine Kommode und einen schmalen Schrank neben der Tür blieb. Der Ton schoss mir durch alle Glieder.

»Nicht schon wieder.«

Obwohl es noch nicht einmal hell war, schlug ich hastig die Bettdecke zurück. Es war eiskalt. Was war los? Warum funktionierte die Heizung wieder nicht? Mit einigen Flüchen und wüsten Beschimpfungen des Winters im Allgemeinen und dieses alten Hauses im Besonderen nahm ich die wenigen Schritte über die knarzenden Dielen zum winzigen, verwitterten Dachfenster, versuchte hinauszuspähen, aber es war beschlagen oder vereist, jedenfalls konnte ich nichts erkennen. Also zog und schob ich so lange am wackeligen Griff herum, bis der Riegel aufgab und sich mit einem protestierenden Quietschen öffnen ließ.

Noch mehr frostige Novemberluft schlug mir entgegen. Ich konnte kaum atmen. Über Nacht hatte es weiter geschneit. Das ging seit Tagen nicht anders. So einen Winter kannte ich nicht. Von zu Hause aus Köln wusste ich, wie es war, wenn Straßen und Autos und Müllcontainer mit einer dünnen weißen Schicht überzogen waren, zart wie Puderzucker auf einer warmen Waffel, die sich bereits in den frühen Morgenstunden in nassen, grauen Matsch verwandelte und im Rinnstein zusammenklumpte. Alles, was man tun musste, war, diesen niedrigen Schneehaufen aus dem Weg zu gehen und den Kragen hochzuschlagen, bis man den nächsten warmen Ort erreicht hatte, eine Bäckerei, um sich auf dem Weg zur Arbeit Kaffee zu holen, die Bahn, in der die Heizung auf Hochtouren lief, oder den Eingangsbereich des Bürokomplexes, in dem meine ehemalige Kanzlei gleich mehrere Etagen gemietet hatte und in dem es wunderbar nach frischen Blumen roch, egal zu welcher Jahreszeit.

Aber hier war Winter etwas anderes.

Der Schnee lag zehn Zentimeter hoch, seit gestern war er zusätzlich mit einer gefrorenen Eisschicht überzogen, die knackte, wenn man sie zertrat. Wirklich überall war es kalt, sogar, wie ich jetzt einmal mehr feststellen musste, im Haus, in dessen Holzofen man kein Holz zum Brennen brachte und dessen Wärmeanlage im Keller ständig Schluckauf bekam wie ein kleines Kind. Dann musste man ihr einen kräftigen Schlag auf den Rücken geben, damit sie mit einem lauten Rülpser ansprang.

Die letzten Monate waren für mich entsetzlich gewesen, ich fühlte mich vollkommen ausgebrannt. Als ich dann durch einen Zufall die Anzeige für den Hof entdeckt hatte, ging plötzlich alles sehr schnell. Was genau mich an den wenigen Sätzen und unscharfen Fotos angesprochen hatte, konnte ich nicht erklären. Aber es war ein warmes Gefühl, das mich in jenem Moment ergriffen hatte. Vielleicht lag darin eine Hoffnung darauf, dass das Leben für mich doch weitergehen könnte. Obwohl ich ursprünglich nicht vorgehabt hatte umzuziehen, schon gar nicht irgendwohin ins Sauerland, wo ich niemanden kannte, war ich direkt am nächsten Tag hingefahren, um mir alles anzusehen. Es hatte ohne Unterlass geschüttet, der Boden war ganz schlammig und der Besitzer ein seltsamer, unfreundlicher Eigenbrötler gewesen, der kaum die Zähne auseinanderbekommen hatte.

Aber das positive Gefühl blieb. Ich konnte es nicht in Worte fassen. Die gesamte Fahrt nach Köln zurück hatte ich geheult und am nächsten Morgen meine Stelle als Anwältin für Unternehmensrecht gekündigt. Im Nachhinein konnte ich kaum sagen, wie ich die ganze Organisation bewältigt hatte. Ich hatte den Pachtvertrag unterschreiben müssen, meine Eigentumswohnung in der Stadt ausräumen, meinen Kram ins Sauerland schaffen. Dabei war ich nicht einmal ansatzweise in der Verfassung gewesen, um auch nur aus dem Bett aufzustehen. Doch irgendwie hatte ich es geschafft. Ein bisschen wie auf Autopilot.

Und dann hatte es angefangen zu schneien. Die Tannen am Waldrand mit ihren kalten Mützen, die reinweißen Felder wie glatt gestrichene Bettlaken, die Muster der Tierspuren im Schnee. Der hässliche braune Matsch wurde einfach zugedeckt, und mit einem Mal sah alles aus wie in einem Wintermärchen. Es war mir wie ein Zeichen vorgekommen. Vielleicht war das tatsächlich genau der richtige Ort für mich. Vielleicht konnte ich hier zur Ruhe kommen und meinen eigenen inneren Matsch mit einer hübschen Zuckerschicht überziehen.

Besonders lang hatte diese Hoffnung allerdings nicht gehalten.

Schnell hatte ich die widrigen Seiten des Wintertraums kennengelernt. Spätestens seit dem Augenblick, als ich das erste Mal mit einem Fuß in einer Eisfalle stecken geblieben und mit dem Gesicht voran in einen Schneeberg gestürzt war, empfand ich die Massen an Schnee nur noch als Zumutung.

In der Nacht auf Freitag hatte es dann erneut geschneit. Seitdem bekam ich die Eingangstür meines Hauses nicht mehr auf, weil sie aus einem mir nicht erfindlichen Grund so eingebaut worden war, dass man sie nach außen öffnen musste, und sich der Schnee vor dem Eingang auftürmte. Deshalb konnte ich nun das Haus bloß noch durch die Hintertür verlassen und gelangte nur auf einem Umweg in den Hof.

Hier funktionierte einiges nicht so, wie es sollte.

Und jetzt dieses entsetzliche Geräusch.

Das war Bernd.

Von meiner Position am leicht geöffneten Fenster aus spähte ich nach draußen auf die noch vom Mondlicht erhellte Weide. Mein Alpakawallach stapfte aufgeregt durch den Schnee, den Kopf hoch erhoben, und gab diesen grell lachenden Baby-Vogel-ähnlichen Ton von sich, der sich anfühlte, als würde jemand mit einem Fingernagel über eine Tafel kratzen. Eigentlich war Bernd der Anführer, an dem sich die anderen beiden, Kniesbüggel und Stoffel, und auch die Stuten, Fussel, Kalte Schnauze und Schavöttche, orientierten.

Sie alle hatte ich vor zwei Wochen von einer Alpakazüchterin aus der Eifel geholt. Die Frau war es auch gewesen, die mir einen Einsteigerkurs für die Haltung von Neuweltkamelen dringend ans Herz gelegt hatte. Denn was die Tiere mit den lustigen Frisuren anging, war ich absolute Anfängerin. Wahrscheinlich schüttelte Bernds ehemalige Besitzerin noch immer den Kopf über mich. Ich musste auf sie wie eine gefrustete Städterin gewirkt haben, die sich ohne echten Plan Alpakas anschaffte, einfach nur, weil die so niedlich waren. Ganz unrecht hatte sie damit nicht. Bis auf die Tatsache, dass ich nicht gefrustet war, sondern verzweifelt.

Schon bei unserem ersten Kennenlernen hatte Bernd auf mich souverän und selbstbewusst gewirkt. Das hatte ich gleich an ihm gemocht. Sogar beim Einzug hatte er nur leicht nervös vor sich hin gesummt, während er den großen Auslauf, die Unterstände und die Tränke so sorgfältig inspiziert hatte, als wäre er vom Amt und wollte alles abhaken.

Aber jetzt? Was hatte ihn jetzt wieder so in Aufregung versetzt?

Seit vorgestern ging das nun schon so. Jedes Mal hatte mich dieser schrille Warnschrei aufschrecken lassen und im wahrsten Sinne des Wortes aus dem Bett geworfen. Und jedes Mal war ich sofort nach draußen und auf die Weide gerannt, hatte aber nichts finden können, das die Aufregung erklärt hätte. Nur gestern meinte ich, von Weitem die Umrisse eines großen Tieres erkannt zu haben, das zwischen den Feldern verschwunden war.

War das ein Wolf gewesen? Gab es in der Gegend überhaupt Wölfe? Musste ich meine Zäune sichern und als frischgebackene Alpakabesitzerin meine kleine Herde schützen?

Ich stellte mich auf die Zehenspitzen, um besser sehen zu können. Spähte in die eine Richtung, dann in die andere. Schließlich entdeckte ich ihn. Da war er. Der Wolf. Ich beobachtete das Tier genau. Aber es bewegte sich nicht geschmeidig, wie ich mir einen Räuber auf der Jagd vorstellte, sondern abgehackt und humpelnd, als hätte es ein Holzbein. Außerdem war es zwar groß, aber schmächtig, aus der Entfernung wirkte es fast klapprig. Das konnte kein Wolf sein, es war ein Hund.

Standen bei ihm trotzdem Alpakas auf dem Speiseplan? Bernds Geschrei nach zu urteilen war er davon überzeugt.

»Hey!«, rief ich dem Hund deshalb zu. »Hau ab. Du sollst verschwinden. Hörst du nicht?«

Er hörte nicht.

Stattdessen starrte Bernd einen Moment in meine Richtung, ehe er erneut begann, nervös auf und ab zu laufen und seine seltsamen Laute aufzunehmen, die kaum auszuhalten waren.

»Scheiße«, murmelte ich. Ein Wort, das ich in den letzten drei Wochen inflationär verwendet hatte. »Verfluchte Scheiße.«

Eilig schloss ich das Fenster, musste kräftig an dem widerspenstigen Griff ziehen, damit er einrastete, und nahm dann die Wolldecke, die ich über der Bettdecke ausgebreitet hatte, damit mir zusammen mit einer Wärmflasche und zwei Paar Stricksocken überhaupt warm genug zum Schlafen wurde. Ich wickelte mich darin ein und hastete, als Wollroulade verkleidet, nach unten.

Dieses Mal würde mir dieser Hund nicht entwischen. Dieses Mal würde ich ihm die Meinung sagen.

Auf dem Weg zur Hintertür schlüpfte ich in die viel zu

großen Gummistiefel, die ich zufällig im Keller gefunden hatte, wie so vieles andere. Sie reichten mir bis zu den Kniekehlen, und mit ihnen hatte ich einen eigenartig schwankenden Gang, als wäre ich an Bord eines Schiffes und unter mir schwerer Wellengang. Ich angelte eine Mütze vom Garderobenhaken, dann war ich draußen.

Es war noch kälter, als ich befürchtet hatte. Und der Schnee war überall.

Weil ich Bernd weiter lauthals schreien hörte, zog ich die Tür schnell hinter mir zu und rannte los, zumindest so gut, wie das bei mehreren Zentimetern Neuschnee ging. Als Erstes kam ich am Gehege der Stuten vorbei, die ebenfalls nervös umherliefen, die Köpfe hochgestreckt und die Augen alarmiert aufgerissen. Ich zwängte mich durch den Zaun, um nachzusehen, ob eines der Tiere verletzt war, aber ich kam nicht dicht genug an sie heran, um sicher zu sein. Jedes Mal preschten die drei davon, wenn ich mich auf wenige Meter genähert hatte. Das kannte ich leider von ihnen. Wirklich warm waren sie mit mir nicht geworden, obwohl ich alles versuchte. Aber wenigstens entdeckte ich weder im Schnee noch im Fell der Stuten Blutspuren, deshalb eilte ich weiter auf die Koppel der Wallache.

Bernd hatte mich längst gesehen. Er war der Chef, der Anführer. Sein Vertrauen musste ich gewinnen. Das hatte mir die Züchterin wieder und wieder eingeschärft. Und ausgerechnet mit ihm hatte ich es mir gleich beim Einzug der Tiere grundlegend verscherzt.

Jedes Mal, wenn ich in der Nähe der Weide erschien, schaltete er den Rückwärtsgang ein. Doch jetzt schien er unsicher zu sein, was er tun sollte. Sein Blick wanderte unruhig von mir zu dem Hund auf der anderen Seite des Auslaufs und wieder zurück. Die anderen beiden, Kniesbüggel und Stoffel, beäugten mich aus der Ferne.

»Ich regle das«, erklärte ich Bernd, obwohl ich keine Ahnung hatte, wie ich das anstellen sollte.

Das angesprochene Alpaka schien dieselben Zweifel zu haben, denn es schrie weiter, und auf kurze Distanz klang das noch entsetzlicher.

Schon vom Fenster hatte der Hund groß ausgesehen. Warum hatte ich nicht irgendetwas mitgenommen, womit ich ihn vertreiben konnte? Einen Besen vielleicht. Oder etwas, womit ich Geräusche machen konnte. Natürlich hatte ich daran nicht gedacht.

Trotzdem machte ich mich auf den Weg und lief auf den Eindringling zu. Was blieb mir anderes übrig? Aus dem Augenwinkel sah ich, dass die drei Stuten näher an den Zaun gekommen waren und mich beobachteten. Toll. Wenn ich scheitern würde, schauten mir wenigstens alle meine Tiere dabei zu.

»Hey, du ...«, ich zögerte. »Hund. Mach, dass du hier wegkommst!«, rief ich dem großen Streuner entgegen, der sich nach wie vor am äußersten Ende der Weide aufhielt und mit der Nase den Schnee abschnüffelte.

Er schien wenig an meinen Alpakas interessiert zu sein, was mich etwas beruhigte, aber nichts daran änderte, dass er die gesamte Herde mit seiner Anwesenheit in Aufruhr versetzte. Ich ging in seine Richtung und machte mit den Armen wilde Bewegungen, um ihn zu vertreiben.

»Hörst du nicht zu?«, rief ich. »Das hier ist Privatbesitz. Du darfst hier nicht so ... rumschnüffeln. Das Grundstück gehört dir nicht. Es gehört ... mir irgendwie«, fügte ich hinzu, was sich so seltsam anhörte, wie es sich anfühlte, denn bis vor einem Monat hätte ich es für vollkommen abwegig gehalten, dass ich auf meinem Hof im Sauerland stehen und einem fremden Hund die aktuellen Besitzverhältnisse erklären würde.

»Ich habe es gepachtet. Deshalb möchte ich dich höflich bitten, dahin zu gehen, woher du gekommen bist. Und zwar sofort. Du machst meinen Alpakas Angst.« Wieder so ein unvorstellbarer Satz. »Und das kann ich nicht zulassen. Hast du gehört, was ich sage?«, rief ich lauter, denn dieser Hund ignorierte mich.

Ich war inzwischen auf wenige Meter an ihn herangekommen, aber er hatte nicht einmal den Kopf gehoben. Anstatt auch nur die Ohren in meine Richtung zu spitzen, beschäftigte er sich weiter mit dem, was er offenbar für wichtiger hielt: Schnuppern.

Was konnte ich noch tun, um seine Aufmerksamkeit auf mich zu ziehen?

Ich zwang mich, mich aus meiner Wolldecke zu wickeln, einem wunderbar weichen, flauschigen Stück, das der Hofbesitzer bei seinem Auszug zurückgelassen hatte, genauso wie die Gummistiefel, fast verblichene Fotografien, Bücher und Kleidung, Einzelstücke eines wahrscheinlich sehr alten, aber leider sehr hässlichen Porzellans, eine fast antik aussehende Kaffeemühle, einige alte Landmaschinen und einen schrottreifen blauen Laster in der Einfahrt, in dem Papiere auf dem Armaturenbrett lagen und eine Gehhilfe im Fußraum vor dem Beifahrersitz. Bei meiner Ankunft hatte es ausgesehen, als hätte der Mann seinen Hof überstürzt verlassen, mit kaum mehr als einem kleinen Koffer.

Das hätte mir schon bei der Hofübergabe zu denken geben sollen, obwohl es diese Bezeichnung eigentlich gar nicht traf. Denn nach der Unterzeichnung des Pachtvertrags hatte der Eigentümer mir den Schlüssel für das Haus einfach eine Woche später per Post geschickt. Mehr nicht. Seitdem hatte ich nichts von ihm gehört. Auf meine Anrufe mit Nachfragen oder Beschwerden reagierte er erst gar nicht.

Ich fasste die Enden der Decke mit den Fingern und breitete den Stoff zu beiden Seiten meines Körpers aus wie Flügel und stellte mir vor, ich könnte Ähnlichkeit mit einem Raubvogel haben, einem großen, gemusterten Raubvogel. Ich flatterte hin und her und machte dazu laute Kreischlaute, aber der Hund zeigte auch jetzt keine Reaktion. Stattdessen war ich ohne meine Decke als Schutzschicht innerhalb von Sekunden so durchgefroren, dass meine Zähne klapperten. Zudem starrten mich meine Alpakas mit großen, entsetzten Augen an.

Diesen Versuch musste ich aufgeben und schlang eilig die Wolle um mich.

Was konnte ich jetzt noch tun? Warum haute dieser dämliche Köter nicht ab? Und wieso konnte Bernd nicht endlich aufhören, so unerträglich rumzuschreien? Das hielt kein Mensch aus. Bei diesem furchtbaren Lärm musste man doch verrückt werden.

Weil ich nicht weiterwusste, hockte ich mich auf den Boden. Griff in den Schnee. Formte einen kleinen Ball. Und warf ihn nach dem Hund.

Ich hatte nicht gut gezielt. Das Geschoss ging einen Meter neben ihm nieder. Doch zum ersten Mal hob das Tier den Kopf und sah in meine Richtung. Das war ein Anfang. Schnell hob ich eine weitere Handvoll Gefrorenes auf. Rollte es zusammen. Und ließ die Kugel fliegen. Dieses Mal traf ich. Nicht genau. Aber sie streifte sein Hinterteil. Der Hund sprang herum. Er wirkte überrascht. Fast ein bisschen empört. Ich legte all meine Kraft, meinen Frust und Ärger in meine Würfe, und tatsächlich: Einer erwischte ihn knapp an der Schulter. Das Tier machte einen Satz zurück. Schüttelte sich. Sah den nächsten auf sich zufliegen. Und rannte davon.

Ich sah ihm nach und konnte es nicht fassen.

Ich hatte es geschafft. Ich hatte die Bestie in die Flucht geschlagen. Ausgerechnet ich. Die einundvierzigjährige Anwältin aus Köln, die sich in einem Moment geistiger Umnachtung für ein Leben in der sauerländischen Einöde entschieden hatte und die seitdem erfolglos gegen die Herausforderungen eines *charmanten, urigen Bauernhofs mit Charakter*, wie es in der Anzeige für den Hof geheißen hatte, ankämpfte, hatte sich bei einer ihrer vielen Bewährungsproben endlich als würdig erwiesen.

Vor Begeisterung riss ich die Arme in die Höhe wie Rocky, tanzte auf der Stelle und drehte mich dann schwungvoll um. Meine Alpakas standen alle da und schauten mir entgegen, Bernd war verstummt.

»Habt ihr das gesehen?«, fragte ich sie vollkommen überrascht von meinem unerwarteten Erfolgserlebnis. »Habt ihr das gesehen?«

Sie ließen nicht erkennen, ob sie die Bedeutung meiner Leistung wirklich erfassten. Natürlich nicht. Aber das war egal. Zum ersten Mal, seit ich hierhergezogen war, hatte ich das Gefühl, dass ich nicht komplett nutzlos und das alles nicht ein Riesenfehler gewesen war.

Und dann passierte noch etwas Überraschendes.

Als ich nämlich zurück in Richtung Haus gehen wollte, bewegten sich die Tiere nicht. Keines von ihnen wich vor mir zurück oder nahm Reißaus in die hinterste Koppelecke. Sie blieben, wo sie waren. Sogar Bernd, der Anführer, der mir regelmäßig die kalte Schulter zeigte und das Leben schwer machte, beobachtete mich von seinem Platz am Zaun aus, ohne den Rückzug anzutreten. Er hatte mir nie verziehen, dass ich bei seiner Ankunft auf dem Hof den

Fehler gemacht hatte, seinen Kopf streicheln zu wollen, was für Alpakas ein absolutes No-Go war. Eigentlich wusste ich das, hatte es aber in der Aufregung und mit Blick auf diese niedlichen wuscheligen Gesichter vergessen und war damit ausgerechnet an das nachtragendste und unversöhnlichste Tier von allen geraten. Seitdem erinnerte mich Bernd täglich daran, welchen grandiosen Fehltritt ich mir geleistet hatte. Aber jetzt, wie er so dastand und mich anschaute, und weil ich gerade so gute Laune hatte, bildete ich mir nicht nur ein, dass er mir ein bisschen vergeben hatte, sondern war sogar davon überzeugt, in seinem Blick etwas wie Anerkennung auszumachen.

»Sie haben sie wohl nicht alle!«, hörte ich in diesem Moment eine wütende Stimme aus einiger Entfernung.

Und schon war mein kleiner Triumph dahin.

Ich erkannte die dazugehörige Frau, die über den Hof auf mich zumarschierte, sofort. Es war meine Nachbarin. Sie war die einzige richtige Nachbarin, die ich hatte, weil ihr Haus auf der anderen Seite des schmalen Wegs lag, der zu meinem Grundstück führte. Wenn ich mich sehr anstrengte, konnte ich von meinem Küchenfenster aus die Spitze ihres Dachs sehen. So eine Nachbarin war sie, und ich hatte bereits zweimal das Vergnügen ihrer Begegnung gehabt. Einmal direkt bei meinem Einzug, als sie mich nicht willkommen heißen wollte, sondern darauf hinwies, dass der Umzugstransporter zu dicht an ihrer Hecke vorbeigefahren sei und dabei Äste beschädigt habe. Beim zweiten Aufeinandertreffen hatte sie mich wissen lassen, dass ich meine Mülltonnen nicht so nah an die Straße stellen dürfe, wie ich es getan hatte, weil ich damit den Verkehr behinderte. Welchen Verkehr sie in unserer Sackgasse genau meinte, konnte sie mir allerdings nicht sagen. Dazu hatte ich bereits mehrfach Zettel von ihr im

Briefkasten, auf denen sie mich über meine neuesten Vergehen informierte oder darüber, dass es nur noch zwei Wochen bis zum ersten Advent waren und ich meinen Hof bisher nicht weihnachtlich geschmückt hatte, was offenbar einer Todsünde gleichkam.

Schon seit meiner Ankunft funkelte und glitzerte Frau Katschinskis aufwendig geschmücktes Haus, als wäre es einem Prospekt für Weihnachtsdekoration entsprungen. Deshalb vermied ich es meist, genauer hinzusehen. Die bunten Lichter und die fröhliche Musik überforderten mich. Das konnte ich gerade nicht ertragen.

Ich hatte längst verstanden, dass sie eine Nörglerin war, die gerne meckerte und andere über ihre Fehler belehrte und immer recht behalten wollte. Deshalb hatte ich für mich entschieden, mich so weit wie möglich von ihr fernzuhalten, aber offenbar war das in diesem Moment keine Option, denn sie brauste auf mich zu wie eine schnaufende Lok.

»Das ist Ruhestörung. Ich hole die Polizei. Das können Sie mit mir nicht machen. Wir haben Sonntag. Was fällt Ihnen ein? Das ist das Allerletzte. Schämen sollten Sie sich. Schämen. Jawohl.«

»Vielen Dank auch, Bernd«, sagte ich an den Alpakawallach gewandt, der sich jedoch keiner Schuld bewusst schien, und machte mich mit langsamen Schritten auf den Weg zur Schlachtbank.

»Guten Morgen, Frau Katschinski«, sagte ich, als ich mich absichtlich ungeschickt durch den Zaun zwängte.

Als sie vor mir stehen blieb, zog ich die Wolldecke enger um mich, als könnte ich mich damit vor einem Angriff schützen oder unsichtbar machen. Beides wäre höchst willkommen gewesen.

»Wissen Sie eigentlich, wie spät es ist?«, ließ meine

Nachbarin ihre Vorwürfe auf mich niederprasseln, als hätte ich sie nie begrüßt.

Sie hatte ein Gesicht wie ein Texelschaf. Ich hatte diese Tiere bei meinem einzigen Urlaub mit meiner Oma, bei der ich aufgewachsen war, kennengelernt. In dem Sommer, als ich acht Jahre alt wurde, waren wir zusammen auf die niederländische Nordseeinsel gefahren. An die grimmige Mimik der Tiere erinnerte ich mich bis heute.

»Irgendwas um morgens, denke ich«, erwiderte ich ausweichend.

»Nicht einmal acht Uhr. An einem Sonntag. Und Sie machen so einen Riesenkrach.«

»Na ja, den Krach habe eigentlich nicht ich gemacht.« Ich wies hinter mich und in Richtung Bernd. »Und so laut war das nicht. Können Sie das bis zu Ihrem Haus überhaupt hören? Ich gebe zu, es ist ein sehr unangenehmes Geräusch. Eine Mischung aus Vogelgeschrei und Baby...«

»Um diese Uhrzeit schlafen manche Menschen noch«, unterbrach mich meine Nachbarin.

»Ich weiß. Ich habe auch noch geschlafen.«

»Wie können Sie es wagen, uns alle mit diesem Lärm aus den Betten zu werfen?«

»Ich hatte nicht vor ...«

»Das ist schon das dritte Mal. Hören Sie? Das dritte Mal.« Sie zog ein kleines Heftchen aus ihrer Hosentasche und wedelte damit vor meiner Nase. »Ich habe alles notiert. Alles. Sehen Sie?«

Die beschriebenen Seiten kamen näher, aber bewegten sich viel zu schnell hin und her. So konnte ich unmöglich etwas erkennen.

»Was haben Sie notiert?«, fragte ich verständnislos.

»Ihre Ruhestörung. Ihre Rücksichtslosigkeiten. Es steht

alles hier drin.« Sie hatte das Heft zurückgezogen und klopfte nun auf den Umschlag. »Ich wusste gleich, dass Sie Ärger bedeuten.«

»Ich?«

»Eine Fremde aus der Großstadt, die hier niemand kennt.«

»Das bedeutet fremd.«

»Wahrscheinlich aus so einem Brennpunkt, wo jede Nacht jemand auf offener Straße erschossen wird.«

»Ehrenfeld ist sicher kein ›Brennpunkt‹.« Ich hob die Finger zu Gänsefüßchen. »Und auf mich wurde seit Jahren nicht geschossen.«

Ihre Augen verengten sich, sie zögerte, weil sie offenbar nicht wusste, wie sie meine Aussage einschätzen sollte, dann erklärte sie: »Damit kann ich alles beweisen, was Sie sich geleistet haben, seit Sie hier aufgetaucht sind. Jede noch so kleine Respektlosigkeit. Dafür wird sich die Polizei sicher interessieren. Sie werden sehen. Ich bringe Sie hinter Gitter.«

Ich starrte meine Nachbarin an. Meinte sie das ernst? Sie konnte das unmöglich ernst meinen.

Was sollte ich tun? Ich konnte mir nicht vorstellen, dass irgendetwas Belastendes in ihrem kleinen Buch stand. Ich hatte mir nichts zuschulden kommen lassen. Mit der Ruhestörung hatte sie dagegen nicht ganz unrecht.

»Wollen Sie einen Kaffee?«, fragte ich deshalb, um die Situation etwas zu deeskalieren. Darin war ich als Anwältin von Berufs wegen eigentlich ganz gut.

Sie schien irritiert. »Was?«

»Wie gesagt, ich habe eigentlich auch gerade noch geschlafen, deshalb könnte ich jetzt dringend einen Kaffee vertragen. Möchten Sie einen?«

Meine Nachbarin musterte mich, als hätte ich vor, sie

übers Ohr zu hauen. »Nein«, antwortete sie dann misstrauisch. »Nein, ich will keinen Kaffee von Ihnen.«

»Und was wollen Sie?«

»Ich will, dass dieser Krach aufhört«, sagte sie empört und funkelte mich wütend an.

Ich schwieg und wartete, dass sie es ebenfalls merken würde. Denn um uns herum war es ruhig. Das war mir als Erstes aufgefallen, als ich hergezogen war. Dass es manchmal vollkommen ruhig sein konnte.

Zu Hause in Köln war immer irgendetwas zu hören gewesen. Geräusche von Bauarbeiten, Stimmen, Musik und vor allem natürlich Verkehrslärm. Ich hatte in einer Altbauwohnung gewohnt. Durch die Wände waren mir die Schritte meiner Nachbarin und das Auf- und Zuschließen im Hausflur oder das Geklapper von Geschirr, das Babygeschrei vorgekommen, als würde das alles direkt neben mir stattfinden. Aber hier gab es so viele Momente, in denen es einfach still war. Komplett still.

In den ersten Nächten hatte mich diese Abwesenheit von Geräuschen kaum schlafen lassen. Diese und das zu kurze und zu schmale Bett mit der brettähnlichen Matratze. Offenbar brauchte ich einen gewissen Lärmpegel von der Bar auf der anderen Straßenseite oder das unaufhörlich lautstarke Treiben auf dem Bürgersteig selbst an Feiertagen, um zur Ruhe zu kommen.

Wenn es draußen so still war, wurden meine Gedanken lauter.

»Das war Bernd«, sagte ich schließlich.

»Was?« Frau Katschinski wusste nicht, wovon ich sprach, und schüttelte ärgerlich den Kopf.

»Einer der Alpakawallache. Der Braune mit der wuscheligen Frisur, die wie bei einem Punk aussieht«, fügte ich hinzu, weil ich hoffte, meine Nachbarin damit zu besänftigen. Schließlich liebten alle Menschen Alpakas.

»Hä?«, gab Frau Katschinski jedoch pampig zurück.

»Der da.« Ich drehte mich leicht um und zeigte auf ihn. Er war jetzt entspannt und zupfte Heu aus der Raufe. »Das ist Bernd.«

Sie verschränkte die Arme vor der Brust. »Ist mir doch egal.«

»Es war ein ziemlich großer Hund am Zaun«, fügte ich hinzu. »Ich habe keine Ahnung, woher er gekommen ist oder wem er gehört oder warum er frei herumläuft. Vielleicht ist es ein Streuner. Ich glaube, das ist einer von diesen schottischen Hunden. Leider kenne ich mich mit Tieren nicht wirklich aus. Oder der Natur. Beste Bedingungen, um aufs Land zu ziehen, oder?«, ergänzte ich mit einem unsicheren Lachen. »Aber diese Hunde sehen immer etwas krank aus. Als wären sie irgendwie ein bisschen ... na ja ... behindert ... körperlich eingeschränkt.«

Verständnislos verzog Frau Katschinski ihr Texelschafgesicht. »Was reden Sie da?«

»Wegen dieses Hundes hat Bernd geschrien. Es war ein Warnlaut. Das machen Alpakas. Er war aufgeregt und wollte seine Herde davor warnen, dass Gefahr droht. Er ist der Leitwallach. Das ist seine Aufgabe. Bei den Stuten ist es Schavöttche.«

»Wer?«

»Die schwarze Stute, deren Fell auf dem Kopf Ähnlichkeit mit einem kleinen, altmodischen Hut hat.« Wieder wies ich mit dem Finger auf das Tier. »Ist sie nicht bildschön? Sie erinnert mich an die alte Lady Grantham aus *Downton Abbey*. Maggie Smith.«

»Was?«

»Kennen Sie *Downton Abbey*? Die Fernsehserie?«

»Ich habe keine Zeit, um vor dem Fernseher zu sitzen«, gab sie fast vorwurfsvoll zurück, als wäre ich persönlich dafür verantwortlich, dass sie zu viel zu tun hatte für einen TV-Nachmittag auf dem Sofa.

»Lady Grantham ist wunderbar hochnäsig und von oben herab, hat aber trotzdem ein gutes Herz, und ihre Kommentare sind legendär. Malek und ich ... also ... Ich habe die Serie geliebt«, verbesserte ich mich hastig und musste schlucken. »Eigentlich hieß sie Gertrude«, fuhr ich fort und ergänzte: »Bei der Züchterin, der ich die Tiere abgekauft habe. Aber ich habe sie umgetauft. Weil mich ihre Frise sofort an diese Hüte aus der feinen Gesellschaft erinnert hat.«

Warum erzählte ich das? Ich merkte selbst, dass es nicht wirklich Sinn ergab. Als Anwältin wusste ich normalerweise immer genau, was ich sagen wollte. Mich brachte so schnell nichts aus der Ruhe. Aber bei Frau Katschinskis barscher Art kam ich vollkommen aus dem Konzept, sodass ich vor Nervosität absurde Dinge von mir gab. Ihrem Schweigen konnte ich entnehmen, dass sie mich nun nur noch mehr für eine Verrückte hielt, die hier nichts verloren hatte.

Und trotzdem konnte ich irgendwie nicht aufhören. »Eigentlich habe ich all meinen Tieren neue Namen gegeben. Nur Bernd heißt wie früher. Dabei hätte er auf jeden Fall eine andere Bezeichnung verdient. Bernd klingt viel zu harmlos. Einmal hat er mich bereits angespuckt. Und zwar mit voller Absicht. Aber es war mein Fehler, ich wollte ihn bei seiner Ankunft am Kopf kraulen. Das macht man natürlich nicht, wissen Sie? Alpakas sind Distanztiere. Wenn man Vertrauen aufgebaut hat, kann man sie manchmal am Hals streicheln. Wenn sie es zulassen. Aber der Kopf geht gar nicht. Das nimmt er mir seitdem übel. Ich habe das nicht gewusst. Dass Alpakas so nachtragend sein können, wissen Sie? Aber Bernd ist wirklich richtig nachtragend.« Ich warf einen Blick zu den Tieren, die so taten, als hätte es heute Morgen gar keine Aufregung gegeben. »Ich habe auch das Gefühl, dass er die anderen gegen mich aufhetzt«, fuhr ich fort, als Frau Katschinski nichts erwiderte. »Kann das sein? Ich habe natürlich einen Kurs gemacht. Zur Alpakahaltung. Obwohl ich im Nachhinein gar nicht weiß, wie ich das geschafft habe. Ich war nicht gerade in der Verfassung ... Na ja, ist nicht so wichtig. Jedenfalls ging es da mehr um das richtige Futter, den richtigen Stall, das richtige Verhalten und weniger, ob ein unversöhnlicher Alpakawallach eine ganze Herde gegen jemanden aufbringen kann.«

»Was stimmt denn nicht?«, wollte Frau Katschinski mürrisch wissen.

»Ja, oder? Klar, ich habe einen Fehler gemacht. Aber das ist zwei Wochen her. Und ich habe mich entschuldigt und es seitdem nicht mehr gemacht. Kann er nicht irgendwann mal ...?«

»Nicht mit diesem ... Tier.« Unbestimmt wedelte meine Nachbarin beinahe angewidert mit der Hand. »Mit Ihnen. Was stimmt mit Ihnen nicht?«

»Sie meinen, ganz grundsätzlich?«

»Was reden Sie für einen Schwachsinn über Bernd und nachtragende Alpakas, die alle anderen gegen Sie aufhetzen?« Sie verzog so verächtlich den Mund, dass ich am liebsten im Boden versunken wäre.

»Das ist natürlich etwas vermenschlicht, aber ...«

»Haben Sie nicht alle Stifte im Mäppchen?«

»Den Spruch kannte ich noch nicht.«

»Ticken Sie nicht mehr ganz richtig?«, schimpfte sie weiter, ohne mich zu beachten. »Was glauben Sie? Dass mich irgendwas davon interessiert? Dass ich nichts Wichtigeres zu tun habe, als mir Ihre kleinen Immenhofdramen anzuhören?«

»Immenhof?«

»Es gibt Menschen mit echten Problemen, wissen Sie?«, belehrte sie mich. »Die nicht einmal die Zeit dafür hätten, sich Gedanken darüber zu machen, ob irgendein komisches Tier, das aussieht wie ein hässlicher Wischmob, gekränkte Gefühle hat, weil es nicht so gerne gestreichelt werden will. Und diesen Menschen hilft es nicht, wenn sie drei Tage hintereinander morgens gestört werden, weil sich dieses Wischmobvieh vor einem Hund fürchtet und schreit, als würde es abgestochen. Und dann auch noch ausgerechnet an einem Sonntag. Einem heiligen Sonntag. Dem Tag des Herrn.«

Ich nickte langsam.

»Im Übrigen ist dieser Hund kein Streuner«, klärte sie mich überheblich auf. »Er gehört Janna Viereck. Einer Ihrer Nachbarinnen. Doch das wüssten Sie, wenn Sie sich für die Leute im Dorf interessieren würden. Aber nein, Sie schneien hier einfach aus der großen Stadt«, sie gab ein abschätziges Schnauben von sich, »rein und machen sich mit Ihren hässlichen, ungepflegten Viechern breit, die wahrscheinlich jede Menge Parasiten und Krankheiten haben.«

»Sie sind alle sorgfältig tierärztlich durchgecheckt. Das kann ich Ihnen versichern. Keines meiner Alpakas ist …«

»Aber hässlich und ungepflegt sind sie«, beharrte sie unerbittlich.

»Finden Sie?«, fragte ich überrascht und hatte das Gefühl, meine kleine Herde zumindest etwas verteidigen zu müssen. »Was haben Sie denn gegen Alpakas? Das sind sehr soziale und freundliche Tiere, und die meisten Menschen finden sie niedlich.«

»Ich habe nichts gegen Alpakas. Ich habe etwas gegen Menschen, die sich einen Dreck um andere Leute scheren, die sich benehmen, als würde ihnen alles gehören, die sich nicht einmal die Mühe machen, ihren Hof ein bisschen weihnachtlich zu schmücken, wie es alle hier tun, und die ihre Nachbarn mit ihrer permanenten Ruhestörung belästigen.«

»Von permanenter Ruhestörung kann keine Rede sein«, widersprach ich bemüht bestimmt und sah Frau Katschinski an, dass ihr das nicht gefiel.

»Und was werden Sie jetzt tun?«, wollte sie wissen und schwang ihr Heft erneut in meine Richtung, als würde sie eine Waffe in den Händen halten.

»Was ich jetzt tun werde?«

»Ja. Um das Problem zu lösen. Um zu verhindern, dass Ihr komischer Bernhard ...«

»Bernd.«

»Die ganze Nachbarschaft zusammenschreit, weil er sich vor einem harmlosen Hund fürchtet«, beendete sie ihren Satz, ohne meinen Einwurf zu beachten.

»Ich ...«, setzte ich unsicher an, weil ich mir darüber bisher keine Gedanken gemacht hatte.

»Dagegen müssen Sie doch was tun.«

»Natürlich, ja. Ich werde ...« Ich zögerte. »Ich werde mit ihr sprechen.«

»Mit wem?«

»Janna Vier...«

»Eck.«

»Viereck. Wenn es ihr Hund ist ...«

»Es ist ihrer.«

»Dann werde ich mit ihr darüber sprechen.«

Sie ließ nicht locker. »Wann?«

»Ich weiß nicht. Heute?«

»Warum nicht sofort?«, verlangte sie zu wissen.

»Gute Frage«, stammelte ich. »Natürlich kann ich das auch sofort in Angriff nehmen.«

»Machen Sie das. Oder ist Ihnen die Sache nicht wichtig genug? Ich weiß natürlich, dass den Leuten aus der Stadt vollkommen egal ist, mit wem sie Tür an Tür wohnen. Die wollen mit ihren Mitmenschen nichts zu tun haben und würden sie einfach liegen lassen, wenn sie blutend auf ihrer Fußmatte liegen ...«

»Aber dann kommt man doch gar nicht mehr durch seine Tür«, sagte ich.

»Was?«, gab sie widerwillig zurück und runzelte die Stirn.

»Wenn jemand blutend auf der Fußmatte liegt. Kommt man dann noch in seine Wohnung, oder liegt die Person so ungünstig, dass man die Tür nicht öffnen kann? ... Das sollte ein Scherz sein«, fügte ich hinzu, als mich Frau Katschinski mit ausdrucksloser Texelschafmiene anstarrte.

»Schön, dass das für Sie alles ein großer Spaß ist. Aber hier auf dem Land nehmen wir die Dinge ernst, und wir nehmen auch die Bedeutung von Nachbarschaft ernst. Aber wenn Ihnen das Zusammenleben mit den Menschen hier vollkommen gleichgültig ist, dann bitte.« Sie zuckte so ruckartig die Schultern, dass die Bewegung fast etwas von einem Roboter hatte. »Vielleicht haben Sie sich ja auch diesen Hof und die hässlichen Tiere nur aus Spaß zugelegt, weil Sie dachten, es wäre eine lustige Idee, einen Winter lang ein bisschen Dorfluft zu schnuppern, bevor Sie in Ihr Kölner Leben zurückkehren mit Ihren hippen«, das Wort klang sehr seltsam aus ihrem Mund, »Geschäften und Diskotheken und diesen Stränden in der Innenstadt, für die man Millionen Tonnen Sand von was weiß ich woher herankarrt, damit die Großstadtleute sich fühlen können, als würden sie ihre Martinis und Mai Tais in der Karibik schlürfen.«

Jetzt schien Frau Katschinski meinen irritierten Gesichtsausdruck zu bemerken. »Ich lese Zeitung. Ich kenne mich aus«, sagte sie. »Und ich weiß, wie es läuft. Da fühlen sich irgendwelche Banker oder Unternehmer oder weiß der Geier was für Leute ein bisschen gestresst von ihrem Leben und kaufen sich irgendwo ein Haus auf dem Land, um zu relaxen.« Wieder so ein Wort. »Sie wollen ausspannen und das *einfache* Leben genießen. Aber am Ende fehlt ihnen ihr Latte macchiato mit Sojamilch und Karamellsirup, und sie verschwinden auf Nimmerwiedersehen. Wenn Sie also nur für ein paar Wochen hier sind, weil Sie einen Burn-out haben oder in der Natur digital detoxen wollen, kann ich Ihnen ...«

Ich schluckte, weil sie damit natürlich nicht ganz unrecht hatte. Noch war ich mir selbst nicht sicher, ob das alles nicht ein großer Fehler gewesen war und ich besser wieder meine Koffer packen sollte. Trotzdem erwiderte ich: »Ich habe doch schon gesagt, dass ich es mache. Jetzt sofort. Ich hole die Autoschlüssel, und dann fahre ich direkt zu Janna Viereck und kläre das mit ihr.«

»Gut.«

»Gut.«

»Dann richten Sie Janna außerdem aus, dass ihr Hund nicht dauernd in meinen Garten kacken soll. Ich habe nämlich ein Gewehr, und wenn ich ihn noch einmal dabei erwische, wie er mein Grundstück mit einem Klo verwechselt, dann bekommt er ein paar Ladungen Schrot in seinen Hintern.«

»Das ist ein Scherz, oder?«

Ihr Gesicht zeigte keine Regung. »Ich mache keine Scherze.«

»Aber Sie würden diesen Hund nicht wirklich ...«

»Wenn sie nicht will, dass ihr Scheißköter ein paar mehr Löcher im Fell hat, soll sie ihn gefälligst von meinem Grund und Boden fernhalten. Und von Ihrem«, ergänzte sie schroff. »Damit Ihr psychotisches Vieh endlich die Klappe hält.«

»Ich werde es vielleicht nicht ganz so ausdrücken«, sagte ich.

»Mir ist vollkommen schnuppe, wie Sie das ausdrücken. Hauptsache, Sie machen dem ein Ende. Und zwar gleich. Sonst rufe ich wirklich die Polizei und das Veterinäramt und lasse Ihnen den ganzen Laden dichtmachen.« Ein letztes Mal hob sie das Büchlein hoch wie ein Beweisstück.

»Ich werde mich jetzt gleich darum kümmern. Wirklich. Sonst noch was?«, fügte ich unsicher hinzu, als Frau Katschinski keine Anstalten machte zu gehen.

»Wollen Sie sich nicht entschuldigen?«

»Ob ich ...?«

»Genau.« Erneut verschränkte sie die Arme vor der Brust und sah mich an.

»Doch. Natürlich«, erwiderte ich eilig. »Ich entschuldige mich, dass mein Alpaka einen Hund auf der Weide gesehen hat. Ich entschuldige mich, dass er dachte, er müsste die anderen Tiere warnen. Ich entschuldige mich, dass sein Warnlaut offenbar sehr laut und sehr unangenehm ist. Ich entschuldige mich, dass er damit Ihre Ruhe gestört hat. Und natürlich entschuldige ich mich auch dafür, dass ich meinen Hof nicht weihnachtlich geschmückt habe. Jetzt zufrieden? Ich entschuldige mich für alles.« Entnervt machte ich eine übertrieben ausladende Geste, die meinen gesamten Hof miteinschloss.

Frau Katschinski musterte mich kurz, dann schüttelte sie den Kopf und sagte: »Dafür ist es jetzt zu spät.«
Und damit stapfte sie davon.

In Köln hatte ich kein Auto gebraucht. Man kam überall mit dem Bus oder der Bahn hin. Ab und zu, wenn wir Essen waren oder noch spät im Theater oder auf einem Konzert, durfte es auch mal ein Taxi sein. Kürzere Wege ging ich zu Fuß oder fuhr mit dem Rad. Malek hatte sich vor einigen Jahren sogar eins von diesen Lasträdern gekauft, als man die auf den Straßen noch kaum gesehen hatte. Später hatte ich es manchmal zum Einkaufen benutzt. Die meiste Zeit stand es aber im Keller. Ich hatte es verschenkt, bevor ich hierherkam. Wie die meisten seiner Sachen.

Einen Führerschein besaß ich allerdings schon. Theoretisch war ich also in der Lage, ein Fahrzeug zu lenken. Auch wenn ich vor meinem Umzug hierher zuletzt während eines Urlaubs auf Madeira hinter dem Steuer gesessen hatte, und der war Ewigkeiten her, in einem anderen Leben, einem ganz anderen Leben. Trotzdem war mir natürlich klar gewesen, dass ich auf dem Land um ein Auto nicht herumkommen würde, schon gar nicht, wenn ich Tiere zu versorgen hatte.

Dass der Hofeigentümer seinen Kleinlaster zurückgelassen hatte und nicht einmal Geld dafür haben wollte, hätte mich vielleicht etwas mehr wundern sollen.

Insgesamt hätte ich mich besser vorbereiten müssen. Denn eigentlich war ich so. Ich machte Pläne für meine Pläne. Bevor wir uns für einen Herd entschieden hatten, war ich tagelang durch sämtliche Foren gesurft, um herauszufinden, welcher der richtige war. Unsere Wohnung hatten wir nur gefunden, weil ich fünfmal am Tag die neuesten Anzeigen auf sechs verschiedenen Portalen geprüft hatte. Und wenn wir in den Urlaub wollten, sah ich es als persönliche Herausforderung, das beste Angebot für den günstigsten Preis mit den meisten Zusatzleistungen zu ergattern. Bei jedem Thema kannte ich innerhalb kürzester Zeit alle wichtigen Fachbegriffe und konnte Testergebnisse und Untersuchungen herunterrasseln, als hätte ich ein abgeschlossenes Studium hinter mir.

Aber ich war so erschöpft. Ich war so unfassbar müde von all der Suche nach Krankheitssymptomen, Behandlungsmöglichkeiten und Risiken, mit der ich in den letzten Jahren gegen meinen Willen meine Zeit verbracht hatte, dass ich froh war, als der Besitzer sagte, er hätte noch einen etwas betagten Laster, den er nicht mehr bräuchte. Den könnte ich haben. Natürlich hätte ich bei dem Wort betagt genauso hellhörig werden müssen wie bei der Heizungsanlage, die ihre kleinen Marotten hatte, wie der Mann es ausgedrückt hatte, oder den Türen und Fenstern, die manchmal einen liebevollen Klaps bräuchten, den Zäunen draußen, die vielleicht ein bisschen windschief geworden waren, der Scheune, auf deren Kopf es in der letzten Zeit etwas lichter geworden war, oder den Wasserleitungen, die manchmal schlechte Laune haben konnten.

Nach Monaten des Hoffens und Kämpfens gegen Maleks Krankheit konnte ich nicht mehr dieser Mensch sein. Ich konnte gar nichts mehr.

Deshalb war ich hier, auf diesem Hof im Nirgendwo des Sauerlands, in einem Haus, das jeden Tag Geräusche machte, als wollte es über meinem Kopf zusammenbrechen, und stand vor dem mehr als betagten Laster, bei dem ich nie wusste, ob er dieses Mal anspringen würde. Schon zweimal hatte ich die Fahrertür nicht öffnen können, weil sie komplett vereist gewesen war, und musste stattdessen auf der anderen Seite reinklettern. Viel erwartete ich daher nicht, als ich schwungvoll am Griff zog. Doch ausgerechnet jetzt gab er anstandslos nach und brachte mich damit vollkommen aus dem Gleichgewicht.

Ich wollte mich noch abfangen, irgendwo festhalten, aber es war zu spät, und stattdessen fiel ich rückwärts mit dem Hintern voran in den Schnee.

War ja klar.

Seit ich Ende Oktober hergezogen war, mit vielleicht fünfzehn Kisten und Kartons, die noch immer unausgepackt überall im Weg standen, war mein Leben eine Aneinanderreihung aus Missgeschicken, Pannen und Peinlichkeiten. Ich war mit der Nase oder meinem Hinterteil voran im Dreck gelandet, hatte mir den Kopf angeschlagen, war über Kanten gestolpert und an vorstehenden Nägeln hängen geblieben. Ich hatte bereits mehrere Abende damit verbracht, mir Splitter aus allen zehn Fingern zu pulen, die unterschiedlichsten Verletzungen zu behandeln und neue Pflaster zu kleben. Es kam mir vor, als würde ich mich bei allem schrecklich ungeschickt anstellen, als hätte ich hier draußen auf dem Land zwei linke Hände und Füße und stolperte von einer Demütigung in die nächste.

Auf eine eigenartige Weise hatte ich mich mit diesem Hof verbunden gefühlt, als ich ihn das erste Mal betreten hatte. Das verwohnte Haus, die heruntergekommene Scheune, der ganze Matsch überall und darüber ein tief hängender, grauer, trister Himmel. Ein bisschen hatte es sich angefühlt, als würde der Zustand dieses Ortes meine eigene seelische Verfassung widerspiegeln. Ich wollte hier also mehr auf Vordermann bringen als nur den maroden Hof.

Aber es schien egal zu sein, was ich tat oder wie sehr ich mich bemühte, jedes Mal konnte ich lediglich froh sein, so weit draußen zu wohnen, dass ich für meine kleinen und großen Blamagen allein meine sechs Alpakas als Zeugen hatte.

Auch jetzt wieder standen sie alle aufgereiht am Zaun, als hätten sie nur darauf gewartet, mir bei meiner neuesten Schmach zuzusehen. Sonst ignorierten sie mich oder gingen mir aus dem Weg, aber in solchen Momenten waren sie natürlich zur Stelle, als wollten sie sich zu allem Überfluss über mich lustig machen.

»Warum wundert mich das nicht?«, rief ich ihnen zu und kämpfte den Wunsch nieder, einfach auf dem Boden sitzen zu bleiben und mich zu bemitleiden.

Doch ich spürte durch meine Kleidung bereits die nasse Kälte, deshalb drückte ich mich mühsam aus meinem Schneebett nach oben, rappelte mich auf und klopfte mir notdürftig den eisigen Schlamm ab, ehe ich so schnell es ging ins Innere des Lasters kletterte. Dass ich mich beeilen musste, hatte mir Frau Katschinski mehr als deutlich gemacht.

»Und wehe, du springst jetzt nicht an, du blöde Schrottlaube. Dann kommst du endgültig auf den Autofriedhof«, warnte ich den Wagen, während ich den Schlüssel drehte. Offensichtlich half meine Drohung, denn ohne ein einziges Murren brummte der Motor auf, als hätte er nie etwas anderes gemacht. »Will ich dir auch geraten haben«, murmelte ich, betätigte einige Male die Scheibenwischer, um die Fenster zumindest notdürftig vom frischen Schnee zu befreien, ehe ich das Auto langsam vom Hof lenkte.

Ich kannte mich in der Gegend noch nicht richtig aus. Ich wusste, wie ich zum nächsten Supermarkt kam. Auch zu einem Laden für Tierfutter hatte ich es bereits geschafft, davon abgesehen hatte ich mich noch nicht wirklich orientiert. Den Vierecken Hof von Janna Viereck kannte ich allerdings, weil es der einzige Biohof in der Nähe war, der noch dazu von einer Frau geleitet wurde. Das war in so einem kleinen Dorf Gesprächsthema, darum kam man nicht einmal herum, wenn man sich wie ich alle Mühe gab. Außerdem war ich an der Einfahrt schon einige Male vorbeigefahren, an der ein rostiges, vergammeltes Schild auf frische Eier und Milch hinwies. Das Wörtchen *bio* hatte jemand auf ein schmutziges Stück Klebeband geschrieben und wenig sorgfältig darübergeklebt.

Ich wusste also, wohin ich musste.

Der unebene, gefrorene Weg, über den ich in dem klapprigen Laster rumpelte, war von kahlen Bäumen gesäumt, und rechts und links davon breiteten sich weiße Felder aus. Ich fuhr auf einige Gebäude zu, auf deren Dächern unter der Schneedecke die Umrisse von Solarmodulen zu erkennen waren. Zurzeit hatten die wahrscheinlich nicht viel zu tun. Die Sonne hatte ich seit Tagen nicht gesehen. Selbst über das Knattern meines eigenen Wagens hinweg hörte ich das laute Brummen eines Traktors. Noch konnte ich ihn nicht sehen. Erst als ich auf den Hof fuhr und den Laster neben einer Scheune zum Stehen brachte, tauchte das riesige Ungetüm von einer Landmaschine auf. Die großen Räder wälzten sich durch den Eismatsch. Auf dem Sitz erkannte ich eine junge Frau. Sonst schien niemand da zu sein.

Etwas zögerlich stieg ich aus. Plötzlich war ich mir nicht mehr sicher, ob es eine gute Idee gewesen war herzukommen. Gut, Frau Katschinski hatte mir nicht wirklich eine Wahl gelassen, aber hätte ich nicht zumindest einen Kaffee trinken können, ehe ich mich auf den Weg machte? Vielleicht hätte ich mir dann auch eine Strategie zurechtlegen können, was ich sagen und was ich hier eigentlich erreichen sollte. Und außerdem ...

Mist! Erschrocken starrte ich auf meine Hose. Ich trug immer noch meinen Schlafanzug. Warum war mir das nicht früher aufgefallen? Wie hatte das ausgerechnet mir passieren können? Als Anwältin war es mir immer wichtig gewesen, einer Konfliktpartei gut vorbereitet entgegenzutreten. Auf mein Äußeres hatte ich großen Wert gelegt und stets penibel auf einen sauberen, fusselfreien Hosenanzug und eine perfekt sitzende, ordentliche Frisur geachtet. Ich durfte gar nicht daran denken, welchen Eindruck ich mit meinem schmutzigen Schlafanzug, der muffigen Wolldecke und den ungekämmten Haaren unter der Mütze machen würde. Die Spiegelung des Autofensters ließ in dieser Hinsicht nichts Gutes erahnen.

Hastig wischte ich mir über das Gesicht und bemühte mich, zumindest die schlimmsten Haarnester etwas zu entwirren. Doch es war aussichtslos, deshalb warf ich schließlich die Wagentür hinter mir ins Schloss, straffte ein wenig die Schultern und ging mit halbwegs entschlossenen Schritten in meinen zu großen Gummistiefeln auf den Trecker zu, der in kleinen schnellen Bewegungen hin und her manövriert wurde. Die Fahrerin wirkte zielsicher, aber ich hatte keine Ahnung, was sie da tat.

»Hallo?«, rief ich zu ihr hinauf.

Sie reagierte nicht. Der Traktor machte einen unvorstellbaren Lärm, und sie trug große Plastikschützer auf den Ohren.

Ich versuchte es deshalb noch einmal lauter: »Hallo!«
Wieder nichts.

Also ging ich um die röhrende Maschine herum, die

weiter vor- und zurücksetzte, so weit, dass ich in das Sichtfeld der Frau kam. Dann riss ich die Arme in die Höhe und winkte ihr zu. Ruckartig blieb der Trecker stehen. Endlich hatte sie mich bemerkt. Jetzt konnte ich mein Anliegen vorbringen.

Ich wollte gerade etwas sagen, als sie die Seitentür öffnete, sich herauslehnte und schrie: »Fuck. Wer hat dir denn ins Hirn geschissen?«

»Wie bitte?«, fragte ich zurück, merkte aber selbst, dass meine Worte nicht laut genug waren, um den dröhnenden Traktor zur übertönen.

Damit hatte mein Gegenüber keine Probleme. Ihre Stimme hörte sich selbst wie Motorgrollen an, dunkel und tief. »Bist du selbstmordgefährdet?«, wollte sie wissen. »Soll ich einen verdammten Pfannekuchen aus dir machen?«

»Was?«

»Du kannst doch nicht wie ein Springteufel vor meinem Trecker auftauchen. Das macht man nicht. Was ist los mit dir? Von so einer Höllenmaschine überrollt zu werden ist bestimmt nicht die beste Art zu sterben. Aber wenigstens sparen sie bei deiner Beerdigung Geld.«

»Geld?« Ich hatte keine Ahnung, wovon sie sprach.

»Wenn du platt wie eine Flunder bist, kann man dich gut zusammenrollen. Da brauchst du nur halb so viel Platz unter der Erde.«

»Ja ... also ... ich ...«, stammelte ich. Mit so einem Gesprächsbeginn hatte ich nicht gerechnet. »Ich suche deine Mutter«, rief ich schließlich so laut, wie ich konnte.

»Da kann ich dir nur denselben Weg zeigen.«

»Welchen Weg?«

»Zum Friedhof«, erwiderte sie leichthin.

»Oh ... ähm ... Das tut mir leid. Ich wusste nicht ... Ich meine ...«

»Wen suchst du denn?«

»Janna. Janna Viereck.«

»Hast du gefunden.«

»Du bist Janna?«, fragte ich überrascht. »Dir gehört der Hof?«

Das konnte nicht stimmen. Sie sah viel zu jung aus.

»Und du bist?«, gab Janna zurück.

»Stella Hansen. Ich habe den Hof dahinten auf der anderen Seite der Straße gepachtet.« Unbestimmt deutete ich hinter mich.

»Ich versteh kein Wort.«

»Ich habe gesagt, dass ich ...«

»Warte«, wies mich Janna an, beugte sich zurück in die Fahrkabine, und endlich erstarb der Lärm.

Mit einem großen Satz sprang Janna von ihrem Traktor und stand im nächsten Moment direkt vor mir. Sie war klein, ich überragte sie um mehr als einen Kopf. Außerdem wirkte sie auch aus der Nähe nicht viel älter. Sie konnte unmöglich vor ein paar Jahren den Hof ihres Vaters übernommen haben. In den Erzählungen im Supermarkt und beim Tierladen an der Kasse hatte es geklungen, als wäre sie mindestens vierzig, wenn nicht fünfzig. Aber die Frau vor mir war sicher noch in ihren Zwanzigern.

»Was redest du da?«

»Ich habe nur gesagt, dass ich den Hof dahinten«, wieder wedelte meine Hand hinter mich, »gepachtet habe.«

»Vom beknackten Jo?«

»Der Hof gehört Joachim Jacobsen.«

»Ja.« Sie nickte. »Das ist der beknackte Jo.«

»Gut, seinen Geheimnamen kannte ich bisher nicht«, erwiderte ich.

»Hältst du wirklich hässliche Schafe?«

»Alpakas. Ich habe eine Alpakaherde. Genau genommen sind Alpakas eine domestizierte Kamelart, die ursprünglich in den ...«

»Angeblich tickst du nicht ganz richtig«, unterbrach mich Janna.

»Wie bitte?«

»Das erzählt man sich im Dorf.«

»Ach ja?«

»Sie sagen, du spinnst.«

»Vielleicht denken die Leute das wegen der Alpakas? Der Wolle? Weil viele Alpakas wegen ihrer ...«

»Nein. Glaub mir«, widersprach sie mir sofort. »Das meint niemand damit.«

»Okay ... Perfekt.« Das hatte mir gerade noch gefehlt, dass man sich im Dorf bereits das Maul über mich zerriss. »Habe ich auch schon einen Spitznamen?«

»Sie nennen dich nur die Spinnerin. Bisher kannte ja niemand deinen Namen.«

»Und was jetzt? Soll ich darüber froh sein?«

»Das ist mir so was von egal.« Sie zuckte die Schultern.

Ich überlegte noch, was ich darauf erwidern sollte, als Janna fragte: »Was willst du hier?«

»Was ich hier will?«, gab ich zurück, weil ich das selbst für einige Momente nicht mehr wusste.

»Es wird doch einen Grund geben, warum du an einem Sonntagmorgen in einem Hundeschlafanzug auf meinem Hof stehst«, erwiderte sie und warf einen vielsagenden Blick auf mein Outfit.

»Das sind Bären«, erwiderte ich.

»Mein Fehler.« Jannas Gesicht blieb ausdruckslos. »Also?«

»Hast du einen Hund?«

»Du bist vom Hof des beknackten Jos rübergefahren, um mich zu fragen, ob ich einen Hund habe?«

»Es ist jetzt mein Hof«, korrigierte ich. »Ich habe ihn gepachtet. Und ja. Ich möchte wissen, ob du einen Hund hast.«

»Habe ich. Sogar drei. War's das? Berta und ich haben nämlich zu tun.« Sie klopfte dem Traktor auf die Seite.

»Und sieht einer von ihnen aus wie ein alter, hinkender Mann? Etwa so groß?« Ich hielt die Hand knapp unter meine Hüfte.

Janna musterte mich und sagte einige Augenblick lang nichts. »Und?«, kam es schließlich von ihr.

»Er war vorhin auf meinem Grundstück.«

Sie schwieg und sah mich weiter an.

»Genau genommen war er die letzten drei Tage jeden Morgen auf meinem Grundstück und hat meine Alpakas in Angst und Schrecken versetzt.«

Demonstrativ schob sie die Hände in den Latz ihrer Arbeitshose.

»Vor allem Bernd war vollkommen außer sich. Er dachte, er müsste seine Herde warnen, und hat geschrien wie am Spieß. Alpakas geben Warnschreie von sich, wenn sie sich bedroht fühlen.« Janna zeigte keine Reaktion, deshalb fuhr ich eilig fort: »Ich bin fast aus dem Bett gefallen. Und meine Nachbarin leider auch. Sie hat mir ziemlich die Hölle heiß gemacht, und ich ...«

»Was für einen Warnschrei?«

»Ein bisschen wie Vogelrufe und Babykreischen und komisches Lachen in einem.«

»Kann ich mir nicht vorstellen.«

»So eine Art ...« Ich überlegte, wie ich es noch beschreiben konnte. Weil mir nichts einfiel, versuchte ich schließlich, es nachzumachen.

Ich probierte verschiedene Laute aus. Eine Mischung aus Quieken, Quaken und Gelächter, mit ein wenig Grunzen am Ende.

»Nur noch viel lauter«, fügte ich hinzu.

»Wie genau?«, fragte Janna.

»Es ist schwer, das nachzumachen, aber es war ein bisschen so ein ...«

Dieses Mal mischte ich die Geräusche einer atemlosen Ente unter den Warnschrei. Damit traf ich Bernds Laute relativ gut.

Abwartend sah ich Janna an.

Die grinste.

Langsam dämmerte mir, dass sie mich veräppelt hatte.

»Haha«, gab ich deshalb grimmig zurück.

»Das hast du aber schön gesagt«, ärgerte sie mich weiter.

»Ja, ja, schon klar. Ich habe mich zum Affen gemacht. Das scheint ja aktuell meine Paraderolle zu sein. Und glaub mir, du bist nicht die Erste, die sich auf meine Kosten amüsiert, seit ich hier bin. Tatsächlich scheinen sich meine Tiere und das Haus und der gesamte Hof gegen mich verschworen zu haben. Also stell dich hinten an. Wenn dich die Leute im Dorf fragen, kannst du ihnen also bestätigen, dass ich wirklich eine Spinnerin bin. Zufrieden?«, fragte ich, wartete aber keine Antwort ab.

»Aber wenn dein komischer ... Humpelköter noch einmal auf mein Grundstück kommt ...« Ich versuchte, mich an den genauen Wortlaut von Frau Katschinskis Drohungen zu erinnern und halbwegs so entschlossen zu klingen wie sie, aber ich merkte selbst, dass ich nur unsinniges, peinliches Stammeln von mir gab. »Und wenn er meinem Bernd weiter Angst macht ... meinen Alpakas, meine ich, dann zeige ich dir, wie wir Leute aus

Köln-Ehrenfeld solche Sachen regeln.« Ich machte eine unbestimmte Geste, von der ich glaubte, sie mal in einem Rap-Video gesehen zu haben. »Mit uns Großstädtern ist nämlich nicht zu spaßen. Bei uns wird jeden Tag geschossen ... am laufenden Band ... und wenn du nicht aufpasst, hat dein Hund den Hintern voller ... Löcher.« Ich hielt kurz inne und räusperte mich. »Also legt euch bloß nicht mit mir an.«

Damit drehte ich mich um und stapfte mit meinen zu großen Gummistiefeln zurück zum Lastwagen, wobei mir mehr als bewusst war, dass meine Rückseite kalt, nass und schmutzig war. Ich riss die Tür meines Wagens so schwungvoll auf, dass mir ein Schneeschwall vom Dach entgegenkam, doch ich bemühte mich, mir nichts anmerken zu lassen, und wischte mir erst über das Gesicht, als ich eingestiegen war.

»Bitte spring an, bitte, bitte, spring an«, flüsterte ich, während ich mit eisigen Händen den Zündschlüssel drehte.

Aber wie konnte es auch anders sein? Nichts. Absolut nichts. Der Laster blieb stumm.

»Das kann doch jetzt nicht sein. Tu das bitte nicht«, presste ich hervor und versuchte es noch einmal.

Kurz krächzte der Motor auf, dann war er wieder still. »Scheiße, Scheiße, Scheiße.«

Durch die beschlagene Windschutzscheibe konnte ich sehen, dass Janna mich beobachtete. Hatte sie nicht gesagt, sie hätte zu tun? Warum konnte sie nicht einfach auf ihren blöden Traktor steigen und abhauen?

»Nun komm schon. Ich drohe dir auch nicht mehr mit dem Autofriedhof, wenn du jetzt anspringst. Na los, mach. Tu mir doch den Gefallen. Du blöde Scheißkarre«, brach es aus mir heraus, als der Wagen mein Flehen ein weiteres Mal ignorierte. »Was ist los mit dir? Dich gebe ich auf jeden Fall in die Schrottpresse. Das schwöre ich dir.«

»Und jetzt kommt sie auch noch her«, stöhnte ich auf, als ich sah, wie sich Janna auf den Weg zu mir machte. »Siehst du, was du mir antust? Bist du jetzt zufrieden?«

Mein kurzer Moment des Triumphes war verflogen. Janna war nur noch wenige Schritte entfernt. Ihre Schadenfreude war unübersehbar.

»Nice Ansprache«, rief sie von außen zu mir rein. »Aber dein Abgang wäre besser gewesen, wenn dein oller Laster angesprungen wäre.«

Ich verzog das Gesicht. »Was du nicht sagst.«

»Mach mal auf.« Sie klopfte auf den vorderen Teil des Autos.

»Kennst du dich damit aus?«, fragte ich, während ich den Hebel zog und wieder ausstieg.

»Was denkst du?«, gab sie zurück.

Ich ging ebenfalls nach vorne und versuchte mein Glück an der Motorhaube. Wie alles andere an diesem störrischen Wagen ignorierte aber auch sie meine Bemühungen. Einige Male zog ich vergeblich am Blech und fühlte in den Zwischenraum, ob ich irgendeinen Griff ertasten konnte.

»Das ist ja nicht mitanzusehen«, sagte sie schließlich und schob mich zur Seite.

Sie brauchte nur wenige Handgriffe, schon lag der geöffnete Motorraum vor uns.

»Er macht das öfter«, erklärte ich ihr, als wäre sie eine Ärztin, die alle Symptome aufnehmen musste, um eine geeignete Diagnose stellen zu können. »Manchmal keucht er auch vorher ein bisschen, bevor er wieder absäuft. Aber meistens bleibt er einfach komplett stumm.«

»Er keucht?«

»Ja.«

»Wie hört sich das an?«, wollte sie wissen und warf mir einen Seitenblick zu. »Mach mal nach.«

Dieses Mal durchschaute ich sie schneller. »Kannst du vergessen.«

»Schade«, erwiderte Janna schulterzuckend. »Du hast dafür echt Talent.«

»Jaja.«

»Du solltest damit auftreten.«

»Haha.«

»Vielleicht in einer Show. Dafür kannst du bestimmt Eintritt nehmen.«

»Danke.«

»Ich versuche nur, ein neues Betätigungsfeld für dich zu finden. Denn mit Mechanikerin wird es offensichtlich nichts. Styling-Beratung würde ich auch nicht empfehlen«, sie deutete mit dem Finger auf mein Outfit, »und mit den Alpakas läuft es ja auch nicht wirklich, was man so hört.«

»Was man so hört? Was hört man denn?«

»Dies und das«, erwiderte Janna ungenau und beugte sich einige Augenblicke lang über die Schläuche und Kabel und Verbindungsstücke, fühlte hier ein bisschen, klopfte da, rüttelte und zog.

»Was meinst du, woran es liegt?«, wollte ich gerade fragen, als Janna ausholte und dem Motor einen kräftigen Schlag versetzte, der alles zum Zittern brachte.

Dann einen zweiten, eher seitlich. Schließlich trat sie mit dem Schuh gegen das Blech.

Ich starrte sie an.

»Keine Ahnung«, antwortete sie schließlich. »Probier jetzt mal.«

»Ich soll ...?«

»Starte.«

»Aber du hast doch gar nichts repariert.«

»Woher willst du das wissen?«

»Du hast nur ...«

»Und?«

»Vielleicht hast du ihn dadurch sogar noch kaputter gemacht.«

»Man kann nichts *kaputter* machen.«

»Wenn man dagegen schlägt und tritt schon«, widersprach ich.

»Kannst du einfach den Schlüssel drehen?«, gab sie zurück.

Ich zögerte. Das war doch Unsinn. Der Laster würde genau das machen, was er eben schon getan hatte. Rein gar nichts.

Trotzdem ging ich zur Fahrerseite zurück und kletterte auf den Sitz. Sollte sie selbst sehen, dass rohe Gewalt hier nicht weiterhalf. Wahrscheinlich mussten wir eine Werkstatt anrufen oder einen Abschleppdienst. Gab es hier draußen auf dem Land so etwas?

Doch ich hätte es besser wissen müssen. Natürlich gab dieser hinterhältige Wagen sofort ein gleichmäßiges Brummen von sich, als hätte er nie etwas anderes gemacht.

»Das hast du mit Absicht gemacht«, zischte ich und boxte mit der Hand gegen das Armaturenbrett, was eindeutig mir mehr wehtat als ihm.

»Manchmal brauchen diese Oldtimer nur ein bisschen liebevolle Strenge«, rief Janna und ließ die Motorhaube mit einem lauten Scheppern zufallen. Dann trat sie zu mir an die geöffnete Autotür. »Willst du noch was sagen?«

»Ja, okay.« Ergeben seufzte ich auf. »Danke für deine Hilfe.«

»Das meinte ich nicht.«

»Sondern?«

»Zu deinem Abgang. Wenn dein Wagen jetzt läuft, kannst du es doch noch mal versuchen und mir irgendwelche Sachen an den Kopf werfen und mir drohen.«

Ich suchte nach einer schlagfertigen Antwort, als mir Janna zuvorkam.

»Aber wir können auch so tun, als wäre das olle Schätzchen hier sofort angesprungen und du hättest meine Hilfe gar nicht gebraucht. Was war das noch? Mein komischer Humpelköter und ich sollen uns nicht mit dir anlegen, weil du aus Köln-Ehrenfeld kommst und scharf schießen kannst? Und wir kriegen was? Den Hintern voller Löcher?«

»Nur er«, murmelte ich.

»Was?«

»Nur dein Hund bekommt den Hintern voller Löcher«, verbesserte ich, obwohl ich keine Ahnung hatte, warum ich das überhaupt gesagt hatte.

»Und was sollte das sein?« Sie machte meine seltsame Gangstergeste nach. »Ein geheimer Ehrenfelder Handschlag?«

»Nein ... ich ... Keine Ahnung.«

Irgendwie war das nicht so gelaufen, wie ich es mir vorgestellt hatte. Irgendwie lief in meinem Leben offenbar gar nichts mehr, wie ich es mir vorgestellt hatte.

»Alles klar«, sagte Janna in diesem Moment. »Dann brauchst du jetzt nur noch eins zu tun.«

»Ja?« Ich sah sie an.

»Meinen Hof verlassen.«

Damit warf sie die Tür zu, klopfte noch einmal auf die Motorhaube und ging dann mit großen Schritten durch den Schnee davon.

Zwei

Endlich stand ich unter der warmen Dusche.

Sie war nicht ganz heiß, aber zu mehr hatte ich die Therme im Keller trotz inständigen Bittens und diverser aufmunternder Klapse nicht bewegen können. Dennoch war es besser als nichts. Vor allem war es schön, endlich aus meinen nassen Klamotten herauszukommen, die sich anfühlten, als wären sie an mir festgefroren.

Den ganzen Vormittag hatte ich damit verbracht, warmes Wasser zu schleppen, weil zu allem Überfluss die Tränken auf den Weiden ihren Geist aufgegeben hatten. Im Nachhinein war ich überrascht, dass sie es beim Dauerfrost der letzten Tage nicht schon längst getan hatten. Doch an diesem Morgen war Schluss gewesen.

Schon von Weitem hatte ich es gesehen. Meine Alpakas standen etwas ratlos um die beiden Becken herum und stießen mit ihren Nasen immer wieder die gefrorene Oberfläche an. Das Eis war jedoch über Nacht so dick geworden, dass ich es nicht einmal mit einem Messer hatte aufhacken können. Vor allem Bernd hatte mir deshalb einen mehr als vorwurfsvollen Blick zugeworfen und war von allen Tieren der gründlichste Beobachter meiner anschließenden Bemühungen.

Ich hatte Wasser aufgekocht, damit es nicht gleich wieder einfrieren würde. Zunächst versuchte ich, es in Flaschen abzufüllen, was so langwierig war, wie es klang.

Als Nächstes nahm ich Gießkannen, und am Ende jeden Topf und jede Vase und jeden Eimer, die ich finden konnte. Alles hatte ich halbwegs ausbalanciert in meine Schubkarre gestapelt und mich damit auf den Weg zu den Gehegen gemacht. Insgesamt dreimal war meine Konstruktion umgekippt, einmal davon direkt auf mich, wobei ich mich verbrühte. Zudem half es mir wenig, dass sich meine Alpakas nicht gerade nützlich machten, sondern jeden Behälter umwarfen, den ich unbeaufsichtigt in ihrer Nähe stehen ließ.

Ich für meinen Teil war für heute bedient und konnte nur hoffen, dass die lauwarme Dusche das tat, was lauwarme Duschen in solchen Momenten tun sollten.

Ich hatte mich ausgiebig eingeseift, um das Gefühl der dauerhaften Schmuddeligkeit irgendwie abzuwaschen, das mich begleitete, seit ich auf den Hof gekommen war, und erst recht, seit die Alpakas kurze Zeit später mit eingezogen waren. Ständig hatte ich Heuhalme in den Haaren. Den schwarzen Rand unter meinen Fingernägeln bemerkte ich kaum noch. Ich roch nach Mist und Schweiß, trug jeden Tag einen von drei Pullovern und dieselbe Hose. Jedes Kleidungsstück, das ich anzog, selbst wenn es frisch aus der Maschine kam, war fleckig und voller weißer, brauner und schwarzer Fellflusen, auch wenn mich keines meiner Tiere bisher näher als auf Armlänge an sich hatte herankommen lassen.

Schon bevor Malek krank geworden war, hatte ich in meinem Leben in Köln eine ausgeprägte Ordnungsliebe besessen, die darin bestanden hatte, zweimal in der Woche gründlich Staub zu wischen, jeden zweiten Tag meinen Saugroboter fahren zu lassen und am Samstagvormittag alles zu waschen, selbst das, was kein bisschen dreckig war. Ich hatte einen ganzen Kleiderschrank voller eleganter dunkler Hosenanzüge und Kostüme. In der Kommode neben der Eingangstür bewahrte ich eine Vorratspackung an Fusselrollen auf und hatte zusätzlich eine in meiner Handtasche immer griffbereit, um jedem verirrten Haar sofort zu Leibe zu rücken.

Ich konnte mich gut daran erinnern, wie oft ich mich vor meinem ersten Bürotag umgezogen hatte. War ein knielanger Rock angemessen? Oder besser eine Hose? Fiel ich zu sehr auf, wenn ich etwas anderes trug als schwarze Schuhe? Oder zu wenig? Brauchte ich Absätze, um ernst genommen zu werden? In der untersten Schublade meines Schreibtisches befand sich ein komplettes Ersatzoutfit für den Fall, dass ich mich bekleckerte, zu stark schwitzte oder erkennen musste, dass ich morgens die falsche Wahl für diesen Tag getroffen hatte.

Seit dreieinhalb Wochen nun mussten Pullover, Hosen und sogar Socken dagegen lediglich einen groben Schnuppertest bestehen, um als annehmbar durchzugehen. Für mehr hatte ich nicht die Kraft, und es lohnte sich auch einfach nicht. Meine Haare, die ich früher entweder als Knoten oder Zopf oder sorgfältig glatt gebürstet getragen hatte, galten jetzt als frisiert, wenn meine Finger halbwegs gut hindurchgleiten konnten.

Es war eigenartig. Und zugleich erleichternd.

Aber nicht nur mein eigener Reinigungszustand war absolut untypisch für mich. Auch das Chaos, in dem ich hier lebte, passte eigentlich nicht zu mir. Nach unserem Umzug in die schöne Altbauwohnung mit der zweiflügligen Eingangstür hatten alle Zimmer innerhalb von vierundzwanzig Stunden ausgesehen, als würden wir sie schon seit Jahren bewohnen, während ich in diesem kleinen, schäbigen Haus auch nach knapp einem Monat noch aus den Kartons lebte, von denen ich nur einige wenige notdürftig ausgeräumt hatte. Dazwischen stapelten sich die Dinge, die der Eigentümer zurückgelassen hatte. Bei meinem Besichtigungstermin hatte er angekündigt, dass er einige wenige Sachen hierlassen würde, die er nicht mehr brauchte. Mit denen könnte ich machen, was ich wollte. Aber mit solchen Mengen hatte ich nicht gerechnet.

In einem Schrank im Wohnzimmer hatte ich eine unvorstellbar große Anzahl an Weihnachtsgeschenken gefunden, die nie jemand ausgepackt hatte. Auf meinem Bett stapelten sich Kissen mit Häkelbezügen. Ein Regal beherbergte halb runtergebrannte Kerzen in jeder Farbe und Dicke. Ich hockte zwischen dem Gerümpel eines Fremden und dem Gepäck, das ich aus meinem alten Leben hierher mitgeschleppt hatte, fest umwickelt mit Paketklebeband, in der Hoffnung, dass ich es so daran hindern konnte, mir ungefragt vor die Füße zu fallen.

Nach meiner sorgfältigen und dringend nötigen Grundreinigung unter der Dusche ließ ich jetzt bereits seit einigen Minuten nur noch das warme Wasser über meinen Körper laufen, der nach und nach auftaute. Die Kälte draußen und im Haus steckte mir inzwischen so tief in den Knochen, dass meine Schultern und mein Rücken vollkommen verkrampft waren und sich meine Finger kaum mehr richtig beugen ließen.

Für einige Momente schloss ich die Augen. Ich wollte einfach den weichen Strahl auf meinem Gesicht spüren und mich entspannen. Aber es passierte das, was immer kam, wenn ich nicht aufpasste. Die Bilder von Malek, wie er krank und schwach dalag, von seinen letzten Momenten, stürmten auf mich ein. So heftig, dass ich mich an der Fliesenwand abstützen musste, weil ich fürchtete, das Gleichgewicht zu verlieren und umzufallen. Mein Herz klopfte. Ich rang nach Luft.

»Keine gute Idee, Stella«, murmelte ich zu mir selbst und stellte das Wasser ab. »Immer noch nicht.«

Ich hatte mich gerade zu Ende abgetrocknet, als ich aus der Ferne mein Handy klingeln hörte. Erst war ich fast zu überrascht, um zu reagieren. Hier war alles so abgeschieden, und ich sah so wenige Menschen, dass ich manchmal beinahe vergaß, dass es überhaupt welche gab und dass sie mich hier draußen erreichen konnten. Außerdem war ich immer noch dabei herauszufinden, wo im Haus und auf dem Hof keine Funklöcher waren, denn in einem Großteil der Räume, der Scheune und im Bereich rund um die Alpakagehege gab es kein Netz. Um zu telefonieren, musste ich mich entweder genau unter dem Türrahmen zwischen Küche und Flur befinden, auf der zweiten Treppenstufe in die obere Etage, wenn ich mich mit dem Rücken an die Wand drückte, in einem rechten Winkel zu den Schubkarren oder halb kniend unter dem Fensterbrett der Abstellkammer. Im Auto hatte ich einmal vier Balken gehabt, als ich einen guten Meter an den Weidezaun herangefahren war, aber schon als ich den Laster nach rechts zum Tor gelenkt hatte, war ich wieder in den unendlichen Weiten der Unerreichbarkeit verschwunden.

Schon seit ein paar Tagen wartete ich jedoch auf einen Rückruf meines Heulieferanten, der mir sagen wollte, wann er endlich den Weg zu mir finden würde. Deshalb schlang ich mir das Handtuch um den Körper und verließ mit einer Wolke Dampf das kleine, niedrige Badezimmer, bei dem ich an einigen Stellen aufpassen musste, mir an den Schrägen nicht den Kopf zu stoßen. Eilig lief ich ins Schlafzimmer, wo ich mein Handy auf der alten Holzkommode unter dem Fenster liegen gelassen hatte. Ich griff danach, sah auf das Display und ließ das Telefon fast fallen.

Solange es schellte, stand ich regungslos da. Ich konnte

mich nicht überwinden, etwas zu tun. Ich hielt es nur in der Hand, sah auf den leuchtenden Bildschirm und den Namen, bewegte mich nicht, atmete nicht einmal. Dann wurde es endlich still. Als es mir schließlich gelang, mich aus meiner Starre zu lösen, drückte und wischte ich auf dem Handy hin und her, bis ich den Anruf in Abwesenheit gelöscht hatte. Ich warf das Gerät aufs Bett, um zurück ins Bad zu gehen und mich anzuziehen.

Für den heutigen Tag hatte ich mir etwas vorgenommen.

Es war bereits Jahre her, dass ich zum Geburtstag eine Alpakawanderung geschenkt bekommen hatte. Damals hatte kaum jemand diese Art der Freizeitgestaltung gekannt, aber als ich vor drei Monaten zufällig die Anzeige für diesen Hof gesehen hatte, die mit besten Bedingungen für die Alpakahaltung warb, war mir dieser Nachmittag sofort eingefallen. Ich war keine Naturliebhaberin. Ich hatte es nicht einmal besonders mit Tieren. Keine Ahnung, warum Malek gedacht hatte, es könnte mir gefallen, mit einer lustig aussehenden Kamelart an einem Strick durch den Wald zu laufen.

Aber das hatte es. Zu meiner eigenen Überraschung, und obwohl ich Überraschungen eigentlich gar nicht mochte. Mein Alpaka hieß Kleiner Onkel, wie das Pferd von Pippi Langstrumpf, und trotz anfänglicher Verständigungsschwierigkeiten waren wir beide schnell sehr gut miteinander ausgekommen. Es war mit einer solchen Ruhe vorwärts marschiert, sanft wiegend, weil es immer die beiden Beine einer Seite gleichzeitig bewegte, dass ich mich, ohne es anfangs zu bemerken, seinem Tempo anpasste und selbst entspannter wurde. Der Wanderführer hatte mir gesagt, Kleiner Onkel könne ein Schlingel sein und Gras vom Wegesrand naschen, wenn man ihn nicht davon abhalte. Aber die Warnung war unbegründet gewesen. Das getupfte Wesen und ich hatten uns von Anfang an verstanden, so gut sogar, dass ich richtig enttäuscht war, als wir drei Stunden später zum Hof zurückgekehrt waren.

Als eher hektischer Mensch war meine To-do-Liste ständig voll, aber in der Zeit mit meinem Alpaka hatte ich keine Sekunde an die Dinge gedacht, die ich zu tun hatte. Ich war es gewohnt, es eilig zu haben, ständig irgendwohin zu müssen oder schon das Nächste zu planen, wenn ich mit einer Sache noch gar nicht fertig war, aber mit einem Alpaka an der Seite war das unmöglich. Das war auf eine für mich sehr seltsame Art befreiend gewesen.

Im Nachhinein war dieser Alpakaausflug nicht nur einer der sehr wenigen Momente in meinem Leben gewesen, in denen ich an nichts anderes gedacht hatte, sondern für eine Weile wirklich zur Ruhe gekommen war. Vor einigen Wochen war mir noch dazu aufgefallen, dass es wahrscheinlich der letzte Tag gewesen war, an dem ich mich irgendwie glücklich gefühlt hatte.

Denn zu diesem Zeitpunkt war Malek bereits krank gewesen. Wir hatten es nur nicht gewusst.

Wahrscheinlich war diese Erfahrung nicht ganz unbeteiligt an meiner Entscheidung gewesen, einen heruntergekommenen Hof auf dem platten Land zu pachten, wo mich keiner kannte, und mir eine Gruppe von Tieren anzuschaffen, von denen ich keine Ahnung hatte. Aber wenn es nicht mehr brauchte als ein Alpaka, einen Strick und einen gemeinsamen Spaziergang in der Natur, um mich wieder auf die Beine zu bringen, dann sollte es daran jetzt nicht mehr scheitern, denn ich hatte inzwischen sechs davon und um mich herum das traumhafte winterliche Sauerland.

Außerdem brauchte ich nach den vielen Reinfällen,

Missgeschicken und unangenehmen Situationen dringend etwas, das mich aufheiterte. Deshalb wollte ich genau das heute angehen.

Nach einem kurzen Mittagessen machte ich mich dick eingepackt in Mantel, Mütze und Schal deshalb auf den Weg zu den Tieren. Ich hatte mich für meinen ersten Ausflug für Fussel entschieden. Sie war die kleinste und jüngste meiner Alpakas, war freundlich und neugierig, wirkte auf mich insgesamt etwas schüchtern und orientierte sich meist stark an den beiden anderen Stuten, vor allem Schavöttche, die mir wie ihre geduldige, herzliche Oma vorkam. Außerdem wirkte Fussel auf mich wie eine Träumerin. Manchmal stand sie minutenlang am Rande der Weide und schaute über die Felder oder in Richtung Wald, ganz versunken, als würde sie ihren Gedanken nachhängen. Aber dann konnte sie auch wieder sehr lustig sein, erlaubte sich Späße mit den anderen oder lief wie wild über die Koppel. Als Nesthäkchen schien sie bei den beiden anderen Damen eine Art Welpenschutz zu genießen, zumindest war Schavöttche mit ihr nie so streng wie mit Kalte Schnauze, und auch die ließ einiges an Schabernack über sich ergehen.

Es war grundsätzlich kein Problem, Fussel das Halfter anzulegen, wie bei all meinen Alpakas. Das hatten sie bereits in ihrem vorherigen Zuhause gelernt, auch wenn ich bisher nicht nah genug an sie herangekommen war, um es selbst einmal zu probieren. Darüber hinaus hatte ich noch keines der Tiere ein längeres Stück am Seil geführt. Ich war also durchaus aufgeregt, hatte aber das Gefühl, dass ein erster Versuch mit der lieben Fussel am leichtesten werden würde.

Alle Alpakas waren mit Namen zu mir auf den Hof gekommen, aber ich hatte mich schnell für andere entschieden. Kalte Schnauze hieß eigentlich Steffi, aber schon als ich sie bei der Züchterin auf der Weide gesehen hatte, war mir der Lieblingskuchen meiner Oma in den Kopf gekommen, bei der ich beinahe meine gesamte Kindheit verbracht hatte. Eine Mischung aus Butterkeks und Schokoladenglasur, die es bei uns früher zu Weihnachten und, mit bunten Schokolinsen dekoriert, zu meinem Geburtstag gegeben hatte. Kalte Schnauze, die Alpakastute, war zwar nicht gestreift wie ihr geschichteter Namensvetter, aber ihr dunkelbraunes Fell erinnerte mich an die Farbe der Fettglasur, und auf dem Kopf und an den Seiten hatte sie helle, beigefarbene Strähnen. Fussel war eigentlich Aurora genannt worden, hatte an den Ohren aber lustige, fusselige Fransen, die ihr fast bis in die Augen hingen. Mich erinnerte sie damit an einen Teenager, dem die zu langen Haare ins Gesicht fielen und der sich deshalb eine lässige Kopfbewegung angewöhnt hatte.

Stoffel, eigentlich Amadeus, konnte die besten Grimassen schneiden, war etwas tollpatschig und benahm sich die meiste Zeit wie ein Bulldozer, egal, ob es um mich oder die anderen Tiere ging. Er achtete auf niemanden, auch nicht auf sich selbst, und hatte den Unterstand der Wallache schon mehrfach fast zum Einsturz gebracht. Kniesbüggel dagegen war ein eher vorsichtiges und einzelgängerisches Tier, suchte mit niemandem Streit und blieb am meisten für sich. Anfangs hatte ich gedacht, er wäre ein vollkommen unkomplizierter Zeitgenosse, weil er auch optisch wie ein Engel aussah mit seinen cremefarbenen Löckchen, doch bei einer Sache verstand Kniesbüggel keinen Spaß: beim Thema Essen. Kniesbüggel teilte sein Futter mit niemandem. Wenn jemand versuchte, seiner Portion zu nahe zu kommen, fing er an zu spucken, zu treten und zu steigen, sogar wenn dieser jemand der Anführer der Gruppe war. Einmal hatte ich gedacht, er hätte seine Futterschüssel bereits geleert, und wollte danach greifen. Da bekam ich von ihm fast eine gewaltige Ladung stinkender Spucke ab, die mich nur knapp verfehlte. Deshalb hatte ich mich vor einigen Tagen entschieden, ihn nicht mehr Volker zu nennen, sondern seinem offensichtlichen Geiz entsprechend Kniesbüggel.

Mit einem Halfter in der Hand stapfte ich durch den Schnee zum Gehege der Stuten. Bernd hatte mich natürlich von Weitem gesehen und seine Herde informiert. Mir schauten auf beiden Weiden deshalb runde, plüschige Hinterteile mit lustigen kurzen Schwänzen entgegen. Ich hatte jedoch nicht vor, mich davon beeindrucken zu lassen, öffnete das Tor und marschierte über die Koppel auf die Stuten zu. In der Hand hatte ich einen Eimer mit speziellem Alpakamüsli, den ich hin und her schwenkte, damit die Tiere durch das Geräusch neugierig würden.

Bei Stoffel und Kniesbüggel klappte es, sie sahen mir gleich entgegen. Auch Kalte Schnauze, Schavöttche und Fussel hoben interessiert die Köpfe. Nur Bernd kaute demonstrativ gelangweilt sein Heu. Das hatte ich nicht anders erwartet.

»Hallo, Fussel«, wandte ich mich an die kleine Stute, hielt ihr das Futter entgegen und schüttelte es dabei möglichst lautstark. »Möchtest du heute mit mir einen Ausflug machen? Nur wir zwei? Ich dachte, wir könnten gemeinsam spazieren gehen und uns die Gegend ansehen. Was hältst du davon?«

Das Alpaka wirkte zumindest nicht vollkommen abgeneigt, warf aber abwechselnd Schavöttche und Bernd im Nachbargehege fragende Blicke zu, als würde es auf deren Zustimmung warten.

»Kommt doch her«, forderte ich meine Tiere auf und

blieb wenige Meter von ihnen entfernt am Zaun stehen. »Ich habe leckeres Müsli dabei. Das esst ihr gern.«

Bisher waren all meine Tiere jedes Mal so lange auf Abstand geblieben, bis ich die Futterschüsseln auf dem Boden abgestellt und das Gehege verlassen hatte. An ein Fressen aus der Hand war nicht zu denken. Doch etwas war heute anders. Denn die Stuten, die mich bisher beobachtet hatten, kamen plötzlich auf mich zu, etwas verhalten und vorsichtig, aber Stück für Stück.

War es möglich, dass sich zwischen uns etwas verändert hatte? Hatte ich durch das Verscheuchen des Hundes vor drei Tagen das Eis gebrochen?

»Ja, genau. Kommt ruhig zu mir. Dann könnt ihr was haben.« Mit ausgestrecktem Arm hielt ich ihnen den Eimer entgegen.

Es sah so schön aus, wie sie sich elegant durch den hohen Schnee auf mich zu bewegten. Schavöttche schritt mit erhobenem Kopf wie eine Dame, Fussels witzige Fransen wippten im Takt ihrer Schritte, und Kalte Schnauze war wie immer die gemächlichste. Sogar Kniesbüggel war zum Zaun gekommen, um zu schauen, ob für ihn ebenfalls etwas abfallen würde.

»Siehst du?«, fragte ich Schavöttche, die mich als Erste erreichte. »Das magst du, oder?«

Ich hielt die Luft an, als sie kurz stehen blieb, mich misstrauisch ansah und dann den Fuß ein letztes Mal nach vorne setzte, um mit der Schnauze in den Eimer tauchen zu können. Genussvolles Schmatzen drang sogleich daraus hervor, während ich so ruhig wie möglich stand und keinen Mucks von mir gab.

So nah war ich ihr bisher nie gekommen. Keinem meiner Alpakas. Zumindest nicht von ihrer Seite aus freiwillig. Die Züchterin hatte mir empfohlen, mit dem Anhänger direkt auf die Weide der Tiere zu fahren und sie dort rauszulassen. So konnten sie sich in Ruhe alles anschauen und ihr neues Zuhause in ihrem Tempo erkunden und waren weniger gestresst. Ich hatte neben der Ladeklappe gestanden, nachdem ich sie heruntergelassen hatte, als Bernd als Erster die Rampe hinuntergeklettert war. Kurz hatte er gezögert und die Gegend nach einer möglichen Gefahr abgesucht. Er war direkt neben mir gewesen und hatte wunderschön ausgesehen mit seinem glänzenden und weichen Fell. Ich war so aufgeregt und gleichzeitig euphorisch und überwältigt gewesen, weil ich es immer noch nicht fassen konnte, dass ich hier war, im Sauerland, auf meinem eigenen Alpakahof.

Und da war es passiert.

In dem Moment, als er den Kopf zu mir gedreht hatte, war meine Hand wie von selbst nach vorne gewandert und hatte ihn berührt. An der Stelle zwischen Auge und Maul, an der das Haar besonders flauschig und seidig ausgesehen hatte. Genau so hatte es sich auch angefühlt, die eine Sekunde, die ich es an meinen Fingerspitzen gespürt hatte. Dann war Bernd mit einem durchdringenden Warnschrei, der wie eine wütende Beschimpfung geklungen hatte, davongesprungen.

Seitdem hatte er mich nicht wieder an sich herangelassen, und auch sonst keines der Alpakas. Bernd ließ keinen Zweifel daran, dass er nicht vorhatte, diesen Fehler zu verzeihen. Jemals.

Aber jetzt fraß Schavöttche aus einem Eimer in meiner Hand.

Ich konnte zwar erkennen, dass sie mich misstrauisch im Blick behielt, aber vielleicht hatte meine Heldinnentat am Sonntagmorgen ein wenig davon gutgemacht, was ich mir unvorsichtigerweise am Tag ihrer Ankunft geleistet hatte. Ich konnte es nur hoffen. Denn ich mochte meine Alpakas. Obwohl ich sie nur aus der Ferne ansehen durfte und obwohl ich nicht wusste, was ich mir dabei gedacht hatte, waren sie mir alle bereits ans Herz gewachsen. Jedes von ihnen. Sogar Bernd.

Und jetzt würde ich mich an meinen ersten eigenen Alpakaspaziergang wagen.

Ganz vorsichtig stellte ich den Eimer im Schnee ab, ohne dass Schavöttche sich erschreckte. Anschließend wandte ich mich Fussel zu.

»Na, Fusselchen«, sagte ich zu der jungen Stute, die höflich wartete, während Kalte Schnauze durch ungeduldiges Schnauben und Vorschieben ihrer Nase in Richtung Schüssel deutlich machte, dass sie nun ebenfalls ihren Anteil des Futters beanspruchte. »Hast du Lust auf einen Spaziergang? Vielleicht in Richtung Wald? Schau mal, was ich hier habe.«

Ich hatte es mir angewöhnt, mehrere Portionen Müsli in den Taschen meiner Jacken und Hosen mit mir herumzutragen. Ich wollte auf den Augenblick vorbereitet sein, in dem eines meiner Tiere nah genug war, um es aus der Hand füttern zu können. Dazu war es bisher nicht gekommen, und stattdessen hatte ich die gequetschte Gerste, die Maisflocken und die Luzerne jedes Mal, wenn ich mich aus- oder angezogen hatte, auf dem Fußboden verteilt.

Jetzt war ich jedoch froh, dass ich trotzdem ausreichend Futter dabeihatte, um Fussel ein bisschen was davon auf meiner Handfläche anbieten zu können. Sie machte den Hals ganz lang, roch zunächst an meinen Fingern, und dann spürte ich plötzlich ihr Maul auf meiner Haut. Es war ein komisches Gefühl, und ich musste mich zwingen, nicht zu lachen, obwohl es kitzelte, wie ihre gespaltene

Oberlippe über meine Hand fuhr, um die einzelnen Körner und Bröckchen einzusammeln.

»Wäre es okay, wenn ich dir ein Halfter anziehe?«, fragte ich die junge Stute und hielt ihr die zusammenhängenden Nylonriemen hin.

Sie zögerte kurz, doch dann schob sie ganz wie von selbst ihre Nase durch die Öffnung, und ich musste das Halfter nur schließen und den Sitz überprüfen. Das war also geschafft. So leicht hatte ich es mir nicht vorgestellt, auch wenn ich auf dem Hof der Züchterin bereits einige Male dabei zugesehen hatte und es bei meinem Vorbereitungskurs für angehende Alpakabesitzerinnen an fremden Tieren hatte üben können. Aber das hier waren meine Alpakas, ich war allein. Das war etwas vollkommen anderes.

»Das hast du gut gemacht«, lobte ich Fussel und reichte ihr weitere Müslikrümel, die sie dieses Mal ohne jedes Zögern nahm. »Wollen wir gehen?« Ich zupfte einladend und ohne großen Druck an dem Strick, den ich an ihrem Halfter befestigt hatte.

Sie machte sofort einige Schritte vor. Konnte es wirklich so einfach sein?

Während Schavöttche damit beschäftigt war, das Müsli in aller Ruhe aus dem Eimer zu fressen, und Kalte Schnauze darauf wartete, dass sie endlich an der Reihe war und ihren Teil abbekam, gingen Fussel und ich über die verschneite Weide in Richtung Tor, als hätten wir nie etwas anderes gemacht. Sie folgte mir ganz selbstverständlich, das Seil hing durch, ich musste nicht ziehen oder zerren. Als wir den Ausgang erreicht hatten, hielt sie ohne Probleme an, ich konnte das Tor öffnen, und wir verließen gemeinsam die Koppel.

Als ich mich noch einmal umwandte, sah ich, dass

Schavöttche ihr Essen inzwischen beendet hatte, Kalte Schnauze die Reste überließ und uns nachschaute, genau wie Bernd im Wallachgehege. Würden sie irgendetwas tun? Würden sie nach Fussel rufen? Würden sie unruhig werden?

Einige Momente lang wartete ich ab, doch nichts geschah. Also setzten Fussel und ich unseren Weg fort. Ich hatte mir überlegt, zunächst ein kleines Stück die Straße entlangzugehen und dann in einen Pfad einzubiegen, der in Richtung Wald führte. Ich stellte es mir schön vor, zwischen den eingeschneiten Bäumen hindurch zu spazieren, auf deren Ästen das kalte Weiß zentimeterdick balancierte. Für unseren ersten Ausflug wollte ich es natürlich nicht übertreiben, aber ich wusste, dass einer der ersten Wege bereits wieder in einem kleinen Bogen zurückführte. Das würde für den Anfang reichen und wäre trotzdem eine schöne Strecke.

Gemeinsam steuerten Fussel und ich also die Einmündung an. Ein letztes Mal warf ich einen Blick zurück auf die anderen Alpakas und meinen Hof. Die letzten dreieinhalb Wochen hatte ich die meiste Zeit mit meiner Entscheidung, mit den abweisenden Tieren und vor allem dem baufälligen Haus und seinen Tücken gehadert. Mehr als einmal hatte ich mich gefragt, was ich mir bei alldem gedacht hatte, und war drauf und dran gewesen, am nächsten Morgen meine Sachen zu packen, um nach Hause zurückzufahren, obwohl es nichts gab, was dort noch auf mich wartete.

Aber hier und jetzt, während ich über die schneebedeckten Wiesen auf das hübsche Fachwerkhaus und die Fellflecken zurückblickte, die meine Alpakas waren, kam es mir nicht wie die größte Schnapsidee meines Lebens vor. Fussel lief neben mir, als würden wir das ständig machen, und ich erinnerte mich an jenes Gefühl der Ruhe und Entspannung, das ich bei meiner ersten Alpakawanderung vor vielen Jahren gespürt hatte. Fussel bewegte sich wunderbar wiegend, durch die klare Landluft atmete ich ihren Geruch ein, ich nahm sogar in der Kälte die Wärme ihrer Nähe wahr und konnte gar nicht anders, als über ihr lustiges Gesicht und die wippenden Fellflusen an ihren Ohren zu schmunzeln.

War es möglich, dass dieser Ort mit den Tieren doch genau das tat, was ich mir von ihm erhofft hatte? War es richtig gewesen, in einer Hauruckaktion alles aufzugeben und hinter mir zu lassen, um hier in der Einöde, wo ich niemanden kannte und wo mich niemand kannte, ein neues Leben anzufangen? Inmitten einer Herde von Tieren, die keine Ahnung hatten, was hinter mir lag, und denen das vollkommen egal war? Waren am Ende dieser Hof und die Alpakas das, was ich brauchte, um mit Maleks Verlust irgendwie fertigzuwerden?

Ich wollte mich gerade von diesem wunderbaren Anblick und meinen Gedanken ab- und dem Weg in den Wald zuwenden, als ich einen Ruck an meinem Seil spürte. Fussel war ganz plötzlich stehen geblieben.

»Was ist los?«, fragte ich sie und zupfte an meinem Strick, damit sie weiterging.

Sie tat es nicht.

»Hast du irgendwas gesehen? Bist du erschrocken? Du musst keine Angst haben. Wir wandern nur ein Stück in den Wald. Das ist bestimmt schön. Und danach gehen wir zum Hof zurück. Versprochen. Komm«, forderte ich sie auf und schwang das Seilende ein bisschen durch die Luft, wie ich es bei der Züchterin gesehen hatte, als sie eines der Tiere antreiben wollte.

Bei ihr war das Alpaka sogleich einige Schritte schneller gelaufen. Bei mir jedoch funktionierte das nicht. Fussel bewegte sich nicht vom Fleck.

»Was hast du denn? Willst du diesen Weg nicht gehen? Brauchst du eine Pause? Das kann ich mir nicht vorstellen. Ich weiß nämlich, wie du sonst über die Weide flitzt«, erinnerte ich sie. »Und wir sind keine fünf Minuten unterwegs.«

Ein weiteres kleines Zupfen am Strick.

Nichts geschah.

»Ist die Parkuhr abgelaufen?« Ich lachte ein wenig. »Muss ich vielleicht eine Münze einwerfen?« Aus meiner Tasche holte ich eine weitere Handvoll Müsli und streckte sie Fussel entgegen. Sofort richteten sich ihre Ohren auf mich. »Hab ich's mir gedacht. Essen hilft immer, oder?«, fügte ich amüsiert hinzu und beobachtete, wie die Alpakastute den Hals lang machte, um an das Futter zu kommen. Ihre Füße waren jedoch wie festgewachsen. »Nein, nein. So geht das nicht. Du bekommst das Essen nur, wenn du mitkommst.« Ich zog den Arm etwas nach hinten, als sie das Futter beinahe erreicht hatte.

Augenblicklich zuckte Fussel ebenfalls zurück und schaute mich an.

»Na komm. Einen kleinen Schritt«, bat ich sie. »Dann kriegst du was Leckeres. Nur einen winzigen kleinen Schritt.«

Als ich ihr das Futter erneut hinhielt, tat sie so, als würde es sie gar nicht mehr interessieren.

»Willst du mich veräppeln?«, wollte ich wissen.

Vielleicht musste ich mich einmal durchsetzen? Ich zog fester.

Das machte es nur schlimmer. Denn jetzt stemmte Fussel ihre Vorderfüße in den Schnee und schien noch entschlossener zu sein, sich nicht von der Stelle zu rühren.

»Das ist nicht dein Ernst. Du wirst doch wohl ein Stück vorwärtsgehen.«

Wie am Sonntag bei dem Hund probierte ich nun Laute aus. Ich zischte und pfiff und schnalzte. Nichts. Noch einmal Seilschwingen. Wieder nichts.

»Jetzt hör aber auf«, fuhr ich Fussel an. »Bist du ein Alpaka oder ein Esel? Du kannst doch nicht so stur sein. Aber weißt du was? Ich bin auch ziemlich stur. Ich werde einen Weg finden, wie ich dich ...«

Genau wie Fussel drückte ich meine Füße nun ebenfalls in den Schnee und lehnte mich zurück. In diesem Augenblick gab sie ein winziges Stück mit dem Hals nach. Nicht viel, aber genug, um mich aus der Balance zu bringen. Einige Sekundenbruchteile kreiste und taumelte ich seltsam nach links und rechts, vorne und hinten, dann fiel ich einfach um wie ein Baum und plumpste in den eisigen Untergrund.

Ich konnte es nicht fassen. Schon wieder lag ich wie ein hilfloser Käfer im Schnee. Langsam kam mir das vor wie ein Déjà-vu. Schnell schaute ich auf meine Hand, die zum Glück weiter das Seil umklammert hielt. Es hätte mir gerade noch gefehlt, wenn Fussel weggerannt wäre. Aber wahrscheinlich war das ohnehin nicht realistisch, denn die Stute stand regungslos da und starrte mich an.

Ungelenk stand ich auf, obwohl ich darin inzwischen eigentlich Übung haben musste, und klopfte mir ein weiteres Mal den Matsch von der Kleidung.

Es sollte doch möglich sein, dieses sture Tier irgendwie zum Gehen zu bewegen. Ich ruckte am Strick. Einmal. Zweimal. Dreimal. Einen kurzen Moment dachte ich, Fussel würde reagieren. Genau genommen reagierte sie auch. Mein Alpaka legte sich hin. Einfach so. Mitten auf dem Weg. In den Schnee.

»Was soll das denn?«, fragte ich und starrte sie an. »Steh sofort wieder auf. Wir ruhen uns nicht aus. Wir wandern.«

Aber Fussel war alles egal.

Das hatte ich jetzt verstanden. Ich konnte noch so viel zerren und ziehen, fluchen und schimpfen, locken und bitten. Sie hatte entschieden, dass sie nicht weitergehen würde. Deshalb würde sie nicht weitergehen. Und das war's. Ende der Diskussion.

Ich gab auf.

»Gut, gehen wir eben zurück«, sagte ich zu ihr und trat demonstrativ um sie herum. »Du hast gewonnen.«

Fussel blieb liegen.

»Komm.« Erneut zupfte ich am Seil. »Fussel. Verdammt. Musst du wirklich so ein störrisches Vieh sein? Ich dachte, Alpakas wären freundliche Tiere. Aber du bist nur gemein. Und blöd«, fügte ich böse hinzu, zog ein letztes Mal an meinem Strick und stellte meine Versuche schließlich ein.

Ich würde dieses Alpaka nicht zum Laufen bewegen können, nicht einmal zum Aufstehen. Also konnte ich nichts weiter tun, als zu warten, bis sie ihre Meinung ändern würde.

Ich hockte mich vor Fussel in den Schnee.

Warum hatte ich diesen kaputten Hof ausgerechnet im Winter pachten müssen? Ich mochte Kälte nicht. Ich war ein Sommermensch. Oft nahm ich mir sogar im August eine Strickjacke mit, wenn ich mich in ein Café setzen wollte, zur Sicherheit, weil ich so schnell fröstelte. Und ausgerechnet ich hatte mir Tiere mit so viel Fell ausgesucht, dass sie wie eine explodierte Haarkugel aussahen. Fussel spürte wahrscheinlich nicht einmal, dass sie nicht auf warmem Gras lag, sondern einer gefrorenen Wasserschicht. Wahrscheinlich war ihr das sogar lieber.

»Bist du jetzt zufrieden?«, fragte ich Fussel. »Das willst du? Einfach hier liegen und nichts tun? Das ist der Plan?«

Ich konnte nicht ewig hier draußen hocken und darauf warten, dass mein Alpaka seinen Sitzstreik beendet hatte. Irgendwann würde ich komplett zu Eis erstarren.

In diesem Moment hörte ich ein Pfeifen.

Ich sah hoch und mich um, und auch Fussel spitzte interessiert die Ohren, ohne sich jedoch vom Fleck zu rühren. Natürlich nicht.

Die Melodie wurde lauter und kam offenbar auf uns zu. Und dann tauchte plötzlich die dazugehörige Person auf. Ich war überrascht. Bis auf meine Nachbarin und Janna kannte ich so gut wie niemanden hier. Aber dieser Frau war ich bereits einmal begegnet, und zwar in dem einzigen Geschäft für Tierfutter in der Gegend, für das ich fast eine Stunde hatte fahren müssen.

Die Fremde und ich hatten uns kurz unterhalten. Sie hatte ebenfalls einen Hof. Es war offenbar ein Gnadenhof für kranke und alte und misshandelte Tiere, den sie Lebenshof genannt hatte.

»Und Sie haben Alpakas?«, hatte sie mit Blick auf mein Müsli gesagt, das ich extra vorbestellt hatte.

Genau diese Frau kam jetzt auf mich zu. Wie unwahrscheinlich war das?

Sie hörte auf zu pfeifen, als sie Fussel und mich bemerkte, und lächelte zur Begrüßung.

»Ein Dorf ist ein Dorf, *non*?«

Sie wirkte nicht, als würde sie gerade bei eisigen Minusgraden durch eine Schneelandschaft spazieren. Zwar trug sie einen dicken Mantel und einen Schal, aber beide waren nur lose geschlossen. Das graue, lange Haar war offen, und sie hatte weder eine Mütze noch Handschuhe. In ihren Händen hielt sie einige Tannenzweige, die sie sich offenbar aus dem Wald mitgebracht hatte. Jeder ihrer Schritte war von leisem Klingeln und Knistern begleitet, weil sie mehrere Reihen Schmuck um den Hals und an den Ohren trug, der wie selbst gemacht aussah.

»So sieht man sich wieder.« Ihre Stimme hatte einen wunderbar melodischen französischen Akzent.

»Ja«, stimmte ich zu und stand auf, rieb mir die Jacke und die Hose ab. Dabei stellte ich mich ein bisschen so, dass ich die am Boden liegende Fussel verdeckte, obwohl das natürlich aussichtslos war. Ein Alpaka mitten auf dem Weg war nicht zu übersehen. »Sind Sie zufällig in der Gegend?«

»Nein, nein. Unser Hof liegt auf der anderen Seite.« Sie deutete hinter sich. »Und Ihrer?«

»Gleich da vorne.« Ich zeigte in die andere Richtung.

»Und wer ist das?«, fragte sie, als sie Fussel entdeckt hatte.

Etwas widerwillig trat ich zur Seite.

»Das ist Fussel.«

»*Salut*, Fussel.« Sie kam einige Schritte auf die junge Stute zu, die ihr aufmerksam entgegensah, ging dann in die Hocke und hielt ihr die Hand hin, damit das Tier sie beschnuppern konnte. »Du bist bestimmt eine kleine *mademoiselle*, richtig? Und Sie beide machen einen schönen Spaziergang zusammen?«, wandte sie sich wieder an mich.

»Das war der Plan«, erwiderte ich ausweichend.

»Das Wetter ist ja herrlich dafür«, fügte sie hinzu und warf einen Blick in Richtung der grauen, tief hängenden Wolken. »Sie haben sich wirklich den besten Zeitpunkt für Ihren Umzug ausgesucht. So viel Schnee haben wir im Winter hier sonst nicht. Da haben Sie Glück.«

»Sieht so aus«, murmelte ich.

»Kommt Ihnen die Welt nicht auch magisch vor?« Sie wies um uns herum. »Als wäre alles mit einem Zauberpulver überzogen, *non*?« Sie wartete nicht auf meine Antwort, sondern sprach direkt an Fussel gerichtet weiter:

»Und jetzt musst du verschnaufen, *ma chérie*? Das sind Tannenzweige. Magst du Tannenzweige?« Sie ließ das Alpaka an den Zweigen riechen, die sie bei sich trug. »Ich bin dabei, unseren Hof zu schmücken. Ich brauchte noch Zweige für den Adventskranz. Aber ein bisschen was davon möchte ich zu Hause anzünden«, fuhr die Frau fort. »Ich liebe es, wenn das ganze Haus nach den Nadeln duftet. Macht ein angenehmer Geruch nicht jedes Haus viel schöner und gemütlicher?«

»Mir würde es reichen, wenn mich mein Haus ein bisschen besser leiden könnte«, murmelte ich und schämte mich sofort, als mir klar wurde, dass ich diesen Gedanken laut ausgesprochen hatte.

Meine Gesprächspartnerin wirkte jedoch nicht irritiert oder verwundert. »Ihr Haus kann Sie nicht leiden?«

»Nein.«

»Wie kommt das?«

»Ich weiß es nicht. Es mochte mich von Anfang an nicht«, sagte ich und lachte leicht nervös.

»Was tut es?«

»Es ist ... gemein zu mir.«

Als sie mich abwartend ansah, versuchte ich, es zu erklären, kam mir jedoch sehr albern und kindisch dabei vor. »Es schaltet die Heizung aus, wenn ich schlafe, oder lässt das Wasser kalt werden, wenn ich unter der Dusche stehe. Viermal ist schon die Sicherung rausgeflogen, und als ich im Keller versucht habe, sie wieder reinzudrehen, ist die Tür zugeknallt, und ich stand im Dunkeln. Die meisten der

Fenster gehen nicht richtig auf. Bei dem Versuch, sie zu öffnen, habe ich mir jeden einzelnen Finger gequetscht. Und manchmal, wenn ich es dann mache, mit diversen Pflastern an den Händen, geht es plötzlich ganz einfach.«

Ich spürte plötzlich eine so überwältigende Erleichterung, endlich jemandem mein Leid zu klagen, dass ich nicht mehr zu stoppen war. »Ich darf nur zu bestimmten Uhrzeiten mein Geschirr spülen, sonst kommt kein Wasser. Im Boden sind einzelne Dielen lose, an denen ich mir mehrfach die Zehen gestoßen habe. Nachts höre ich in der Wand meines Schlafzimmers Geräusche. Es ist eine Art Summen oder Brummen oder Flüstern, als wollte mir jemand etwas sagen, das ich nicht verstehen kann. Aber nur, wenn ich einschlafen will. Wenn ich mich tagsüber ins Bett lege oder nachts noch lese, bleibt alles ruhig. Mein Radio funktioniert im Wohnzimmer an zwei von drei Steckdosen, an der dritten kommt kein Ton, obwohl andere Geräte da ganz normal laufen. Und manchmal geht draußen einfach das Licht vor der Eingangstür an. Da ist kein Bewegungsmelder oder Wackelkontakt. Ich finde nicht einmal den Schalter, der dazugehört. Ich habe im ganzen Haus danach gesucht. Ich weiß, das sind wahrscheinlich einfach die kleinen und großen Marotten eines sehr alten Hauses, aber ...«

»*Non*«, erwiderte die Frau zu meiner Überraschung entschieden. »Sie haben vollkommen recht. Ihr Haus mag Sie nicht. Vielleicht hängt es noch zu sehr an seinem eigentlichen Besitzer.«

»Es hängt zu sehr an ihm?«

»*Oui, oui.* Für ein Haus ist so eine Veränderung auch nicht immer leicht. Schon gar nicht, wenn sie viele Jahre miteinander verbracht haben, wissen Sie? Dann stapelt sich die Vergangenheit bis unters Dach. Wenn Sie dann mit Ihrem Krempel kommen, ist es vielleicht zu voll.«

»So viel habe ich gar nicht mitgebracht. Vielleicht fünfzehn Kartons. Und die meisten davon habe ich bisher nicht mal ausgepackt.«

»Vielleicht brauchen Sie ein Reinigungsritual.«

»Ein Reinigungsritual?«, fragte ich.

»Um ein bisschen Platz zu schaffen und die Geister zu vertreiben. Die alteingesessenen und die Neuankömmlinge.«

»Für die wird aber ein Ritual nicht reichen«, erwiderte ich halb im Scherz. »Ich glaube, ich habe welche von der festsitzenden Sorte.«

»Dann sollten Sie das wirklich tun. Machen Sie eine reinigende Räucherung mit Salbei, Engelwurz und Lavendel. Das klärt die Luft. Sie werden sehen, das bewirkt Wunder.«

»Ein Wunder könnte ich gebrauchen«, sagte ich ungenau, weil ich mich damit weder auskannte noch wirklich daran glaubte.

Außerdem ließen sich meine bösen Geister sicher nicht mit ein paar Kräutern in die Flucht schlagen.

»Ich kann Ihnen helfen, wenn Sie möchten. Ich räuchere unser Haus regelmäßig aus. Wir haben viele Giebel, wissen Sie? Da setzt sich das Unglück gerne fest. Und wenn man eins auf einem Lebenshof nicht brauchen kann, dann ist es Unglück. Das hatten die Tiere nämlich mehr als genug.«

»Ihr Angebot ist sehr nett, aber ...«

»Das macht keine Umstände«, sagte sie, als hätte sie gewusst, wie meine Ausrede enden sollte. »Ich mache es gern. Böse Geister sind gewissermaßen meine Spezialität. Fragen Sie meine Freundin Hannelore. Als wir uns kennengelernt haben, war ihre Aura vollkommen strubbelig. So ein Durcheinander habe ich noch nie gesehen. Aber ein paar Kräuterräucherungen hier, ein paar Heilsteine da, und schon ist sie ein ganz neuer Mensch. Ihre Gespenster bekommen wir auch dazu, die Koffer zu packen, und danach sieht Ihre Aura«, ihre Hand fuhr in der Luft meine Umrisse nach, als wollte sie mit einem Stift eine Linie um mich ziehen, »fast wie neu aus. Das verspreche ich Ihnen.«

Ich hatte keine Ahnung, was ich darauf sagen sollte, deshalb nickte ich nur und versuchte mich an einem Lächeln.

»Wissen Sie was? Ich merke erst jetzt, dass ich die ganze Zeit auf dem Schlauch stand. Sie sind die ...«

»Spinnerin«, antwortete ich. »Ja. Meinen Spitznamen habe ich schon gehört.«

»Darauf müssen Sie nichts geben«, erwiderte die Frau. »So sind Dorfleute. Wir haben hier alle unsere Scherznamen weg. Und wenn man neu ist, erst recht. Ich habe das alles genauso durchgemacht, glauben Sie mir. Mich nennen alle die magische Fran. Das stört mich nicht weiter. Und das sollte es Sie auch nicht.«

»Tut es nicht«, behauptete ich.

»Oh, das magst du?«, fragte sie Fussel.

Während wir uns unterhalten hatten, hatte sich die Frau langsam neben das Alpaka gehockt und nun behutsam damit begonnen, dem Tier den Hals zu streicheln.

Ich war bisher nicht einmal in die Nähe von Fussels Hals gekommen. Beim Anlegen des Halfters hatte ich mich bewusst auf den Kopf konzentriert, um keinen Fehler zu machen, und diese Fremde durfte sie sogar streicheln? Einfach so?

»Du bist eine ganz Zutrauliche, *non*? Du hast ja gar keine Angst vor den Menschen.«

Sie kraulte das Fell stärker, und meiner Alpakastute

schien es tatsächlich zu gefallen. Genießerisch klimperte das Tier mit den Augen.

»Dann haben Sie es ja gar nicht weit«, wandte sich die Frau wieder an mich. »Der Hof ist gleich da vorne, *non*?«

»Keine fünf Minuten.«

»Und dann machen Sie hier schon eine Pause?« Sie lachte. »Oder sind Sie auf dem Rückweg, und Ihnen ist auf den letzten Metern die Puste ausgegangen?«

»Na ja ...«, setzte ich an.

Wie sollte ich den Sitzstreik meines Alpakas erklären?

»Also ... genau genommen ... will sie nicht laufen«, gab ich schließlich zu.

»Sie will nicht laufen? Du willst nicht laufen, *ma chérie?*«, wandte sich die Frau überrascht an Fussel.

»Nein. Ich verstehe es auch nicht. Sie ist erst ganz lieb mitgekommen. Aber plötzlich ging gar nichts mehr. Ich habe alles versucht. Aber sie bewegt sich kein Stück mehr. Darauf haben sie uns im Einstiegskurs nicht vorbereitet.«

»Einstiegskurs?«

»Für angehende Alpakabesitzerinnen. Da gibt es ganz offizielle Seminare. Alpakahaltung für Dummies sozusagen. Ich wollte zumindest ein bisschen wissen, worauf ich mich hier einlasse. Und auch eine Alpakawanderung habe ich schon gemacht. Das ist zwar Jahre her, aber da musste ich nur aufpassen, dass Kleiner Onkel, so hieß mein Alpaka, mit dem ich unterwegs war, kein Gras frisst. Mehr nicht. Kleiner Onkel ist nicht einfach stehen geblieben und hat sich mitten auf dem Weg hingelegt. Ich habe keine Ahnung, was ich bei Fussel falsch gemacht habe. Ich wollte nur ...«

»Vielleicht wollten Sie zu viel«, sagte sie.

»Ich wollte zu viel? Ich wollte eine kleine Runde gehen.

Mehr nicht. Ich meine, ja, vielleicht war das eine etwas spontane Idee. Aber ich dachte, es würde schön werden. Und schön kann ich gerade wirklich gebrauchen. Außerdem hatte ich ja nicht vor, gleich bis nach Köln zu wandern.«

Die Fremde musterte mich einige Momente lang, und ich wurde das Gefühl nicht los, dass sie etwas anderes meinte. »Aber von hier aus kann sie den Hof nicht mehr sehen«, sagte sie schließlich.

»Und?«

»Vielleicht hat sie das verunsichert. Wenn Sie das vorher noch nicht gemacht haben, ist es Stress für sie, wenn ihre Herde nicht mehr da ist. Das kennt sie nicht.«

Ich musterte Fussel. Konnte das stimmen? Darüber hatte ich bisher nicht nachgedacht. Mir war es vorgekommen, als wäre sie bockig oder stur oder wollte mir das Leben schwer machen – wie meine Bruchbude von Haus und mein schrottreifer Lastwagen. Keine Sekunde war mir in den Sinn gekommen, dass Fussel noch jung war und sich eigentlich immer an den anderen Stuten, vor allem an Schavöttche, orientierte. Ein bisschen hatte ich sie gerade deshalb ausgesucht. Ich dachte, dass es mit ihr am leichtesten gehen würde, weil sie nicht so einen starken Willen wie die anderen Alpakas hatte. Vielleicht fühlte sie sich jedoch tatsächlich ohne ihre Herde nicht wohl und traute sich deshalb nicht weiterzugehen.

»Aber warum will sie dann nicht zurückgehen?«, fragte ich. »Ich habe ja schon aufgegeben, dass wir unseren Spaziergang durch den Wald machen können. Ich wollte mich mit ihr auf den Nachhauseweg machen. Aber sie hat sich einfach hingelegt.«

»Darf ich es mal versuchen?«, fragte die Frau und streckte bereits die Hand nach dem Seil aus.

»Sicher. Probieren Sie Ihr Glück.« Bereitwillig reichte ich ihr den Strick.

Sie würde es erleben. Fussel war unbarmherzig.

»Na, was sagst du, Fussel?«, sprach die Fremde das Alpaka an. »Willst du nicht vielleicht nach Hause? Zu deinen Freundinnen? Zu deiner Herde? Was hältst du davon?« Sie stand auf und wackelte leicht an der Leine. »Stehst du bitte auf?«

Fussel tat nichts. Aber das überraschte mich nicht. Nichts anderes hatte ich von ihr erwartet.

»Schau mal, was ich hier für dich habe.« Aus ihrer Manteltasche fischte die Frau einen kleinen grünen Brocken, der wie gepresstes Heu aussah.

Sofort richteten sich Fussels Ohren auf sie, und sie reckte die Nase vor. Doch auch das kannte ich bereits. Es änderte nichts.

»Aber das bekommst du erst, wenn du aufstehst, *ma chérie*. Ohne Fleiß kein Preis«, sagte sie mit einem Lächeln.

Die gute Laune würde ihr noch vergehen. So viel war sicher.

Doch genau in diesem Moment ging ein kleiner Ruck durch Fussel. Mein Alpaka drückte sich hoch, erst vorne, dann hinten. Und stand plötzlich vor uns.

Ich starrte sie an.

War das ein Scherz? Ich hatte sie gelockt und getrieben und sogar angebettelt. Alles hatte ich versucht. Und was hatte sie getan? Nichts. Rein gar nichts.

Aber wenn eine fremde Frau sie einmal bat aufzustehen, tat sie es und fraß genüsslich eines dieser kleinen Leckerchen, die ihr als Belohnung hingehalten wurden.

»Das hast du gut gemacht. Sehr gut, *chérie*. Und jetzt komm, wir gehen nach Hause.« Die Frau drehte sich um und ging los.

Wie von selbst setzte sich Fussel in Bewegung und erhielt dafür ein weiteres Bonbon. Es sah ganz einfach aus. So selbstverständlich. Einen Moment schaute ich ihnen fassungslos nach und musste mich dann beeilen, ihnen zu folgen.

»Tiere sind wie wir Menschen. Mit der Aussicht auf etwas Süßes geht alles gleich viel besser«, erklärte die Frau mir. »Deshalb ist es immer gut, ein Leckerchen in der Tasche zu haben. Das ist der beste Rat, den ich Ihnen geben kann.«

»Ja«, murmelte ich leise. »Ist ja nicht so, als hätte ich das nicht versucht.«

»Die sind eigentlich für unsere Pferde und Shetlandponys«, fügte sie in meine Richtung hinzu. »Sie bestehen im Grunde nur aus getrocknetem Gras, kein Zucker, keine Zusatzstoffe, weil gerade unsere Kleinsten meist auf ihre Linie achten müssen. Aber welches Tier kann zu einem Bonbon Nein sagen, *non*?«

Leicht resigniert hob ich die Schultern. »Sie müssen uns aber nicht bis zum Hof bringen. Den Rest schaffen wir bestimmt alleine.«

»Das macht mir nichts. Ist nur ein Katzensprung. Besonders weit sind Sie ja nicht gekommen«, fügte sie mit einem Augenzwinkern hinzu.

»Wo Sie recht haben …«

»Ich bin übrigens Françoise. Aber Sie können mich Fran nennen.« Sie hielt mir die ausgestreckte Hand entgegen.

Ich nahm sie. »Stella.«

»Freut mich sehr, Stella. Sie müssen uns auf jeden Fall auf unserem Lebenshof besuchen kommen. Und Sie müssen meine Freundin Hannelore kennenlernen. Dann werden Sie verstehen, was ich vorhin gemeint habe. Oh, da sind schon die anderen Alpakas.« Fran blieb stehen und sah mit Fussel zusammen zu meiner Herde, die uns ebenfalls entgegenschaute. »Da haben Sie aber sehr schöne Tiere, die Ihnen bestimmt viel Freude machen.«

»Ja«, erwiderte ich gedehnt. »Sie mögen mich allerdings auch nicht besonders.«

»Das kommt noch. So was braucht Zeit. Und wenn ich erst Ihre bösen Geister vertrieben und Ihre Aura auf Vordermann gebracht habe«, wieder fuhr sie mit der Hand meinen Körperumriss nach, »dann kommt das ganz von selbst. Glauben Sie mir.«

Obwohl ich nicht so zuversichtlich war wie sie, nickte ich.

Wir gingen den verschneiten Weg zum Hof zurück, und Fran erzählte mir von einer Suppe, die sie regelmäßig kochte und der sie heilende Wirkung zusprach, doch ich hörte nur mit halbem Ohr zu. Ich hatte mir den Alpakaausflug anders vorgestellt. Natürlich war es albern, deshalb enttäuscht oder traurig zu sein. Wenn ich an all das dachte, was in den letzten Jahren mit Malek passiert war, dann war so ein missglückter Spaziergang im Vergleich dazu nichts. Aber das Haus, der Hof und die Tiere sollten ein Neuanfang sein.

Dabei hatte ich gar nicht danach gesucht. Ich war mir sicher gewesen, ich würde allein deshalb stundenlang durch irgendwelche Angebote scrollen, weil ich mich ablenken wollte, meinen Kopf irgendwie beschäftigt halten. Ich wollte nicht aufs Land. Ich wollte keine Tiere halten. Ich wollte nur nicht die ganze Zeit daran denken, dass ich meine große Liebe und meinen besten Freund verloren hatte und mit einundvierzig Witwe war. Ich las Unmengen von Annoncen. Nicht eine einzige davon rief ich ein zweites Mal auf. Ich hatte viele andere Höfe gesehen, schönere, neuere, in besserer Lage, zu einem besseren Preis. Aber bei keinem von ihnen hatte gestanden: Tierhaltung (z. B. Alpakas) möglich.

Es hatte sich wie ein Zeichen angefühlt. Oder wollte ich nur, dass es sich wie ein Zeichen anfühlte? Weil ich so dringend eins brauchte? Weil ich nicht wusste, wie ich weitermachen sollte, ohne zumindest ein kleines bisschen Hoffnung? Deshalb hatte ich alle Alarmglocken ignoriert, alle Zweifel und Ängste, sogar den gesunden Menschenverstand. Und deshalb war ich jetzt hier.

Aber ab wann musste ich mir eingestehen, dass das alles ein Fehler gewesen war, den ich dringend rückgängig machen musste?

»Was ist das denn?«, platzte es in diesem Moment aus mir heraus, als Fran, Fussel und ich gerade in die Hofeinfahrt einbogen.

»Scheint so, als hätten Sie eine Heulieferung bekommen«, erwiderte Fran, die mit mir zusammen auf die vielen Ballen sah, die vor der Scheunentür im Schnee lagen.

»Wann denn? Ich war überhaupt nicht lange weg. Das Heu sollte schon vor zwei Wochen kommen. Und als ich heute noch einmal angerufen habe, hat man mir gesagt, die Lieferung käme nicht vor Ende der Woche.«

»Haben Sie beim Heu-Hannes bestellt?«

»Ja.«

»Auf den kann man sich nicht verlassen. Hat Ihnen das niemand gesagt?«

»Nein.«

»Dann sage ich es Ihnen jetzt. Den Heu-Hannes nimmt man nur, wenn man ganz viel Zeit und Geduld hat und es einem im Grunde egal ist, was er wann liefert. Sonst nicht.«

»Er war der Einzige, der auf der Liste stand.«

»Welcher Liste?«

»Im Futterladen. Da habe ich nachgefragt, und da gab es eine Liste mit Heulieferanten in der Gegend. Und er war der Einzige, der draufstand.«

»Auf diese Liste sollten Sie nichts geben. Der Besitzer vom Futterladen ist mit dem Heu-Hannes verwandt. Und warum haben Sie die großen Rundballen genommen?«, fragte Fran. »Die kleinen sind viel einfacher zu lagern und auch viel praktischer, wenn man nicht gerade Wonder Woman heißt. Das nur als kleiner Tipp.«

»Aber ich hatte kleine Ballen bestellt. Diese rechteckigen.«

»Dann hatte er wahrscheinlich gerade zufällig Rundballen geladen. So ist der Heu-Hannes.«

»Kann ich das wieder abholen lassen?«

»Wenn Sie weitere zehn Jahre Zeit haben und Lust auf Streit mit dem halben Dorf?«

»Habe ich wahrscheinlich längst«, erwiderte ich leise.

»Aber dann lassen Sie sich nicht auch noch beim Preis von ihm übers Ohr hauen. Wenn er Ihnen einfach so Rundballen liefert, kann er nicht verlangen, dass Sie den vollen Preis bezahlen.«

Verzweifelt sah ich vom Heu zu Fran und wieder zurück. »Was mache ich denn jetzt? Er hat sie einfach vor meinem Tor abgeladen. Wie soll ich sie in die Scheune bekommen?«

»Haben Sie keinen Traktor?«

»Nein.«

»Ohne einen Traktor ist es fast unmöglich.«

»Und wie soll ich an einen Traktor kommen?«

»Janna.«

»Was?«

»Janna Viereck. Die hat einen Traktor. Die sollten Sie

fragen, ob sie Ihnen mit ihrem Trecker aushilft. Kennen Sie die?«

»Ja, die kenne ich«, murmelte ich.

Das hatte mir gerade noch gefehlt.

Drei

»Verdammt noch mal!«

Es wurde bereits dunkel, aber ich hatte bisher nur einen einzigen großen Heuballen unter großer Anstrengung und noch mehr wüsten Beschimpfungen in die Scheune gerollt. Zwölf weitere warteten darauf, ins Trockene zu kommen, und an einem zweiten verzweifelte ich gerade. Es war einfach zu schwer. Inzwischen war ich so erschöpft, dass ich ihn kaum von der Stelle bekam.

Ich würde es nicht schaffen. Ohne einen Traktor war ich aufgeschmissen. Und heute Nacht sollte es weiterschneien.

Was hatte sich dieser verfluchte Heu-Hannes dabei gedacht? In was für eine beschissene Situation hatte er mich gebracht? Was sollte ich tun?

Ich lehnte mich gegen den Ballen und wischte mir über mein glühendes Gesicht. Ich war klatschnass, aber ausnahmsweise nicht, weil ich in den Schnee gefallen oder mich mit Wasser übergossen hatte, sondern weil ich so sehr schwitzte. Meine Muskeln schmerzten, die Arme, die Beine, der Rücken, alles.

Ich war längst nicht mehr sportlich. Das war mal anders gewesen. Als Kind hatte ich einen ausgeprägten Bewegungsdrang gehabt. Immer wollte ich raus, immer wollte ich laufen, meine Oma, die bei meinem Einzug schon keine junge Frau mehr gewesen war, konnte kaum mit mir Schritt halten. In der Schule spielte ich Handball und Basketball und hin und wieder Fußball. Unsere ersten Verabredungen hatten Malek und ich im Park. Wir gingen stundenlang spazieren und unterhielten uns. Nachdem wir zusammengezogen waren, gehörte das morgendliche Joggen lange zu unserer festen Routine, und an Wochenenden unternahmen wir manchmal Touren mit den Fahrrädern. Das war lang her. In den letzten Monaten und Jahren hatte ich weder die Zeit noch die Kraft dafür gehabt.

Jetzt brannte meine Lunge. Bei jedem Atemzug kam es mir vor, als würde ich nicht frische, kalte Landluft einsaugen, sondern heißen Dampf.

Ich konnte nicht mehr.

Aber wenn ich das Heu nicht in die Scheune bekommen würde, würde es nass, und wenn es nass würde, würde es schimmeln, und wenn es schimmeln würde, konnte ich es ganz vergessen. Das war Geld, was da vor meiner Scheune im Freien aufgestapelt war, und nicht zu wenig. Ich hatte nicht gedacht, dass etwas, das draußen von alleine auf der Wiese wuchs, so teuer sein konnte.

Es gab nur eine Lösung.

Im Grunde kannte ich sie bereits, seit Fran es ausgesprochen hatte. Ich hatte nur gehofft, es würde einen anderen Ausweg geben. Aber jetzt war klar: Den gab es nicht.

»Ich hoffe, ihr wisst zu schätzen, was ich hier alles auf mich nehme. Nur für euch«, sagte ich den Alpakas, die wieder einmal aufmerksam meine aussichtslosen Bemühungen beobachteten.

Ich ließ von den Heuballen ab und ging auf die Tiere zu. Keines von ihnen wich zurück. Sie schauten mir entgegen und schienen mir sogar zuzuhören. Nicht einmal

Bernd wandte den Kopf ab, als ich kurz vor dem Zaun stehen blieb.

»Also diese Sache mit dem Landleben habe ich noch nicht so wirklich drauf, oder? Was meint ihr?« Ich drehte mich so, dass meine Alpakas und ich einen Moment gemeinsam auf das Heudesaster schauen konnten, das sich vor der Scheune auftürmte, ehe ich mich ihnen erneut zuwandte.

Fussel streckte den Kopf zwischen die oberste und mittlere Zaunlatte und beschnupperte vorsichtig meine Jackentasche. Mit ihren Lippen berührte sie den Stoff und zupfte daran.

»Oh, du hast dir gemerkt, wo das gute Zeug ist, oder?« Ich bewegte mich so langsam und behutsam wie möglich, um sie nicht zu erschrecken, während ich einige Müslikrümel herauskramte und ihr hinhielt.

Offenbar hatte unser missglückter Ausflug keine bleibenden Schäden an unserer noch zerbrechlichen Beziehung hinterlassen. Darüber war ich erleichtert und freute mich, als ich ihre weichen, witzigen Lippen auf meiner Haut spürte, mit denen sie das Futter von meiner Haut sammelte.

Sogleich drängten sich Schavöttche und Kalte Schnauze näher, um ebenfalls etwas zu bekommen. Inzwischen hatten die drei Wallache bemerkt, dass ihre Nachbarinnen auf der anderen Weide Futter bekamen.

Bernd richtete sich zu seiner vollen Größe auf, Stoffel bewegte den Kopf hin und her, und Kniesbüggel scharte abwechselnd mit dem linken und rechten Vorderfuß.

»Was? Ich soll euch nicht vergessen? Ihr möchtet auch was?«, fragte ich die Männchen, und als wollte er auf meine Frage antworten, gab Bernd plötzlich einen Summton von sich, den ich von ihm bisher nicht gehört hatte. Ich hatte mittlerweile einige Bücher über Neuweltkamele gelesen, und darin stand, dass Alpakas solche Töne machten.

»Okay, okay«, sagte ich ihm. »Kein Grund, mich gleich anzuschreien.«

Ich reichte Fussel, Kalte Schnauze und Schavöttche eine letzte Portion und wartete, bis sie meine Hand leer gefuttert hatten, ehe ich zu den anderen Tieren auf die hintere Koppel hinüberging. Beinahe vorwurfsvoll starrten die Stuten mir nach.

»Tut mir leid, Mädels. Gleiches Recht für alle«, erklärte ich ihnen und kramte bereits in meiner anderen Tasche, in der ich ebenfalls noch einige Hände Müsli bei mir trug, bevor ich die Alpakawallache erreicht hatte.

Stoffel und vor allem Kniesbüggel ging es nicht schnell genug. Aufgeregt trampelten sie auf der Stelle. Bernd dagegen blieb misstrauischer und beäugte mich so eingehend, als wäre er ein Zollbeamter, der überzeugt war, dass ich Schmuggelware dabeihatte. Trotzdem war auch für ihn das Müsli offenbar zu verlockend. Er kam näher und näher, bis er fast eine Armlänge von mir entfernt war. So dicht hatten wir nie nebeneinandergestanden, nur getrennt durch den Zaun.

»Ihr wisst, dass das nur Getreideflocken sind und kein Crack, oder?« Ich lachte. »Ihr sterbt wohl vor Hunger, oder? Na, dann will ich mal nicht so sein.«

Ich trat gerade nah genug an die Alpakas heran, dass jeder von ihnen mir aus der Hand hätte fressen können, als ein Gerangel begann. Bernd wollte seine Position als Anführer durchsetzen und schob sich nach vorne. Doch da hatte er die Rechnung ohne Kniesbüggel gemacht. Der hatte nicht vor, einfach zurückzustecken, und schubste seinen Chef. Stoffel hielt sich zwar zurück, wartete aber in der zweiten Reihe auf seine Chance.

»Spinnt ihr? Hey, lasst das sein. So bekommt ihr gar nichts«, drohte ich und zog meinen Arm zurück.

Vor allem Kniesbüggel machte jedoch seinem Namen alle Ehre und versuchte weiter, Bernd von der besten Stelle am Zaun zu vertreiben. Der war außer sich. Er konnte es offenbar kaum glauben, dass jemand seine Autorität untergraben wollte. Kniesbüggel hatte jedoch nicht vor, nachzugeben. Das Futter war ihm wichtiger, und er schnappte einige Male gierig nach meiner Hand.

»So nicht, mein Freundchen«, schimpfte ich, schloss meine Finger demonstrativ zur Faust und presste sie an meine Brust, damit sie außerhalb der Reichweite seines Mauls war.

In diesem Moment passierte es. Mit einem lauten Flatsch landete eine große Ladung stinkender Sabber direkt in meinem Gesicht. Wieder hatte mich eines meiner Alpakas angespuckt, und dieses Mal direkt ins Gesicht.

Fassungslos starrte ich Kniesbüggel an. »Hast du sie noch alle?« Ich betastete meine Haut und fühlte eine schleimige Flüssigkeit an meinen Fingerspitzen.

Mir wurde schlecht. Richtig schlecht. Ich hatte wirklich Alpakaspucke mitten im *Gesicht*. Nicht irgendwo an der Kleidung oder der Hand, sondern auf meiner Wange, über meinem Auge, an meiner Nase und sogar meinem Mund. Hastig versuchte ich, das stinkende Zeug abzuwischen. Ich musste mich zusammenreißen, um nicht zu würgen. Ein heftiges Schütteln ließ sich jedoch nicht unterdrücken.

»Weißt du eigentlich, wie eklig das ist?«, fuhr ich den Wallach wütend an. »Du bist ein echt widerwertiges Ferkel, Kniesbüggel. Ich kann dich gar nicht leiden.«

Und in diesem Moment flog die nächste Spucke. Dieses

Mal kam sie von Bernd. Doch er feuerte nicht auf mich, sondern auf seinen Kumpel.

Bernd wirkte inzwischen richtig aufgebracht, weil Kniesbüggel die sonst geltende Rangfolge missachtet hatte. Seine Ohren waren angelegt, die Nase giftig vorgereckt, und er machte ein so grimmiges Gesicht, wie ich es von ihm bisher nicht gesehen hatte. Sein feuchtes Geschoss hatte sein Ziel nicht verfehlt. Sein plüschiger Kontrahent kniff ein Auge zusammen, blieb jedoch, wo er war. Erst als Bernd ein weiteres Mal kräftig in seine Richtung spuckte, trat Kniesbüggel den Rückzug an.

»Dem hast du aber kräftig die Leviten gelesen, Bernd«, sagte ich anerkennend zu meinem Wallach, der nun vor mir stand und darauf wartete, als Erster Müsli aus meiner Hand fressen zu dürfen.

Ich wusste, dass er das Leittier der Gruppe war, aber bisher war er mir eher wie ein weiser alter König vorgekommen, dem die anderen gewisse Rechte einräumten, der aber seine Vormachtstellung niemals unter Beweis stellen musste. Zum ersten Mal hatte er jetzt auf den Tisch gehauen, und es hatte seine Wirkung nicht verfehlt. Auch Stoffel hielt Abstand, während Bernd genüsslich die ersten Körner von meinen Fingern klaubte, ohne mich jedoch aus den Augen zu lassen.

»Hätte ich dir gar nicht zugetraut. Ich dachte immer, du wärst friedliebend. Furchtbar nachtragend mir gegenüber«, ergänzte ich, »aber grundsätzlich friedliebend. Offenbar kannst du auch anders, wenn es sein muss. Aber Kniesbüggel ist ein richtiger Kniesbüggel. Er kann so nett sein. Nur wenn es ums Essen geht, wird er zur Furie«, sagte ich und wischte mir ein weiteres Mal mit dem Jackenärmel über das Gesicht. Es roch noch immer widerlich.

In meinem Alpakakurs für Anfängerinnen hatte man

uns davor gewarnt, weil die Spucke aus halb verdautem Futter bestehe und direkt aus dem Magen komme, deshalb stank sie so bestialisch.

Ich musste dringend duschen.

Doch in diesem Moment begann es zu schneien.

Wütend sah ich zum Himmel. »Muss das wirklich sein?«, fragte ich ihn. »Kann das nicht noch warten, damit ich nicht nach Alpakaspucke stinke, wenn ich Janna um Hilfe anbetteln muss?«

Als Antwort schüttelten die Wolken weitere Flocken zu mir herunter. Dieses Mal dichter und größer.

»Vielen Dank auch«, murmelte ich, dann wandte ich mich an meine Alpakas. »Und ihr reißt euch mal ein bisschen zusammen, während ich weg bin. Kein Gespucke und Geschubse mehr. Ist das klar?« Ich sah sie streng an, ehe ich mich umdrehte und mich auf den Weg zu meinem Laster machte.

Wenn ich nicht wollte, dass meine Heulieferung im Wert von mehreren Hundert Euros komplett im Eismatsch unterging, musste ich etwas tun. Sofort. Und das bedeutete leider auch, bei Janna Viereck zu Kreuze zu kriechen.

Kurz hatte ich die Hoffnung, mein Wagen würde vielleicht dieses Mal wieder nicht anspringen. Ich hatte keine Ahnung, was ich dann tun würde, aber darüber musste ich mir sowieso keine Gedanken machen, denn der Motor brummte auf, als hätten wir nie zuvor Unstimmigkeiten über seinen Arbeitseinsatz gehabt.

Also blieb mir offenbar wirklich nichts anderes übrig. Den Weg zu ihrem Hof kannte ich ja bereits. Erst auf der Fahrt wurde mir jedoch bewusst, dass es längst komplett dunkel war. Die Scheinwerfer meines Wagens suchten sich ihren Weg durch die Finsternis, und der Schnee knirschte unter den Reifen. Ich fuhr langsam, um bei meinem Glück nicht im nächsten Graben zu landen.

Als ich schließlich die Einfahrt hinaufgekrochen war und meinen Laster auf Jannas Scheune zusteuerte, kam sie gerade mit ihrem großen Hund aus dem Haus. Sie blieb stehen, verschränkte die Arme vor der Brust und schaute mir entgegen, während ich den Lastwagen parkte und langsam ausstieg. Das Licht über der Tür brannte und verlieh ihrem Gesicht einen besonders grimmigen Ausdruck, den ich sogar aus der Entfernung erkennen konnte. Ich brauchte absichtlich lange, um die Autotür hinter mir zuzudrücken.

»What the fuck? Was ist jetzt schon wieder?«, kam es anstelle einer Begrüßung von Janna, die übertrieben deutlich die Augen rollte. »Mein Sir Kalle kann es nicht gewesen sein. Der ist hier, wie du siehst.« Wie zum Beweis tätschelte sie dem Tier neben sich den Kopf. »Oder wen möchtest du dieses Mal beschimpfen? Einen anderen meiner Hunde? Ich habe auch Katzen und Kühe und Hühner. Was die falsch gemacht haben könnten, weiß ich zwar nicht, aber irgendwas wirst du sicher finden.«

Janna gehörte nicht zu den Menschen, die es anderen leicht machten. Das hatte ich nicht anders erwartet.

»Aber ich muss dir gleich sagen«, fuhr sie fort, noch ehe ich etwas antworten konnte. »Mit deinen Drohungen solltest du dich dieses Mal kurzfassen. In zwei Wochen ist schon der erste Advent, da geht hier im Dorf die Post ab. Ich bin deshalb ein bisschen busy.«

»Ja ... also«, begann ich zögerlich und blieb vor ihr stehen. »Ähm ... hallo ... erst mal.«

Sie reagierte nicht.

»Ich habe ein Problem.«

»Nur eins?«

»Okay ... Ja. Das habe ich wahrscheinlich verdient. Ich hätte das anders ansprechen sollen.«

»Du meinst, wie ein normaler Mensch?«

»Etwas in der Art.«

»Ich bin ja schon froh, dass du dir heute wenigstens etwas Richtiges angezogen hast. Meinetwegen muss ich nicht einen weiteren deiner Tierschlafanzüge sehen. Aber du stinkst, weißt du das?«, fügte sie hinzu.

»Mir hat ein Alpaka ins Gesicht gespuckt.«

»Offenbar bist du auf deinem Hof genauso beliebt wie bei uns im Dorf.«

»Tatsächlich glaube ich, dass meine Alpakas und ich trotzdem Fortschritte machen. Ich glaube, sie werden langsam warm mit mir.«

»Dein Gestank sagt mir was anderes.«

»Doch, ich glaube sogar, dass Bernd mich ...«, wollte ich erzählen, entschied mich dann aber anders. »Ist ja auch egal. Deswegen bin ich nicht hier.«

»Du bist hier, weil du ein Problem hast.«

»Genau.«

»Ich befürchte, dabei kann ich dir nicht helfen. Ich bin Landwirtin, und meine psychologischen Fähigkeiten sind begrenzt. Sorry.«

»Sehr witzig«, gab ich zurück. »Ich habe ein Heuproblem.«

»Ein Heuproblem?«

»Ja.«

»Das kommt überraschend. Meistens haben die Leute Probleme mit Gras.«

»Was?«

»Du hast also ein Heuproblem.«

»Genau. Mir wurde eine große Menge Heu geliefert. Als Futter für meine Alpakas. Ich hatte eigentlich diese kleinen

Ballen bestellt und das schon vor einer Weile. Ich habe tagelang darauf gewartet, und heute war ich nur einmal kurz für einen Spaziergang weg, da kam das Heu. Es sind aber keine kleinen Ballen, sondern große Rundballen, die jetzt als großer Haufen vor meiner Scheune liegen.«

»Du hast beim Heu-Hannes bestellt.«

Ich nickte.

»Das macht man nicht, wenn man etwas Bestimmtes zu einer bestimmten Zeit haben will.«

»Weiß ich inzwischen auch«, erwiderte ich. »Jedenfalls bin ich ziemlich verzweifelt, weil es auch noch angefangen hat zu schneien.« Ich sah nach oben, wo keine Flocke zu sehen war. »Vorhin auf meinem Hof hat es jedenfalls geschneit. Und es soll heute Nacht weiterschneien.«

»Einige Zentimeter«, bestätigte Janna.

»Da kann ich das Heu doch nicht einfach draußen liegen lassen.«

»Nope.«

»Da wird es feucht und vergammelt mir direkt vor der Tür.«

»So sieht es aus. Und was soll ich da tun?«

»Ich habe keinen Traktor.«

»Jetzt kommen wir der Sache näher.«

»Ich habe wirklich alles versucht, um diese blöden Ballen irgendwie in die Scheune zu bekommen. Aber sie sind einfach zu groß und zu schwer, und ich glaube, da geht es irgendwie bergauf. Jedenfalls habe ich einen einzigen geschafft. Der Rest ist aussichtslos.«

»Aha.«

»Deshalb dachte ich ...«

»Dass du mir von deinem letzten Besuch so positiv in Erinnerung geblieben bist, dass ich bestimmt nicht Nein sagen kann?«

»So in etwa?«, sagte ich und verzog leicht bittend das Gesicht.

»Du hast Nerven, nach deinem Auftritt wieder auf meinem Hof aufzukreuzen, stinkend und verschwitzt und den Kopf voller Heu ...«

Hastig fasste ich mir an die Stirn. Janna hatte recht. Ich fühlte mehr Halme als Haare.

»Und mich um meinen Traktor anzuhauen«, fuhr sie fort.

»Ähm ... danke?«

»Das war kein Kompliment«, sagte sie. »Wahrscheinlich kannst du so ein Ding auch nicht bedienen, oder?«

»Darf man das mit einem ganz normalen B-Führerschein?«

»Das sagt alles«, brummte sie. »Das heißt, du haust mich nicht nur um meinen Traktor an, sondern bittest mich außerdem, dass ich mit dir auf deinen Hof komme und dir deine Heuballen in die Scheune transportiere. Abends. Obwohl ich eigentlich endlich Feierabend habe und zu vorweihnachtlichen Dorfverpflichtungen aufbrechen muss.«

Ich zögerte. »Ja?«, fragte ich dann.

»Alles klar«, sagte Janna. »Dann fahr mal vor.«

Ich wusste nicht, wie spät es inzwischen war. Auch mit dem Traktor hatte es gedauert, bis wir die einzelnen Ballen ins Scheuneninnere geschafft hatten, was vor allem daran lag, dass Janna zwar schnell und zielsicher arbeitete, aber auch sehr genau.

»Wenn du beim Aufstapeln schluderst, bereust du es später«, erklärte sie mir, und ich hatte keinen Grund, ihr nicht zu glauben. Allein hätte ich das nie geschafft.

Dabei hatten Janna und ich überraschend gut zusammengearbeitet. Sie hatte mir knappe Anweisungen gegeben, und ich hatte sie ausgeführt, dazwischen hatten wir meist geschwiegen. Aber es war nicht ansatzweise so unangenehm, wie ich befürchtet hatte. Ich stellte im Gegenteil sogar fest, dass ich sie mochte. Sie hatte zwar eine ruppige Art und einen eigenen Humor, aber das gefiel mir. Sie machte nicht viel Aufhebens, arbeitete ruhig und gewissenhaft, und wenn sie zwischendurch etwas sagte, war es entweder wichtig oder so witzig, dass ich einige Male beinahe laut aufgelacht hätte.

Sie schien mir unseren kleinen Fehlstart nicht mehr übel zu nehmen. Überhaupt wirkte Janna nicht wie ein nachtragender Mensch. Hinter ihrer schroffen Art glaubte ich, eine besondere Herzlichkeit auszumachen. Sie näher kennenzulernen erinnerte mich an etwas, das ich am zweiten Tag auf dem Hof erlebt hatte. Auf der Weide hatte ich etwas gefunden. Aus einem Klumpen Erde blitze etwas Glänzendes hervor. Als ich den Schmutz abkratzte, kam ein Silberlöffel zum Vorschein. Ich hatte keine Ahnung, wie er dorthin gekommen war und wie lange er dort schon gelegen hatte, aber ich hatte ihn sorgfältig gesäubert, und jetzt aß ich jeden Morgen mein Müsli damit.

Inzwischen waren alle Ballen sorgfältig an die linke Scheunenwand gestapelt. Janna hatte ihren Traktor ausgeschaltet und war vom Fahrersitz gesprungen.

»Versteh mich bitte nicht falsch. Du bist meine absolute Rettung, und ich kann dir nicht genug dafür danken. Aber wie soll ich da allein jemals wieder rankommen?«, fragte ich nun und zeigte auf die obersten Ballen, die fast bis zur Decke reichen.

»Erst mal hast du ja die drei hier vorne«, war Jannas Antwort mit Blick auf das Heu neben dem Eingang. »Für den Rest musst du dir wahrscheinlich einen eigenen Traktor kaufen.«

»Ja.«

»Und Traktorfahren lernen.«

»Hm.«

»Oder du musst dir eine Seilkonstruktion über diesem Balken anbringen.« Sie deutete nach oben. »Mit der kannst du dich selbst nach oben ziehen. Dann nimmst du diese Umspanngurte. Kennst du die?«

»Nein.«

»Die sind stabil und reißfest und haben einen speziellen Verschluss.« Janna machte eine Bewegung, die mir nicht entfernt bekannt vorgekommen war. »Es müssen wirklich die ganz stabilen sein. Mit dem speziellen Verschluss. Das ist überlebenswichtig.«

»Okay.«

»Und dann schnallst du sie um einen der Ballen und befestigst das Ganze an einem Flaschenzug. Damit kannst du das Heu von oben nach unten ziehen. Aber pass auf. Wenn du dich am Boden nicht fest genug anbindest, könnte es sein, dass du bis unter die Decke saust.«

Ich hatte sie gemustert. »Du verarschst mich.«

»Würde ich nie tun.«

»Kannst du mir bitte ernsthaft sagen, wie ich da oben rankommen soll?«

»Wahrscheinlich musst du wieder deine Freundin mit dem Traktor so nett und freundlich bitten wie beim ersten Mal.«

»Echt? Das würdest du tun?«

»Habe ich nicht gesagt. Aber bitten kannst du mich.«

»Und du sagst dann Ja?«

»Wahrscheinlich nicht«, antwortete sie grinsend und fügte hinzu: »Aber versprich mir eins.«

»Was?«
»Bestell nie wieder Heu beim Heu-Hannes.«
»Fest versprochen.«
»Und mach niemals mit ihm rum.«
»Warum sollte ich mit ihm rummachen?«
»Da ist noch nie was Gutes bei rausgekommen. Versprich es einfach.«
»Ich verspreche es.«

Janna sah sich in der hohen Halle um, in der es nach Heu und Staub und Moder roch, und ging zwischen den Landmaschinen hindurch, die der Besitzer zurückgelassen hatte wie vieles andere. »Fuck! Ich hatte keine Ahnung, dass der beknackte Jo solche Schätzchen hier versteckt hat«, rief sie anerkennend.

Ich konnte mich dunkel daran erinnern, dass sie mir bei meiner ersten Besichtigung aufgefallen waren, als ich einen kurzen Blick in die Scheune geworfen hatte. Schon da hatte ich mich gefragt, wozu sie gut waren oder was man mit ihnen anstellen sollte. Fahrtauglich wirkten sie auf mich nicht. Janna dagegen begutachtete jede einzelne von ihnen aufmerksam, als stünde nicht ein Haufen Schrott vor ihr.

»Fahren die noch?«, wollte sie von mir wissen.
»Weiß ich nicht.«
»Wann waren die das letzte Mal im Einsatz?«
»Kann ich nicht sagen.«
»Wie lange hatte der beknackte Jo sie schon?«
»Ich habe absolut keine Ahnung.«
»Interessierst du dich nicht für diese historischen Schmuckstücke?«
»Kein bisschen.«
»Wie kannst du kein Interesse an diesen Schönheiten haben?«

»Ganz einfach: Weil ich keine Schönheiten sehe. Und auch keine historischen Schmuckstücke. Im besten Fall ist das für mich alter Krempel. Im schlimmsten Fall Rost auf vier Rädern, den nicht einmal der beknackte Jo noch haben wollte.«

»Du Banausin.«

»Kann sein. Willst du was davon haben? Als Dankeschön für deine Hilfe?«

»Das war nichts«, erwiderte Janna und machte eine ungenaue Handbewegung.

»Das war absolut nicht Nichts«, widersprach ich. »Wenn du nicht gewesen wärst, hätte ich Hunderte von Euros an den Schnee verloren. Da kann ich dir wohl ein paar schrottreife Maschinen schenken, die wahrscheinlich nicht einmal mehr funktionieren.«

»Das sind schrottreife *Kostbarkeiten*. Und nein, ich werde nicht zulassen, dass du sie einfach verschenkst. Nicht einmal als Dankeschön«, fügte sie hinzu, als ich widersprechen wollte. »Aber eine Sache kannst du für mich tun.«

»Und die wäre?«

»Du räumst mir lebenslanges Besuchsrecht ein, damit ich diese Ladys hier hin und wieder anschmachten darf.«

»So oft du willst.«

»Glaub mir, du wirst noch bereuen, dass du das gesagt hast«, sagte Janna.

Ich lachte.

Während sie weiter zwischen den alten Maschinen hin und her ging und jede von ihnen einer ausgiebigen Betrachtung unterzog, sah ich mich ein wenig in meiner Scheune um. Seit ich eingezogen war, hatte ich um sie einen großen Bogen gemacht. Wenn das Haus und der Wagen und die Zäune und die Futterkammer und die

Unterstände der Tiere in einem so schlechten Zustand waren, bestand für die große Halle mit dem windschiefen Dach kaum größere Hoffnung. Außerdem hatte jede neue Ecke, die ich erkundete, weiteren Plunder bereitgehalten: ein ganzer Schrank voller mottenzerfressener Stricksachen in der Diele, eine riesige Sammlung an Spindeln, Nadeln und Rädern unter dem Dach, eine große Kollektion von Bierkrügen aus ganz Deutschland und eine Wand mit unzähligen Ziertellern im Keller. Auf diesem Hof gab es offenbar nichts, was es nicht gab. Seit fast einem Monat warteten in jedem Zimmer neue Überraschungen auf mich, und mein Bedarf an Trödel war gedeckt. Für Jahre.

Wenn ich tatsächlich auf lange Sicht hierbleiben wollte, würde ich das alles irgendwann zum Sperrmüll bringen müssen. Aber irgendwann musste ich wahrscheinlich auch meine Kartons auspacken und aufhören, aus Kisten zu wohnen. Zu beidem hatte ich mich bisher nicht überwinden können.

»Also«, rief Janna mir zu, während ich gerade an einer Wand vorbeiging, an der Zuggeschirre und Lederseile hingen. »Wovor bist du auf der Flucht?«

Ich blieb stehen und schaute in die Richtung, aus der ihre Stimme gekommen war. »Was?«

»FBI? Mafia? Hast du deinen reichen Ehemann umgebracht und auf der Alpakawiese vergraben? Oder hast du eine Bank ausgeraubt und versteckst deine Beute hier zwischen wunderschönen, aber schrottreifen Landmaschinen?«

»Ach so ...« Ich löste mich aus der Erstarrung. »So ähnlich.« Ich versuchte, möglichst locker und unbeschwert zu klingen.

»Und wie bist du ausgerechnet auf Alpakas gekommen? Gibt es dazu eine Vorgeschichte?«

»Du meinst, ob ich einer langen, ehrwürdigen Tradition von peruanischen Alpakazüchterinnen entstamme?«

»Etwas in der Art.«

»Nein.«

»Sind nicht eher Ponys der Traum eines jeden Mädchens?«

»Ich weiß nicht«, antwortete ich absichtlich vage und fuhr über eine der ovalen Formen, die man den Pferden oder Ochsen wahrscheinlich um den Hals gelegt hatte. »Mit Pferden hatte ich es nie so. Eigentlich mit überhaupt keinen Tieren. Aber Alpakas sehen ... lustig aus«, fügte ich ausweichend hinzu.

»Und weiter?«

»Nichts weiter. Wenn man sie ansieht, bekommt man gute Laune.«

»Da muss dein Leben aber sehr unlustig gewesen sein, wenn du dir gleich eine ganze Herde Alpakas holst«, sagte Janna.

Ich wusste nicht, was ich darauf antworten sollte. Denn sie hatte keine Ahnung und trotzdem ins Schwarze getroffen.

»Wer kann nicht ein bisschen mehr gute Laune in seinem Leben vertragen«, erwiderte ich betont heiter, um das Thema zu beenden.

Plötzlich fiel mein Blick auf eine Treppe am anderen Ende der Scheune, die mir bisher nicht aufgefallen war.

»Dann gab es keinen magischen Moment, in dem ein Alpaka dein Leben gerettet und dir in die Seele geblickt und gesagt hat: Pachte einen Alpakahof in der Einöde?«

Langsam ging ich auf die steil und nicht ganz stabil wirkenden Stufen zu. »Wäre zumindest eine gute Geschichte.«

»Aber irgendetwas muss ja gewesen sein.« Sie blieb

hartnäckig, und mir gingen langsam die belanglosen Antworten aus.

»Ich habe eine Alpakawanderung gemacht«, sagte ich deshalb.

»Eine Alpakawanderung?«

»Das ist, wenn man ...«

»Ich weiß, was eine Alpakawanderung ist«, unterbrach sie mich. »Das ist für euch Großstadtmenschen der neue heiße Scheiß. Du hast also vor ein paar Wochen eine lebensverändernde Alpakawanderung gemacht, und die hat dir gezeigt, dass der wahre Sinn des Lebens nicht an einem Schreibtisch zu finden ist, sondern beim Schaufeln von Alpakamist? Und deshalb hast du deinen Job gekündigt, deinen Mann verlassen und bist hier draußen ins Nirgendwo gezogen, um zu dir selbst zu finden?«

»Fast«, sagte ich, obwohl ich im selben Augenblick wusste, dass es ein Fehler war.

Denn natürlich fragte Janna nach: »Fast? Was davon stimmt nicht?«

Ich zögerte, weil ich nicht wusste, wie ich aus dieser Nummer wieder rauskommen sollte. »Die Alpakawanderung habe ich schon vor Jahren gemacht«, erwiderte ich schließlich und bemühte mich zu klingen, als hätte ich einen Witz gemacht.

Ich hatte die Holztreppe erreicht, die sich an die Rückseite der Scheune presste, als hätte der Wind sie bis hierher gepustet und dabei einige Bretter durcheinandergebracht. Eine Leiste war an der Wand befestigt, an der man sich hätte festhalten sollen, doch sie war so locker, dass ich nicht wagte, sie zu berühren, während ich das erste Stück hinaufging.

Ich konzentrierte mich darauf, einen Fuß vor den anderen zu setzen, während das Holz unter mir bedrohlich knarzte und hin und her schlingerte. Bei der Glückssträhne, die gerade an mir hing, konnte ein falscher Schritt mein sofortiges Ende bedeuten, deshalb war ich besonders vorsichtig und bewegte mich nur langsam nach oben.

Ich durfte nicht nach unten sehen.

Als Kind war ich oft auf Bäume geklettert, für den Geschmack meiner Oma sogar zu oft. Ich mochte es, herauszufinden, wie weit ich es hinauf schaffte. Eigentlich hatte ich also kein Problem mit Höhe, aber das sah offenbar anders aus, wenn ich auf einer maroden, wackeligen Treppe stand, bei der ich keine Ahnung hatte, wie vielen Generationen von Holzwürmern sie Unterschlupf gewährt hatte.

»Was machst du da oben eigentlich?«, fragte mich Janna nun.

»Ich weiß noch nicht genau.«

Inzwischen hatte ich ein gutes Stück geschafft. Es fehlten die letzten vier Stufen bis zum Heuboden.

Als ich mich vom letzten Brett abstieß, gab das Material ein so entsetzliches Ächzen von sich, dass ich mich mit einem beherzten Sprung auf die Ebene des Heubodens rettete. Kurz schaute ich hinter mich, als würde ich erwarten, dass die Treppe wie in einem drittklassigen Actionfilm hinter mir zusammenbrechen würde, aber das tat sie nicht, und ich richtete den Blick erneut nach vorne, um mich umzusehen.

Das Licht der Deckenlampen reichte nicht bis hier, deshalb musste ich mich im Dämmerlicht orientieren. Im ersten Moment wusste ich nicht, was dort hinten in der Ecke lag. Es kam mir vor wie ein großer Wolkenberg, und ich machte einige Schritte darauf zu, um ihn genauer zu inspizieren.

Ich kniff die Augen zusammen, um in der dusteren,

staubigen Umgebung das zu erkennen, was ich vor mir hatte.

»Was ist das denn?«, fragte Janna plötzlich hinter mir. Erschrocken fuhr ich zusammen. Ich hatte nicht bemerkt, dass sie mir gefolgt war. Ihre Stimme klang mit einem Mal so laut und nah.

Wir waren nur noch wenige Schritte davon entfernt. Und jetzt war ich mir ganz sicher.

»Wolle«, sagte ich. »Jede Menge Wolle.«

Vier

Es war noch recht früh am Morgen, und ich hatte gerade erst mein Frühstück beendet. Während ich meine Müslischale und die Kaffeetasse kurz unters Wasser hielt, dachte ich über den Mann nach, den ich vorhin zum dritten Mal an der Weide meiner Tiere gesehen hatte. Er tat nichts. Zumindest hatte ich ihn bisher bei nichts erwischt. Er stand einfach da und betrachtete die Alpakas. Das mochte nichts Schlimmes sein. Meine sechs waren schließlich hübsch und auch auf dem Land nicht alltäglich.

Gut, möglicherweise hatte er im Dorf von der Spinnerin und ihren Alpakas gehört und wollte sich das ansehen. Aber dreimal? Und das waren nur die Tage, an denen ich ihn bemerkt hatte. Warum machte sich jemand so oft auf den Weg nach hier draußen, um die Spinnerin und ihre Alpakas anzuschauen?

Musste ich mir deshalb Sorgen machen?

Ich hatte all das noch nicht abschließend für mich geklärt, als ich das Klopfen hörte. Es kam von der Eingangstür, die ich inzwischen aufgegeben hatte, weil ich es leid war, den Schnee davor wegzuschippen. Irgendwann würde ich mich darum kümmern müssen, aber das kam auf die lange Liste von Dingen, die hier dringend nötig waren. Keine Ahnung, wann ich sie angehen würde. Zurzeit schaffte ich kaum die gröbsten Baustellen.

Jetzt musste ich aber erst einmal herausfinden, wer mich besuchen kam. Bei mir hatte noch nie jemand geklopft. Das war eine Premiere. Die wenigen Male, an denen ich Post bekommen hatte, war der Postbote auf den Hof gefahren, und ich hatte ihn gleich gesehen und war ihm entgegengegangen. Meine Nachbarin Frau Katschinski hatte mir ihre Zettelchen mit meinen Verfehlungen immer in den Briefkasten geworfen oder mich irgendwo draußen abgefangen, um mir ihre neuesten Vorwürfe persönlich zu überbringen. Mehr Besuch bekam ich nicht, wenn man bei diesen beiden überhaupt von Besuch sprechen konnte.

Malek und ich hatten eine Zeit lang jeden Sonntag zum Brunch eingeladen, mal seine Familie, mal unsere Freundinnen und Freunde, mal alle zusammen. Wir waren auch regelmäßig bei anderen zum Essen oder Kaffee trinken gewesen oder bei Maleks Mutter Farida, die die besten Ma'amouls der ganzen Stadt machte. Anfangs, als klar war, dass Malek krank war, versuchten wir, das alles aufrechtzuerhalten, so zu tun, als hätte sich nichts verändert, als wäre alles gut. Bis das irgendwann nicht mehr ging.

Aber jetzt hatte es geklopft, und es klopfte sogar ein zweites Mal. Eigentlich wollte ich mich gleich an die Koppelsäuberung machen. Alpakas waren sehr reinliche Tiere und verrichteten ihr Geschäft alle an einer gemeinsamen Stelle. Das machte es zwar grundsätzlich einfacher, weil man nicht über die ganze Wiese gehen musste, um die Hinterlassenschaften einzusammeln wie eine Goldgräberin, aber ich hatte meine Liebe zum Landleben ja ausgerechnet im kältesten Winter seit zehn Jahren entdecken müssen. Da blieb die ernüchternde Erkenntnis nicht aus, dass gefrorene Haufen an einer Stelle immer noch gefrorene Haufen waren, und es war definitiv kein Spaß, sie mit der Kante der Schaufel erst mühsam aufhacken und dann vom Boden kratzen zu müssen. Aus diesem Grund hatte ich es mir angewöhnt, mehrmals am Tag bei den beiden Alpakatoiletten vorbeizuschauen, um die frischen Köttel einzusammeln, bevor sie vereisen konnten.

Ich ging nun zur Vordertür und spähte durch das kleine Fenster nach draußen. Im ersten Moment konnte ich niemanden entdecken. Hatte ich mir das Klopfen nur eingebildet? War ich mittlerweile zu lange allein, und mein Geist spielte mir Streiche? Ich wollte mich gerade wieder umdrehen, als ein Gesicht auftauchte. So plötzlich, dass ich zusammenzuckte und einen erschrockenen Schritt zurück machte.

»*Bonjour*«, rief Fran und lächelte breit.

Sie wedelte mit irgendetwas auf der anderen Seite des Glases herum.

»Sie müssen zur anderen Tür kommen«, versuchte ich ihr durch die Scheibe mitzuteilen.

»Wie bitte?«

»Zur anderen Tür. Hinterm Haus«, wiederholte ich und machte Handbewegungen, bei denen ich hoffte, sie würde sie verstehen.

Zumindest nickte sie, und ihr Gesicht verschwand. Ich machte mich ebenfalls auf den Weg durch den Flur zum Hintereingang. Als ich dort öffnete, stand Fran bereits da. Sie war jedoch nicht allein gekommen, sondern hatte eine weitere Frau bei sich, die relativ groß und breitschultrig war und deren Haare aussahen, als würde sie einen Helm tragen. So, wie die beiden nebeneinanderstanden, wirkten sie auf mich wie eine Begrüßung, das Wort Hi, die eine Frau ein großes H, die andere ein kleines I.

»Ich habe Ihnen jemanden mitgebracht«, sagte Fran. »Oder dir?«, fügte sie fragend hinzu. Als ich nickte, fuhr sie fort: »Das ist meine Freundin. Ich glaube, von ihr hatte ich dir bereits erzählt.«

»Ich habe mich selbst eingeladen.« Die Frau hielt mir ihre kräftige Hand hin, bei der ich erwartete, dass sie ordentlich zupacken würde. »Hannelore mein Name. Was ist mit der anderen Tür?«, wollte sie wissen.

»Die funktioniert nicht«, antwortete ich.

»Wieso nicht?«

»Sie geht in die falsche Richtung auf.«

»In die falsche Richtung? Nach außen?«

»Ja, genau. Und da ist ja der ganze Schnee. Deshalb ...«

»Zum Glück hast du noch einen Notausgang, *non*?« Fran lachte.

»Kann man so sagen.«

»Das solltest du mal ändern«, sagte Hannelore in nüchternem Ton.

»Steht auf der Liste.«

»Und wie viele Seiten hat die?«

»Kann ich nicht mehr zählen.«

»Doch so wenig, ja? Einfach oder doppelt beschrieben?«

»Was denkst du?«

Hannelore klopfte gegen den Türrahmen, als wollte sie das Holz auf seine Qualität prüfen. »Ja, so ein altes Haus bringt jede Menge Spaß.«

»Ach so, Spaß soll das sein?«, gab ich zurück. »Das war mir nicht klar.«

»Kommt noch.«

»Versprochen?«

»Nagel mich nicht drauf fest.«

Einen Moment standen wir uns abwartend gegenüber. Fran hielt einige Zweige in den Händen und ein großes Einmachglas.

»Dürfen wir reinkommen?«, fragte sie.

»Natürlich ... ja, klar«, stammelte ich, weil ich daran nicht gedacht hatte. Offenbar war ich in der kurzen Zeit zu einer kompletten Eremitin geworden, die nicht wusste, was man tat, wenn Leute vor der Tür standen. Obwohl ich eigentlich schon vor meinem Umzug aus der Übung gewesen war. »Entschuldigt. Kommt gerne rein. Ich hatte bisher nicht viel Besuch.«

Eilig ging ich ein Stück nach hinten, damit meine Gäste eintreten konnten. Die Kisten und Kartons, die im Flur herumstanden, machten es nicht einfacher. Erst jetzt wurde mir bewusst, wie eng es hier war. Wir mussten uns aneinander vorbeischieben, dann gingen Fran und Hannelore voraus, und ich folgte ihnen.

»Die Küche ist gleich da vorne«, sagte ich hinter ihnen und kam mir beinahe vor, als würde ich sie vor mir hertreiben.

»*Oh là là*!« Fran blieb so abrupt stehen, dass Hannelore und ich beinahe gegen sie gelaufen wären.

»Was?«, fragte ich.

»Das habe ich nicht erwartet.«

»Was ist denn?« Suchend schaute ich mich um, aber ich konnte nicht herausfinden, was sie meinte und weshalb sie nicht mehr weiterging.

Auch Hannelore wirkte nicht, als wüsste sie, worauf ihre Freundin hinauswollte. Aber es kam mir vor, als wäre es nicht das erste Mal.

»Das Haus ist traurig.«

»Das Haus ist traurig?«, wiederholte ich.

»Es ist nicht so, dass dein Haus dich nicht leiden kann. Gut, vielleicht auch das«, fügte Fran nach kurzem Nachdenken hinzu. »Aber ich spüre vor allem eine tiefe Traurigkeit. Sie ist bis in die Wände eingezogen«, fügte sie hinzu und legte eine Hand auf die Tapete, als könnte sie dadurch den Puls des Gebäudes spüren. Fran hatte die Augen geschlossen und nickte langsam. »Die Traurigkeit geht bis auf die Grundmauern. So was habe ich noch nicht erlebt.«

»Wie kann ein Haus traurig sein?«, wollte ich wissen und konnte mich nicht zwischen Zweifel und Unglaube entscheiden.

Ich warf Hannelore einen Blick zu, die leicht die Schultern hob.

Falls Fran meinen Tonfall bemerkte, sagte sie nichts dazu, sondern antwortete: »Wir leben nicht nur in Häusern. Wir leben mit ihnen. Sie nehmen auf, was wir aussenden.«

»Dann ist mein Haus traurig wegen ... mir?« Meine Stimme entglitt mir. Das letzte Wort war nur ein Krächzen.

Fran drehte sich zu mir um, musterte mich einige lange Momente aufmerksam und schweigend.

»Oder wegen des beknackten Jos«, schlug ihre Freundin vor, als wollte sie eine Alternative anbieten. »Vielleicht steckt noch seine Traurigkeit unter dem Dach. Immerhin hat er hier Jahrzehnte gelebt und war nicht gerade als Sonnenschein bekannt. Das kann einem so ... sensiblen Haus wie diesem zusetzen. Meinst du nicht?«

»Ja, vielleicht ...«, murmelte Fran, wirkte jedoch nicht überzeugt.

»Dieses Haus ist sensibel?«, fragte ich dagegen. Wieder tastete ich die Wände und die Decke mit meinen Augen ab, als könnte ich einen Hinweis auf das Nervenkostüm des Flurs irgendwo unter der Decke finden.

»Natürlich«, erwiderte sie, als wäre das vollkommen selbstverständlich. »Das hätte ich dir aus zehn Kilometern Entfernung sagen können.«

»Und woran merkst du das?«

»An seiner Präsenz. Es ist seine ganze Art. Wie es guckt.«

»Du meinst, wie es aussieht?«

»Nein.«

Auch Hannelore schüttelte den Kopf. Was sollte das heißen? War das wirklich ihr Ernst?

»Aber etwas ist komisch«, murmelte Fran.

»Was ist komisch?«

»Ich habe ihn eigentlich nicht für traurig gehalten, sondern für wütend.«

»Wen?«

»Joachim Jacobsen. Ich dachte, er wäre eher ein Stinkstiefel, der seine schlechte Laune pflegt wie ein teures Paar Schuhe. Deshalb bin ich davon ausgegangen, dein Haus ärgert dich, weil es ebenfalls ein Miesepeter geworden ist und genauso zornig wie er. Aber wir können den Leuten eben nur vor den Kopf gucken, *non*? Und oft sind Gefühle Geschwister.«

Wieder spürte ich Frans prüfenden Blick auf mir. Wartete sie, dass ich etwas antwortete? Sollte ich etwas sagen? Aber was?

Langsam wurde mir das Ganze unangenehm.

»Wie lange wohnst du schon hier?«, fragte Hannelore und unterbrach damit das seltsame Schweigen.

Ich war erleichtert, trotzdem gab ich etwas misstrauisch zurück: »Was? Wieso?«

»Wohnst du nicht schon über einen Monat hier?«

»Knapp vier Wochen.«

»Und da hattest du bisher keine Zeit auszupacken?« Sie wies auf die herumstehenden Kisten und Kartons, in denen die Überbleibsel meines alten Lebens verstaut waren.

»Was? Ach so ... Nein ... Irgendwie nicht so richtig«, erwiderte ich ausweichend und lachte leicht nervös.

Inzwischen hatte ich mich so an das Chaos gewöhnt, dass ich es selbst kaum mehr wahrnahm. Aber mit einem unerwarteten Besuch zwischen all den Sachen wurde mir das Durcheinander zum ersten Mal seit Langem wieder bewusst.

»Es verhindert das Fließen«, sagte Fran.

»Wie bitte?«

Sie war wieder losgelaufen und in die Küche abgebogen. Als Hannelore und ich ihr folgten, stand sie neben der Spüle, auf der sich die eine Schüssel und die eine Tasse und der eine Löffel befanden, die ich jeden Tag benutzte. Mehr nicht.

»Wenn überall etwas herumsteht, kann die Energie nicht frei fließen.« Fran wedelte mit den Händen durch die Luft. »Das ist aber wichtig für einen Neuanfang.«

»Wer hat was von einem Neuanfang gesagt?«, fragte ich sofort und verschränkte unwillkürlich die Arme vor der Brust.

»Du kommst aus der Stadt«, antwortete Hannelore. »Du wohnst zum ersten Mal auf dem Land. Du hast einen Hof gepachtet und Alpakas gekauft. Was sollte es sonst sein als ein Neuanfang?«

»Ach so … ja.« Ich nickte und entspannte mich leicht.

»Aber für einen Neuanfang brauchst du fließende Energien«, erklärte Fran. »Sonst kommt es zu Verstopfungen.«

»Verstopfungen?«

»Wie willst du richtig ankommen, wenn dir so viel im Weg steht?« Ihre Finger flatterten erneut durch die Luft, als wollte sie nicht nur die Küche, den Flur oder das Haus insgesamt einbeziehen, sondern alles.

Ganz unrecht hatte sie damit nicht. Aber das konnte sie eigentlich nicht wissen.

»Darum müssen wir uns ein anderes Mal kümmern«, fuhr Fran fort. »Heute bin ich nur wegen der bösen Geister hier.«

»Der bösen Geister?«

»In deinem Leben.«

»Meinem Leben.«

»Deinem Haus«, kam es von Hannelore.

»Davon hatte ich dir doch vorgestern erzählt«, fügte ihre Freundin hinzu. »Du brauchst ein Reinigungsritual, eine Ausräucherung. Und deshalb bin ich hier.« Wie zum Beweis hielt sie die mitgebrachten Zweige und das Einmachglas in die Höhe.

»Du bist hier wegen der Ausräucherung?« Ich kam mir selbst sehr dämlich vor, weil ich ihre Worte nur wiederholte, aber zu mehr war ich gerade nicht in der Lage. Irgendwie überforderten mich die beiden Frauen ein bisschen.

»Natürlich. Du weißt gar nicht, wie wichtig es ist, dass man die Altlasten und die dicke Luft loswird. Ein Neubeginn braucht frischen Atem. Und dafür ist kaum etwas besser als Salbei, Engelwurz und Lavendel. Manche greifen in solchen Fällen auf fertige Mischungen zurück, aber so etwas nehme ich nicht gern. Damit kann man die einzelnen Zutaten nicht an die jeweilige Situation anpassen. Und bei dir habe ich gleich gedacht, dass wir auf jeden Fall etwas mehr Engelwurz brauchen.«

»Ach ja? Warum?«

»War einfach ein Gefühl«, erwiderte sie ausweichend. »Üblicherweise macht man eine Räucherung zu Beginn des Jahres, um frisch zu starten und sich nicht mit Vergangenem zu belasten, aber für ein Neujahrsritual haben wir Zeit, wenn wir grob vorgearbeitet haben.«

»Was soll das heißen?«

»Du würdest doch auch nicht mit einer Zahnbürste die Rillen ausputzen, wenn der ganze Boden voller Schmutz und Staub und Spinnweben ist.«

Ich versuchte, mir darüber klar zu werden, wer ich in diesem Bild war.

»Deshalb machen wir jetzt ordentlich Klarschiff, und im Frühjahr geht es dann an die Feinarbeiten und das Nachpolieren. Ich hoffe, es reicht ein einziger Durchlauf. Aber wie es aussieht ...« Zweifelnd wog Fran den Kopf, während sie inspizierend in die Ecken der Küche schaute.

Ich hatte keine Ahnung, was ich dazu sagen sollte.

»Ich würde vorschlagen, wir fangen an, *non*?«

Ohne eine Antwort von mir abzuwarten, stellte Fran ihre mitgebrachten Gegenstände auf den Küchentisch, streifte ihren Mantel ab, hängte ihn nach kurzem Überlegen über einen der beiden wackeligen Stühle und krempelte sich tatkräftig die Ärmel hoch. Erst jetzt fiel mir auf, dass Hannelore einen Korb getragen hatte, in dem weitere Zutaten verstaut waren, die nun ausgebreitet wurden.

»Hast du eine Schüssel?«, wollte Fran wissen.

»Du meinst, wie für Salat?«

»*Oui.*«

»Nein. Also nicht hier. Oder wahrscheinlich doch hier. Hier irgendwo. Zu Hause ... in Köln hatte ich so etwas natürlich. Aber seit ich hier bin, habe ich sie nicht wiedergesehen.«

»Nicht schlimm.« Entschlossen schüttelte sie den Kopf. »Das wird auch gehen.« Sie griff nach meiner Müslischale. »Ich darf doch, *non*?« Wieder schritt sie bereits zur Tat, ehe ich zustimmen konnte.

Sie begann, die verschiedenen Zutaten in einem offenbar genau ausgeklügelten Verhältnis zusammenzuschütten, denn sie hielt zwischendurch mehrfach inne, roch an der Mischung, ließ die einzelnen Bestandteile durch ihre Finger rieseln und gab von dem einen oder anderen mehr hinzu, bis sie schließlich zufrieden zu sein schien. Dann zog sie aus ihrer Jackentasche eine weitere kleine, hübsch bemalte Dose und streute eine letzte Prise über die fertige Rezeptur, wie in meinem Kölner Lieblingscafé am Ende das Kakaopulver über den Cappuccino gestäubt wurde, mal in Form eines Herzens, mal einer Sonne, mal eines vierblättrigen Kleeblatts.

Ich wusste nicht, ob die beiden Frauen meine Mitarbeit erwarteten oder ob ich überhaupt etwas helfen konnte, deshalb stand ich verloren in meiner Küche und sah fasziniert zu, wie Fran ihre Vorbereitungen traf. Auch Hannelore reichte lediglich ein Gläschen oder Säckchen oder Tütchen weiter. Als Fran die passende Mischung gefunden zu haben schien, zündete sie die Kräuter an.

Dicke Qualmwolken stoben aus der Schale empor, und Fran verteilte den Rauch mit Handbewegungen, die wie eine einstudierte Choreografie wirkten. Ich musste aufpassen, dass ich nicht zu stark einatmete. Beim ersten Rauchschwall hatte ich nicht rechtzeitig die Luft angehalten und wurde von einem Hustenanfall heimgesucht.

»Nicht schlimm«, behauptete Fran, der es nicht einmal etwas auszumachen schien, dass ihr der Dunst direkt in die Nase stieg. »Es ist gut, wenn deine Lungen gleich mitgereinigt werden.«

Hannelore klopfte mir verständnisvoll auf den Rücken.

»Das sollte alles durch dich hindurchströmen. Lass es einfach fließen«, sagte Fran und begann, durch die Küche zu gehen.

Die Schale hielt sie dabei vor sich und schob den Qualm mit ausholenden Bewegungen durch den gesamten Raum. Erst als wir einander nur durch einen Nebelschleier sehen konnten, setzte sie ihr Reinigungsritual im Flur fort, wohin ihre Freundin ihr folgte. Ich überlegte, was ich tun sollte. Mein erster Impuls war, die Fenster weit aufzureißen, aber das war wahrscheinlich nicht Sinn der Sache. Sollte ich ihr ebenfalls nachgehen? Oder hierbleiben? Auch wenn ich wahrscheinlich nie wieder würde atmen können?

Ich entschied mich fürs Ausharren und steckte Mund und Nase in den Kragen meines Pullovers. Das machte es ein wenig erträglicher. Allerdings fingen inzwischen sogar meine Augen an zu tränen. Seit meinem Einzug hing im Haus ein seltsamer, muffiger Geruch nach feuchten Tierhaaren. Anfangs hatte ich gedacht, ich könnte ihn loswerden, wenn ich genug lüftete, aber das hatte sich als Irrtum erwiesen, und spätestens mit dem Schnee hatte ich aufgehört, es zu versuchen. Zumindest für den Moment war er verschwunden, aber stattdessen kam ich mir jetzt vor, als würde ich in einem Räucherofen wohnen.

An den knarzenden Dielen hörte ich, dass sich Fran und Hannelore mittlerweile ins Wohnzimmer vorgearbeitet hatten, das aus nicht viel mehr als einem fleckigen Sofa bestand, über das ich notdürftig eine Decke gebreitet hatte, einem leeren Regal, einem Fernseher, der nicht angeschlossen war, und einer noch ungeöffneten Kiste als Couchtisch.

Natürlich hätte ich alles aus unserer Wohnung mitnehmen können. Wir hatten wunderschöne Möbel. Eine gemütliche Sofalandschaft mit ozeanfarbenem Bezug, die wir uns aus Italien bestellt hatten und deren Lieferung fast ein halbes Jahr gedauert hatte. Eine Esstischlampe, die wir auf einer Reise in New York in einem kleinen Laden entdeckt hatten. Die Stühle darum waren Eames Side Chairs von *Vitra*, ein Geburtstagsgeschenk von Malek, weil ich verliebt war in ihr klassisches, zeitloses Design. Im Flur hatte ein Teppich aus Marokko gelegen, an den Seiten neben dem Bett kleine handgewebte Läufer, die ich von einem Kreta-Urlaub mitgebracht hatte und die mich an das herrlich azurblaue Meer erinnerten. Im Badezimmer hing ein schlichter, hochwertiger *Inda*-Spiegel, und unsere Jacken und Mäntel hatten ihren Platz an einer selbst designten Garderobe, die wir bei einer Kölner Metallkünstlerin in Auftrag gegeben hatten. Mir war es wichtig gewesen, von Dingen umgeben zu sein, die schön waren, uns aber auch etwas bedeuteten und die dafür standen, wer wir waren.

Es hatte sich nicht richtig angefühlt, irgendetwas davon mitzunehmen und einfach irgendwo anders aufzubauen. Allein. Ohne Malek. Deshalb hatte ich das meiste verkauft oder verschenkt oder in Kisten gepackt, die ich wahrscheinlich niemals ausräumen würde.

Ich überlegte, ob ich Wasser aufsetzen sollte, um Fran und Hannelore zumindest einen Tee anbieten zu können, wenn sie fertig waren. Während in meinem Rücken der Kessel, der bereits auf dem Herd gestanden hatte, als ich eingezogen war, langsam seine Arbeit aufnahm, stellte ich mich ans Fenster und schaute durch die Eisblumen hinaus nach draußen. Die Alpakastuten fraßen an einer ihrer beiden Heuraufen, die ich vorhin neu befüllt hatte, die Wallache hatten sich dagegen in Richtung Zaun bewegt, die Popos in meine Richtung gedreht. Denn da war er wieder. Der Mann. Der Fremde. Er stand auf dem Weg, der zwischen meinem Hof und dem Haus von Frau Katschinski verlief.

Fütterte er die Tiere? Versuchte er, sie zu streicheln? Danach sah es nicht aus. Aber Bernd, Stoffel und Kniesbüggel wirkten interessiert. Und ich war es, wenn ich ehrlich war, ebenfalls.

Eigentlich hatte ich mir vorgenommen, den Unbekannten anzusprechen, wenn ich ihn das nächste Mal bemerken würde. Bisher war ich nie schnell genug gewesen, weil ich entweder gerade aus der Dusche kam, mir die Zähne putzte oder mich oben im Schlafzimmer bereits umgezogen hatte. Wahrscheinlich war es Zufall, aber er schien es jedes Mal perfekt abgepasst zu haben, dass ich nicht auf dem Hof unterwegs war, sondern mich erst abtrocknen und anziehen, die Zahnpasta ausspucken oder zumindest die Treppe herunterrennen musste. Wenn ich es endlich aus der Tür geschafft hatte, war der Mann verschwunden gewesen.

Aber nicht jetzt.

Jetzt würde ich ihn erwischen und fragen, was er hier wollte.

Auf dem Weg zur Tür warf ich einen kurzen Blick ins Wohnzimmer. Ich wollte Fran und Hannelore Bescheid geben, dass sie mich draußen finden würden, aber sie waren so vertieft in die Räucherung, dass ich entschied, sie nicht dabei zu stören. Eilig warf ich mir einen Mantel, einen Schal und eine Mütze über und schlüpfte in die Gummistiefel, dann stand ich bereits vor dem Haus.

Der Mann tat nichts Verbotenes, natürlich nicht, ich hatte nicht vor, ihm Ärger zu machen. Aber irgendetwas sagte mir, dass ich mich ihm vorsichtig nähern musste.

»Hallo«, sagte ich, als ich nur wenige Meter von dem Fremden entfernt war.

Er hatte mich noch nicht gesehen, nun fuhr er erschrocken zu mir herum, starrte mich an. Er schien zu überlegen, ob er wegrennen sollte oder ob es dafür zu spät war. Alles in seinem Körper schien sich zu versteifen. Wie alt war er? Ich konnte es nicht genau sagen. Wahrscheinlich über fünfzig, vielleicht sogar sechzig, aber etwas an der

Art und Weise, wie er stand und mich ansah, als würde er von mir eine riesige Standpauke erwarten, ließ ihn jünger wirken, deutlich jünger.

»Tolle Tiere, oder?«, sprach ich weiter, damit er stehen blieb. »Wissen Sie, wie sie heißen?«

Erst schwieg er, und ich war mir nicht sicher, ob er mich überhaupt verstanden hatte, aber dann erwiderte er leise und durch zusammengepresste Lippen: »Alpakas.«

»Wissen Sie, woher Alpakas kommen?«

»Aus den südamerikanischen Anden«, platzte es aus ihm hervor. »Vor allem aus Peru. Sie sind eine Kamelart. Sie werden wegen ihrer Wolle gezüchtet. Alpakas sind Fluchttiere. Sie essen gerne Gras und Heu. Alpakas können zwanzig bis fünfundzwanzig Jahre alt werden. Die Jungen heißen Hengste oder Wallache. Die Mädchen heißen Stuten. Wenn Alpakas sauer sind, können sie spucken. Sie mögen es nicht, gestreichelt zu werden.«

»Oh, wow! Sie wissen ganz schön viel über Alpakas«, sagte ich überrascht.

Darüber schien sich der fremde Mann zu freuen. Er lächelte und sagte: »Alpakas sind meine Lieblingstiere.«

»Sind Sie deshalb schon öfter hier gewesen und haben die Alpakas beobachtet?«

»Das ist nicht verboten.«

»Nein, nein, ist es nicht.« Ich hob eilig die Hände, weil ich ihn offenbar erschreckt hatte. Das war nicht das, was ich wollte. »Ich habe mich nur gefragt, wer Sie sind und warum ...«

»Meine Schwester sagt, ich darf Fremden nicht sagen, wie ich heiße. Und Sie sind eine Fremde.«

Ich musterte ihn aufmerksam. »Das stimmt«, sagte ich deshalb. »Damit hat sie wahrscheinlich recht. Aber ... Ich bin Stella«, sagte ich, machte einen Schritt vor und hielt ihm die Hand zur Begrüßung hin.

Der Mann zuckte zusammen und wirkte, als wollte er einen Satz von mir wegspringen, entschied sich jedoch anders und ergriff meine Finger mit einer scheuen, sehr leichten Berührung.

»Und mir gehören die Alpakas. Ganz fremd bin ich also nicht, oder?«

Er zögerte, dann schüttelte er den Kopf. »Jakob«, murmelte er.

»Das ist Ihr Name? Jakob?«

»Ja.« Er nickte. »Darf ich die Alpakas nicht mehr besuchen?«

»Doch. Sicher. Sie dürfen die Alpakas so oft besuchen, wie Sie möchten. Aber bitte nicht füttern, weil …«

»Alpakas sind Pflanzenfresser«, unterbrach er mich eifrig. »Sie essen nur Gras und Heu. Von anderem Futter können sie krank werden. Obst vertragen sie gar nicht.«

»Genau. Ich habe ja ganz vergessen, dass Sie ein Alpakaexperte sind.«

Auf seinem Gesicht erschien ein Lächeln. »Ich mag Alpakas. Es sind meine Lieblingstiere.«

»Soll ich Ihnen ein Geheimnis erzählen?«

»Ja«, antwortete er, so offen und ehrlich, wie ich es noch bei wenigen Menschen gesehen hatte.

»Meine auch. Dann haben wir was gemeinsam, Sie und ich. Oder?«

Er antwortete nicht, deshalb fragte ich: »Möchten Sie wissen, wie meine Alpakas heißen?«

»Ja«, sagte er sofort und verbesserte sich schnell: »Ja, bitte.«

»Die drei hier vorne sind unsere Männer-WG.«

»Jungen heißen Hengste oder Wallache. Die Mädchen heißen Stuten.«

»Stimmt. Aber ich habe nur Wallache. Hengste gibt es bei mir nicht.«

»Warum?«

»Weil Hengste oft ziemlich krawallig sein können und kämpfen wollen. Außerdem reichen mir meine sechs. Da brauche ich keinen Nachwuchs.«

»Die Babys von Alpakas heißen Cria.«

»Gibt es etwas, das Sie nicht wissen?«

Wieder schien er sich über das Lob zu freuen. »Und wie heißen sie?«

»Ich?«

»Sie heißen Stella. Aber wie heißen die Alpakas?«

»Ach ja, ich wollte Ihnen eigentlich die Namen sagen. Stimmt.« Ich wandte mich halb zu den Wallachen um, die am Zaun standen und uns beobachteten, während wir uns unterhielten. Die Stuten fanden ihr Heu weiter spannender.

»Der große, dunkle Kerl hier ist Bernd. Er ist unser Leitwallach. Er trifft die Entscheidungen, meistens, und passt auf alle auf.«

»Er ist schön.«

»Ja, und das weiß er auch. Stimmt's, Bernd?«, fragte ich ihn mit einem leichten Grinsen. »Der Hellbraune daneben ist Stoffel.«

»Er ist auch schön.«

»Und der ganz Helle ist Kniesbüggel.«

»Kniesbüggel? Das ist ein lustiger Name.«

»Er hieß nicht immer so.«

»Wie hieß er?«

»Als ich ihn abgeholt habe, war sein Name Volker. Aber ich komme aus Köln, und da nennen wir einen richtigen

Geizhals Kniesbüggel. Er sieht zwar harmlos aus und ist die meiste Zeit ein absoluter Schatz. Wenn es ums Essen geht, wird er allerdings zu einem Monster. Das will er auf keinen Fall teilen. Einmal hat er mich deshalb sogar angespuckt. Das war ziemlich eklig. Deshalb Kniesbüggel.«

»Das ist ein lustiger Name«, wiederholte der Mann.

»Und er passt zu ihm.«

»Und wie heißen die Stuten?«

»Da hätten wir unsere jüngste, Fussel, ganz rechts. Sie heißt so, weil sie diese witzigen Fusseln an den Ohren hat. Dann ist da Schavöttche, die schwarze. Sie ist die älteste und eine echte Dame. Und auf der anderen Seite der Heuraufe steht Kalte Schnauze.«

Mein Gegenüber kicherte. »Noch ein witziger Name.«

»Ich habe sie nach dem Kuchen meiner Oma genannt. Früher gab es den immer bei uns zu Weihnachten.«

»In einer Woche ist erster Advent.«

»Ja.«

»Dann ist in fünf Wochen Weihnachten.«

»Das stimmt.«

»Mögen Sie Weihnachten?«

Ich schluckte. »Nicht besonders«, behauptete ich dann und versuchte, das Thema zu wechseln: »Das sind jedenfalls meine Alpakas.«

»Sie sind sehr schön.«

»Sind sie. Und mit ihnen wird es nicht langweilig. Welches gefällt Ihnen am besten?«, fragte ich. »Haben Sie einen Liebling?«

»Ich finde sie alle schön«, erwiderte er und sagte dann plötzlich: »Ich muss jetzt gehen. Auf Wiedersehen.«

»Oh, klar. Vielleicht können wir ja ...«, wollte ich hinzufügen, aber er hatte sich so schnell umgedreht und war losgelaufen, dass ich nur mit seinem Rücken reden konnte.

Einige Augenblicke sah ich ihm nach, wie er mit hastigen Schritten durch den Schnee die Straße hinab stapfte, dann schaute ich meine Alpakas an.

»Da habt ihr wohl einen Fan«, erklärte ich ihnen.

Das schien sie nicht zu überraschen.

Als ich zurück ins Haus kam, hatte Fran ihr Reinigungsritual für meine Zimmer offenbar abgeschlossen. Bereits an der Tür schlug mir der Kräuterqualm entgegen und ließ mich erneut husten. Draußen an der frischen Luft hatte ich fast vergessen, wie sehr diese Räuchermischung in meiner Lunge kratzte. Doch auf eine seltsame Art kam es mir vor, als hätte der dichte, unangenehme Nebel dem Haus gutgetan.

Während ich Mantel und Mütze auszog und auf einen der Umzugskartons legte, die mir als Ablage für diverse Dinge dienten, für Schlüssel, Taschentücher, einen Schraubenzieher, Heuballenschnüre und Alpakamüslikrümel, ließ ich deshalb den Schal als Schutz an und verbarg meine Nase darin, um halbwegs Luft zu bekommen.

Fran und Hannelore waren zurück in der Küche. Meine Frühstücksschale stand auf dem Tisch. Der Inhalt glomm nur noch wenig. Jemand hatte den Kessel vom Herd genommen.

»*Mon Dieu*! So geschuftet habe ich noch nie«, berichtete Fran. »Du hast da einige festsitzende Geister in deinen vier Wänden. Die sind verdammt hartnäckig. Das kann ich dir sagen.«

»Das tut mir leid«, erwiderte ich, obwohl ich mir nicht sicher war, was man in einer solchen Situation sagte. »Hast du sie denn alle ... erwischt?«

»Nicht ansatzweise. Ich hätte deutlich mehr Engelwurz gebraucht. Ich hatte extra eine größere Menge mitgebracht. Aber für dieses Ausmaß«, sie wedelte einmal durch die Luft, »hätte ich einen ganzen Eimer voll gebraucht.«

»Oh«, machte ich.

»Und oben war ich nicht mal.«

»Oben gibt es nicht viel. Nur mein Schlafzimmer und ein Bad.«

»Dein Schlafzimmer?«, fragte Fran zurück. »Dafür brauche ich wahrscheinlich eine eigene Sitzung. Im Schlafzimmer sitzen meist die schlimmsten Geister. Und wenn das Bett an der Wand unter einer Schräge steht ...?«

»Ähm ... ja, das tut es.«

»Dann gute Nacht.«

»Oder eben nicht«, fügte Hannelore hinzu.

»Bekommst du hier überhaupt ein Auge zu?«, wollte Fran wissen. »Ich kann mir gar nicht vorstellen, wie du bei den Gespenstern um dich herum mehr als ein paar Stunden schlafen kannst.«

»Ich schlafe ohnehin nicht viel«, antwortete ich ausweichend.

»Kein Wunder.«

»Aber das hatte ich vorher schon. Das habe ich ... von zu Hause ... aus Köln mitgebracht, denke ich.«

»Man kann böse Geister auch mitnehmen, weißt du?«

»Wie mitnehmen?«

»Vielleicht hast du einige in deine Kartons miteingepackt.«

»Dann sind das alles *meine* bösen Geister?«

»Nicht alle. Keine Sorge«, erwiderte Fran sofort. »Einige von denen sind uralt. Die hocken wahrscheinlich seit Generationen in den Ecken. Aber ein paar andere könnten durchaus blinde Passagiere gewesen sein. Da wundert mich gar nichts mehr.«

»Was meinst du?«

»Das ist eine ganz üble Mischung. Alteingesessene Geister, die diese Räume Jahrzehnte, vielleicht Jahrhunderte für sich beanspruchen, und frische Großstadtgespenster, die das Leben auf dem Land nicht kennen. Und dazu ein trauriges Haus. Für mich grenzt es an ein Wunder, dass die Wände bei so einem Mix nicht längst auseinandergefallen sind.«

»Wände können deshalb auseinanderfallen?«

Hannelore schüttelte den Kopf. Aber Fran nickte entschlossen.

»*Bien sûr*«, sagte sie. »Habe ich alles schon erlebt.«

»Nein«, formte ihre Freundin tonlos mit den Lippen, als ich ihr einen fragenden Blick zuwarf.

»Und was machen wir jetzt?«

»Ich werde mich daheim gleich an den Laptop setzen und im Internet eine Jahresration Engelwurz bestellen. Und dann komme ich wieder. Mit diesen bösen Geistern bin ich nicht fertig. Mach dir keine Sorgen. Es wird vielleicht etwas länger dauern als gedacht, aber ich werde deinen Gespenstern den Garaus machen. Verlass dich auf mich.«

»Du musst dir wegen mir ... und meinen Geistern«, fügte ich hinzu, »nicht so viel Mühe machen.«

»Das mache ich gern.«

»Aber ...«

»Tut sie wirklich«, bestätigte mir Hannelore.

»Und du willst nichts dafür haben?«

»*Non*, natürlich nicht.«

»Du lässt mich aber diese ... Zauberkräuter bezahlen.«

»Kommt nicht infrage.«

Ich seufzte auf, woraufhin Hannelore und Fran beide lachen mussten.

»Aber dann bekommt ihr wenigstens einen Tee«, sagte ich entschlossen, während ich versuchte herauszufinden, ob ich durch das Räucherungsritual bereits eine Veränderung in meinem Haus feststellte. Noch war ich unsicher.

»Zu einem Tee sagen wir niemals Nein«, erwiderte Hannelore und trat ans Fenster, während ich nach Teebeuteln suchte. »Und was wollte er?«

»Wer?«, fragte ich und füllte heißes Wasser in eine Kanne.

»Der Mann draußen am Zaun. Jakob Katschinski.«

Ich schob eine weitere Schubkarrenladung Heu durch den Schnee. Nachdem Fran und Hannelore gegangen waren, hatte ich zu Mittag gegessen und mich anschließend an die Versorgung meiner Tiere gemacht. Inzwischen wurde es bereits dunkel, aber ich wollte die Raufen für die Nacht befüllen, bevor ich mich im Haus aufwärmen würde. Zwar lief mir der Schweiß die Schläfen und den Rücken hinunter, weil es anstrengend war, den nur halb aufgepumpten Gummireifen über den gefrorenen Boden zu bugsieren. Gleichzeitig waren meine Hände und Füße aber eiskalt, und meine Nase, die Lippen und Ohren spürte ich schon länger nicht mehr. Trotzdem hatte ich es nicht eilig reinzugehen.

Abende waren schwierig.

Schon in Köln war das so gewesen. Hier konnte ich wenigstens vorgeben, etwas zu tun zu haben. In Köln war nichts gewesen, was mich ablenkte. Vielleicht war das einer der Gründe gewesen, warum ich so schnell wegwollte.

Die Alpakas standen bereits an der Raufe und fraßen die ersten Portionen, die ich ihnen gebracht hatte. Als ich auf die Wallachweide kam, hoben die drei Herren jedoch die Köpfe, schauten in meine Richtung und kamen sogleich angetrabt, um zu prüfen, was ich dabeihatte.

Inzwischen flohen sie gar nicht mehr vor mir. Überhaupt schien es, als würden die Alpakas und ich mehr und mehr zusammenwachsen, und das war ein sehr schönes Gefühl. Sie sahen mich weder als Gefahr an, wenn ich zu ihnen kam, noch duldeten sie mich nur. Oft kam es mir fast ein bisschen so vor, als freuten sie sich, mich zu sehen, auch wenn die verschiedenen Tiere das unterschiedlich zeigten. Fussel war ganz das Nesthäkchen und sprang um mich herum, wenn ich über die Wiese lief. Sobald ich ein Werkzeug oder eine Gerätschaft dabeihatte, wollte sie damit spielen. Kalte Schnauze mochte es, einfach dabei zu sein. Manchmal folgte sie mir über die gesamte Koppel und beobachtete mich, wenn ich durch den Zaun und in das Gehege der Wallache schlüpfte. Sie war die Neugierigste von allen. Schavöttche kam mir freundlich, aber aristokratisch distanziert vor, aber spätestens wenn ich meine Hand in die Tasche schob, waren ihre Ohren gespitzt, und manchmal verlangte sie sogar nach ein bisschen Müsli, indem sie mich mit der Schnauze anstieß.

Bernd beäugte mich erst einmal misstrauisch, als wollte er mich daran erinnern, dass noch nicht alles gut zwischen uns war, aber vor allem musste er alles kontrollieren. Als Mensch hätte er sicher einen Job beim Ordnungsamt oder irgendwo anders gehabt, wo er etwas genaustens prüfen und dann einen Stempel aufdrücken konnte. Schon wenn ich durchs Tor kam, führte ihn sein Weg direkt zu mir, um nachzusehen, was ich mitbrachte, was ich damit vorhatte und ob damit alles rechtens war. Längst hatte ich mich daran gewöhnt, ihm direkt alles vorzuzeigen, als müsste ich seine Erlaubnis einholen. Er beschnüffelte es dann ausgiebig, bis er mir sein Okay dafür gab. Kniesbüggel war von allen derjenige, der sich am weitesten von mir fernhielt, allerdings nicht aus Angst oder Misstrauen oder weil er mir etwas nachtrug. Er war einfach gern für sich. Offenbar brauchte er eine größere Individualdistanz und teilte nicht nur absolut ungern sein Essen, sondern auch seinen Raum. Und Stoffel? Stoffel schlief, stand und lief weiter allen im Wege herum. Inzwischen hatte ich verstanden, dass er es nicht böse meinte, wenn er mich mit dem Hintern wegschob oder mit seiner Brust anschubste, weil er gerade in die andere Richtung schauen wollte und mich nicht bemerkte, oder sich für ein kleines Nickerchen so ungünstig vor dem Tor geparkt hatte, dass ich nicht rein- oder rauskonnte. Stoffel war einfach stoffelig. Grundsätzlich war er ein feiner Kerl, aber er achtete nicht auf die Welt. Die Welt musste auf ihn achten. Wenn man das verstanden hatte, kam man prima mit ihm aus.

Bernd steckte kurz seine Nase in die Schubkarre und warf mir dann einen Blick zu, als würde er sich darüber beschweren, dass ich nur trockenes Gras dabeihatte. »Keine Sorge«, sagte ich, »die Mädchen kriegen auch nichts Besseres. Ich schwöre es.«

Obwohl es natürlich albern war, hob ich meine Finger und tat, als würde ich wirklich einen heiligen Schwur ablegen. Bernd wirkte wenig begeistert, steckte stattdessen sein Maul einmal so kräftig in den Heuberg und warf ihn in die Höhe, dass er auf der anderen Seite in den Schnee fiel.

»Hey, was soll das? Das ist gutes Futter.« Ich beugte mich nach unten und sammelte die Halme eilig auf, bevor sie zu nass wurden.

Bernd musterte mich einen Moment, dann wiederholte er das Spiel, und ich musste mich ranhalten, alles wieder aufzuheben. Stoffel hatte bis jetzt einige Meter entfernt gestanden und uns beobachtet, aber offenbar gefiel ihm, was er sah, denn er kam neben seinen Chef und machte es ihm nach. Jetzt hatte ich es mit gleich zwei Tieren zu tun.

»Haha. Sehr witzig«, sagte ich und beeilte mich, die Karre weiterzuschieben, damit Bernd und Stoffel nicht weiter ihre Späße mit mir treiben konnten. »Und was bist du?«, wandte ich mich an Kalte Schnauze hinter mir, die mir auf der anderen Seite des Zauns folgte. »Mein persönlicher Schatten?«

Ohne darüber nachzudenken, streckte ich die Hand aus und berührte sie am Hals. Weder schreckte sie zurück noch verzog sie das Gesicht, stattdessen blieb sie stehen und ließ sich von mir kraulen. Zu meiner eigenen Überraschung schien es ihr zu gefallen, dass ich mit den Fingern sanft durch das Fell fuhr.

»Du magst das, oder?«, fragte ich. »Will noch jemand?«

Als hätte sie mich verstanden, kam Fussel auf mich zugetrabt und stupste meine freie Hand unter der oberen Zaunlatte hindurch mit der Nase an. Und so standen beide Alpakas einige Minuten vor mir und ließen sich streicheln, bis mir die Arme vor Anstrengung langsam wehtaten. Es war ein wunderbares Gefühl. Obwohl meine Hände eiskalt waren, nahm ich die Weichheit der Wolle wahr, und wenn ich die Finger richtig in das Fell hineinschob, wurden sie sogar fast wieder warm.

»Foto«, murmelte ich leise, nur für mich.

Das hatte ich mir angewöhnt, schon als Kind bei meiner Oma. Besondere Momente, die ich nicht vergessen wollte, versuchte ich, mit einer inneren Kamera festzuhalten, um sie in mein persönliches Fotoalbum zu kleben. Damit ich sie mir immer und immer wieder ansehen konnte. In der letzten Zeit waren es fast nur Aufnahmen von Malek und mir gewesen, weil es nur ihn und mich gegeben und weil ich gewusst hatte, dass mir irgendwann allein diese Fotomomente von ihm bleiben würden.

»Und was ist mit dir?«, fragte ich Bernd, der sich nicht von der Stelle gerührt und uns bloß angeschaut hatte.

Vor ihm lagen einige lose Heuhalme, die ich nicht aufgelesen hatte. Mir kam es vor, als würde der Anführer meiner kleinen Herde tatsächlich über meine Frage nachdenken. Er klimperte einige Male mit den Wimpern, legte leicht den Kopf schief, doch dann war seine Antwort eindeutig. Er drehte sich einmal um und streckte sein Hinterteil demonstrativ in meine Richtung.

»Okay, verstehe.« Ich hob die Schultern, kraulte dafür umso länger das Fell der anderen beiden Alpakas, bis es mir endlich gelang, mich vom diesem wunderschönen Augenblick loszureißen, bevor aus mir endgültig ein Eis am Stiel geworden war.

Mit Schwung beförderte ich das Heu in die Raufe, ehe ich die Schubkarre über die Wiese und zum Tor hinausschob. Ohne das Gewicht der Ladung schien der kaputte Reifen noch stärker durch den Schnee zu eiern. Es wurde immer schwieriger, die Balance zu halten. Als ich die letzte Portion des Abends in der Scheune aufgeladen hatte und mich auf den Weg in Richtung Weide machen wollte, blieb ich kurz vor dem Eingang stehen. Ich hatte nicht bemerkt, wie dunkel es schon geworden war. Nur die Lampe hinter mir warf ein großes, gelbliches Rechteck um mich, und ich fühlte mich, als wäre ich von ihrem Licht eingerahmt.

Ich war erschöpft.

Außerdem hatten die Alpakas mehr als genug. Das würde wahrscheinlich für sieben Nächte in Folge reichen. Ich stellte die Schubkarre gefüllt neben dem Heuballen ab.

Wenn es notwendig wäre, könnte ich sie morgen früh gleich als Erstes auf die Koppel fahren. Aber ich war mir sicher, dass ich darauf würde verzichten können.

Ich wollte bereits das Scheunenlicht ausschalten und das Tor verriegeln, als mir etwas einfiel. Ich ging zu der Treppe, die ich vor einigen Tagen mit Janna zusammen entdeckt hatte. Vorsichtig stieg ich die altersschwachen Stufen nach oben.

Die Berge von Wolle kamen mir noch überwältigender vor als beim ersten Mal. Langsam ging ich näher heran, kniete mich vor die Ausläufer und betastete die feinen Fasern mit den Fingern. Janna hatte mich gefragt, wie lange all das hier oben lagern würde. Aber ich hatte keine Ahnung. Der Besitzer hatte nichts davon gesagt. Ich wusste nicht einmal, ob er früher Tiere, vielleicht Schafe, gehalten oder woher er die Wolle sonst hatte und warum er sie hier oben offenbar so lange aufbewahrte. Soweit ich es einschätzen konnte, schien sie irgendwann mal ordentlich gesäubert worden zu sein, doch inzwischen war sie vollkommen verstaubt. Trotzdem erkannte man das weiche, schöne Fell in Beige, Braun und Schwarz.

Ich hatte mir die Alpakas nicht angeschafft, um mit ihnen Geld zu verdienen. Ich hatte nicht vor, irgendwelche Wanderungen anzubieten, mit ihnen zu züchten oder Decken aus ihrem Fell zu weben. Natürlich wusste ich, dass die Tiere im Frühjahr geschoren werden mussten. Sie warfen ihr Winterfell nicht ab wie andere Arten, die in der kalten Jahreszeit plüschig wurden und den dicken Pelz verloren, sobald die Tage länger und die Luft wärmer wurden. Alpakas wurden wegen ihres Haarkleids gezüchtet. Das sollte so sein. Menschen hatten das entschieden und die Alpakas nicht gefragt. Also würde ich Bernd, Kalte Schnauze und den anderen irgendwann in Richtung

Sommer helfen müssen, die ganze Wolle loszuwerden, damit sie in ihren Mänteln nicht einen Hitzschlag erlitten.

Natürlich hatte ich mich oberflächlich darüber informiert. Es war Thema in meinem Alpakas-für-Anfängerinnen-Kurs gewesen, und ich hatte einiges dazu gelesen. Davon abgesehen hatte ich dieses Thema aber so weit wie möglich von mir geschoben. Wenn ich ans Scheren dachte, hatte ich dieselben Bilder von verängstigten, verletzten Tieren im Kopf wie wahrscheinlich viele andere. Das wollte ich für meine Alpakas auf keinen Fall. Und so musste es nicht laufen. In dieser Hinsicht hatte mich der Kursleiter beruhigt. Wichtig war es, dass alle Beteiligten gut vorbereitet waren. Ich würde jemanden brauchen, der scheren konnte, wenn ich es nicht selbst machte. Es gab Menschen, die das professionell taten, als richtigen Beruf. Sie waren geübt und deshalb wahrscheinlich zügig, allerdings hatte ich auch Erfahrungsberichte gelesen, wie grob und schroff es dabei manchmal zuging. So jemand hatte auf meinem Hof nichts zu suchen. Außerdem musste ich mit meinen Alpakas trainieren. Dass sie sich überall anfassen ließen, dass sie das Geräusch der Schermaschine kannten, solche Dinge, um zusätzliche Stressfaktoren zu vermeiden.

All das hatte ich fest vor. Ich wollte auf der Weide sogar einen eigenen Bereich abzäunen, in dem ich den Tieren das Halfter anlegte, ihre Füße kontrollierte und sie bürstete.

Was ich allerdings mit den Unmengen von Fell, das alljährlich runtermusste, anfangen wollte, daran hatte ich bisher nicht einen Gedanken verschwendet. Dabei ging es nur um Wolle, die im Frühjahr auf mich wartete. Direkt vor mir lagen jetzt jedoch noch weitere Berge von Wolle über Wolle über Wolle.

Ich zögerte kurz und griff mit den Händen hinein. Es

fühlte sich herrlich flauschig an. Sie war so leicht und fein und gleichzeitig so flaumig und mollig.

Wie musste es sich anfühlen ...?

Ich konnte unmöglich. Oder vielleicht doch?

Auf allen vieren kletterte ich mitten hinein und hinauf auf meinen Wolleberg. Als ich fast ganz oben angekommen war, blieb ich einige lange Momente ausgestreckt liegen, das Gesicht in den Tierfasern, die staubig, säuerlich und trotzdem angenehm rochen. Sie ließen sich mit nichts anderem vergleichen, das ich bisher eingeatmet hatte. Schließlich drehte ich mich auf den Rücken und richtete den Blick zur Scheunendecke. Die Wolle trug mich, als würde ich auf einer Wolke liegen. Mit den Armen zu beiden Seiten begann ich, auf und ab zu rudern wie früher als Kind, wenn ich vor dem Küchenfenster meiner Oma einen Schneeengel hatte machen wollen. Nur dass es jetzt ein Wollengel wurde.

Dann hielt ich plötzlich still. Es war so ruhig um mich. Nichts war zu hören. Durch ein kleines Fenster an der Wand schräg über mir konnte ich die Briefmarkengröße des Himmels sehen, schwarz und voller Sterne. Viel mehr, als ich sie aus Köln kannte, wenn ich nach einer Party durch die halb leeren Straßen gelaufen war und nach oben geguckt hatte.

Ich war gerne in Museen und Theater und Konzerte gegangen. Das waren die Dinge, über die ich mit meiner Oma gesprochen hatte. Sie hatte es immer bedauert, nur in einer Kleinstadt und nicht in einer Metropole zu leben, und hatte mir regelmäßig die Besprechungen von Ausstellungen, Stücken und Buchpremieren aus der Zeitung vorgelesen. Das gehörte fast zu unserem Ritual. In den ersten Wochen in Köln hatte ich mir alles angesehen, was ich mir irgendwie leisten konnte. Das war es, wovon meine Oma und ich gesprochen hatten, das kulturelle Leben, und ich wollte an allem teilhaben.

Mir war deshalb ganz egal, dass mir die Musik manchmal zu laut war, die Lichter zu hell, zu viele Menschen an einem Ort. Wenn ich abends nach Hause kam, rauschte mir der Kopf, ich konnte kaum schlafen, und morgens stand ich auf, als hätte ich einen Kater. Ich verstand langsam, dass mich die Stadt mit all ihren Möglichkeiten nicht nur beglückte und begeisterte, sondern auch erschöpfte.

In den letzten Jahren waren das Hämmern hinter meiner Stirn und der Schraubstock, der meine Schädelplatten zusammendrückte, so etwas wie meine ständigen Begleiter geworden. Ich hatte mich fast daran gewöhnt und war mir sicher gewesen, dass ich damit einfach würde leben müssen.

Doch seit ich hier war, auf dem Land, wo ich auf Wiesen und Wälder schaute und oft kaum mehr hörte als die Geräusche des Windes, war alles anders. Während mir die Stille anfangs unangenehm und ohrenbetäubend vorgekommen war, spürte ich in diesem Moment, dass sich mein gesamtes Nervenkostüm beruhigt hatte. Ich hatte kein Flattern mehr in der Brust, kein Zittern in den Fingern, kein Gefühl, das Innere meines Kopfes bestünde aus einer viel befahrenen Autobahn.

Schleichend war es gekommen. Aber jetzt gab es immer mehr Momente, in denen ich mich ruhig fühlte, vollkommen ruhig. Die Monatsration Aspirin, die ich in Köln ständig dabeihatte, hatte ich nicht einmal angerührt.

Und jetzt dieser wunderbare, schwarze, glitzernde Himmel direkt über mir, so weit entfernt und trotzdem so seltsam nah.

Fünf

»Das kann doch nicht wahr sein.«

Mehr brachte ich nicht heraus, als ich auf der Weide meiner Alpakas stand und mir ansah, was passiert war.

Es war Sonntag, eine Woche vor dem ersten Advent, aber das versuchte ich, möglichst zu ignorieren. Ich war gerade beim Mittagessen gewesen, als ich von drinnen ein lautes Poltern und Scheppern gehört hatte. Es war so laut gewesen, dass ich geahnt hatte, es müsse etwas Größeres passiert sein. Trotzdem hatte ich damit nicht gerechnet.

»Ist jemand verletzt?«, fragte ich und warf den Wallachen, die sich um mich gruppiert hatten, einen prüfenden Blick zu.

Zum Glück schienen sie alle unversehrt.

Also richtete ich meine Aufmerksamkeit auf dieses neueste Desaster. Einer der Unterstände war einfach eingebrochen. Ein Teil des Daches hatte nachgegeben, und nun lagen Bretter und Blechstücke am Boden, inmitten jeder Menge Schneematsch.

»Nicht hingehen«, warnte ich Bernd, der zu neugierig war und sich dem Unfallort nähern wollte. »Sonst tust du dir weh.«

Er schien mich verstanden zu haben, zumindest blieb er stehen und beobachtete mich dabei, wie ich mich langsam auf dieses Durcheinander zubewegte. Ich war mir schon die ganze Zeit nicht sicher gewesen, wie stabil die vier

Unterstände, die auf den beiden Wiesen standen, überhaupt waren. Vor allem der, der jetzt in seinen Einzelteilen vor mir lag, war mir sehr zugig und windschief vorgekommen. Tattrig hatte ich ihn genannt, weil er mir von allen Bauten am meisten wie ein zahnloser, zitternder Greis vorgekommen war, den der kleinste Luftzug umwerfen konnte. Jedes Mal, wenn ich versucht hatte, die Dächer halbwegs vom Schnee zu befreien, hatte er unter mir so mitleiderregend geächzt und gewackelt, dass ich schon befürchtet hatte, er würde bald sein letztes bisschen Leben aushauchen.

Die Unterstände befanden sich ganz oben auf meinen inzwischen endlos langen Listen, und ich hatte gehofft, sie alle würden den Winter irgendwie überstehen. Im Frühjahr hatte ich fest vor, sie fachgerecht instand zu setzen.

Aber wie konnte es anders sein? Einer von ihnen hatte bereits die Segel gestrichen.

»So eine Scheiße! Verdammte, verfluchte Scheiße«, schimpfte ich und versetzte dem am Boden liegenden Holz einen Tritt mit dem Fuß. »Hättest du dich nicht noch ein bisschen zusammenreißen können? Musste das wirklich jetzt sein? Wir müssen hier alle den Hintern zusammenkneifen. Meinst du, mir macht es Spaß, jeden Morgen in einem eiskalten Haus aufzuwachen und zwei Stunden die Heizung zu beschwören, damit sie nicht in den vorzeitigen Ruhestand geht? Denkst du, ich will den Laster jedes Mal anbetteln anzuspringen, wenn ich irgendwohin fahren muss? Ich kann mir auch Schöneres vorstellen, als mit meinem traurigen Haus jeden Tag um fließendes Wasser und funktionierenden Strom zu schachern. Aber wir alle halten hier durch. Verstehst du? Und was machst du? Du gibst einfach auf? Was jetzt? Stellst du dich tot, oder was? Schäm dich, Unterstand. Schäm dich!« Noch einmal trat ich mit einem kräftigen Stoß nach.

Seufzend beugte ich mich nach unten, nahm einige Latten hoch und warf sie so fest ich konnte wieder auf die anderen.

Natürlich war ich mir grundsätzlich bewusst, wie albern das war. Aber über albern war ich auf diesem Hof längst hinaus. Es kam mir vor, als wäre ich nicht von leblosen Gebäuden und Gegenständen umgeben. Sie alle hatten ihre Launen und Anwandlungen, auf die man Rücksicht nehmen musste. Sie alle ließen sich meist mit ein paar freundlichen Worten oder einer strengen Ansage überzeugen, und irgendwie gefiel mir dieser Gedanke auch ein wenig, dass mein neues Zuhause voller eigenwilliger Charaktere war, lebendig und nicht lebendig.

In so vielerlei Hinsicht war ich nicht auf dieses Abenteuer vorbereitet. Immer wieder fiel mir das auf. Und wenn ich für einen Moment dachte, ich würde alles hinbekommen oder es wäre nicht ganz so schlimm, bewies mir mindestens eine dieser Persönlichkeiten sofort das Gegenteil. Was ich aber bei meinem ganzen Abenteuer definitiv unterschätzt hatte, war der unendlich große Bedarf an handwerklichen Fähigkeiten.

Und die hatte ich nicht. In Köln hatten wir einen Hausmeisterservice engagiert. Wann immer Malek und ich ein Problem hatten, riefen wir an, und manchmal war die Sache wie durch Zauberhand gelöst, sobald wir nach Hause kamen. Dann tropfte der Wasserhahn nicht mehr, das Licht ging plötzlich wieder, die Badezimmertür hatte aufgehört zu quietschen. Malek war genauso wie ich mit zwei linken Händen geboren, deshalb waren wir beide froh, wenn wir jemanden holen konnten, der sich auskannte, denn sogar das Aufhängen von Bildern hätte für uns in der Notaufnahme enden können.

Aber hier, als frischgebackene Alpakahofpächterin, hatte ich niemanden, den ich für den alltäglichen Kampf gegen die Widrigkeiten altersschwacher Gebäude und Gerätschaften zu Hilfe rufen konnte. Ich musste alleine Lösungen finden. Und wenn man als Anwältin zwar alle möglichen Sachverhalte logisch durchdenken konnte, aber gleichzeitig mit so wenig praktischen Talenten ausgestattet war wie ich, musste man erfindungsreich werden.

Deshalb hatte ich mir angewöhnt, mir in solchen Situationen wie jetzt zehn Minuten zuzugestehen, in denen ich schimpfen, heulen und jammern durfte. Ich erlaubte mir, mich richtig auszutoben, ich konnte mich in Selbstmitleid suhlen, wenn ich das brauchte, oder mit den übelsten Schimpfwörtern die gesamte Welt verfluchen. Doch nach diesen zehn Minuten musste ich mir etwas einfallen lassen. So hatte ich bereits einen kleinen Wasserschaden in der Küche mit einer Konstruktion aus Klebeband und Folie behoben, ein klapperndes Scheunenfenster mit einem Seilsystem repariert und das Trinkbecken der Stuten durch Grabkerzen daran gehindert, ständig einzufrieren.

Aus mir würde in diesem Leben sicher keine Handwerkerin mehr werden, aber wenn ich jetzt auf diesen einen Monat zurückblickte, in dem ich hier war, konnte ich zumindest sagen: Das meiste bekam ich hin. Irgendwie. Profis würden wahrscheinlich die Hände über dem Kopf zusammenschlagen, wenn sie mein Gefrickel sehen würden, aber es behob zumindest zeitweise das Problem. Damit war ich voll und ganz zufrieden.

Ein eingestürzter Unterstand war jedoch eine andere Nummer. Das musste ich einsehen, als ich versuchte, die

Bretter und das Blech unter dem Schnee hervorzuziehen, ohne von den nächsten Teilen erschlagen zu werden. Immer wieder zerrte ich mit aller Kraft an irgendwelchen Latten, um dann zu erkennen, dass diese unlösbar mit Schrauben und Nägeln befestigt waren oder sich so verkantet hatten, dass sie sich auch nicht mit Gewalt bewegen ließen.

Irgendwann konnte ich nicht mehr.

Mein Gesicht glühte, meine Arme und Hände brannten, die kalte Novemberluft schmerzte in meiner Lunge. Erschöpft ließ ich mich in den Schnee sinken.

Was sollte ich machen? Was konnte ich noch tun?

Plötzlich spürte ich etwas an meiner Wange. Es waren kitzlige Haare, eine weiche Nase. Bernd war unbemerkt von hinten nah an mich herangetreten. Ich fühlte den warmen Alpakaatem auf meiner Haut.

Das hatte Bernd noch nie gemacht. Bis zu diesem Moment, in dem mir nach Weinen und Aufgeben war.

Wie viele von diesen Augenblicken hatte ich in den letzten Jahren mit Malek gehabt, seit er die Krebsdiagnose erhalten hatte? Im Vergleich dazu war das hier natürlich nichts. Damals hatte mich nicht einmal jemand getröstet. Ich hätte es auch nicht zugelassen. Weil ich das Gefühl hatte, ich müsste das alles mit mir selbst ausmachen, stark sein, für Malek, ich dürfte nicht um Hilfe bitten.

Aber nun Bernds Nähe zu spüren, seine Wärme, einfach so, als hätte er gemerkt, dass ich genau das jetzt brauchte, trieb mir tatsächlich die Tränen in die Augen. Ich hielt vollkommen still, weil ich diese besondere Erfahrung zwischen uns nicht zerstören wollte. Ich ließ einfach zu, dass er da war und seinen Kopf sanft auf meine Schulter legte, sein beruhigendes Atmen dicht neben mir.

Natürlich änderte es nichts daran, dass vor mir ein

Durcheinander aus Materialien und Gegenständen lag, die irgendwie wieder zu einem Unterstand zusammengeschustert werden mussten. Aber das war egal. Für den Moment war nicht mehr nötig als diese Nähe und dieser Trost und das Gefühl, nicht vollkommen allein zu sein.

»Dich hätte ich in den letzten Jahren gut gebrauchen können. Weißt du das eigentlich?«, flüsterte ich.

Als Antwort prustete mir Bernd leise ins Ohr.

Ich hörte weitere Schritte im Schnee, die mir sagten, dass Stoffel und Kniesbüggel ebenfalls zu mir gekommen und irgendwo neben oder hinter mir stehen geblieben waren. Sie stellten sich nicht so dicht wie Bernd, aber sie waren da. Sie waren einfach da.

»O Jungs«, murmelte ich. »Ihr wollt doch nur, dass ich richtig anfange zu heulen. Und ihr nicht auch noch«, fügte ich hinzu, weinend und lachend gleichzeitig, als sich die drei Stuten auf der anderen Seite des Zauns versammelten und mich ansahen.

Ich hätte ewig so sitzen können, und es war mir egal, wie kalt mir längst war. Doch etwas schreckte die Alpakas plötzlich auf.

Bernd war der Erste, der den Kopf hob und über den Hof in Richtung Straße blickte. Schavöttche, Kalte Schnauze und Fussel folgten, und auch Kniesbüggel und Stoffel wurden unruhig.

»Was?«, fragte ich.

Dann sah ich es auch.

Vom Weg her kam Frau Katschinski auf uns zugestapft, wie immer mit sehr energischen Schritten, als wollte sie dem Boden oder dem Schnee oder wem auch immer einen ordentlichen Tritt verpassen.

»Ich muss mit Ihnen sprechen«, rief sie schon von Weitem.

»Kannst du ihr nicht ins Gesicht spucken, Bernd?«, fragte ich den Wallach, der neben mir stand und Frau Katschinski entgegenschaute. »Oder du, Kniesbüggel? Irgendeiner von euch?«

»Ich muss mit Ihnen sprechen«, wiederholte sie und hatte inzwischen vor dem Tor angehalten.

»Spucken auf Kommando. Das müssen wir dringend üben«, murmelte ich meinen Tieren zu und ergab mich dann in mein Schicksal.

»Was habe ich jetzt wieder falsch gemacht?«, fragte ich, als ich mich langsam in Richtung Zaun bewegte.

»Was?«

»Worum geht es?«

»Ich muss mit Ihnen sprechen«, sagte Frau Katschinski zum dritten Mal.

»Keines meiner Alpakas hat einen Ton gesagt.« Ich deutete leicht hinter mich. »Ich habe die Mülltonnen an die richtige Stelle gebracht.« Nun zeigte ich zur Straße. »Die Sache mit der Heulieferung war natürlich ärgerlich. Das verstehe ich. Aber darauf hatte ich wirklich keinen Einfluss. Dass der Rauch aus meinem Schornstein manchmal in Ihren Garten zieht, tut mir selbstverständlich leid. Aber ich weiß nicht, wie ich die Windrichtung steuern soll. Wenn Sie mir eine Ansprechperson beim Kreisamt nennen können, versuche ich gerne mein Glück. Und ja, nächste Woche ist der erste Advent, und ich habe nichts geschmückt. Aber manche Menschen haben es einfach nicht so mit Weihnachten.«

Frau Katschinski sah mich an und schien zu überlegen, was sie von meiner Ansprache halten sollte. Dann antwortete sie: »Darum geht es nicht.«

»Was dann? Womit habe ich Ihren Ärger diesmal auf mich gezogen?«

Wieder diese zusammengekniffenen Augen und der prüfende Blick. »Ich will Sie was fragen.«

»Sie wollen mich was fragen?«, wiederholte ich ihre Worte erstaunt. »Oh ... ähm ... Das kommt überraschend.«

»Sind Sie immer so komisch?«

»Ob *ich* immer so komisch bin?«

»Kann man sich nicht normal mit Ihnen unterhalten?«

»Sie wollen sich mit mir unterhalten?«

»Müssen Sie ständig wiederholen, was ich sage? Was sind Sie? Ein Mensch oder ein Papagei? Das hält ja niemand aus. Ist das eine Art Zwangsstörung bei Ihnen?«

»Sehen Sie?«

»Was soll ich sehen?«

»Wir haben doch was gefunden.«

»Was sollen wir gefunden haben?«, wollte meine Nachbarin genervt wissen.

»Etwas, das Sie an mir ärgert.«

»Mich ärgert immer irgendetwas an Ihnen. Aber deshalb bin ich nicht hier. Nicht dieses Mal.«

»Okay. Dann los. Fragen Sie.«

»Müssen Sie so weit weg stehen?«

Ich hatte mich einige Meter vom Zaun entfernt hingestellt, aus Sicherheitsgründen.

»Müssen vielleicht nicht, aber ...«

»Das ist sehr unhöflich.«

»Na gut ...« Ich machte einige zögerliche Schritte auf sie zu, achtete jedoch darauf, dass ich mehr als eine Armlänge von ihr entfernt blieb. »Besser?«

»Wenn Sie meinen.«

»Also?«

»Brauchen Sie Hilfe?«

Irritiert runzelte ich die Stirn. »Sie meinen, professionelle Hilfe? Von einer Therapeutin? Oder einem Psychiater? Ich dachte, das wäre ein Scherz gewesen. Etwas in der Art zumindest.«

»War es nicht«, erwiderte Frau Katschinski mit ausdruckslosem Gesichtsausdruck. »Aber davon rede ich nicht.«

»Sondern?«

»Ob Sie Hilfe brauchen. Hier. Auf dem Hof. Mit den Tieren. Und so weiter.« Sie machte eine ausladende Geste über die Gebäude und Weiden.

»Wobei?«

Worauf wollte sie hinaus?

»Was ist das für eine Frage?«, gab sie zurück. »Bei allem hier, bei diesem ganzen heruntergekommenen, schrottreifen Krempel und den hässlichen, stinkenden Tieren.«

»Das haben Sie nett gesagt«, erwiderte ich.

»Es nützt doch nichts, drum herumzureden. Sie leben auf einer Müllhalde. Das können Sie kaum leugnen. Eigentlich müsste man alles abreißen und von Grund auf neu bauen. Ihr Hof ist ein Schandfleck in unserer Gegend. Das hat natürlich Auswirkungen auf uns alle. Wer will schon so was hier«, Frau Katschinski verzog das Gesicht, »in der Nachbarschaft haben? Das drückt alle Grundstückspreise. Das war schon beim beknackten Jo so, aber anstatt etwas zu ändern, lassen Sie alles weiter verkommen. Haben Sie dabei mal an uns gedacht?«

»Um ehrlich zu sein, bin ich darauf tatsächlich bisher nicht gekommen«, sagte ich.

»Dann sollten Sie das tun. Schließlich haben wir alle darunter zu leiden, dass es bei Ihnen wie bei Familie Flodder aussieht. Schämen sollten Sie sich.«

»Dann ... ähm ... danke für den Hinweis. Wäre das dann alles?«

»Bekomme ich noch eine Antwort?«, wollte meine Nachbarin wissen.

»Wie bitte?«

»Sie haben mir nicht auf meine Frage geantwortet.«

»Ach so. Ich wusste nicht, dass das ernst gemeint war. Ich dachte, Sie brauchten nur einen Aufhänger, um über meinen Hof und das Haus herzuziehen, in dem ich wohne.«

»Nein, das war ernst gemeint.«

»Tja ... also ...«

»Ich wüsste da jemanden.«

»Sie wüssten jemanden, der mir helfen würde ... bei ...?«

»Mein Bruder.«

»Ihr Bruder.«

»Mein jüngerer Bruder.«

»Ihr jüngerer Bruder.«

»Das wirkt sehr einfältig.«

»Was?«

»Die Worte anderer Leute zu wiederholen.«

»Vielen Dank für die Info. Sie stecken ja heute voller Weisheiten.«

»Kann er bei Ihnen anfangen?«

»Das ist kein Scherz? Sie fragen mich wirklich, ob Ihr Bruder mir auf dem Hof helfen soll?«

»Und mit den Tieren. Sie müssen ihm nichts bezahlen. Er will kein Geld von Ihnen. Er würde morgens kommen und mit Ihnen diese ... Alpakas versorgen oder auch Arbeiten übernehmen, die so anfallen. Er ist kräftig und kann anpacken, wenn er weiß, was er tun soll. Zum Beispiel kann er den Mist wegschaufeln oder das Wasser auffüllen oder das Heu da ... reintun.« Ungenau wies Frau Katschinski auf die Raufen.

»Sie meinen, wie eine richtige Arbeit? Jeden Tag?«

»Nur ohne Bezahlung.«

»Wieso sollte Ihr Bruder das wollen?«

»Er mag Tiere. Und er mag Alpakas. Und er findet Sie ... na ja ... ganz nett«, fügte sie in einem Tonfall hinzu, als wäre das kein echtes Wort.

»Er findet mich nett? Er kennt mich doch gar nicht.«

»Natürlich kennt er Sie. Das ist wieder typisch für Leute wie Sie.«

»Leute wie mich?«

»Leute aus der Großstadt kümmern sich nur um sich selbst. Wenn man jeden Tag Tausenden Menschen auf der Straße begegnet, kann man sich natürlich nicht an jeden erinnern. Schon klar. Aber wir auf dem Land interessieren uns für unsere Mitmenschen. Für uns sind andere nicht austauschbar. Und wenn wir jemanden treffen und uns mit ihm unterhalten, haben wir das nicht ein paar Tage später direkt vergessen.«

»Jakob Katschinski ist Ihr Bruder«, sagte ich.

Es war mehr eine Feststellung als eine Frage, weil mir der Gedanke natürlich bereits gekommen war. Bis jetzt hatte ich versucht, mir einzureden, dass in Dörfern jeder mit jedem verwandt war und er deshalb nicht unbedingt ein enges Familienmitglied hätte sein müssen. Doch als meine Nachbarin antwortete, war alles klar: »Natürlich ist er mein Bruder. Was denken Sie, wer er ist?«

»Er hätte ja auch Ihr Ehemann sein können.«

»Ist er nicht«, erwiderte sie knapp.

»Und natürlich erinnere ich mich an ihn. Er stand öfter hier an der Straße und hat sich meine Alpakas angesehen.«

»Das ist nicht verboten.«

»Nein, natürlich nicht. Das wollte ich damit nicht sagen.«

»Und was wollten Sie sagen?«

»Dass er mir aufgefallen ist. Sonst nichts. Deshalb war ich froh, als ich vorgestern mit ihm sprechen konnte. Er kennt sich sehr gut mit Alpakas aus.«

»Und?«

»Nichts und. Das hat mich überrascht.«

»Warum? Weil einer wie er von nichts eine Ahnung hat?«

»Was? Nein. Das habe ich nicht gesagt. Ich war nur überrascht.«

»Weil Sie ihn für dumm halten.«

»Weil die meisten Menschen hier in der Gegend nicht einmal wissen, dass Alpakas keine Schafe sind«, erwiderte ich.

Frau Katschinski schwieg einige Sekunden und musterte mich misstrauisch.

»Wenn er mir mit den Tieren helfen will, kann er gerne kommen«, fügte ich hinzu.

»Hören Sie. Ich weiß, was die Leute im Dorf über meinen Bruder denken und sagen. Mir ist klar, dass er kein Einstein ist und mit Menschen seine Schwierigkeiten hat. Aber er ist nicht dumm. Wenn man ihm erklärt, was er zu tun hat, dann macht er das. Er kriegt das hin.«

»Ich weiß nicht, was im Dorf über ihn gesagt wird«, antwortete ich. »Vielleicht ist es Ihnen bisher nicht aufgefallen, aber ich kenne hier fast niemanden, und mit mir redet eigentlich keiner.«

»Daran sind Sie selbst schuld, wenn Sie glauben, Sie wären was Besseres, weil Sie aus der großen Stadt kommen.«

»Ich halte mich nicht für was Besseres.«

»Dann sollten Sie sich nicht so verhalten.«

»Haben Sie mir überhaupt zugehört?«, fragte ich.

»Natürlich habe ich Ihnen zugehört«, gab meine Nachbarin sofort zurück.

»Offensichtlich nicht. Denn ich habe Ja gesagt. Falls Ihnen das entgangen sein sollte. Ihr Bruder kann gerne kommen und mir mit den Alpakas und auf dem Hof helfen. Denn ich kann wirklich Unterstützung gebrauchen, wie man sieht.« Ich wandte mich halb nach hinten in Richtung des eingestürzten Unterstands. »Aber natürlich werde ich ihm etwas bezahlen.«

»Das müssen Sie nicht.«

»Ich lasse niemanden kostenlos für mich schuften.«

»Aber nicht zu viel.«

»Das werde ich mit Jakob besprechen.«

Frau Katschinski verschränkte die Arme vor der Brust, schaute mich an, löste die Bewegung wieder auf. Dann fragte sie: »Und was jetzt?«

»Sagen Sie ihm einfach, dass er morgen früh anfangen kann, wenn er will.«

»Natürlich will er.«

»Dann ist ja alles klar.«

»Das war's?«

»Wenn Sie meinen Hof oder meine Tiere oder mich nicht weiter beleidigen wollen, würde ich sagen: ja.«

»Ein anderes Mal gerne«, antwortete meine Nachbarin, und ich glaubte, so etwas wie ein leichtes Lächeln in ihren Mundwinkeln zu entdecken.

War das möglich? Hatte sie sogar einen Scherz gemacht?

»Dann sehen wir uns«, sagte sie bereits im Gehen.

»Wenn es sich nicht vermeiden lässt.« Und wieder glaubte ich, ein minimales Zucken ihrer Mundwinkel wahrzunehmen.

Nachdem ich bis zur Dämmerung den eingebrochenen Unterstand notdürftig gesichert hatte und die Alpakas versorgt waren, machte ich es mir mit einer Tasse Tee auf der Couch bequem. Statt des obligatorischen Alpakabuchs, das ich regelmäßig las, um noch mehr über die Tiere zu erfahren, wollte ich mir heute ein Fotoalbum ansehen, das ich in einem der Regale im Kämmerchen neben der Küche entdeckt hatte. Dieses Buch hatte mein Interesse geweckt, auch wenn ich erst Bedenken hatte, mir fremde Fotografien anzusehen. Aber gleich die ersten Bilder hatten den Hof gezeigt, meinen Hof. Ich konnte nicht anders, als die nächsten Seiten aufzuschlagen.

Es waren alte Abbildungen. Irgendwer hatte sich jedoch vor langer Zeit die Mühe gemacht, sie sorgfältig einzukleben, einige sogar zu beschriften. Unter einem Foto stand *Frühjahr 1954*, unter einem anderen *Familie 1923*, und hier befand sich eine Gruppe von Leuten vor dem eigentlichen Haupteingang des Hauses, den ich seit über einer Woche nicht mehr nutzen konnte. Die Personen waren so klein abgebildet, dass ihre Gesichter kaum zu erkennen waren, aber ich interessierte mich ohnehin mehr für das Gebäude dahinter. Es handelte sich eindeutig um dieses Haus, mit den Fensterläden aus Holz, der Tür mit dem Klopfer in Form eines Löwenkopfes und dem Wetterhahn auf dem Dach, der offenbar bereits vor hundert Jahren seinen Dienst verrichtet hatte. Vorne im Bild war ein großer Stein zu sehen, eine Art Felsbrocken, darauf waren Buchstaben eingraviert, die ich jedoch nicht lesen konnte.

In diesem Moment ließ mich der Klingelton meines Handys aufschrecken. Sofort fing mein Herz so sehr an zu pochen, dass ich es bis in den Hals spürte. Eilig stand ich auf und wäre fast gestolpert, als ich mich in meiner Decke verheddert. Das Album fiel zu Boden. Wo war nur mein

Telefon? Endlich fand ich es auf der kleinen Kommode unter dem Fenster. Meine Hände zitterten.

Ich erwartete einen der beiden Namen zu sehen. Wie immer. Nie nahm ich ab und konnte trotzdem nicht anders, als das Gerät in den Fingern zu halten, das Leuchten des Displays anzustarren und die Vibration auf der Haut zu spüren, während ich mit angehaltenem Atem darauf wartete, bis das Klingeln endlich verstummte.

Dieses Mal war es anders.

Hannelore rief an. Im ersten Moment wusste ich damit nichts anzufangen. Hannelore? Ich konnte mich nicht daran erinnern, dass wir unsere Nummern ausgetauscht hätten. Aber dann fiel es mir langsam wieder ein, und ich nahm ab.

»Hallo?«, fragte ich in den Hörer.

Als Antwort kamen ein undeutliches Knacken und Rauschen, deshalb stellte ich mich in den Türrahmen und machte mich klein, weil der Empfang nur auf halber Höhe einigermaßen gut war.

»Hallo?«

»Gut, dass ich dich erreiche, Stella«, kam es von der anderen Seite. »Wir brauchen dringend deine Hilfe.«

»Meine Hilfe?«, gab ich erstaunt zurück.

Womit sollte ich jemandem helfen können?

»Hast du noch Platz?«

»Platz?«

»Bei deinen Alpakas. Wir haben hier eine Stute aus einer Rettungsaktion«, erzählte sie weiter. »Es musste alles sehr schnell gehen. Fünfzig Tiere. Aus schrecklicher Haltung. Jede Menge Schafe und Ziegen und Ponys. Aber eben auch ein Alpaka. Der Hof wurde komplett dichtgemacht. Alle mussten weg. Sofort. Wir haben einige Tiere zu uns genommen. Natürlich. Aber Alpakas haben wir keine. Und kennen uns nicht aus. Deshalb dachten wir an dich. Was sagst du?«

»Ähm ... also ... Eine Stute?«

»Genau.«

»Klar.« Ich schluckte. Platz hatte ich in der Tat mehr als genug, doch wenn ich daran dachte, ein weiteres Tier bei mir aufzunehmen, wurde mir mehr als mulmig.

»Dürfen wir sie dann zu dir bringen?«

»Natürlich. Bringt sie her«, sagte ich trotzdem zuversichtlicher, als ich mich dabei fühlte.

»Da fällt mir ein Stein vom Herzen«, sagte Hannelore, und ich hörte ein Seufzen durch die Leitung. »Du glaubst nicht, wie erleichtert ich gerade bin.«

»Schon gut. Soll ich sie irgendwo abholen?«

»Guck mal raus«, antwortete sie nur.

Als ich ans Fenster trat und auf den Hof im Dämmerlicht hinausspähte, fuhr gerade ein Kombi mit einem Anhänger vor die Scheune.

»Ihr seid schon da?«, platzte es erschrocken aus mir raus.

»Komm nach draußen«, erwiderte Hannelore. »Dann erkläre ich dir alles.«

»Ist gut«, sagte ich, dann legte ich auf, schlüpfte in meine Gummistiefel, Mantel, Mütze und Schal und trat durch die Hintertür hinaus in den kalten Novemberabend.

»Du bist unsere Rettung«, rief mir Fran entgegen, die bereits aus dem Auto gestiegen war und auf mich zukam. »Sie ist vollkommen gestresst von der langen Fahrt und schreit die ganze Zeit. Es war die reinste Katastrophe. Du kannst dir das nicht vorstellen.« Inzwischen hatte sie mich erreicht und zog mich in die Arme, küsste meine Wangen. Obwohl sie lächelte, wirkte sie erschöpft.

Aus dem Wageninneren ertönte ein ähnliches Geräusch, wie ich es von Bernd einige Male gehört hatte, diese Mischung aus Babyschreien, Vogelrufen und panischem Lachen, nur deutlich dunkler, als läge eine Art Brummen darunter.

»So viele arme Tiere«, berichtete Fran weiter. »Aus allerschlimmster Haltung. Wir haben schon viel erlebt, aber was wir da gesehen haben ... Wirklich. Da verliere ich fast den Glauben an die Menschheit.«

»Habe ich längst«, knurrte Hannelore und ging zur hinteren Klappe. »Wie machen wir's am besten?«, fragte sie mich.

»Ich weiß nicht. Darauf war ich nicht vorbereitet.« Suchend schaute ich mich um, als läge irgendwo die Antwort auf die Frage.

»Soll ich sie ausladen? Wirklich führen lässt sie sich am Halfter kaum. Frag nicht, wie wir sie überhaupt auf den Anhänger bekommen haben. Wahrscheinlich eine Art vorweihnachtliches Wunder.« Sie schüttelte den Kopf.

»Nein, ich denke, dann ist das keine gute Idee. Als meine Alpakas damals angekommen sind, haben wir den Laster direkt auf die Weide gefahren und da rausgelassen. Das war leichter. Allerdings weiß ich nicht, ob man ein neues Tier einfach zu den anderen stellen kann. Oder gibt es dann Mord und Totschlag?«

»Wenn wir neue Ponys bekommen, stellen wir sie zunächst eine Weile parallel«, antwortete Hannelore. »Wir spannen eine Stromlitze zwischen ihnen und den anderen Tieren, dann können sie sich sehen und beschnuppern, und wenn sie sich ein bisschen aneinander gewöhnt haben, lassen wir sie zusammen. So klappt es meistens am besten.«

»Wo bekomme ich jetzt eine Stromlitze her?«

»Mit ein bisschen Glück finde ich eine bei mir im Kofferraum«, sagte sie und ging bereits zum hinteren Teil ihres Autos.

»Ihr Kofferraum ist das reinste Ersatzteillager«, flüsterte Fran mir zu, während sie meinen Arm hielt und wir beide beobachten, wie Hannelores Kopf unter der Hecktür des Kombis verschwand.

»Wer sagt's denn?« Triumphierend hielt sie eine Spule mit einer breiten, weißen Schnur in die Höhe. »Und ich habe sogar das passende Stromgerät dabei.« Sie zog einen schwarzen, rechteckigen Kasten hervor.

»Siehst du?«, murmelte ihre Freundin neben mir und zwinkerte mir zu.

»Dann schauen wir mal, dass wir unserer Kleinen da drinnen ein provisorisches Nachtlager zusammenzimmern.« Hannelore signalisierte mir mit einer Kopfbewegung, dass ich folgen sollte, und machte sich auf den Weg in Richtung Weide.

»Ich warte hier und pass auf unser Mädchen auf«, sagte Fran und ließ mich los.

Mit einem letzten Blick auf den Anhänger, aus dem Rufe und unruhiges Trampeln drangen, folgte ich Hannelore.

Mit geübten Handgriffen spannte sie die Seile, sodass sie einen kleinen Bereich abgrenzten, in dem sich unser Neuankömmling bewegen konnte. Einer der beiden Unterstände auf der Stutenkoppel gehörte dazu, damit die Neue im Trockenen stehen würde, wenn es heute Nacht schneien sollte, außerdem eine Seite der Heuraufe, damit sie genug Futter hatte und gleich mit den anderen fressen konnte. Ich schleppte einige Eimer mit Wasser aus dem Haus auf die Wiese und legte etwas Stroh in die Hütte. Dann war alles bereit, und mein neuer Gast konnte einziehen.

Hannelore fuhr den Anhänger so mit der Klappe heran,

dass wir diese nur öffnen mussten, damit die Alpakastute aus dem Inneren heraus über die Rampe und in ihr Gehege gehen konnte. Zwei weitere Stromlitzen rechts und links sollten sie daran hindern auszubüxen. Obwohl es schon dunkel wurde, wusste ich, dass nicht nur Fussel, Kalte Schnauze und Schavöttche uns aufmerksam beobachteten, sondern auch die Wallache auf ihrer Weide, obwohl ich sie kaum sehen konnte. Denn jedes Mal, wenn die Neue einen Warnruf von sich gab, antwortete Bernd ihr.

»Kann's losgehen?«, fragte Hannelore.

Sie hatte sich auf eine Seite der Anhängeröffnung gestellt, ich stand an der anderen. Ich warf Fran einen kurzen Blick zu, die ihre zusammengelegten Hände an ihren Mund drückte.

»Ich habe ein gutes Gefühl«, sagte sie.

»Dann los, würde ich sagen«, erwiderte ich.

Gemeinsam öffneten Hannelore und ich die Verschlüsse der Klappe und ließen sie langsam herunter. Wir hatten sie noch nicht vollständig auf dem Boden abgesetzt, als das Alpaka im Inneren bereits nach vorne schoss. Für einen kurzen Moment blieb die Stute am Rand des Anhängers stehen, starrte uns an, stieß einen ohrenbetäubenden Warnlaut aus und machte dann einen großen Satz auf die Weide.

Sie hatte den Kopf hoch erhoben, die Ohren gespitzt und marschierte an der gespannten Stromlitze und dem Zaunstück entlang, das zu ihrem Gehege gehörte. Inzwischen war es beinahe so dunkel, dass nur die Scheinwerfer von Hannelores Wagen und die Beleuchtung im Inneren des Anhängers Licht spendeten, trotzdem erkannte ich sofort, wie schön die neue Stute war. Sie schien als einziges meiner Tiere vollkommen weiß, hatte ein feines Gesicht, trug einen Wollhut aus einer Haarwolke und bewegte sich tänzelnd. Ihr Fell war schmutzig, aber aus der Entfernung konnte ich nicht sagen, was davon Dreck und was getrocknetes Blut war. Um ihr linkes Vorderbein und den Hals waren Verbände gewickelt.

»Ein Tierarzt hat sie versorgt«, erklärte Fran, der mein Blick nicht entgangen war. »Sie war länger mit einem Strick festgebunden und hat sich dagegen gewehrt. Sie mussten das Seil aus ihrer Haut schneiden.«

Ich schluckte.

»Außerdem hatte sie auch sonst einige Verletzungen, sogar tiefere Wunden. Der Arzt konnte nicht sagen, ob es Unfälle waren oder ob sie ihr jemand zugefügt hat.«

»Zugefügt?«, wiederholte ich mit tonloser Stimme.

»Menschen sind Monster«, warf Hannelore mit ernstem Gesichtsausdruck ein.

»Das passiert leider öfter, als man denkt«, sagte ihre Freundin.

»Und was ist mit ihrem Bein?«

»Der Tierarzt meinte, dass sie wohl versucht hat, aus dem Verschlag herauszukommen, in dem sie gehalten worden ist, ohne Licht und frische Luft. Dabei hat sie sich verletzt.«

Ich konnte kaum atmen.

Natürlich wusste ich, dass diese Dinge geschahen. Immer wieder hörte man, dass Tiere aus schlechter Haltung gerettet oder beschlagnahmt wurden. Beschämt erinnerte ich mich an die vielen Male, in denen ich eilig und mit beschäftigter Miene an den Tierschutzständen in der Kölner Innenstadt oder vor dem Supermarkt vorbeigelaufen war, damit mich niemand ansprechen und mir Bilder von misshandelten Affen und Schweinen, Kaninchen, Pferden oder Hunden entgegenhalten konnte. Vor einigen Jahren hatte ich eine Petition gegen das Töten von Robbenbabys unterschrieben, und zu Weihnachten spendete ich an Greenpeace. Malek und ich hatten meist Biofleisch gekauft oder pflanzliche Alternativen probiert, aber vor allem deshalb, das musste ich mir eingestehen, weil wir an unsere eigene Gesundheit und das Klima gedacht hatten und es zu unserem Lebensstil passte, in Bioläden einkaufen zu gehen. Trotzdem hatte all das mein Gewissen so weit beruhigt, dass ich mir über die vielen armen Tiere, die für Versuche ausgebeutet, unter schlimmsten Bedingungen zur Erzeugung von Nahrungsmitteln gehalten und zum Vergnügen getötet wurden, keine weiteren Gedanken gemacht hatte.

Das neue Alpaka hatte inzwischen die anderen Stuten auf der gegenüberliegenden Seite der Stromlitze entdeckt. Ich hörte ein nervöses Summen, war mir jedoch nicht sicher, ob es von ihr ausging oder von Schavöttche, die als Chefin für Kalte Schnauze und Fussel Verantwortung trug und nicht wusste, wie sie den Neuankömmling einschätzen sollte.

»Stand sie denn da ... wo sie herkommt, ganz allein?«, fragte ich, ohne Hannelore oder Fran anzusehen, weil ich die Tiere nicht aus den Augen lassen wollte.

»Nein. Es gab ein anderes Alpaka auf dem Hof.«

»Aber?«

»Es hat nicht überlebt.«

Mein Blick zuckte zu Hannelore, die mir geantwortet hatte, dann zu ihrer Freundin. Die presste die Lippen zusammen und nickte.

»Wie schrecklich.«

»*Oui.*«

»Das Leben ist schrecklich«, sagte Hannelore. »Die Menschen sind schrecklich.«

»Nicht alle Menschen«, widersprach Fran. »Sonst wäre

sie jetzt nicht hier. Sonst wären nicht so viele Tiere auf unserem Hof, und wir hätten nicht so viele andere arme Kreaturen auf neue Zuhause verteilen können.«

»Ich weiß, ich weiß. Aber an Tagen wie heute ...« Hannelore sprach nicht weiter.

Sie wirkte erschöpft. Die wenigen Male, die wir uns inzwischen gesehen hatten, war sie mir stark vorgekommen, anders als Fran, die eine unverwüstliche Zuversicht ausstrahlte, aber trotzdem stark. Doch jetzt wirkte sie kleiner und schwächer, und ihr Gesichtsausdruck hatte etwas Mattes und Resigniertes.

»Ich glaube, wir brauchen unsere Zeremonie«, sagte Fran.

»Zeremonie?«, fragte ich.

»Ich bin gleich wieder da.«

Als sie in Richtung Auto verschwand, warf ich Hannelore einen kurzen Blick zu. Sie bewegte nur abwesend den Kopf und murmelte etwas, das ich nicht verstehen konnte.

Ich betrachtete die helle Alpakastute. Ein bisschen kannte ich mich mit den Tieren inzwischen aus, konnte einige ihrer Signale deuten und verstand immer öfter, wenn sie mir etwas mitteilen wollten oder wie sie sich untereinander verständigten. Aber irgendetwas war bei meinem Neuankömmling anders, ohne dass ich hätte sagen können, was genau es war. Sie wirkte nicht misstrauisch und distanziert wie Bernd und die anderen bei unserem Kennenlernen. Ihre Abwehr schien tiefer zu sitzen. Kein Wunder nach allem, was sie offenbar mit Menschen erlebt hatte. Gleichzeitig spürte ich jedoch eine besondere Verbundenheit mit dem Wesen vor mir, das wieder und wieder nervös den Zaun ablief. Für dieses Gefühl fand ich nicht die richtigen Worte, aber es war so deutlich, dass es fast schmerzhaft war.

Die Stute tat mir leid. Nicht nur wegen der Vergangenheit, die hinter ihr lag und die sie sichtbar gezeichnet hatte. Mich berührte gleichzeitig, dass sie allein war. Dass sie niemanden hatte und ganz auf sich gestellt war.

Natürlich waren auch meine sechs anderen Alpakas in den ersten Wochen unsicher gewesen, weil sie ihr neues Zuhause und mich nicht kannten, aber sie hatten zumindest einander gehabt. Die Neue war dagegen allein gekommen. Niemand passte auf sie auf. Niemand half ihr. Niemand verstand, was sie gerade durchmachte. Das machte einsam. Und dieses Gefühl kam mir so entsetzlich bekannt vor, dass ich hart schlucken musste.

»Wie heißt sie?«, fragte ich Hannelore mit belegter Stimme.

»Wir glauben Principessa«, antwortete sie. »Kommt mir wie ein schlechter Scherz vor.«

Stumm schüttelte ich den Kopf, weil ich nicht wusste, was ich sonst sagen oder tun sollte.

Eine Weile schwiegen wir, während wir dastanden und auf Fran warteten. Als sie zurückkam, war sie beladen mit verschiedenen Gegenständen. Sie stellte einen Korb vor sich ab und nahm daraus ein gemustertes Stoffsäckchen. Damit trat sie vor mich, kramte etwas daraus hervor und legte es mir in die Hand. Es war kühl und glatt. Ein Edelstein, dessen Farbe ich im matten Licht der Fahrzeuge nicht genau bestimmen konnte.

»Was ist das?«

»Das ist ein Tigerauge. Es hilft bei einem Neubeginn, weil es Mut und Selbstvertrauen gibt. Beides kann unsere Kleine hier gut gebrauchen.«

Fran schaute einige Momente lang auf das Alpaka, das vorsichtig seine Seite der Heuraufe beschnupperte und dabei den Hals so lang streckte, wie es ihm möglich war.

Dann richtete Fran den Blick auf mich und musterte mich. Ihre Finger lagen um meine, die den Stein hielten. Sie schloss die Augen, und mir kam es vor, als würde sie lauschen. Ich konnte jedoch nichts hören.

»Nein, nein«, murmelte sie schließlich, nahm das Tigerauge wieder an sich und griff erneut suchend in ihre Tasche.

»Das ist ein Amethyst«, erklärte sie und zog einen weiteren Edelstein hervor. »Dieser Heilstein hat eine reinigende Wirkung auf den Geist. Er soll helfen, Kummer und Trauer zu bewältigen, zum Beispiel nach dem Verlust eines geliebten Menschen.« Sie legte ihn in die Mitte meiner Handfläche, schloss meine Finger darum und drückte sie leicht. »Er befreit von dunklen Gedanken und hilft, inneren Frieden zu finden.«

Dann wartete sie.

Ich schaute nach unten auf den ovalen, kühlen Gegenstand, der mir schwerer vorkam als der vorherige, obwohl sie ähnlich groß waren.

Worauf wartete sie? Sollte ich etwas sagen? Sollte ich etwas tun? Ging es hier um das Alpaka oder um mich?

Obwohl es so kalt war, wurden meine Wangen heiß, und gleichzeitig spürte ich ein eigenartiges Gefühl in der Brust. Es ließ mich hart schlucken. Mit dem Daumen rieb ich über die Oberfläche des Steins. Innerer Friede. Plötzlich wurde mir klar, dass ich mir genau das wünschte.

»Außerdem wird ihm nachgesagt«, fuhr sie fort und beendete damit endlich diese unangenehme Situation, »dass er sich positiv auf den Schlaf auswirken soll. Kann ja nie schaden, oder?« Sie lächelte. »Für jeden neuen Anfang sollte man gut ausgeruht sein, *non*?«

»Und du bekommst was für Optimismus und Zuversicht, *ma chérie*«, wandte sie sich an ihre Freundin. »Ich glaube, das hast du heute bitter nötig.« Sie ging auf Hannelore zu, die bereits den Arm ausstreckte, um ihren Stein in Empfang zu nehmen.

»Da kommst du mit einem aber nicht weit«, erwiderte sie. »Dafür bräuchte ich einen ganzen Haufen.«

»Der Citrin bekommt das hin«, versicherte ihre Freundin. »Er wird nicht ohne Grund Lichtmacher genannt. Und manche sehen in ihm das Vitamin C für die Seele.«

»Und was tun wir jetzt damit?«, wollte ich wissen.

»Erst einmal nur in der Hand halten und spüren. Und wenn ich gleich mit den Botschaften anfange, wäre es schön, wenn du sie wiederholen würdest und dabei die Energie des Steins in ihre Richtung senden würdest«, sagte Fran und wies auf Principessa.

»Okay ...«, antwortete ich langsam. »Ich habe so was noch nie gemacht. Und ich glaube nicht, dass ich das kann.«

»Du wirst es fühlen«, erwiderte Fran.

»Ja, in Ordnung, aber was, wenn nicht? Für solche ... Dinge habe ich nicht viel Talent.«

»Hannelore konnte sich anfangs auch nicht darauf einlassen«, sagte Fran.

»Anfangs?«, gab die zurück.

»Und nach Tagen wie diesen fällt es ihr schwerer, wie man sieht«, fügte Fran hinzu und warf ihrer Freundin einen verständnisvollen Blick zu. »Aber glaub mir, es gibt hier kein Richtig oder Falsch. Es geht allein darum, was wir fühlen und was wir unserem Neuankömmling für sein neues, besseres Leben wünschen. Die Steine unterstützen uns dabei.«

»Okay ...«

»Am besten nicht zu viel darüber nachdenken.«

»Am besten gar nicht denken«, ergänzt Hannelore. »Das ist das Geheimnis.«

Fran sah sie an. »Ich verstehe, dass das alles heute nicht einfach ist. Nicht nachdem, was wir gesehen haben. Aber deshalb ist unsere Zeremonie umso wichtiger. Für die Tiere. Und auch für uns.«

Hannelore hielt einen Moment inne, dann seufzte sie: »Du hast ja recht.« Sie fuhr sich über das Gesicht und atmete einige Male ein. »Tut mir leid.«

»*Bon*. Bist du auch so weit?«, wandte sich Fran an mich.

»Ähm ... ja, ich denke schon.«

»Dann möchte ich, dass ihr euch in einem Halbkreis um Principessa aufstellt.«

»Der Name geht überhaupt nicht«, murmelte Hannelore, während sie zu ihrem Platz ging.

»Darum kümmern wir uns später, wenn uns ihre Seele verraten hat, wie wir sie nennen sollen. Jetzt heißen wir sie willkommen. Auf diesem Hof. In ihrem neuen Zuhause. In ihrem neuen Leben.«

Ich beobachtete, wie Fran ihren Heilstein vor sich in die übereinandergelegten Hände nahm und auf Höhe ihres Herzens platzierte, und machte es ihr nach. Wir alle richteten unsere Körper und Blicke auf das neue Alpaka, das uns sein Hinterteil zugedreht hatte.

»Du hast eine lange Reise hinter dir«, begann Fran mit leiser und warmer Stimme. »Doch dieser schwere Weg hat dich hierhergeführt, auf den ...« Sie zögerte und fragte mich: »Welchen Namen hat dein Hof?«

»Keine Ahnung.«

»Dein Hof braucht einen Namen.«

»Ja?«

»Natürlich«, sagte auch Hannelore.

»Jeder Hof braucht einen Namen.«

»Dann werde ich den wohl herausfinden müssen.«

»Musst du«, erwiderte Fran bestimmt. »Aber für den Moment wird es so gehen.« Sie schloss kurz die Augen und begann von Neuem: »Dieser Weg hat dich auf diesen Hof geführt, in unseren Kreis. Und wir möchten dich hiermit von Herzen in unserer Mitte aufnehmen.« Sie machte eine Bewegung, als wollte sie von ihrer Position aus mit den Händen einen Bogen um die Stute zeichnen. »Wir versprechen dir, dir stets mit Respekt und Achtung zu begegnen. Hier bei uns wirst du weder Hunger noch Durst leiden, und wir werden alles in unserer Macht Stehende tun, um dich zu schützen und vor Schmerz zu bewahren. Du bist hier sicher und wirst als Wesen mit all deinen Bedürfnissen und Besonderheiten angenommen und geliebt. Jeden Tag aufs Neue treten wir dir mit offenen Augen, offenen Ohren und offenen Herzen entgegen, damit du dich entfalten und wachsen kannst. Wir hoffen, dass wir gemeinsam lernen, uns gegenseitig zu vertrauen, und wünschen dir eine glückliche, zufriedene und erfüllende Zeit auf ... diesem Hof.«

»Dem Hof ohne Namen«, fügte Hannelore in meine Richtung hinzu, und ich glaubte, in ihrer Stimme ein leichtes Lächeln zu hören.

Auch in mir wirkten die Worte nach. Ich wusste nicht, was genau es war, denn die Sätze waren nicht an mich gerichtet gewesen. Sie hatten mit mir nichts zu tun, und es waren keine Dinge, die mir selbst eingefallen wären. Ich hatte sie nur leise nachgesprochen, fast ohne Stimme, wie Fran es mir gesagt hatte. Aber diese Wiederholung, vor allem die Art und Weise, wie Fran das alles vorgetragen hatte, mit so viel Aufrichtigkeit und Wärme, hatte irgendetwas mit mir gemacht. Es fühlte sich an, als wäre auch ich in einen Kreis aufgenommen worden, den ich bisher nicht gekannt hatte. Und das war irgendwie …

»Schön«, murmelte ich und sah die Stute an.

Inzwischen war sie in einer Ecke stehen geblieben, schaute sich weiter mit großen Augen um, schien aber gleichzeitig unendlich müde von dem Tag, der hinter ihr lag. Wie gerne hätte ich ihr gesagt, dass sie sich hinlegen und schlafen konnte und dass ihr nichts passieren würde.

»Diese Zeremonie machen wir für alle Tiere, die neu zu uns kommen«, erzählte Fran. »Es soll den Übergang markieren. Von ihrem früheren Leben voller Leid, Schmerzen und Angst in ein schöneres, besseres Leben voller Sicherheit und Liebe. Ich finde es wichtig, solche Neuanfänge angemessen zu würdigen und mit eigenen Ritualen zu begleiten.«

»Aber die Tiere verstehen nicht, was du sagst.«

»Sie fühlen es. Daran glaube ich ganz fest. Außerdem ist es auch für uns gut. Damit wir uns selbst an unsere Versprechen erinnern und uns unsere Verantwortung vergegenwärtigen. Vor allem aber, damit wir die Hoffnung nicht verlieren. Das passiert schnell. Viel zu schnell.«

»Ich bin das beste Beispiel«, murmelte Hannelore.

»Aber selbst wenn man es manchmal in all der Dunkelheit nicht sehen kann. Die Hoffnung ist immer da.«

Noch eine Weile blieben wir alle still nebeneinander stehen und sahen in die Nacht, die sich mehr und mehr vor uns schloss. Dagegen konnten weder die Scheinwerfer noch das Anhängerlicht etwas tun. Irgendwann verabschiedeten sich Fran und Hannelore, und ich blieb mit meinen nun sieben Alpakas allein zurück.

Lange konnte ich mich nicht von dem Gehege losreißen. Natürlich wollte ich wissen, was die neue Stute tat und wie die anderen auf sie reagieren würden. Aber das war nicht der einzige Grund. Da war etwas zwischen ihr und mir. Jetzt, da ich als Einzige neben dem Zaun stand, der sie und mich voneinander trennte, spürte ich es sogar deutlicher. Auf eine seltsame und vollkommen absurde Weise kam es mir vor, als würde ich in einen Spiegel sehen.

»Vielleicht bist du mein Alpaka-Alter-Ego«, flüsterte ich ihr zu und meinte das nicht vollkommen ernst, und doch nicht nur im Spaß.

Zwischen den Stromlitzen hindurch kletterte ich in das Innere des abgetrennten Bereichs, um dem Tier, das sich bereits so eigenartig vertraut für mich anfühlte, für einige Momente näher zu sein. Ich hatte nicht vor, es zu streicheln oder auf es zuzugehen. Diesen Fehler würde ich kein zweites Mal machen. Doch ich hatte das dringende Bedürfnis, die Grenze zwischen uns zu überwinden und zu sehen, was dann passieren würde.

Ich würde nichts erzwingen. Wir hatten alle Zeit der Welt. Aber ich wollte zumindest schauen, wie die Stute auf mich reagierte.

Ich bewegte mich absichtlich sehr langsam und vorsichtig. Sie hatte schreckliche Erfahrungen gemacht. Wahrscheinlich konnte ich mir nicht einmal vorstellen, was Menschen ihr angetan hatten. Das musste tief sitzen, und ich wollte sie auf keinen Fall verschrecken. Sie sollte keine Angst vor mir haben. Sie sollte wissen, dass ich ihr nichts tun würde.

Ohne das Licht des Wagens sah ich sie kaum. Allein durch den Mond konnte ich ihr helles Fell in der Finsternis ausmachen. Sie beobachtete mich. Da war ich mir sicher.

»Hallo, Principessa. Ich bin Stella«, sagte ich leise und so sanft wie möglich. »Und das sind Schavöttche, Fussel und Kalte Schnauze. Aber wahrscheinlich habt ihr euch bereits vorgestellt. Die Jungs dahinten heißen Bernd, Kniesbüggel und Stoffel. Wir alle freuen uns, dass du jetzt hier bist. Wenn du irgendetwas brauchst, wende dich einfach an das Servicepersonal. Also mich. Und lass dir von Bernd nichts erzählen. Ich bin wirklich nett. Und ich glaube, wir werden uns gut verstehen«, fügte ich hinzu.

In dieser Sekunde passierte es.

Das Alpaka sprang vor. Es schoss auf mich zu. Erschrocken taumelte ich zurück. Verlor das Gleichgewicht. Fiel zu Boden. Sah hoch. Principessa stand auf den Hinterbeinen. Die Hufe über mir. Was sollte ich tun? Ich bereitete mich auf den Schmerz vor, wenn sie mich gleich mit voller Wucht treffen würden. Doch der Autopilot funktionierte. Mein Körper rollte sich zur Seite. Unter der Litze hindurch. In Sicherheit.

Ich brauchte einen Moment und rang nach Luft, während ich durch den Zaun auf das Alpaka starrte, das mittlerweile wieder auf allen vier Beinen stand, mich jedoch nicht aus den Augen ließ.

Sechs

Ich hatte eine schreckliche Nacht hinter mir.

Seit ich ins Bett gegangen war, war es mir unmöglich gewesen, ein Auge zuzumachen. Wieder und wieder war ich aufgestanden, um nach draußen zu spähen, obwohl ich wusste, dass ich ohnehin nichts sehen konnte. Ich lauschte, ob ich etwas hörte, stellte mich sogar einige Male im Schlafanzug vors offene Fenster, um sicherzugehen, dass alles ruhig war, und fror dabei bitterlich. Zurück unter meiner dicken Decke hatte ich auch weiterhin nicht einschlafen können.

Heute Morgen fühlte ich mich deshalb, als wäre ich seit Wochen wach und hätte noch dazu einen Iron Man hinter mir. Anders konnte ich mir den Muskelkater, die schmerzenden Gelenke und die abgrundtiefe Erschöpfung nicht erklären.

Erneut wälzte ich mich aus dem Bett, ging ans Fenster und spähte hinaus. Zumindest bei den Wallachen schien alles in Ordnung zu sein. Die Stuten konnte ich von hier nicht sehen, deshalb hastete ich nach nebenan ins Bad, das einen kleinen quadratischen Ausguck hatte, durch den ich auf die andere Weide schauen konnte. Auch hier war alles so wie gestern Abend. Fussel, Schavöttche und Kalte Schnauze fraßen Heu, und Principessa stand in einer Ecke und tat nichts.

Ich hatte nicht zuletzt deswegen nicht oder nur schlecht

geschlafen, weil mir Principessas Angriff nicht aus dem Kopf ging. Wie auch? Etwas Vergleichbares hatte ich bisher nicht erlebt. Keines meiner sechs Tiere hatte mich jemals attackiert. Ich wusste nicht einmal, dass Alpakas das machten. Schließlich waren sie Fluchttiere. Sie waren nicht wie Esel und kämpften, sondern eher wie Pferde und suchten bei Gefahr das Weite. Deshalb hatte ich die Reaktion der Neuen nicht erwartet. Mit Missachtung und Distanziertheit hatte ich gerechnet. Das kannte ich, obwohl ich gehofft hatte, wir könnten diesen Teil vorspulen.

Aber das? Wie sollte ich damit umgehen?

In einer Endlosschleife hatte ich heute Nacht darüber gebrütet, was ich falsch gemacht haben könnte. Bei Bernd war die Sache eindeutig gewesen. Aber bei Principessa? War ich zu früh in ihren Bereich eingedrungen? Hatte ich auf sie aggressiv oder gefährlich gewirkt und ihr das Gefühl gegeben, sie müsste sich gegen mich verteidigen? Oder hatte es gar nichts mit mir zu tun? Vielleicht lag es allein an den Erfahrungen, die sie gemacht hatte. Hatten Hannelore und Fran nicht irgendetwas in diese Richtung gesagt?

Und eine weitere Frage war mir in den vergangenen Stunden nicht aus dem Kopf gegangen: Hatte ich mir dieses Gefühl, diese besondere Verbindung mit ihr nur eingebildet?

Ich wusste, dass ich es nicht aushalten würde abzuwarten. Also schlüpfte ich in Mantel, Wollmütze und die großen Gummistiefel und wollte nach draußen gehen, um nach den Alpakas zu sehen. Ich hatte gerade die Hintertür aufgerissen und blieb unvermittelt stehen. Vor meinem Haus stand jemand. Ein Mann, mit dem Rücken zu mir. Er hatte nicht geklopft und nicht geklingelt und war einfach nur da, drehte sich jetzt allerdings erschrocken um. Es war der Mann vom Zaun. Jakob. Jakob Katschinski. An ihn hatte ich in dem ganzen Durcheinander gar nicht mehr gedacht.

»Oh«, machte ich im ersten Moment, dann fügte ich ein eiliges »Guten Morgen« hinzu. »Sie sind aber früh.«

»Entschuldigung«, antwortete er sofort und bohrte die Hände tiefer in seine Taschen. »Ich wusste nicht, wann ich anfangen soll, und ich wollte nicht zu spät kommen.«

»Dafür muss ich mich bei Ihnen entschuldigen. Ich glaube, ich hatte mit Ihrer Schwester keine Uhrzeit ausgemacht. Und irgendwie habe ich jetzt einfach nicht mit Ihnen gerechnet.«

»Entschuldigung«, wiederholte er.

»Dafür können Sie ja nichts. Hier war gestern einiges los, ich hatte sehr wenig Schlaf und irgendwie ...«

»Entschuldigung«, kam es zum dritten Mal von Jakob Katschinski.

»Bitte entschuldigen Sie sich nicht. Wenn wir hier zusammenarbeiten wollen, können wir uns nicht dauernd entschuldigen.«

»Entschul...«, setzte er an, stockte und murmelte dann: »Entschuldigung.«

»Herzlich willkommen«, sagte ich und hielt ihm die Hand hin, damit wir aus dieser Endlosschleife der Entschuldigungen herauskamen.

Sein Händedruck fühlte sich sehr leicht an, als würde er sich nicht trauen zuzupacken.

»Mein Name ist Jakob Katschinski.«

»Ja ... ich weiß. Ihre Schwester hat mir gesagt, dass Sie mir mit den Alpakas helfen möchten. Gibt es dafür einen Grund?«

»Ich mag Alpakas. Sie sind meine Lieblingstiere.«

Ich wartete ab, ob er dieser Erklärung noch etwas hinzufügen wollte.

»Das ist auf jeden Fall ein guter Anfang, würde ich sagen«, antwortete ich schließlich. »Wenn wir nun zusammenarbeiten, wollen wir uns dann vielleicht duzen?«

Er nickte als Antwort.

»Ich habe gestern Abend ein neues Alpaka bekommen. Hast du das schon gesehen?«

»Sie hatten sechs. Jetzt haben Sie sieben.«

Kurz war ich irritiert, dass er mich wieder gesiezt hatte, aber dann zuckte ich die Schultern. »Ja, genau. Wollen wir zusammen hingehen?«

Wieder ein Nicken, deshalb setzte ich mich als Erste in Bewegung und wartete, dass er mir folgte. Jakob ließ ein wenig Abstand, hielt aber mit mir Schritt, während wir über den Hof zu den Weiden der Tiere gingen.

»Dass sie herkommt, war nicht geplant. Es war eine Art Notfall. Eine Tierrettungsaktion, sie wurde aus schlechter Haltung befreit. Und ... ähm ... Freundinnen von mir ...« Das Wort fühlte sich noch ungewohnt an, aber von allen Menschen hier waren diese beiden wahrscheinlich das, was Freundinnen am nächsten kam. »Sie haben die Stute gestern Abend hergebracht. Deshalb steht sie allein. Sie soll sich erst ein bisschen eingewöhnen und die anderen kennenlernen, bevor wir sie zusammenlassen.«

»Guten Morgen, ihr Alpakas«, begrüßte ich meine Tiere, als wir sie erreicht hatten und vor dem Zaun stehen blieben. »Habt ihr gut geschlafen?«

Kalte Schnauze und Fussel hoben die Köpfe aus der Raufe, als wollten sie mir ebenfalls Guten Morgen wünschen, während Schavöttche die Nase weiter ins Heu hielt. Von der anderen Koppel schaute Bernd zu mir herüber, und ich winkte ihm zu. Die neue Stute dagegen musterte mich aus großen dunklen, misstrauischen Augen und blieb weiter in ihrer Ecke, wie ich es vom Badezimmerfenster aus gesehen hatte.

»Sie ist sehr schön«, sagte Jakob.

Er hatte recht. Jetzt, im beginnenden Tageslicht, war sie sogar noch schöner als gestern. Ihr weißes Fell hatte einen besonderen Glanz, zumindest an den Stellen, die nicht von Blut oder Dreck verfärbt waren. Sie hatte etwas Elegantes an sich, fast wie eine Tänzerin. Vielleicht hatte man sie aus diesem Grund Principessa genannt. Vielleicht war das auch anderen aufgefallen, bevor man sie vernachlässigt und misshandelt hatte.

»Das ist sie«, antwortete ich. »Aber Vorsicht. Sie ist eine fiese Möpp.«

»Was ist das? Das Wort kenne ich nicht.«

»Das sagen wir in Köln. Das bezeichnet jemanden, der sich nicht gerade nett verhält, sondern ein bisschen wie ein Scheißkerl.«

»Aha.«

»Sei einfach vorsichtig bei ihr. Ich möchte nicht, dass du verletzt wirst.«

»Ja«, erwiderte Jakob, aber ich war mir nicht sicher, worauf er sich bezog.

»Die anderen habe ich dir ja schon vorgestellt.«

»Das ist Kalte Schnauze«, zählte er sofort auf und zeigte mit dem Finger auf das jeweilige Tier. »Das Fussel und das Schavöttche. Die Wallache sind Kniesbüggel, Bernd und Stoffel.«

»Das habe ich dir nur einmal gesagt, und du hast dir das sofort gemerkt?«

»Ja.«

»Ziemlich beeindruckend.«

»Danke.«

»Ich habe ihnen die Namen selbst gegeben und konnte sie nicht so schnell wie du.«

»Danke.«

»Was würdest du denn gerne machen?«, fragte ich ihn.

»Ich weiß nicht, was Sie meinen.«

»Du willst hier arbeiten und mir mit den Alpakas helfen, richtig?«

Jakob nickte.

»Was möchtest du dann machen?«

»Ich weiß nicht.«

»Gibt es irgendetwas, was du besonders gern tust?«

»Ich kann alles machen.«

»Bist du in irgendetwas sehr gut? Oder kannst etwas gar nicht?«

»Ich kann alles machen«, wiederholte er.

»Okay ...«, murmelte ich. »Willst du dann vielleicht damit anfangen, neues Heu in die Raufen zu legen?«

»Kann ich.«

»Also gut. Die Ballen findest du in der Scheune.« Ich deutete hinter uns. »Da gibt es eine Schubkarre. Mit der fahre ich das Heu auf die Weide. Leider ist die nicht mehr ganz in Ordnung. Das Rad hat zu wenig Luft und eiert ziemlich. Ich habe fest vor, eine neue Karre zu kaufen, für den Moment kommst du hoffentlich damit zurecht. Ich möchte, dass die Alpakas immer genug zu fressen haben. Heu und Gras ist für sie das Wichtigste. Aber das weißt du ja«, fügte ich hinzu, als mir einfiel, dass Jakob mehr Fakten über diese Tiere kannte als ich. »Ich schaue immer, wie gut das alte Heu noch ist, bevor ich ihnen neues gebe. Wenn es nass geworden ist und gammlig, kannst du es wegschmeißen. Der Misthaufen ist da vorne. Vielleicht komme ich mit und zeige dir alles«, schlug ich vor und ging bereits los.

Jakob folgte einige Schritte hinter mir.

Die nächste Stunde erklärte ich ihm, wo er alles fand und was zu tun war.

Beim Erzählen wurde mir selbst bewusst, dass ich inzwischen einen richtigen Tagesablauf mit meinen Alpakas hatte. Ich war eine waschechte Hofbesitzerin geworden, eine Alpakahofbesitzerin, die genau wusste, wo alles war, wie man es am besten machte und was wichtig dabei war. Längst hatte ich meine Routinen und kannte mich aus. Dabei kam ich mir selbst immer noch vor wie eine Anfängerin. Aber während ich Jakob herumführte, wurde mir klar, dass ich inzwischen angekommen war auf diesem Hof, mit meinen Tieren und ein bisschen sogar in diesem neuen Leben.

Ich hatte es nur selbst noch nicht gemerkt.

Nachdem ich die Einführung abgeschlossen hatte, machte sich Jakob daran, das Heu auf die Wiese zu bringen, und ich entschied, dass ich einen Kaffee brauchte. Die Nacht steckte mir in den Knochen, und ich war es nicht mehr gewohnt, so früh morgens so viel zu reden. Ich fühlte mich wie nach langen Tagen im Gericht, wenn die Lippen trocken und der Kopf leer waren und es mir vorkam, als hätte ich alle Worte der Welt verbraucht.

Während ich auf das Glucksen der Kaffeemaschine wartete, stand ich am Fenster und sah nach draußen. Jakob fuhr gerade eine Portion Heu über den Hof. Er hatte seine Mühe mit dem kaputten Reifen und musste einige Male energisch gegensteuern, um zwischen den Schlaglöchern und Hügeln und Unebenheiten nicht das Gleichgewicht zu verlieren. Ich brauchte dringend eine neue Schubkarre. Wenn ich damit auf die Nase fiel, war das eine Sache, aber bei Jakob hatte ich ein schlechtes Gewissen.

Weil mein Telefon erneut klingelte und es nicht Hannelore war, und weil ich deshalb so tun wollte, als hätte ich es nicht gehört, ging ich mit zwei Kaffeetassen zurück nach draußen zu den Alpakas. Es war ein eigenartiges Gefühl, die Tiere nicht selbst zu versorgen. Zum ersten Mal seit knapp einem Monat war es nicht das Erste, was ich nach dem Aufstehen tat, und ich war mir nicht sicher, ob mir das gefiel. Ich hatte es nie gut gekonnt, nicht mit anzupacken, wenn eine andere Person arbeitete. Wenn unsere Haushaltshilfe in unsere Kölner Wohnung gekommen war, hatte ich immer dafür gesorgt, dass ich ins Büro musste und gar nicht da war. Später dann, als das nicht mehr ging, weil ich bei Malek bleiben musste, wusch ich in der Zeit wenigstens die Wäsche oder bezog sein Bett neu oder fing schon morgens an, das Essen für mittags zu kochen, nur, um irgendwie beschäftigt zu sein.

Ich musste schauen, wie ich das die nächsten Tage regelte. Wenn Jakob wirklich regelmäßig kommen wollte, mussten wir uns die Arbeit aufteilen. Es sollte nicht alles an ihm hängen bleiben, und gleichzeitig wollte ich mir die Versorgung meiner Alpakas nicht nehmen lassen. Das gehörte schließlich dazu, und ich hatte längst gemerkt, wie gut es mir tat.

»Ich habe dir einen Kaffee mitgebracht«, sagte ich, als Jakob an mir vorbeikam.

»Danke«, erwiderte er, machte aber keine Anstalten, anzuhalten und die Tasse in Empfang zu nehmen, deshalb stellte ich sie auf einen der Zaunpfähle.

»Oder möchtest du lieber Wasser?«, fragte ich weiter, als er zurücklief.

»Nein, danke.«

»Brauchst du sonst irgendwas?«

»Nein, danke.«

»Falls doch, sag Bescheid.«

Er nickte knapp und steuerte weiter die Scheune an.

»Okay«, sagte ich leise zu mir selbst, dann trat ich näher an die Weide heran und an den Bereich, den wir für die neue Stute abgetrennt hatten. »Und, fiese Möpp? Hast du die erste Nacht gut überstanden?« Seit dem Moment heute Morgen im Bad schien sie sich kein Stück bewegt zu haben. »Du weißt schon, dass du was fressen kannst, oder? Und ... getrunken hast du offenbar auch nichts«, fügte ich hinzu, als ich einen Blick in das Wasserbecken geworfen hatte, das wir extra für sie aufgestellt hatten. »Du musst was trinken und essen. Das ist wichtig. Magst du das Heu nicht? Oder traust du dich nicht an die Raufe?«

War es vielleicht keine gute Idee gewesen, den Ständer so aufzustellen, dass Fussel, Kalte Schnauze und Schavöttche auf der einen und Principessa auf der anderen Seite fressen konnten? War das zu nah? Wagte sie sich nicht an ihr Futter? Und was war mit dem Wasser? Würde sie warmes Wasser besser trinken?

»Könntest du ihr bitte ein wenig loses Heu auf den Boden legen?«, bat ich Jakob, der in diesem Moment die leere Schubkarre Richtung Scheune schob. »Aber pass auf. Deine Schwester würde mir nie verzeihen, wenn du nicht mehr in einem Stück nach Hause kommst«, fügte ich leiser hinzu.

Dann nahm ich einen letzten großen Schluck Kaffee und machte mich auf den Weg ins Haus. Hier setzte ich Wasser auf und füllte es anschließend in eine große Schüssel, die ich mit einiger Mühe zur Wiese trug, weil ich sie natürlich zu voll gemacht hatte.

Ich war so mit meinem heiklen Wassertransport beschäftigt, dass ich nicht mitbekam, was sich in dieser Zeit im Gehege der Alpakas tat. Als ich das Tor beinahe erreicht hatte, blieb ich deshalb überrascht stehen. Jakob stand auf dem Wiesenstück, das wir für Principessa abgetrennt hatten, vor ihm lag ein Berg Heu, und keine zwei Meter von ihm entfernt befand sich die neue Alpakastute und zupfte in aller Ruhe Halme aus dem Haufen. Sie wirkte zwar etwas angespannt, machte aber weder Anstalten, Jakob anzugreifen, noch die Flucht vor ihm zu ergreifen. Ich konnte es kaum fassen.

»Wie hast du das gemacht?«, fragte ich ihn, als ich vorsichtig näher kam, um sie nicht zu erschrecken.

»Ich habe ihr Heu gegeben«, antwortete er.

»Das war alles?«

»Entschuldigung. War das falsch? Ich dachte, Sie hätten gesagt ...?«

»Ja, ja«, sagte ich eilig. »Das habe ich. Du hast alles richtig gemacht. Aber zu mir war sie gestern ... ganz anders.«

»Vielleicht brauchte sie Schlaf.«

»Was?«

»Das hat meine Mutter immer gesagt. Nach dem Schlafen sieht die Welt ganz anders aus.«

»Ja ... kann sein«, murmelte ich, war aber nicht überzeugt.

Konnte es so einfach sein? Lag es nur daran? War sie gestern einfach erschöpft und überfordert von den Ereignissen des Tages?

»Ich habe ihr Wasser mitgebracht«, sagte ich und hielt Jakob meine Schüssel hin, als wollte ich mir von ihm die Erlaubnis einholen, dass das eine gute Idee gewesen war. »Ich glaube, sie hat aus dem Becken nichts getrunken, und ich dachte, vielleicht ist es ihr zu kalt. Deshalb habe ich es für sie aufgewärmt.«

»Soll ich es ihr geben?«, wollte er wissen.

»Nein«, erwiderte ich etwas zu schnell.

Er zuckte leicht zusammen. »Entschuldigung.«
»Du brauchst dich nicht entschuldigen.«
»Entschuldigung.«
»Ich mache es einfach selbst. Vielleicht hat deine Mutter recht, und sie brauchte wirklich nur ein bisschen Schlaf.«
»Soll ich dann rausgehen?«
»Wie du willst. Du kannst auch dableiben, wenn du möchtest.«
Er nickte wieder.
Vorsichtig stellte ich die Schüssel auf dem Boden ab und tauchte unter der niedrigsten Zaunlatte hindurch ins Innere des Geheges. Dann zog ich den Behälter zu mir, hob ihn hoch und drehte mich damit zu Principessa und Jakob um. Der Gesichtsausdruck der Stute hatte sich verändert. Sie hielt den Kopf weiter gesenkt und fraß Heu, doch von unten herauf beobachtete sie mich argwöhnisch und hatte die Augen leicht zusammengekniffen. Auch die Kaubewegungen wirkten weniger gleichmäßig, sondern abgehackter, und die Ohren bewegten sich unruhig.
»Möchtest du was trinken?«, fragte ich betont freundlich, ließ das Tier jedoch ebenfalls nicht aus den Augen. Wenn es wieder vorpreschen würde, wollte ich vorbereitet sein. »Ich habe hier warmes Wasser für dich.«
Ich streckte ihr die Schüssel entgegen und wartete.
Erst dachte ich, sie wollte nicht reagieren und mich stattdessen ignorieren. Doch dann entschied sie sich um. Als sie den Kopf hob, hätte ich vor Schreck beinahe meine Flüssigkeit verschüttet, konnte mich gerade noch zusammenreißen.
»Sie sieht nicht vollkommen uninteressiert aus, oder?«, sagte ich an Jakob gewandt, um meine eigene Nervosität zu überspielen.

Ich hatte nicht wirklich Angst vor ihr. Natürlich konnten Alpakas treten und beißen, aber ihre Füße waren klein und ihr Kiefer nicht besonders ausgeprägt. Sie konnte mir sicher ordentlich wehtun, würde mich jedoch nicht schwer verletzen, selbst wenn sie es wollte. Trotzdem war ich angespannt. Die lange Ablehnung durch meine sechs Tiere war nicht schön gewesen, und Bernds Unversöhnlichkeit hatte mir zugesetzt, aber aus einem Grund, den ich selbst nicht benennen konnte, wollte ich, dass die neue Stute mich gleich mochte. Und von allen schien sie offenbar am wenigsten bereit dazu.

»Na?«, sprach ich weiter. »Bei der Kälte kann es nicht schaden, etwas Warmes im Bauch zu haben. Was meinst du?«

Die Alpakastute zögerte einige Sekunden, dann setzte sie sich plötzlich in Bewegung und kam auf mich zu. Ihre Schritte waren stockend und wirkten unsicher, aber zumindest machte sie keine Anstalten, auf mich zuzuspringen und sich vor mir auf die Hinterbeine zu stellen wie am Abend zuvor. Das war ein Anfang.

Ein Stück von mir entfernt blieb sie stehen. Sie streckte den Hals, schnupperte erst am Plastik des Behältnisses, dann an der Wasseroberfläche und kam ein wenig weiter auf mich zu. Dann tauchte sie die Nase in die Flüssigkeit.

»Siehst du? Habe ich mir doch gedacht, dass du Durst hast. Und so ein bisschen warmes Wasser ist viel schöner als ...«

Ich konnte meinen Satz nicht beenden, denn in diesem Augenblick biss die Stute in den Rand der Schüssel auf der anderen Seite, hob ihn schwungvoll in die Höhe und goss damit den gesamten Inhalt über mich. Sofort war ich klatschnass. Sogar in meinen Gummistiefeln landete das Wasser. Fassungslos starrte ich das Tier an.

»Spinnst du? Was soll das?«

Als wollte sie mir darauf eine Antwort geben, ließ die Stute den Behälter in diesem Augenblick mit dem Maul los, und er fiel zwischen uns auf den Boden. Anschließend drehte sie sich um und ging zurück zu ihrem Platz am Heu.

»Hast du das gesehen?«, fragte ich Jakob, obwohl das natürlich unnötig war.

Er nickte. »Sie ist wirklich eine fiese Möpp. Ihr Name passt zu ihr.«

Es war Donnerstag, und ich hatte mich eigentlich gerade auf den Weg in die Küche gemacht, um zu überlegen, was ich mir zu Essen kochen konnte, als es an der Hintertür geklopft hatte. Erst dachte ich, es wäre Jakob, der die letzten drei Tage morgens vollkommen selbstverständlich bei mir aufgetaucht war, um die Wiesen zu säubern und die Heuraufen zu befüllen. Aber stattdessen stand Janna vor mir, mit pinken, gepunkteten Gummistiefeln in der Hand.

»Was ist das?«, fragte ich.

»Wonach sieht's denn aus?«

»Nach Gummistiefeln.«

»Dann weißt du ja, was das ist«, erwiderte Janna und drückte mir die Plastikschuhe in die Arme.

»Aber ich habe Gummistiefel.«

»Wirklich? Und passen die?«

»Na ja ... nein, aber ...«

»Dann hast du keine Gummistiefel. Keine Ahnung, welchem armen Schlucker du die unterm Arsch weggeklaut hast.«

»Ich habe sie niemandem unter dem Arsch weggeklaut. Ich habe sie gefunden. In der Scheune.«

»Das geht mich nichts an. Ich weiß nur, dass sich das niemand mehr mitansehen konnte. Du bist damit rumgewatschelt wie eine Ente mit Holzbein.«

»Aber ...«

»Nichts aber. Nimm sie als Einweihungsgeschenk.«

»Sie sind pink«, sagte ich.

»Jep.«

»Und sie haben Punkte.«

»Gummistiefel sollten immer Punkte haben. So will es das Gesetz.«

»Das berühmte Gummistiefel-mit-Punkten-Gesetz?«

»Genau das.«

»Komisch. Davon haben sie im Studium nie was gesagt.«

»Dann hast du wahrscheinlich nicht gut genug aufgepasst.«

»Das wird es sein.«

»Und jetzt lass mich rein, damit ich mir das Elend hier ansehen kann«, sagte sie und schob sich durch die Tür. »Sie haben nicht übertrieben«, stellte sie fest, nachdem sie sich in meinem Flur umgesehen hatte.

»Wer hat nicht übertrieben?«

»Hännchen und die unheimliche Fran.«

»Wer?«

»Hannelore und Françoise.«

»Und womit haben sie nicht übertrieben?«

»Dass du in einer Wagenburg aus Pappkartons lebst.«

»Ich wohne in keiner Wagenburg aus Pappkartons«, widersprach ich.

»Aber du bereitest dich definitiv auf den Ernstfall vor.«

»Auf welchen Ernstfall?«

»Sag du's mir. Tsunami? Alienangriff? Neuauflage des Trojanischen Kriegs?«

»Ich bin bisher einfach nicht dazu gekommen, die Kisten auszuräumen. Das ist alles.«

»In über einem Monat nicht?«

»Es war immer viel zu tun.«

»So wie heute?«

»Vielleicht hätte ich heute was ausgepackt. Aber ich habe ja die Alpakas und den Hof und das alles.«

»Ich habe einen zwanzigmal so großen Hof und zehnmal so viele Tiere. Und trotzdem baue ich nicht den Turm von Babel aus Pappe nach«, fügte sie hinzu und deutete auf einige Umzugskartons, die ich übereinandergestapelt hatte, als ich im Flur mehr Platz brauchte.

»Das haben Hannelore und Fran dir erzählt?«

»Allerdings.«

»Es stimmt wirklich, oder?«

»Was?«

»Dass die Leute auf dem Land tratschen.«

»Ich hab nie was anderes behauptet. Sie kommen übrigens auch gleich.«

»Wer? Hannelore und Fran?«

»Da ist die Kavallerie.«

Janna wies zur Tür hinaus, die ich bisher nicht geschlossen hatte, denn in diesem Moment fuhr Hannelores alter Kombi auf den Hof und hielt vor der Scheune. Während Hannelore ausstieg und gleich in unsere Richtung kam, ging Fran zunächst die Alpakas begrüßen.

»Sind wir zu spät?«, fragte Hannelore.

»Es ist genug für alle da.«

Ich verstand nichts, ahnte aber gleichzeitig, dass es mir nicht gefallen würde, was die drei Frauen vorhatten.

»Wir packen heute deinen Krempel aus«, sagte Janna und stemmte die Hände in die Hüfte.

»Aber ...«

»Du kannst uns entweder helfen oder blöd in der Gegend rumstehen. Bleibt dir überlassen. Aber deinen Pappschachteln hier geht's heute an den Kragen.«

»Das sind ja schicke Gummistiefel«, sagte Hannelore, als sie sich den Weg in Richtung Wohnzimmer bahnte und an meinem Geschenk vorbeikam, das ich in den Armen hielt.

»Sie sind pink«, fügte Janna hinzu.

»Ist mir aufgefallen.«

»Wo fangen wir an?«

»Bitte nicht im Schlafzimmer«, kam es von Fran, die als Letzte das Haus betrat und mir zur Begrüßung über die Schulter strich.

»Wieso nicht im Schlafzimmer?«

»Da habe ich noch eine Rechnung mit ein paar Plagegeistern offen.«

»Ich würde mir Sorgen machen, Stella, wenn die unheimliche Fran meinem Schlafzimmer die Geister austreiben muss. Das sagt nichts Gutes über dein Liebesleben aus.«

»Da ich gar keins habe, belastet mich das wenig«, sagte ich.

»Wir müssen dringend mal zusammen auf die Rolle gehen.«

»Auf die Rolle? Hier? Auf dem Land?«

»Aber klar. Halt dich da nur an mich. Ich weiß, wo man sich hier richtig amüsiert.«

»Unheimliche Fran?«, fragte Fran und ging vor mir her. »Ich dachte, mich nennen alle die magische Fran.«

»So nennt dich niemand.«

»Wirklich nicht?«

»Nein.« Entschieden schüttelte Janna den Kopf, deshalb wandte sich Fran an ihre Freundin.

»Leider nein«, sagte die mit einem mitfühlenden Gesichtsausdruck.

»Ich war mir sicher, man würde mich magisch nennen.«

»Aber du bist ein bisschen unheimlich. Oder täusch ich mich da?«, gab Janna zurück.

»Ja?« Jetzt richteten sich Frans Augen auf mich.

»Schon irgendwie ...«, antwortete ich vorsichtig. »Zumindest ein kleines bisschen. Auf eine gute Art.«

»Sei froh«, sagte Hannelore. »Dann legen sich die Leute wenigstens nicht mit dir an. Sonst trifft sie der Fluch der unheimlichen Fran.«

»Auch wieder wahr.«

»Wie machen wir's denn? Teilen wir uns auf, oder was?«

»Ihr wollt nicht wirklich meine Kisten auspacken, oder?«, fragte ich.

»Doch, sicher.«

»Irgendwer muss es ja tun«, behauptete Janna.

»Aber ...«

»Hör doch immer mit diesen Abern auf«, unterbrach sie mich, bevor ich zu Ende sprechen konnte. »Wir haben offenbar alle gerade nichts Besseres vor, als dir mit deinem kleinen Kartonproblem unter die Arme zu greifen. Lass es einfach zu.«

»Kleines Kartonproblem«, warf Hannelore ein. »Gefällt mir.«

Einen Moment blieb ich im Türrahmen meines Wohnzimmers stehen und betrachtete diese Leute, die ich vor wenigen Wochen nicht gekannt hatte. Ich war es nicht mehr gewohnt, dass Menschen mir halfen, dass ich das zuließ. Ich hatte mich so daran gewöhnt, eine Einzelkämpferin zu sein, dass ich fast vergessen hatte, wie das war, wenn man nicht alles allein machen musste.

»Okay«, sagte ich schließlich.

»Dann fangen wir an?«, fragte Fran.

»Für mich ist ein Okay noch ein Okay«, antwortete Hannelore.

Und damit machten wir uns tatsächlich an die Arbeit. Janna begann mit den Kartons im Wohnzimmer, während Fran nach oben in meinem Schlafzimmer verschwand, um ihr Reinigungsritual von letzter Woche fortzusetzen. Hannelore nahm sich die Kisten im Flur vor, und ich machte mich daran, Geschirr und Besteck und Kochutensilien in den Schränken zu verstauen, damit ich zukünftig mehr als eine Tasse, ein Schälchen und einen Löffel benutzen konnte. Es war ein eigenartiges Gefühl, diese Gegenstände wiederzusehen – die Teller, die Malek und ich ausgesucht hatten, den großen Topf, den er von seiner Oma hatte, die kleinen Löffel, die ich bei meinem ersten Urlaub in Thailand hatte mitgehen lassen. Ich hatte mich die ganze Zeit davor gefürchtet, wie es sein würde, aber als diese Dinge jetzt in den Schränken und Regalen und Schubladen verstaut waren, fühlte ich mich zu meiner eigenen Überraschung etwas mehr zu Hause als vorher. Es sah wirklich aus, als hätte ich vor zu bleiben.

Irgendwann bekamen wir Hunger, und Janna fuhr mit dem Auto zu einer Pizzeria in der Nähe, was bedeutete, dass sie über eine Stunde unterwegs war. Eine Weile machte ich im Wohnzimmer weiter, wo Janna bereits Bücher, CDs und Dekostücke überall im Raum verteilt hatte. Ich hatte eine Kiste entdeckt, in der meine Lieblingskissen und Decken verstaut waren, als Hannelore mit einem anderen Karton in den Händen hereinkam.

»Stella?«, fragte sie.

Ich sah zu ihr auf und wusste sofort, was sie gefunden hatte.

»Wo sollen diese Sachen hin?«

»Was ist das?«, wollte Fran wissen, die in diesem Augenblick die Treppe nach unten gekommen war. Die Kräuter, die sie bei sich hatte, rauchten noch.

»Das sind seine Sachen«, sagte ich sehr leise und mit einer Stimme, die mir selbst fremd vorkam.

»Wessen, *ma chérie*?«

»Maleks. Von meinem Mann.«

»Was ist mit ihm?«

»Er ist tot, oder?«

Ich schaute Janna an, die ebenfalls plötzlich in der Tür stand, die Pizza auf den Armen.

»Ja.«

»Wie schrecklich«, sagte Fran. »Das tut mir sehr leid.«

»Deshalb bist du hier«, kam es von Janna.

Es war eine Feststellung, keine Frage, trotzdem antwortete ich darauf: »Kann sein ... ja.«

»War er krank?«

Ich nickte, dann fügte ich hinzu: »Krebs.«

»Wie war er so? Malek?«

Janna ging mit dem Essen zum Sofa, stellte alles auf den Tisch und setzte sich selbst mit einem Kissen davor. Hannelore und Fran nahmen auf der Couch Platz. Ich zog mir einen Stuhl näher heran.

Ich wusste nicht, wie ich über Malek sprechen sollte. Seit einer gefühlten Ewigkeit hatte ich das nicht getan. Mir kam es vor, als fehlten mir die Worte für das, was er mir bedeutet hatte, und dafür, was mir ohne ihn fehlte.

»Er war mein bester Freund«, sagte ich trotzdem. »Das klingt wie ein Klischee, aber es stimmt. Er war klug und witzig und freundlich, und er hatte eine besondere Art, mich zum Lachen zu bringen, selbst wenn ich gar nicht lachen wollte. Er hatte in seinen Haaren einen Wirbel, deshalb stand eine seiner Strähnen hier so ab«, ich deutete an die Stelle meiner eigenen Stirn, »wie bei einem Teufelshorn. Es war egal, was er versucht hat, ob mit Gel oder Schaumfestiger oder Haarwachs. Alles hielt maximal eine halbe Stunde, dann kam das Horn wieder zum Vorschein.«

»War er auch Anwalt?«, wollte Janna wissen.

»Ja, er war sogar ein viel besserer Anwalt als ich.«

»Wenn ich an meine erste Begegnung mit dir denke, wundert mich das nicht.«

Hannelore warf Janna einen beinahe vorwurfsvollen Blick zu, als wollte sie mich verteidigen.

»Jetzt friss mich nicht gleich auf«, erwiderte die deshalb und hielt die Hände in die Höhe, als wollte sie sich ergeben. »Ich liebe Stella genauso sehr wie ihr. Aber mal ehrlich. Stella als Anwältin?«

»Hey«, gab ich zurück.

Janna machte ein entschuldigendes Gesicht. »Nicht böse sein, aber du bist nun wirklich nicht der Typ Bullterrier, oder? Eher so ein süßes, knuffiges Fellknäuel, das über seine eigenen Pfoten stolpert und dabei unfassbar niedlich aussieht. Ich meine, in deinem Hundeschlafanzug ...«

»Das waren Bärchen. Und so bin ich natürlich in meinem Job nicht rumgelaufen.«

»Mag sein, aber da hast du mich mit deiner Eloquenz nicht gerade in Grund und Boden debattiert, oder? Es gibt ja so Menschen, denen liegt das im Blut. Unsere Frau K. hier ...«, sie deutete ungenau in Richtung Haustür, »könnte wahrscheinlich Staranwältin für eine New Yorker Nobelkanzlei sein und alle Gegner ungespitzt in den Boden rammen. Aber du?«

»Janna«, sagte Fran vorwurfsvoll.

»Das meine ich als Kompliment.«

»Wahrscheinlich hast du recht«, erwiderte ich. »Vielleicht war das auch der Grund, warum Malek so viel besser war als ich. Ich war erfolgreich ... Jetzt guck nicht so.«

»Ich guck gar nicht.« Janna hielt abwehrend die Hände in die Höhe, als würde ich auf sie zielen.

»Ist schon gut. Ich war ziemlich erfolgreich. Von Anfang an. Auch wenn man das vielleicht nicht denkt, so blöd, wie ich mich auf dem Hof hier anstelle.«

»Du stellst dich gar nicht ...«, wollte Fran einwenden, aber ich kam ihr zuvor.

»Doch, tue ich. Ich scheine keinerlei Talent für all das zu haben.« Ich machte eine große unbestimmte Geste. »Es fällt mir nicht gerade zu. Aber als Anwältin war das anders.« Ich schwieg für einen Moment. »Malek ist durchs Staatsexamen gefallen und hat es auch beim zweiten Mal nur gerade so geschafft. Doch er hat nicht aufgegeben, weil er es wirklich wollte. Ich glaube, ich habe mich nur für Jura entschieden, weil es mir zufällig leichtgefallen ist. Fast überall hatte ich gute Noten. Manchmal hätte ich mir gewünscht, ich hätte mich so dafür ins Zeug legen müssen wie Malek. Dann hätte ich gewusst, dass es das Richtige für mich ist.«

»Wie habt ihr euch kennengelernt?«, fragte Fran.

»Auf einer Party, weil er das letzte Stück Quiche gegessen hat, das ich haben wollte.«

»Es wurden schon Kriege für weniger geführt«, warf Hannelore ein.

»Ich war auch erst ziemlich sauer auf ihn.«

»A hungry woman is an angry woman.« Janna lachte. »Wie kam er aus der Sache raus?«

»Er hat gesagt, er würde ein tolles Restaurant in der Nähe kennen, in dem es das beste türkische Essen der

Welt geben würde und in das er mich als Wiedergutmachung einladen wollte. Ich habe gefragt: ›Jetzt?‹, und er hat gesagt: ›Warum nicht?‹ Also sind wir von der Party weg und haben zusammen gegessen.«

»Und? War es das beste türkische Essen der Welt?«

»Es war eine Imbissbude. Ein ganz normaler Dönerladen. Aber ja, es war wirklich das beste türkische Essen, das ich jemals gegessen habe. Zu unserem Jubiläum sind wir jedes Jahr dorthin gegangen. Der Besitzer kannte uns schon und hat uns jedes Mal so viel Baklava ausgegeben, wie wir essen konnten, was bei uns eine Menge war.«

»Und wie ist es weitergegangen?«

»Ich habe mich am selben Abend in ihn verliebt. Zwischen Dönerspießen und Pide sozusagen.«

»Das wäre auch ein toller Buchtitel.«

»Für einen Schundroman vielleicht«, gab Janna zurück.

»Und dann hat er dir irgendwann einen Heiratsantrag gemacht?«, fragte Fran.

»Eigentlich wollten wir gar nicht heiraten. Also ich nicht. Aber dann ... haben wir es doch getan«, fügte ich hinzu und schüttelte leicht den Kopf, als könnte ich mich so von den Gedanken befreien. »Sollen wir nicht endlich Pizza essen? Sonst wird alles kalt.«

»Wer braucht Messer und Gabel?«, fragte Hannelore.

»Nur Banausen essen Pizza mit Messer und Gabel. Mir reicht ein Taschentuch für meine Fettfinger«, erklärte Janna.

»Wir sind alt und stammen aus einem vorherigen Jahrhundert. Wir brauchen Werkzeug, um unsere Nahrung zu erlegen.«

Damit stand Hannelore auf und verschwand in der Küche, um mit verschiedenem Besteck, einer großen Rolle

Küchenpapier und zwei Flaschen Wasser zurückzukommen. Sie teilte alles unter uns auf und ließ sich wieder auf das Sofa fallen.

Eine Weile schwiegen wir alle und aßen unsere Pizzastücke. Als wir alle restlos satt waren, setzte ich einen Tee auf, und Fran holte eine Tüte mit selbst gebackenen Weihnachtsplätzchen hervor, die wir herumreichten.

Sie musste sie frisch gebacken haben. Die Kekse rochen herrlich nach Zimt, Orange und Vanille. Ich hatte beinahe vergessen, wie wunderbar Weihnachten duftete, und allein der Geruch des Gebäcks sorgte dafür, dass alles in mir ruhiger wurde.

»Was stimmt in diesem Dorf eigentlich mit Weihnachten nicht?«, fragte ich und erntete verwunderte Blicke.

»Was meinst du?«, fragte Hannelore.

»Hier sieht es doch überall aus wie in einem kitschigen Hollywoodweihnachtsfilm. Im Supermarkt hat ein Angestellter in einem Rentierkostüm gebrannte Mandeln und glasierte Äpfel verteilt. Letztens ist an mir ein Auto vorbeigefahren, in dem der Weihnachtsmann am Steuer saß. Selbst Traktoren sind festlich geschmückt. Und als ich Futter für meine Alpakas kaufen wollte, bin ich beim Reinkommen von einer Elfe mit Kunstschnee beworfen worden. Als hätten wir draußen nicht genug von dem echten Zeug.« Ich verdrehte etwas übertrieben die Augen. »Findet ihr das nicht ein kleines bisschen zu viel des Guten?«

Hannelore, Janna und Fran sahen einander an.

»So ist das eben bei uns«, antwortete Hannelore.

Janna stimmte ihr zu: »Im Grunde war das schon immer so. Auch wenn es in den letzten Jahren vielleicht ein kleines bisschen eskaliert ist.« Amüsiert zuckte sie die Schultern.

»Ich musste mich auch erst daran gewöhnen, *ma chérie*«, pflichtete Fran bei. »Aber jetzt finde ich es sehr schön.«

»Und die Frage ist doch nicht, was bei uns mit Weihnachten nicht stimmt, sondern: Was stimmt bei dir und Weihnachten nicht?«, wollte Janna wissen und schaute mich sehr direkt an.

Ich schluckte. Damit hatte sie nicht unrecht. Nach einigen schweigenden Minuten entschied ich mich, das Thema zu wechseln: »Was ist mit euch? Wart ihr schon verheiratet?« Betont ungezwungen biss ich dabei einem Spekulatius-Weihnachtsmann die Beine ab.

»Soweit ich weiß, nicht«, antwortete Janna, die zum Glück darauf einging. »Aber ich würde meine Hand nicht dafür ins Feuer legen.« Sie grinste.

»Ich habe nie was davon gehalten, den Staat in mein Schlafzimmer einzuladen«, sagte Hannelore.

»Oder Gott«, warf Janna ein.

»Den erst recht nicht. Außerdem wäre ich die meiste Zeit meines Lebens stark eingeschränkt in der Wahl der Person gewesen, mit der ich vor den Traualtar hätte treten dürfen. Da sehe ich keinen Sinn drin.«

»Ich war verheiratet«, antwortete dagegen Fran.

»Ach ja?«

»Aber es sollte zwischen uns nicht sein.«

»Warum nicht?«

»Weil er ein gewalttätiges, saufendes Arschloch war, das die Luft nicht wert war, die es geatmet hat«, erwiderte Hannelore, bevor ihre Freundin etwas sagen konnte.

»Was?«, fragte ich erschrocken.

»Das stimmt so nicht«, widersprach Fran. »Zumindest die Sache mit der Luft nicht.«

»Aber er hat dich geschlagen?«

»Verprügelt hat er sie. Sie musste mehrmals deswegen ins Krankenhaus.«

»Scheiße«, entfuhr es Janna.

»Nur, wenn er zu viel getrunken hatte«, fügte Fran hinzu.

»Oder zu wenig.«

»Ja, oder das.« Sie nickte.

»Das ist schrecklich«, sagte ich. »Hast du ihn angezeigt?«

»Ich habe es einige Male versucht. Aber die Polizei war keine große Hilfe. Das waren damals andere Zeiten, denke ich.«

»Heute ist es leider häufig nicht anders. Ich kenne da Geschichten. Aber auch die Gerichte sehen es teilweise als eine Art Kavaliersdelikt an. Schwere Körperverletzungen oder sogar Tötungen werden als Affekthandlungen begründet und die Strafen dadurch abgemildert.«

»Hattest du solche Fälle?«, fragte Janna.

»Malek hatte einige davon. Und ich habe während meines Referendariats an solchen Fällen mitgearbeitet. Aber später in der Kanzlei nicht mehr.«

»Warum nicht?«

»Ich hatte dort bei einigen anderen Fällen mit verschiedenen Unternehmen große Erfolge. Du guckst schon wieder so«, warf ich Janna vor.

»Kein bisschen«, widersprach sie.

»Das waren vor allem Vergleiche und ...«

»Jetzt kommen wir der Sache näher.«

»Die haben der Kanzlei sehr viel Geld gebracht.«

»Glaube ich dir.«

»Irgendwann war dann klar, dass ich solche Aufgaben übernehme. Weil ich es gut konnte. Hat sich einfach so entwickelt. Und nach einer Weile habe ich so etwas ausschließlich gemacht. Das war eine Art Selbstläufer.«

»Aber es war nicht das, was du machen wolltest?«

»Na ja, ich hatte eigentlich nicht Jura studiert, um reichen Menschen dabei zu helfen, noch reicher zu werden. Ich wollte schon etwas Sinnvolles machen. Aber die ersten gewonnenen Fälle waren natürlich trotzdem toll. Zu sehen, dass man in einer Sache wirklich gut ist, macht schließlich was mit einem. Vielleicht geht es auch nur mir so, aber im Vergleich zu Malek, der aus einem ganz anderen Elternhaus stammte und der natürlich vor ganz anderen Problemen stand, wegen seines Namens und seines Aussehens. Im Vergleich zu ihm hat mir der Erfolg anfangs tatsächlich die Bestätigung gegeben, die ich gebraucht habe. Trotz meiner guten Noten und allem kam ich mir immer wie eine Hochstaplerin vor. Als wäre meine gesamte Karriere nur irgendein Fehler oder ein Missverständnis, das irgendwann irgendwer bemerkt.«

»Vielleicht auch, weil du eine Frau bist?«, fragte Fran. »Weil für uns das alles immer noch nicht selbstverständlich ist?«

»Ja, vielleicht«, antwortete ich.

»Einmal das Selbstbewusstsein eines durchschnittlich intelligenten weißen Mannes haben«, fügte Janna hinzu und verdrehte die Augen.

»Oder unterdurchschnittlich«, kam es von Hannelore, während sie nach einem weiteren Keks griff.

»Irgendwann habe ich mich dann gefragt, wofür ich das alles mache«, fuhr ich fort. »Nur weil man gut in etwas ist, heißt es nicht, dass es richtig ist. So im Allgemeinen und auch für einen selbst. Besonders für einen selbst.«

»Ich weiß, was du meinst«, stimmte Janna mir zu, hatte

sich gleich zwei Gebäckstücke genommen und hielt inne, als wir sie alle ansahen.

»Du meinst wegen deines Vaters, Fried?«, fragte Hannelore.

Aus einigen Unterhaltungen mit ihr hatte ich erfahren, dass Hannelore im Dorf aufgewachsen war und deshalb so gut wie alle kannte. Sie konnte über jede und jeden eine Geschichte erzählen, was sie jedoch nur auf Nachfrage tat, wie sie ohnehin meist wenig redete. Fran dagegen war erst vor einigen Jahren auf den Lebenshof gezogen. Aber sie kam mit allen Leuten schnell ins Gespräch.

»Ja«, antwortete Janna. »Ich meine, der Hof lief gut. Einige andere hier in der Gegend wären wahrscheinlich froh gewesen, wenn sie so einen gut laufenden Hof von ihren Eltern hätten übernehmen können. Ich hätte also alles so lassen können wie bisher. Das konnte ich. Darin war ich gut«, fügte sie hinzu und deutete mit der Spitze ihres Plätzchens in meine Richtung. »Und wenn ich bei der konventionellen Landwirtschaft geblieben wäre, hätte ich heute definitiv mehr Geld auf der hohen Kante und weniger Ärger. Aber das war nicht das, was ich wollte. Ich wollte nicht Teil dieses ganzen fucking Problems sein.«

»Was meinst du?«

»Fängt doch bei der Massentierhaltung an und hört nicht bei der kompletten Ausbeutung unserer Ressourcen auf. Mein Vater hat sein Geld auf Kosten anderer Lebewesen und der Natur verdient. Ganz klar. Ich will nicht sagen, dass es ihm egal war, aber das wurde eben einfach so gemacht.«

»Wenn es einen Satz gibt, den ich am meisten hasse, dann ist es der, dass es immer so gemacht wurde«, warf Hannelore ein.

»Ich kann gar nicht zählen, wie oft ich den von meinem

Vater oder den anderen Bauern hier gehört habe. Das war das Totschlagargument, mit dem sie alle gekommen sind. Mein alter Herr war da gar nicht der Schlimmste. Als ich mit meinen vielen neuen Ideen gekommen bin, hat er mich nicht grundsätzlich abgewürgt. Er hat sich das alles angehört und konnte einige meiner Gründe sogar verstehen, aber er hat nicht gesehen, wie sich das umsetzen lässt. Ich denke, er hatte gleichzeitig zu viel Angst vor Veränderung und davor, auf seinen Wohlstand verzichten zu müssen. Kann ich durchaus nachvollziehen. Dafür haben er und die Generationen vor ihm jahrelang hart gearbeitet. Da willst du natürlich nicht derjenige sein, der das Familiengeschäft vor die Wand fährt. Vielleicht hatte es deshalb auch eine gute Seite, dass er so früh ins Gras gebissen hat«, fuhr Janna fort. »Versteht mich nicht falsch. Ich habe meinen Vater geliebt. Und sein Tod war ein absoluter Schock. Aber dadurch konnte ich nicht mehr nur Pläne machen. Ich musste was tun, und zum ersten Mal konnte ich das auch. Alles war allein meine Entscheidung. Wenn's mein alter Herr ein paar Jahre länger gemacht hätte, würde der Hof heute bestimmt anders laufen. Dann würden meine Kühe wahrscheinlich immer noch in engen Ständern stehen, in denen sie sich nicht mal richtig drehen können. Ich würde immer noch Pestizide auf die Felder sprühen, als gäbe es kein Morgen mehr. Was es tatsächlich nicht geben wird, wenn wir so weitermachen. Und mit Carbon Farming hätte ich mit Sicherheit genauso wenig angefangen. Mein Vater hätte mir einen Vogel gezeigt.«

»Carbon Farming? Was ist das?«, wollte ich wissen.

»Das ist mein Versuch, die Menschheit zu retten.« Sie lachte. »Nur Spaß. Oder eigentlich nicht. Ich mache bei einem Pilotprojekt mit. Es geht darum, mehr CO_2 im Boden zu binden. Am besten so viel, wie die Menschheit jedes Jahr ausstößt, aber davon sind wir kilometerweit entfernt. Lichtjahre.«

»Und wie soll das gehen?«

»Da gibt es unterschiedliche Strategien. Manche pflanzen Bäume oder Kräuter, andere arbeiten mit Mikroorganismen oder Kompost. Ich experimentiere aktuell mit verschiedenen Methoden. Ich habe verschiedene Sträucher gepflanzt. Außerdem habe ich den Anbau meiner Felder verändert und die Art und Weise, wie ich meine Kühe weiden lasse.«

»Und woher weißt du, dass es funktioniert?«, fragte Hannelore.

»Im nächsten Jahr wird bei mir gemessen. Da kommt ein richtiger Prüfer raus und nimmt Bodenproben und das alles. Dann wissen wir mehr. Und ich werde erfahren, ob meine Arbeit der letzten drei Jahre was gebracht hat oder für den Eimer war.«

»Sie war so oder so nicht für den Eimer«, warf Fran ein und nahm einen Schluck Tee. »Wenn ich deine Kühe auf der Weide sehe, geht mir jedes Mal das Herz auf. Ich meine, wir sind umgeben von Bauernhöfen, aber man sieht so selten Tiere draußen. Ist das nicht schrecklich? Aber deine Kühe sind im Sommer Tag und Nacht auf der Wiese. Sie fressen, sie spielen, sie schlafen ...«

»Sie scheißen«, warf Janna ein.

»Es sind so lustige, freundliche Lebewesen ...«

»Sind sie.«

»Und ich kann das einfach nicht verstehen. Wenn man diese Tiere sieht, wie sie das Leben genießen, so, wie es für sie sein sollte. Wie kann man sie dann in irgendwelche Pferche oder Verschläge oder Ständer sperren?«

»Geld«, sagte Hannelore. »Dabei geht es nur um Geld.«

»Aber das ist bei Reiterhöfen genauso, *non*? Wie viele Pferde und Ponys haben wir bei uns auf dem Hof, die es gewohnt sind, den Großteil ihres Lebens in einer Box zu verbringen? Oder die Tiere, die wir aus Legebatterien übernommen haben. Die anfangs nicht einmal wissen, wie man scharrt. Die kennen ganz normales Hühnerverhalten nicht, weil sie das in ihrem Leben nie machen konnten. So etwas bringt mich wirklich zum Weinen.«

»Ich weiß«, sagte Hannelore und griff nach Frans Hand. »Ich werde eher wütend.«

»Ich bin definitiv auch von der Wutfraktion. Aber Wut kann ein guter Motor sein. Die Sache mit den Kühen hat mich zum Beispiel schon als Kind sehr beschäftigt. Ich hatte eine Lieblingskuh. Toni Morrison.«

»Du hattest eine Kuh, die Toni Morrison hieß?«

»Was soll ich sagen? Ich war ein etwas seltsames Kind. Inzwischen heißen meine Kühe alle nach Schriftstellerinnen und Schriftstellern, die den Literaturnobelpreis bekommen haben. Ursprünglich sollten es nur Frauen sein. Aber das sind ja nicht viele, viel zu wenige, wie wir alle wissen, deshalb gibt es bei mir nicht nur Kühe, die Selma Lagerlöf, Gabriela Mistral, Nelly Sachs oder Wisława Szymborska heißen. Sondern auch George Bernard Shaw, Kenzaburō Ōe oder Wole Soyinka. Trotzdem war mir Toni Morrison die liebste von allen.«

»Und was hat das mit Wut zu tun?«

»Es war an einem Tag zum Ende des Sommers. Ich hatte mehrere Stunden mit Toni Morrison auf der Weide verbracht und sie beobachtet, wie sie sich ihren Hintern an einem Baum gekratzt hat. Es sah aus, als würde es ihr richtig guttun. Aber als ich abends in den Stall gegangen bin, um ihr Gute Nacht zu sagen, hat ihr Hinterteil wieder gejuckt. In dem Ständer, in dem sie gehalten wurde, war es jedoch so eng, dass sie sich beim Kratzen jedes Mal den Kopf gestoßen hat. Sie musste also entscheiden, ob sie besser den Juckreiz aushalten konnte oder die Schmerzen. Das mitanzusehen hat mich unglaublich wütend gemacht. Ich verstand nicht, wieso sie nicht länger auf die Weide durften, wo sie sich frei bewegen konnten. Deshalb bin ich eines Tages zu meinem Vater und habe ihm gesagt, dass es so nicht gehen würde. Ich habe geschrien und geschimpft. Zuerst hat mich mein Vater auf mein Zimmer geschickt. Aber seitdem hat er unsere Kühe länger im Freien gelassen. Es war keine große Veränderung«, sagte Janna, »aber es hat das Leben für Toni Morrison und ihre Freundinnen zumindest ein kleines bisschen besser gemacht.«

»Es war ein kleiner Schritt in die richtige Richtung.«

»Ja, aber das reicht mir nicht mehr. Heute muss es in Sprüngen nach vorne gehen. In riesigen Sätzen. Wir haben keine Zeit zu verlieren, und ich habe ehrlich gesagt auch keine Geduld.« Damit stopfte sie sich ihren Keks komplett in den Mund.

»Wie macht sich eigentlich Jakob?«, wandte sich Fran an mich.

»Euch Leuten auf dem Land bleibt nichts verborgen, oder?«, gab ich mit einem leichten Grinsen zurück.

»Er arbeitet schon seit Montag bei dir, *non*?«

»Was glaubst du, wie lang unsere Leitung ist?«, fragte Hannelore.

»Wir wussten es schon an dem Tag, an dem du Ja gesagt hast.«

»Ich wusste es sogar, bevor du Ja gesagt hast«, gab Janna mit vollem Mund dazu.

»Tatsächlich? Wie das?«

»Als könnte man unserer Frau K. irgendwas abschlagen«, erwiderte sie. »Wo sie immer so liebenswürdig ist.«

»Reden wir über dieselbe Frau Katschinski? Meine Nachbarin? Die Frau, die mir tausendundeinen Brief geschrieben hat, in denen sie mir meine Verfehlungen auflistet und mir mit der Polizei droht?«

»Scheint, als wärst du ihrem Charme bisher nicht erlegen.«

»Nicht ganz, nein.«

Janna hob die Schultern. »Kann ich gar nicht verstehen.«

»Muss an mir liegen.«

»Definitiv.«

»Aber Jakob ist wirklich nett.«

»Ist er.«

»Manchmal vergesse ich sogar, dass die beiden überhaupt verwandt sind.«

»So schlimm ist Frau Katschinski auch nicht«, sagte Hannelore.

»Du siehst aus, als würdest du das ernst meinen«, entgegnete Janna.

»Tue ich. Sie hat ihren ganz eigenen ... Stil. Das gebe ich zu. Aber sie hatte es im Leben nicht leicht.«

»Das ist keine Ausrede für alles.«

»Sage ich gar nicht. Aber es hilft, ihre Art etwas besser zu verstehen.«

»Ich will ihre Art gar nicht besser verstehen«, gab Janna zurück. »Ich will, dass sie von ihrem hohen Ross runterkommt und aufhört, den Menschen um sie herum das Leben schwer zu machen. Wenn sie das endlich hinkriegen würde, wäre ich vollkommen fein mit ihr.«

»Worum geht es denn? Was ist mir ihr?«, fragte ich.

»Sagen wir so: Wir alle haben unser Päckchen zu tragen«, antwortete Hannelore.

»Ist mir doch egal. Weißt du noch, als sie den Bau meiner Solaranlagen gerichtlich verhindern wollte, weil sie sicher war, dass davon Strahlungen ausgehen, die ihre Wohnqualität vermindern würden?«

»Das war kein besonders feiner Zug von ihr. Das stimmt.«

»Kein besonders feiner Zug? Sie wohnt Kilometer von mir entfernt. Was hat sie mit meiner Solaranlage zu schaffen?«

»Vielleicht hat sie sich wirklich Sorgen gemacht«, sagte Fran.

Entschieden schüttelte Janna den Kopf. »Sie hat sich keine Sorgen gemacht. Sie streitet sich gern. Und sie wirft gerne anderen Leuten Knüppel zwischen die Beine und sieht zu, wie sie fallen. Das liegt in ihrer Natur. So war sie immer.«

»Ich sage ja gar nicht, dass sie nicht schwierig ist«, erwiderte Hannelore. »Aber Frau Katschinski hat sich ihr Leben sicher anders vorgestellt. All die Jahre kümmert sie sich um ihren Bruder und zieht ihn quasi allein groß. Dadurch ist sie nie hier weggekommen und konnte nichts aus ihrem Leben machen. Hatte immer nur Gelegenheitsjobs. Und seit ihre Mutter den Schlaganfall hatte ...«

»Ihre Mutter hatte einen Schlaganfall?«, kam es von mir.

»Ja, vor ein paar Jahren«, antwortete Janna.

»Sie soll ziemlich verwirrt sein und überhaupt nichts mehr alleine können. Und Frau Katschinski pflegt sie zu Hause. Sie macht wirklich alles für sie.«

Ich schluckte.

»Dabei war die Mutter ja wohl auch vorher nicht ganz gesund, *non*?«, sagte Fran. »Also, vor dem Schlaganfall.«

»Die Frau hatte einen gehörigen Dachschaden.« Janna nickte zustimmend.

»Sie hätte wahrscheinlich psychologische Hilfe gebraucht.«

»Wer denn nicht?«, fragte sie. »Die Hälfte der Leute hier ist reif für den Seelenklempner.«

»Schließt du da dich selbst mit ein?«

»Natürlich. Wenn ich wüsste, dass sich meine Probleme alle mit einer einzigen Pille lösen lassen, wäre ich die Erste, die sich dafür in einer Reihe anstellt. Aber so lange halte ich es mit meiner eigenen Therapie und versuche, die Welt zu retten. Frau K. hat sich ja leider für eine vollkommen andere Strategie entschieden und tut lieber alles dafür, dass wir in derselben Hölle leben wie sie.«

»Natürlich weiß ich, dass Frau Katschinski manchmal ein ziemliches Ekelpaket sein kann«, setzte Hannelore erneut an.

»Manchmal?«

»Aber sie kümmert sich toll um ihre Familie. Das muss man ihr lassen. Ihr Bruder ist sicher nicht umsonst so ein netter, freundlicher Mensch.«

»Das ist er wirklich«, bestätigte ich. »Und die Tiere lieben ihn. Sogar mit der fiesen Möpp kommt er wunderbar zurecht.«

»Fiesen Möpp?«

»Der Neuen. Principessa. Mich hat sie gefressen. Wortwörtlich.«

»Glaube ich nicht«, widersprach Fran.

»Ich weiß nicht, was dieses Tier gegen mich hat. Ich habe ihr nichts getan. Ich war mir sogar ziemlich sicher, eine Verbindung mit ihr zu spüren, aber offenbar sieht sie das komplett anders und lässt mich das jeden Tag spüren.«

»Manchmal ist es gerade die Ähnlichkeit, die Nähe, die uns am meisten Angst macht.«

»Angst müsste eher ich haben. Zumindest habe ich blaue Flecken.«

»Du wirst von deinem eigenen Alpaka gedisst?« Janna lachte.

»Sie wird immer hinterhältiger. Sie zwickt mich, wenn ich nicht aufpasse, tritt mir auf die Zehen, wenn ich den Fuß nicht schnell genug wegziehe, reißt mir das Futter aus der Hand oder schubst mich.«

»Fuck. Das ist ja richtiges Alpaka-Mobbing.«

»Dass sie eigentlich ein Flucht- und Distanztier sein sollte, hat man ihr wohl nicht gesagt.«

»Wir wissen nicht, was sie Schlimmes erlebt hat. Vielleicht hat sie gelernt, dass Angriff die beste Verteidigung ist«, überlegte Fran.

»Aber warum nur bei mir? Zu Jakob ist sie lieb und freundlich. Nur mit mir hat sie ein Problem.«

»Vielleicht erinnerst du sie an jemanden.«

»Und was soll ich jetzt tun? Mich verkleiden? Mir die Haare blau färben?«

»Sie braucht bestimmt einfach etwas Zeit und Geduld.«

»Und ich einen von diesen Ganzkörperschaumstoffanzügen, um mich vor weiteren Verletzungen zu schützen.«

»Da wir gerade dabei sind«, setzte Fran an.

»Bei Ganzkörperschaumstoffanzügen?«

»So ähnlich.«

»Jetzt bin ich gespannt«, sagte ich.

»Was hast du eigentlich mit der Alpakawolle vor, die bei dir in der Scheune lagert?«

»Was ist das für eine Überleitung?«

»Das hat rein gar nichts mit Ganzkörperschaumstoffanzügen zu tun«, sagte auch Janna.

»Aber Wolle ist ein Ganzkörperanzug. Nur von Tieren.«

»Das ist sehr weit hergeholt«, befand sie.

»Außerdem weiß ich gar nicht, ob das überhaupt Alpakawolle ist«, fügte ich hinzu. »Ich denke eher, dass sie von Schafen stammt. Wie sollte denn Alpakawolle auf den Heuboden kommen?«

»Der beknackte Jo hatte Alpakas«, sagte Hannelore.

»Was?«

»Das wusste ich nicht«, erwiderte Janna und fragte dann: »Bist du dir sicher?«

»Natürlich.«

»Davon hat er nichts erzählt«, sagte ich.

»Es ist eine Ewigkeit her. Und er hatte sie nicht besonders lange. Das war noch, bevor sie überall in Mode gekommen sind.«

»Stand deshalb in der Anzeige, dass hier auf dem Hof Alpakahaltung möglich wäre?«

»Kann sein. Vielleicht hat er sich auch gedacht, dass er damit den Preis in die Höhe treiben könnte. Alle lieben jetzt Alpakas, oder nicht? Zuzutrauen wäre das dem alten Fuchs.«

»Aber wie alt wäre die Wolle in der Scheune dann?«

»Mehr als zehn Jahre auf jeden Fall.«

»Älter«, widersprach Janna. »Ich kann mich nicht daran erinnern, dass ich das überhaupt wusste. Obwohl ...« Sie hielt inne. »Ich glaube, ich habe als Kind öfter mal Kamele gefüttert. Mit meiner Mutter. Vielleicht waren das ja die Alpakas vom beknackten Jo.«

»Kann sein.«

»Aber müsste die Wolle dann nicht längst ... ich weiß nicht ... schlecht geworden sein?«, fragte ich.

»Wolle hat kein Mindesthaltbarkeitsdatum«, sagte Hannelore. »Sonst müsstest du deine Socken und Pullover und Mützen aus Wolle nach fünf oder zehn Jahren wegwerfen, bevor sie ungenießbar werden.«

»Solange Wolle vor Feuchtigkeit und Schädlingen geschützt wird, hält sie beinahe ewig«, fügte Fran hinzu.

»Schädlinge haben wir nicht gesehen, oder?«, fragte Janna.

Ich schüttelte den Kopf. »Das können wir aber noch mal genauer untersuchen. Feucht war sie jedenfalls nicht, als ich mich ...« Ich brach ab.

»Als du dich ... was?«, hakte sie sofort nach.

»Als ich sie angefasst habe, meinte ich. Als ich die Wolle angefasst habe. Feucht fühlte sie sich da nicht an.«

Sie warf mir einen misstrauischen Blick zu. »Wahrscheinlich ist sie nur ziemlich staubig. Nach all den Jahren in der ollen Scheune.«

»Bestimmt«, sagte ich schnell. »Genau weiß ich es nicht. Weil ich mich natürlich nicht mitten reingelegt habe, aber vorstellen könnte ich es mir. Warum willst du das wissen?«, wandte ich mich an Fran.

»Ich hatte da so eine Idee.«

Sieben

»Wann bekommt sie ihr Baby?«

Jakob hatte den letzten Haufen von der Stutenweide eingesammelt und wollte die Schubkarre zum Misthaufen fahren, blieb jedoch neben mir stehen.

»Wen meinst du?«, gab ich zurück.

»Fiese Möpp.«

»Sie bekommt kein Baby. Sie ... Nein. Davon haben Hannelore und Fran nichts gesagt. Und der Tierarzt auch nicht, der sie versorgt hat. Das hätte er doch merken müssen«, wiederholte ich, und meine Augen hüpften von Jakob zu meiner Alpakastute und wieder zurück. »Oder?«

Seit vorgestern stand Fiese Möpp bereits mit Schavöttche, Kalte Schnauze und Fussel zusammen. Anfangs hatte ich alle paar Minuten nachgesehen, ob noch alles zwischen ihnen in Ordnung war. Aber Fiese Möpp mochte zu mir nach wie vor ein Biest sein. Jakob und den anderen Tieren gegenüber verhielt sie sich dagegen vollkommen unauffällig und hatte noch dazu heimlich, still und leise das Ruder übernommen. Sie schien mit einer Art unsichtbarer Autorität zu herrschen, die von ihren Mitbewohnerinnen sofort erkannt worden war und seitdem nicht in Zweifel gezogen wurde.

Es war faszinierend zu beobachten, wie sich alle an ihr orientierten. Sie wollten unbedingt in ihrer Nähe sein und wichen gleichzeitig von selbst, wenn Fiese Möpp an einer bestimmten Stelle stehen oder einen bestimmten Heuhalm fressen wollte.

Jakob hatte ich schon dabei beobachtet, wie er sich mit Fiese Möpp unterhalten hatte und sie dabei am Hals streicheln durfte. Mich hingegen duldete sie inzwischen zwar in ihrer Nähe, aber irgendeinen Kleinkrieg schien sie mit mir auszutragen, und ich wusste nicht, wieso. Tiere waren nicht hinterlistig oder gemein. Alpakas schon gar nicht. Aber Fiese Möpp eindeutig. Zumindest, wenn es um mich ging.

Manchmal lag ich nachts stundenlang wach und grübelte darüber nach, was ich mit ihr falsch machte, wie ich mich anders verhalten oder was ich tun konnte, um sie davon zu überzeugen, dass ich nicht ihre Feindin war. Denn es war verzwickt. Je mehr sie mir bewies, wie wenig sie mich leiden konnte, desto sicherer war ich mir, dass es zwischen uns ein besonderes Band gab.

Jakob und ich verstanden uns dagegen inzwischen richtig gut. Ich mochte ihn. Er ging liebevoll mit den Tieren um, arbeitete fleißig und war bemüht, alles richtig zu machen. Es störte mich nicht, dass er meist wortkarg war. Daran hatte ich mich gewöhnt, und es war mir sogar lieber, vor allem morgens. Offenbar war ich nämlich kein Morgenmensch. In den ersten Stunden des Tages brauchte ich meine Ruhe. Das war eins von den vielen Dingen, die ich bisher nicht über mich gewusst hatte, aber hier auf dem Hof und zwischen den Tieren war es mir bewusst geworden.

In Köln war dafür keine Zeit gewesen. Ich war früh morgens aufgestanden und hatte mich fertig gemacht, dann hatte ich ohne Frühstück das Haus verlassen. Auf der Straße war zu diesem Zeitpunkt bereits viel los gewesen. Ich hatte mir in einem vollen Café einen Kaffee geholt, war in eine volle Bahn eingestiegen, war das kurze Stück zum Gebäude meiner Kanzlei gelaufen und dort mit einem vollen Aufzug in die achte Etage gefahren. Oben hatten auf mich Menschen gewartet, mit denen ich reden, Entscheidungen, die ich treffen, Probleme, die ich lösen musste. Oft war ich erst am späten Vormittag dazu gekommen, überhaupt an etwas wie Frühstück zu denken, hatte bis dahin aber drei Kaffees getrunken und mit unzähligen Leuten telefoniert.

Wie hätte mir dabei überhaupt auffallen können, dass ich eigentlich Ruhe brauchte? Und während Maleks Krankheit hatte ich ohnehin nur funktioniert und getan, was getan werden musste.

Jetzt liebte ich es, wenn ich morgens nach dem Aufstehen erst einmal im Schlafanzug mit einer Tasse Kaffee raus zu den Alpakas ging, um ihnen zuzusehen, wie sie im Sonnenaufgang ihr Heu fraßen oder im Unterstand lagen und schliefen. Manchmal kamen sie zu mir. Bernd durfte ich längst regelmäßig am Hals streicheln, genau wie Fussel, Kalte Schnauze und Stoffel, wenn ich aufpasste, dass er mich nicht aus Versehen umschubste.

Ich hatte diese Rituale in den wenigen Wochen, in denen ich hier war, so verinnerlicht, dass mich die ersten Morgen, an denen Jakob gekommen war, gestresst hatten. Erst als mir klar wurde, dass er seine Arbeit verrichtete und von mir nicht mehr verlangt wurde als ein schlichtes Guten Morgen, konnte ich mich freuen, dass er oft bereits mit seinen Aufgaben begonnen hatte, wenn ich nach draußen kam. Ich brachte ihm dann einen Kaffee mit, den ich auf einen der Zaunbalken stellte, und ansonsten ließen wir uns Raum. Das schien für ihn in Ordnung zu sein, und für mich erst recht.

Wenn ich mich schließlich vom Anblick meiner Tiere

und der langsam erwachenden Welt um mich herum losgerissen und mich umgezogen hatte, arbeiteten Jakob und ich meist eine Weile still für uns. Aber spätestens wenn ich Butterbrote nach draußen brachte und wir gemeinsam in der Kälte bei den Tieren frühstückten, kamen wir ein bisschen ins Gespräch, und ich hatte das Gefühl, als würde Jakob von Mal zu Mal gesprächiger. Das war schön, weil ich ihm gerne zuhörte. Er hatte seinen ganz eigenen Blick auf die Welt und machte mich auf viele Details aufmerksam, die ich sonst einfach übersehen hätte. Ein winziger gefrorener Tropfen an einer Gießkanne, der die Form einer Träne hatte. Die Spuren eines Vogels im Schnee, die wie eine geheime Botschaft aussahen. Ein einzelner Grashalm, der aus der dichten Schneedecke herauswuchs.

Aber wenn unvorhergesehene Dinge passierten oder ich wie jetzt zu unbedacht antwortete, konnte Jakob sich so schnell zurückziehen wie ein Clownfisch in seine Anemone, und es dauerte, bis er sich erneut aus seinem Versteck hinaus in die Welt wagte.

»Ich meine«, setzte ich deshalb eilig an, weil ich befürchtete, Jakob würde gleich in seinem Schlupfloch verschwinden, »wie kommst du darauf, dass Fiese Möpp trächtig sein könnte?«

Er zögerte, und wir sahen uns gemeinsam die Stute an, die damit beschäftigt war, heruntergefallenes Heu vom Boden aufzusammeln. Ich wartete, weil ich inzwischen wusste, dass Jakob manchmal Zeit brauchte.

»Ich dachte nur«, sagte er schließlich langsam. »Sie kommt mir so vor.«

»Sie kommt dir trächtig vor?«

»Ja ... schon.« Er nickte und hob dabei die Schultern, eine Bewegung, die ich von ihm kannte. Er wirkte, als würde er zustimmen, sich jedoch nicht sicher genug sein und sich im letzten Moment umentscheiden wollen.

»Wieso? Findest du sie dicker als die anderen?«

»Vielleicht ein bisschen.«

»Frisst sie mehr als die anderen?«

»Ist mir bisher nicht aufgefallen.«

»Verhält sie sich sonst irgendwie anders?«

»Wie anders?«

»Ich weiß nicht ... Anders als sonst.«

»Wir wissen ja nicht, wie sie sich sonst verhält.«

»Stimmt«, erwiderte ich. »Aber hast du irgendwas beobachtet?«

»Zum Beispiel?«

»Ich weiß nicht. Hat sich ... keine Ahnung ... in ihrem Bauch was bewegt?«

»Nein.«

»Was sind denn sonst die Anzeichen bei einem Alpaka, dass es trächtig ist?«

»Weiß ich nicht.«

»Es gibt tatsächlich etwas, das du nicht über Alpakas weißt?« Ich musste lachen.

Jakob erwiderte ernst: »Ja.«

»Was ist mit ihrem Euter?«

»Was soll damit sein?«

»Ist er prall gefüllt oder ... läuft was raus? Milch, meine ich? Läuft Milch raus?«

»Ich habe nicht nachgesehen. Sie?«

»Nein. Aber ich hatte bisher keinen Grund.« Ich zuckte leicht die Schultern.

Jakob schien zu überlegen. »Ich habe einfach so ein Gefühl.«

»Und wie können wir herausfinden, ob das stimmt? Gibt es Schwangerschaftstests für Alpakas?«

»Das weiß ich nicht.«

»Vielleicht kann man so was im Internet kaufen?«

»Vielleicht.«

»Oder kann man welche für Menschen benutzen?«

Er antwortete nicht, sondern machte ein ratloses Gesicht.

»Oder muss man dafür einen Bluttest machen?«, fuhr ich fort. »Aber wie sollen wir an ihr Blut kommen? Wenn ich mit einer Spritze in ihre Nähe komme, würde sie die wahrscheinlich als Waffe gegen mich einsetzen. Das musst du dann übernehmen.«

»Ich kann das nicht«, sagte Jakob erschrocken und schüttelte hastig den Kopf. »Das kann ich nicht.«

»War nur ein Scherz.« Beschwichtigend hob ich die Hände. »Da bräuchten wir auf jeden Fall einen Tierarzt. Wir wüssten doch gar nicht, wie das geht. Das würde in einem Gemetzel enden. Aber vielleicht macht man bei Tieren ja einen Ultraschall, oder?«

»Vielleicht.«

»Meinst du, wir sollten einen Tierarzt holen, damit er sich Fiese Möpp ansieht? Aber was sagen wir dann? Dass du das Gefühl hast, sie könnte schwanger sein? Ich werde dazu mal im Internet recherchieren. Aber so ein Babyalpaka wäre süß, oder?«

»Ja.«

»Alpakas an sich sind ja schon sehr niedlich. Wie muss erst ein winziges Exemplar aussehen? Und wenn es nur ein bisschen Ähnlichkeit mit Fiese Möpp hat, dann wird es sehr hübsch. Ich hoffe, es kommt charakterlich nicht zu viel nach ihr und kann mich zumindest ein kleines bisschen leiden«, überlegte ich.

Gemeinsam schauten Jakob und ich auf die helle Alpakastute, die sich von der Heuraufe abgewandt hatte und über die schneebedeckte Wiese schritt. Das war mir gleich am ersten Tag aufgefallen. Sie ging nicht. Fiese Möpp schritt, als würde sie einen Laufsteg entlangstolzieren und von allen Seiten bewundert werden. Ich wartete nur darauf, dass sie irgendwann vor mir stehen bleiben und sich schwungvoll drehen würde.

»Sie ist eigentlich lieb«, nahm Jakob die Stute in Schutz.

»Ach ja?«

»Nur nicht zu Ihnen.«

»Nein, zu mir ist sie nicht wirklich nett«, bestätigte ich und verdrehte die Augen. »Ich verstehe allerdings nicht, warum sie mich nicht leiden kann.«

»Sie kann Sie leiden«, widersprach er, schien sich aber nicht ganz sicher zu sein.

»Dann hat sie eine komische Art, es zu zeigen.«

»Ja.«

»Mache ich etwas falsch?«

»Ich glaube nicht.«

»Du kannst es mir ruhig sagen. Wenn ich was falsch mache, will ich es wissen. Ich mag es nicht, dass sie mich nicht mag. Die anderen haben sich auch an mich gewöhnt. Wir hatten unsere Startschwierigkeiten, aber inzwischen verstehen wir uns wirklich gut. Bernd kommt sogar jedes Mal zu mir und lässt sich streicheln. Und Kniesbüggel ... na ja, er ist eben Kniesbüggel.«

Ich warf der Wallachgruppe aus der Entfernung einen Blick zu. Natürlich war jedes von ihnen anders. Sie hatten ihre eigenen Charaktere und Besonderheiten, aber mit ihnen allen kam ich gut aus. Bis auf Fiese Möpp.

»Dann versuche ich, mich wieder ein bisschen einzuschleimen«, sagte ich und wies auf die Eimer mit Müsli und Mineralfutter, die ich mit zur Koppel geschleppt hatte. »Vielleicht hilft das.«

Die Portion für die Stuten nahm ich mit auf ihre Weide, zusammen mit vier gleich großen Schüsseln, in die ich jedem Tier seine Ration abmaß und im Auslauf verteilte. Anfangs hatte ich gedacht, es wäre schön, wenn alle Alpakas zusammen fressen würden. Wie ein gemeinsames Abendessen oder Frühstück. Aber schnell hatte ich herausgefunden, dass das keine gute Idee war, weil dann die große Spuckerei losging. Am schlimmsten war es mit Kniesbüggel, der schon anfing, wenn einer der anderen in seine Richtung schaute. Aber auch Schavöttche war in dieser Hinsicht kein Kind von Traurigkeit. Fiese Möpp verteidigte ihr Futter zwar selten, indem sie Speichel durch die Luft schoss, aber wenn sie an eine andere Schüssel wollte, stellte sich ihr keine der anderen Stuten entgegen und zogen so regelmäßig den Kürzeren.

Ich hatte mir deshalb angewöhnt, die Schüsseln in den einzelnen Ecken zu verteilen. So gab es weniger Ärger untereinander. Auch heute wollte ich das Futter gleichmäßig aufteilen und stellte dafür den Eimer ab. Ich war noch damit beschäftigt, die einzelnen ineinander gestapelten Schalen zu trennen, als ich Fiese Möpp bemerkte, die auf mich zukam.

»Gleich gibt es was zu essen«, sagte ich ihr. »Du musst dich einen Augenblick gedulden. Es scheint zu funktionieren«, rief ich Jakob zu, der die Schubkarre angehoben hatte, um den Inhalt auf dem Mist auszuleeren. »Liebe geht bekanntlich durch den Magen, mich könnte man mit einem guten Essen selbst zu einem Mord bewegen.«

»Das war ein Scherz«, fügte ich hinzu, weil ich festgestellt hatte, dass Jakob mit meiner Art von Humor nicht viel anfangen konnte.

Als die einzelnen Schüsseln in einem Halbkreis um mich herumstanden, wollte ich mich daranmachen, das

Müsli mit den Händen aus dem Eimer in die Plastikbehälter zu schippen. Doch Fiese Möpp machte einen weiteren Schritt auf mich zu.

»Da hat aber eine Hunger.« Ich lachte. »Aber du musst warten. Na komm. Geh weg.« Ich wedelte mit den Händen, um sie auf Abstand zu halten.

Pikiert sah sie mich an.

»Du weißt, dass ihr alle gleichzeitig was bekommt. Hier darf sich niemand vor…«, wollte ich ihr erklären, konnte meinen Satz jedoch nicht beenden.

Fiese Möpp hatte eines der Vorderbeine gehoben und trat gegen den Eimer. So fest, dass er umkippte und einige Körner in den Schnee fielen.

»Hey«, rief ich. »Was soll das?« Ich wollte mich nach unten beugen und alles aufsammeln, doch dazu kam ich nicht.

Bevor ich meine Hand ausstrecken konnte, holte die Stute Schwung und traf den Behälter mit so einer Wucht, dass er im großen Bogen durch die Luft sauste und scheppernd auf dem Boden landete. Das Müsli ging prasselnd auf mich nieder und verteilte sich überall um mich herum.

»Du tickst nicht richtig«, schimpfte ich. »Was stimmt mit dir nicht?«

Wütend starrte ich das Alpaka an, das unbeeindruckt blieb. Kurz musterte es mich, schließlich drehte es sich um und ging davon.

»Ich hatte unrecht«, sagte Jakob in diesem Moment hinter mir.

»Was meinst du?«

»Sie kann Sie wirklich gar nicht leiden.«

Es war der erste Advent, und Fran und Hannelore hatten mich zum Kuchenessen eingeladen, um mir endlich ihren Lebenshof zu zeigen. Ich hatte viel von ihren unzähligen Tieren gehört, aber bisher keines von ihnen kennengelernt, wenn man von Katze Mathilde und den beiden Hunden Pommes und Mayo absah, die eine der beiden oft begleiteten.

Seit gut einer Stunde führten sie mich zu den einzelnen Gehegen und Ausläufen, und es kam mir vor, als wäre ich in einer anderen Welt. Während Jannas Bauernhof etwas Modernes und Strukturiertes hatte, bei dem es weniger um Schönheit, sondern um Zweckmäßigkeit und Funktionalität ging, wirkte das Zuhause der beiden Frauen und ihrer Tiere, als wären hier Feen und Kobolde am Werk gewesen. Überall gab es etwas zu entdecken. Eine kleine silberne Glocke neben der Einfahrt. Bunte Regenschirme in einem der Bäume, deren Farben ich durch die Schneeschicht nur erahnen konnte. Klimpernde Windspiele an den Dachecken. Glitzernde Ketten, mit denen eine Hecke geschmückt war. Eine rot gestrichene Bank unter einem gespannten Sonnensegel. Eine ganze Reihe bunter Gummistiefel, aus denen im Sommer offenbar Blumen wuchsen. Und in der Scheune hatte ich am Boden eine winzige grüne Tür entdeckt, die wohl für Mäusebesuch war.

Geradezu verwunschen kam mir alles vor, und ich hatte nie einen Ort wie diesen gesehen.

»So war es nicht immer hier«, hatte mir Hannelore mit einem Zwinkern gesagt, als ich mich einige Minuten vor den Mäuseeingang gehockt hatte, in der Hoffnung, ein kleines Nagetier dabei zu beobachten, wie es daraus hervorlugte.

Daran hatte ich keinen Zweifel. Alles hier sah nach Fran aus, aber Hannelore wirkte nicht, als würde es sie stören. Ihre Handschrift fand sich eher an den verschiedenen Plätzen der Tiere, die sie gewissenhaft instand hielt. Nirgends gab es lose Latten, an denen sich die Pferde verletzen konnten, es gab keine Stolperfallen für die Esel, keine scharfen Kanten, die für die Ziegen gefährlich werden konnten, und die Hühner waren durch hohe Zäune vor Füchsen geschützt. Kein Gehege und kein Unterstand waren dreckig oder rochen schlecht. Überall waren Stroh und Späne dick eingestreut, es gab für alle Tiere ausreichend Futter, und ich hörte irgendwann auf zu zählen, wie viele Schlafplätze für Hunde und Katzen ich auf unserem Weg über den Hof entdeckte.

Hier machte sich jemand große Mühe, obwohl die finanziellen Mittel begrenzt waren. Beides war nicht zu übersehen.

»Das hier ist Elfie«, stellte mir Fran ein Schwein vor, das in dem Gehege vor mir mit der Nase im Dreck wühlte.

Der Auslauf der Säue war der einzige Bereich auf dem Hof, der nicht wie alles andere weiß überzogen war. Die Tiere hatten ganze Arbeit geleistet und den Schnee längst so umgebuddelt, dass er dunkelbraun und schlammig war.

»Sie hat ja gar keinen Schwanz«, sagte ich, als ich bemerkte, dass Elfie der typische Schweineringelschwanz fehlte. »Hat diese Rasse keine Ringelschwänze?«

»Doch. Eigentlich schon«, begann Fran, doch Hannelore unterbrach sie: »Die werden abgeschnitten.«

Ich war schockiert. »Warum?«

»Zu ihrem Schutz. Weil sie sich die sonst selbst gegenseitig blutig beißen.«

»Schweine sind sehr sensibel, intelligent und sozial«, berichtete Fran. »Die wenigsten Menschen wissen, wie schlau sie sind. Aber die Tiere sind gezwungen, jeden Tag ihres Lebens auf engstem Raum im Halbdunkel zu verbringen. Sie haben keine Möglichkeit, zu wühlen und zu buddeln und sich im Dreck zu suhlen oder mit ihrer Familie zu kommunizieren. Ein lustiger Ringelschwanz ist wahrscheinlich das Interessanteste, was so ein armes Schwein in seinem stumpfen, langweiligen Leben überhaupt zu sehen bekommt.«

»Aber anstatt die Haltungsbedingungen zu verbessern, den Tieren Auslauf zu ermöglichen und ihnen Abwechslung zu bieten, damit sie sich wie Schweine verhalten können, werden einfach die Schwänze abgeschnitten«, fügte Hannelore düster hinzu. »Problem gelöst.«

Natürlich wusste ich, dass Schweine auf den wenigsten Bauernhöfen auch nur halbwegs artgerecht gehalten wurden, aber trotzdem hatte ich mir nie ausreichend Gedanken darüber gemacht, was genau das bedeutete. Und Elfies Stummelschwänzchen, das eigentlich ein hübscher Ringelschwanz hätte sein sollen, kam mir wie ein fleischgewordener Vorwurf vor, weil ich zu lange zu wenig darüber hatte wissen wollen, welche Qualen den Tieren in solchen Mastbetrieben bereitet wurden.

Zum Glück gab es jedoch Orte wie den Hof von Hannelore und Fran. Es war schön zu sehen, wie all diese Tiere bei ihnen einfach Tiere sein konnten. Sie hatten ein gutes Leben. Sie wirkten zufrieden, hatten Bewegung, gutes Futter, Kontakt zu ihren Artgenossen und eine liebevolle Pflege. Aber über ihnen allen schwebte, warum sie hier waren, das, was sie erlitten hatten, ehe sie hier gelandet waren.

Manchen von ihnen sah man an, was sie hinter sich hatten. Ihnen fehlte ein Auge, sie humpelten, sie hatten kahle Stellen oder große Narben. Andere hatten vor allem innere Verletzungen davongetragen, die nach außen oft unsichtbar blieben. Ich glaubte jedoch, sie in ihren Augen erkennen zu können, in ihrer Scheu, ihrem Misstrauen. Und dann gab es Tiere wie Keks, ein kleines Shetlandpony, dem man nichts anmerkte und der wie jedes andere kleine Pferd wirkte. Er war zutraulich, verfressen und liebte es, hinter den Ohren gekrault zu werden, wie ich nach wenigen Minuten wusste. Ihn hatten Fran und Hannelore von einem Pferdehof für Kinder, auf dem die Ponys den ganzen Tag im Kreis laufen mussten, während kleine und oft auch viel zu große Reiterinnen auf ihren Rücken saßen. Sie wurden mit Peitschenhieben vorwärtsgetrieben, und man hatte ihre Köpfe mit Riemen nach unten gebunden.

Es war schrecklich, sich anhören zu müssen, was Menschen all diesen armen Tieren angetan hatten. Ich konnte verstehen, warum Hannelore oft kein gutes Wort für sie übrighatte. Und Fran, die ja auch selbst Gewalt in ihrem Leben erfahren musste, bewunderte ich umso mehr, dass sie ihre positive Haltung und ihren Optimismus bewahrt hatte.

»Woher habt ihr sie?«, fragte ich mit Blick auf Elfie.

»Sie ist aus einem Schweinetransporter ausgebüxt. Eigentlich war sie auf dem Weg nach Italien, aber da hat der Lkw-Fahrer die Rechnung ohne Elfie gemacht. Er wollte wohl auf einer Raststätte Pause halten, und dabei ist sie ihm irgendwie entkommen.«

»Ein Zwei-Zentner-Schwein. Das muss man sich mal vorstellen«, warf Hannelore ein.

»Eine junge Frau hat Elfie in der Nähe der Bänke gefunden und in ihren Kofferraum gelockt. Frag mich nicht, wie sie das hinbekommen hat«, fügte Fran hinzu, als wir gemeinsam auf das Schwein schauten. Wenn es lief, schwankte es leicht hin und her, und es sah aus, als würde sein dicker Hängebauch beinahe den Boden berühren.

»Ich dachte erst, das Mädchen will mich verkohlen«, sagte Hannelore.

»Sie kam mit einem ganz kleinen Wagen hier auf den Hof«, erzählte ihre Freundin weiter. »So einen *Fiat* oder *Twingo* oder *Smart*.«

»Kein *Smart*. Da kriegst du nicht mal einen Wasserkasten in den Kofferraum.«

»Aber trotzdem ein wirklich winziges Auto. Und dann behauptet sie, sie hätte da ein Schwein drin.«

»Dass sie es überhaupt zu uns geschafft hat. Der muss das Heck auf dem Boden geschliffen haben. Bei dem Gewicht.«

»Und unsere Einfahrt ist nicht die beste, die reinste Buckelpiste. Wir müssten sie dringend instand setzen, aber das kostet alles Geld.«

»Und einer nackten Frau kannst du nicht in die Taschen fassen«, setzte Hannelore hinzu.

»Jedenfalls macht sie den Kofferraum auf, und da ist wirklich ein Schwein drin. Schwein Elfie. Sie hatte die Rücksitze umgeklappt.«

»Die Frau. Nicht das Schwein.«

»*Non, non*«, lachte Fran. »Elfie lag einfach nur drin und hat uns angeguckt.«

»Den Blick werde ich nie vergessen.«

Hannelore kniff die Augen leicht zusammen und schob den Unterkiefer vor, dabei machte sie ein grimmiges Gesicht. Ich schaute von ihr zurück zu Elfie und konnte mir lebhaft vorstellen, wie das ausgesehen haben musste. Elfie hatte für ein Schwein wirklich einen sehr eigenen Ausdruck, der mich an alte Leute erinnerte, die nichts mehr schocken kann, weil sie alles in ihrem Leben erlebt haben.

»Und dann ist Elfie rausgehüpft. Einfach so.«

»Gehüpft nicht gerade.«

»Vielleicht nicht ganz. Aber fast. Deshalb ja auch ihr Name. Elfie.«

»Von Elfe?«, fragte ich mit einem Grinsen.

»*Bien sûr.*«

»Sieht sie nicht aus wie eine Elfe?«, ergänzte Hannelore.

Genau in diesem Moment ließ sich das Schwein mit einem beherzten Platsch in die Matsche fallen, dass der Schlamm nur so in alle Richtungen spritzte.

»Eine waschechte Weihnachtselfe«, erwiderte ich lachend.

Weihnachten hatte mich nicht vollkommen unvorbereitet getroffen. Das war auf dem Land genauso unmöglich wie in Köln, wo die Läden schon im September anfingen, für die Adventszeit zu dekorieren. Außerdem vergaß Frau Katschinski nicht, mich regelmäßig darauf hinzuweisen, dass mir nicht mehr viel Zeit blieb. Aber hier im Ort trieben es manche Leute auf die Spitze. Einige Häuser und Höfe waren so hell und bunt erleuchtet, dass ich sicher war, man müsste sie vom Weltraum aus erkennen. Und auch bei Fran und Hannelore war der Beginn der Adventszeit nicht zu übersehen.

Ich hatte mir nie viel aus diesen Feiertagen gemacht. Dunkel erinnerte ich mich an Heiligabend zu Hause als ganz kleines Mädchen, damals noch mit meinen Eltern, an das Klingeln des Glöckchens, als das Christkind gekommen war, und vor allem an meine Aufregung und Vorfreude, was es mir gebracht haben könnte. Meine Oma hatte sich später bemüht, das Fest für uns beide schön zu machen. Sie hatte etwas Besonderes für uns beide gekocht, ich hatte Geschenke bekommen, und den Rest der Zeit hatten wir vor dem Fernseher verbracht. Als sie krank geworden war, hätte ich mich darum kümmern müssen, dass es ein schönes Fest wird. Ich hatte es nicht geschafft. Ihr letztes Weihnachten hatten wir essend an ihrem Bett verbracht, weil sie nicht hatte aufstehen können.

Von da an hatte ich Weihnachten ignoriert. Wenn Freundinnen gefragt hatten, wie ich das Fest verbringen würde, hatte ich nach Ausflüchten gesucht. Ich wollte kein Mitleid dafür, dass ich Heiligabend allein mit einer Tiefkühlpizza verbrachte, und schon gar nicht wollte ich aus Mitleid in eine fremde Familie eingeladen werden, in deren Nähe ich mich noch einsamer gefühlt hätte als nur mit mir. Erst als ich Malek kennengelernt hatte, war Weihnachten wieder ein Thema geworden, denn er hatte es geliebt. Seine Familie feierte alle Feiertage, die sie wollten, nicht nur die muslimischen, das war schon in seiner Kindheit so gewesen. Er schmückte gerne die Wohnung, ließ Weihnachtsmusik rauf und runter laufen und konnte kaum genug davon bekommen, jede Menge Plätzchen zu backen. Ich hatte mich dem nicht entziehen können, selbst wenn ich es gewollt hätte, doch das hatte ich gar nicht.

Überhaupt Malek.

Ich hatte so eine Angst gehabt, über ihn zu sprechen, weil ich befürchtete, die Erinnerungen an ihn nicht aushalten zu können. So lange hatte ich jeden Gedanken an ihn verdrängt, alles zurückgelassen, nichts ausgepackt. Ich dachte, die einzige Strategie fürs Weitermachen wäre zu ignorieren, so zu tun als ob, zu unterdrücken und verbannen. Und seit ich von ihm erzählt hatte, waren da tatsächlich so viele Bilder und Momente und kleine Dinge, die mir einfielen, unser erster Kuss, der zweite, der dritte, ein Streit im Bad, das Probieren von seinem Löffel, Möbelkistenschleppen, seine Stimme in meinem Ohr, zerkaute Bleistiftenden, Berührungen, Blicke, dass ich manchmal nicht atmen konnte.

Trotzdem war es ein bisschen wie mit dem Geschirr und den Gegenständen, die ich aus unserer Wohnung eingeräumt hatte. Ohne all das war ich nicht vollständig. Es war ein Teil von mir. Ich konnte weitermachen. Aber Weiterleben war das nicht.

Und jetzt näherte sich mein erstes Weihnachten ohne ihn. Am liebsten hätte ich diese Zeit übersprungen. Hier auf dem Land schien das aber schier unmöglich. Überall gab es Glühwein, Weihnachtschöre gaben jeden Tag irgendwo im Dorf ein Konzert, es wurden Keksbackwettbewerbe veranstaltet, und sogar vor dem Tierfutterladen war eine Krippe aufgestellt, mit einem Salzleckstein als Jesuskind und den Heiligen Drei Königen in Form von Getreidesäcken. Inzwischen hatte mir Frau Katschinski zehn Zettel eingeworfen, in denen sie mich dazu aufforderte, endlich meinen Hof zu schmücken, wie es Tradition sei, sonst würde man schon von Weitem sehen, dass hier offenbar eine Weihnachtshasserin lebte, und das könne ich unmöglich wollen.

Mir wurde zunehmend mulmig, je näher die Feiertage rückten. Trotzdem war ich froh, dass ich die Einladung von Hannelore und Fran angenommen hatte.

Als wir jetzt langsam zurück über den Hof in Richtung Haus gingen, folgte mir ein kleiner brauner Hund.

»Das ist Danger«, stellte Fran ihn mir vor. Als sie mein belustigtes Gesicht sah, fügte sie hinzu: »Er braucht diesen Namen. Bevor wir ihn Danger getauft haben, war er viel ängstlicher. Der Name hat ihm geholfen, mutiger zu sein.«

»Dann müsste ich Fiese Möpp nur Sunshine nennen, damit sie sich mir gegenüber nicht wie ein Ekelpaket benimmt?«

»Einen Versuch wäre es wert, *non*?«

»Ich glaube, der Zug ist abgefahren«, sagte dagegen Hannelore, die dabei gewesen war, als mich meine Alpakastute in die volle Mistkarre geschubst hatte.

Das Haus wirkte auf den ersten Blick wie ein typisches altes Bauernhaus mit kleinen Räumen und noch kleineren Fenstern. Rechte Winkel und gerade Wände schien es nicht zu geben. Als ich den beiden Frauen vom Flur in die Küche folgte, musste ich sogar den Kopf einziehen, weil ein Balken so tief hing. Trotzdem hatten die Zimmer nichts Beengtes oder Dunkles, sondern wirkten im Gegenteil hell und fröhlich, was vor allem an den wunderschön bemalten Tapeten und den vielen Lampen aus buntem Glas lag, die die Räume erhellten. Das gesamte Haus war wie eine Art Gesamtkunstwerk. Wahrscheinlich hätte ich Tage hier verbringen können und nicht alles gesehen. Überall fielen mir Details auf, die aus den Räumen und Möbeln und Einrichtungsgegenständen etwas Besonderes machten. Ein Stuhl war mit kleinen Mosaiken beklebt, eine blaue Gardine mit winzigen, weißen Gänseblümchen bestickt, ein Stück des Bodens mit bunten Kreisen bedruckt und eine Kanne, aus der mir Fran heißen Kaffee eingoss, trug Flecken aus Glitzerpapier. Die farbenfrohe Tasse, die mir zugeschoben wurde, wirkte selbst getöpfert. Sie war nicht vollkommen rund und der Henkel zu groß.

Dazu die Weihnachtsdekoration, die sich vom Hof ins Haus fortsetzte: selbst gebastelte Strohmännchen, Holzkugeln und Papiersterne, eine handgemachte Girlande aus Nüssen und Perlen, Tannenzweige und Kerzen. Am liebsten hätte ich mich eine Weile hingesetzt und mir in Ruhe alles angesehen, aber stattdessen schob mir Fran ein Stück Kuchen zu.

»Es stimmt übrigens nicht«, sagte sie.

»Was stimmt nicht?«

»Dass du nicht wie eine Anwältin wirkst. Ich kann mir gut vorstellen, dass du eine sehr gute Anwältin bist.«

»Nein, ich glaube ...«, erwiderte ich ausweichend.

»Ich hätte mir damals mit meinem Ex-Mann jedenfalls eine Anwältin wie dich gewünscht«, widersprach sie entschlossen. »Einen Menschen, der mir zuhört, empathisch ist und für mich kämpft. Dann hätte ich mich vielleicht getraut, ihn anzuzeigen.«

»Du hast ihn nicht angezeigt?«

»Ich habe es versucht. Einmal habe ich sogar eine Anzeige gestellt. Am nächsten Tag hat mich der Mut allerdings wieder verlassen, und ich habe sie zurückgezogen. Aber wenn ich eine Anwältin wie dich an meiner Seite gehabt hätte, wäre es vielleicht anders gelaufen, vielleicht hätte ich es geschafft, es durchzuziehen.«

»Danke«, sagte ich, weil mich ihre Worte überraschten und ehrlich berührten. »Bereust du es manchmal, dass er ungeschoren davongekommen ist?«

»Manchmal.« Sie nickte langsam.

»Willst du wieder als Anwältin arbeiten?«, wollte Hannelore wissen. »Wenn ...«

»Mir das Geld ausgeht?«, beendete ich. »Keine Ahnung. Im Moment weiß ich gar nicht, was ich will. Sollte ich nicht etwas tun, wofür ich mich interessiere, was mir liegt und mir Spaß macht?«

»Im besten Fall.« Sie zuckte die Schultern. »Aber eigentlich ist ein Job nur ein Job.«

»Was hast du gemacht?«

»Unsere Hannelore war Lehrerin«, antwortete Fran für ihre Freundin.

»Ich habe mich tatsächlich an der Bildung und Ausbildung junger Leute versucht.«

»Welches Fach?«

»Mathematik und Physik.«

»Hannelore ist ein echter Einstein«, kam es von Fran.

»Erstens: nein. Und zweitens: nein.« Hannelore schüttelte den Kopf. »Aber ich habe meine Zeit damit verbracht, Teenagern Dinge beizubringen, an die achtundneunzig Prozent von ihnen nach ihrer Schulzeit nie wieder einen Gedanken verschwendet haben. Das ist ein sehr erfüllendes Gefühl«, fügte sie leicht spöttisch hinzu.

»*Non*, das stimmt nicht.«

»Stella, hast du in den letzten fast über zwanzig Jahren jemals gedacht: Ach, so eine richtig gute Kurvendiskussion wäre jetzt was Feines?«

»Nicht wirklich«, sagte ich und versuchte, bedauernd zu klingen.

»Siehst du?«

»Über zwanzig Jahre? Wie alt soll Stella denn sein?«

»Über vierzig.«

»*Non, non*, du bist nicht ...«

»Ich bin eine einundvierzigjährige Witwe.«

»Wirklich? Das hätte ich nicht gedacht.«

»Du hättest mich eher für eine neununddreißigjährige Witwe gehalten?«

»Allerhöchstens.«

»Françoise hat recht. Du siehst keinen Tag älter aus als eine achtunddreißigjährige Witwe«, erwiderte Hannelore.

Wir lachten.

»Also?«, fragte Fran.

»Also was?«, gab ich zurück, weil es mir vorkam, als würde sie eine Frage aufgreifen, an die ich mich nicht erinnern konnte.

»Du kannst nicht immer davon ausgehen, dass alle Menschen wissen, worüber du seit Tagen nachgedacht hast«, sagte Hannelore, die das von ihrer Freundin offenbar kannte. »Stella kann höchstwahrscheinlich nicht deine Gedanken lesen.«

»Kannst du nicht?«, fragte Fran belustigt.

»Noch nicht. Gib mir ein paar Wochen.«

»Pass auf. Sonst nimmt sie dich beim Wort«, warnte Hannelore.

»Kann passieren. Aber was ich eigentlich besprechen möchte: Wann fangen wir mit der Wolle an?«, wollte Fran wissen.

»Keine Ahnung. Von mir aus sofort. Sie liegt ja bei mir in der Scheune.«

»Ich habe nämlich überlegt, dass die ganzen Sachen schöne Weihnachtsgeschenke sein könnten.«

»Welche ganzen Sachen?«

»Da fehlt eine Information«, warf Hannelore ein, als sie mein ratloses Gesicht sah.

»Die wir aus der Wolle stricken«, fügte Fran hinzu.

»Jetzt wird es langsam wärmer.«

»Stimmt. Diese Information hattest du bisher nicht. Ich dachte, wir könnten aus der schönen Alpakawolle auf deinem Heuboden warme Socken und Pullover und Mützen und Decken stricken und die dann zu Weihnachten an Leute im Dorf verschenken oder an Menschen, die unseren Hof unterstützen. Wer findet nicht gerne wunderbar weiche Socken und Pullover und Mützen und Decken aus herrlicher Alpakawolle unter dem Weihnachtsbaum?«

»Ob sie nach all den Jahren wirklich so herrlich ist, weiß ich nicht. Verstaubt ist sie auf jeden Fall.«

»Man kann sie doch waschen. Und es macht bestimmt viel Spaß. Ich sehe uns schon alle gemeinsam hier am Kamin sitzen und stricken.«

»Ach ja?«

»Ich nicht«, sagte Hannelore.

»Doch, natürlich. Das wird total schön. Es wird ein richtiges Gemeinschaftsprojekt. Wir schaffen was mit unseren eigenen Händen. Das ist gesund und gut für die Seele.« Fran sah mich an. »Das wirst du merken. Glaub mir.«

»Okay«, antwortete ich gedehnt, war aber nicht überzeugt.

»Wir machen alles selbst. Die Reinigung der Wolle. Das Kardieren. Das Spinnen. Die Verarbeitung. Wie großartig, wenn man dann mit dem, was man mit viel Liebe hergestellt hat, anderen eine Freude machen kann. Und was gibt es Schöneres als weiche, warme Socken aus artgerechter Alpakawolle?«

»Ob der beknackte Jo seine Tiere damals wirklich artgerecht gehalten hat, wissen wir doch gar nicht«, wandte Hannelore ein.

»Natürlich hat er das. Janna hat doch erzählt, dass sie als kleines Mädchen die Tiere gefüttert hat. Also standen sie draußen.«

»Aber zimperlich ist der mit denen bestimmt nicht umgegangen.«

»Das weißt du nicht. Nur weil er mit Menschen nicht gut konnte, heißt das nicht, dass das bei Tieren genauso war. Dich halten auch nicht alle für einen Sonnenschein.«

»Auch wieder wahr.«

»Ich glaube, dass das eine wunderbare Idee ist«, beharrte Fran.

»Natürlich glaubst du das. Weil es deine ist.«

»Das ist nur ein netter Nebenaspekt«, gab Fran zurück. »Also, was meinst du?« Sie warf mir einen fragenden Blick zu, konnte ihre Aufregung nicht verbergen.

Ich wusste nicht, was ich dazu sagen sollte. Ich hatte keine Ahnung von Handarbeit. Meine kläglichen Versuche mit der Strickliesel hatte ich im Alter von sechs Jahren aufgegeben, obwohl meine Oma gesagt hatte, das wäre narrensicher. Trotzdem gefiel mir der Gedanke, dass aus der wunderbaren Wolle meiner Tiere etwas werden konnte. Nicht nur jetzt mit dem Zufallsfund in meiner Scheune, sondern im Sommer, wenn meine Alpakas das erste Mal geschoren werden würden. Es war ein gutes Gefühl.

»Natürlich kannst du die Wolle haben«, antwortete ich schließlich. »Von mir aus sofort. Ich brauche sie nicht, und zum Rumliegen und weiter Einstauben ist sie zu schade. Es ist eine wirklich schöne Idee.«

»Ein Gemeinschaftsprojekt.«

»Ja.« Mir gefiel der Gedanke, davon jetzt ein Teil zu sein.

»Ein richtiges Abenteuer.«

»Mit Sicherheit. Ich habe nämlich überhaupt keine Ahnung davon, wie man Wolle reinigt oder wie man spinnt ...«

»Wissen wir nicht alle, wie man spinnt?«

»Und stricken kann ich auch nicht. Also gar nicht. Kein bisschen. Ich habe, was das angeht, zwei linke Hände.«

»Man kann alles lernen«, antwortete Fran zuversichtlich.

»Ich werde dir das Gegenteil beweisen.«

»Das glaube ich nicht.«

»Doch. Wirklich.«

»Und davon abgesehen?«

»Bin ich dabei.«

»Wirklich?«

»Auch wenn ich und ihr es noch bereuen werdet, aber ja.«

»*Formidable*!«, rief sie begeistert und klatschte in die

Hände. »Einfach großartig. Das wird toll. Ihr werdet sehen. Und du musst dir wirklich keine Sorgen machen, dass du nicht spinnen und nicht stricken kannst und das alles«, fügte sie hinzu. »Ich kann das auch nicht.«

Acht

Langsam stapfte ich mit Bernd am Halfter durch den Schnee. Ringsherum war es ruhig. Unser Atem malte weiße Wölkchen in die klare Winterluft.

Am Stall und auf den Straßen war aus dem weißen Überzug inzwischen meist harter, brauner Matsch geworden. Hier im Wald waren manche Wege dagegen so unberührt, als hätte sich in den letzten Wochen keine Menschenseele hierher verirrt. Nur die Spuren von Tieren waren zu erkennen, kleine rundliche Formen von Füchsen, Hunden und Katzen, die eher länglichen Muster von Hasen und Eichhörnchen und die Abdrücke von Mäusen, die wie winzige Hände aussahen. Die Fährten von Rehen und Hirschen erinnerten mich an Teufelshörner. Es gefiel mir, nach ihnen Ausschau zu halten und zu überlegen, welches Tier den Pfad überquert hatte und wohin es unterwegs gewesen war.

Nach meinem gescheiterten ersten Spaziergehversuch mit Fussel hatte ich es nicht wieder gewagt, mit einem von meinen Alpakas den Hof zu verlassen. Schließlich konnte ich nicht jedes Mal darauf hoffen, zufällig Fran zu begegnen, die mich aus meiner misslichen Lage befreite. Dabei hatten meine Tiere und ich mittlerweile eigene Rituale und verbrachten viel Zeit zusammen. Inzwischen hatte es so schöne Momente zwischen uns gegeben, die ich niemals vergessen würde. Zum Beispiel als Stoffel zum ersten Mal seinen Kopf auf meine Schulter gelegt hatte, Kalte Schnauze von mir zwischen den Vorderbeinen gekrault werden wollte oder Schavöttche in aller Ruhe meine Finger beschnupperte.

Trotzdem war ich vor einem weiteren Ausflug zurückgeschreckt. Ich wollte unsere Freundschaft und das mühsam aufgebaute Vertrauen nicht gefährden, obwohl es einer meiner größten Wünsche war, mit einem von meinen eigenen Alpakas durch meine neue Heimat zu spazieren.

Nach dem Besuch gestern bei Hannelore und Fran hatte ich mich heute Morgen endlich überwunden und Jakob gefragt, ob er mich begleiten würde. So konnten wir mit zwei Tieren gleichzeitig los, und sie würden sich hoffentlich gegenseitig Sicherheit geben. Wir hatten uns für Bernd und Stoffel entschieden, weil die beiden gerne viel Zeit miteinander verbrachten und ähnlich neugierig bei neuen Dingen waren.

Das Anlegen der Halfter war kein Problem gewesen. Auch den Hof hatten wir ohne Schwierigkeiten verlassen können, aber das kannte ich von Fussel. Ich merkte selbst, dass ich angespannter wurde, je näher wir der Stelle kamen, an der es beim letzten Mal kein Weiterkommen gegeben hatte, versuchte jedoch, mir nichts anmerken zu lassen. Aus dem Augenwinkel hatte ich jede Bewegung von Bernd beobachtet. Was würde er tun? Würde er stehen bleiben und sich hinlegen?

Aber nichts geschah. Wir passierten die Kurve und gingen danach selbstverständlich weiter. Ich hatte mir ein Aufatmen nicht verkneifen können, das Bernd mit einem Blick quittiert hatte, der auf mich belustigt wirkte.

Nun waren wir bereits seit einer knappen Stunde unterwegs, und es war herrlich. Genau so hatte ich es mir vorgestellt, und genau so hatte ich den Alpakaspaziergang vor Jahren in Erinnerung. Mit ihren rhythmischen, gelassenen Bewegungen gaben die Tiere das Tempo vor. Es war beruhigend, sich ihrer Langsamkeit anzupassen und gleichzeitig ihre Nähe zu spüren. Bernd wippte mit dem Kopf, als würde er der Melodie eines Lieds folgen. Ich hielt das Seil locker, musste weder ziehen noch ihn antreiben, sondern wir liefen harmonisch nebeneinanderher. Mit Jakob und Stoffel schien es nicht anders zu sein.

Wir sprachen kaum ein Wort. Ich hing meinen Gedanken nach und beobachtete dabei das Tier neben mir, dem unser Ausflug ebenfalls zu gefallen schien. Interessiert schaute es sich um, als wollte es alles in sich aufnehmen.

Aus dem Dickicht des Waldes drangen vereinzelte Vogelstimmen, und über uns drehte ein Bussard seine Kreise. Die Bäume balancierten dicke Eisschichten auf ihren kahlen Ästen, während das Weiß auf den Tannen mich an Mützen und Umhänge erinnerte. Unter unseren Schuhsohlen knirschte der Schnee.

Ich drehte mich zu Jakob um. Auf seinem Gesicht erkannte ich dieselbe Ruhe und Zufriedenheit, die ich fühlte. So oft hatte ich in den letzten Wochen mit meiner Entscheidung hierherzukommen gehadert. Alles war mir wie ein großer Fehler vorgekommen. Aber hier und jetzt wusste ich, dass es genau richtig war. Zum ersten Mal seit Monaten spürte ich in mir nicht dieses große, schwarze Loch, das jeden glücklichen Moment, jede Freude, alles Schöne zu verschlucken schien. Ich erinnerte mich wieder, wie das Leben auch sein konnte, und bekam eine Ahnung davon, wie ich früher gewesen war, bevor ich Malek verloren hatte.

Es wirkte nach wie vor absurd, dass ich nicht mehr in Köln wohnte, der Stadt, von der meine Oma und ich gemeinsam geträumt hatten. Aber endlich konnte ich mir vorstellen, dass ich bleiben würde. Vielleicht war ich wirklich angekommen. Vielleicht war das hier wirklich mein neues Zuhause.

»Klappt ganz gut, oder?«, sagte ich, nachdem wir eine Weile schweigend durch den Wald marschiert waren und uns inzwischen auf den Rückweg zum Hof gemacht hatten.

»Ja«, antwortete Jakob.

»Würdest du mir morgen helfen, die Wolle vom Heuboden in der Scheune nach unten zu bringen?«

»Ja.«

»Wir möchten daraus Socken ... o wow«, entfuhr es mir, und ich blieb augenblicklich stehen.

Wir waren um eine Biegung gekommen und eine leichte Anhöhe hinaufgestiegen, und plötzlich lagen fast endlose weiße Felder vor uns. Die Sonne glitzerte auf dem Schnee, der blaue Himmel erhob sich über ihnen, und die Baumgruppe zu unserer rechten Seite wirkte, als würden ihre Kronen aus Wattebäuschen bestehen. Vereinzelte Häuser und Scheunen tupften braune Flecken in die Landschaft.

Ich musste an die vielen Male denken, in denen ich von meinem Büro im achten Stock nach unten auf die Kölner Innenstadt geschaut hatte, auf das Gewusel aus Fahrzeugen und Menschen. Sogar aus der Entfernung und geschützt hinter Glas hatte ich den Verkehrslärm gehört, das Brummen der Motoren, quietschende Bremsen und wütendes Hupen. Dazu die blinkenden Werbetafeln und Lichter. Es war mir vollkommen normal vorgekommen.

»Das ist wunderschön«, flüsterte ich jetzt hingerissen.

Ich warf Bernd einen Blick zu. Der Anblick schien ihn genauso zu überwältigen wie mich. Er stand unbeweglich neben mir und schaute über die Weite, die sich vor uns ausbreitete. Stoffel dagegen hatte die Nase gesenkt und suchte im Schnee nach gefrorenen Grashalmen.

»Ich wusste nicht, dass es hier so schön ist.«

»Doch«, sagte Jakob auf seine gewohnt einsilbige und nüchterne Art.

Tief atmete ich die klare Luft ein. Ja, es gab viel Dunkelheit im Leben, viel Schmerz und Verlust. Aber dazwischen auch das hier, solche Momente voller Schönheit. Mein Brustkorb, der sich bei jedem Atemzug eng anfühlte, so lange schon, dass ich mich längst daran gewöhnt hatte, kam mir endlich weiter vor.

»Foto«, murmelte ich, und weil ich diesen Augenblick mit jemandem teilen wollte, legte ich Bernd vorsichtig die Hand auf den Hals. Er ließ es geschehen, und eine Weile blieben wir beide vollkommen still stehen und nahmen alles in uns auf. Erst als mir langsam kalt wurde, konnte ich mich schließlich losreißen, und wir gingen weiter.

»Das wären schöne Weihnachtsgeschenke, oder?«, nahm ich unser Gespräch wieder auf, als wir auf den Weg kamen, der ein Stück am Wald entlangführte und schließlich auf meinen Hof zuführte. »Die Socken und Mützen und Pullover, die wir aus der Alpakawolle in der Scheune stricken wollen«, fügte ich hinzu, als mir bewusst wurde, dass ich meinen Satz zuvor nicht beendet hatte.

Hier war der Pfad so breit, dass Jakob und ich und die beiden Alpakas nebeneinander laufen konnten. Aus dem Augenwinkel nahm ich wahr, dass Jakob als Antwort nickte.

»Sie können das auf dem Wintermarkt verkaufen«, sagte Jakob.

»Wo?«

»Auf dem Wintermarkt.«

»Was ist das?«

»Ein Markt. Im Nachbarort.«

»Und da kann man solche Dinge verkaufen? Selbst gemachte Sachen?«

»Ja.«

»Das wusste ich nicht. Wann ist er?«

»Bald.«

»Und da gehen alle hier aus der Gegend hin?«

»Nein.«

»Nein?«

»Ich nicht.«

»Warum nicht?«

»Zu viele Menschen.«

»Kann ich verstehen. Ich bin hier auch zu einer richtigen Einsiedlerin geworden«, fügte ich mit einem leichten Grinsen hinzu. »Vielleicht war ich das schon immer. In Köln hat man mich nur nicht gelassen. Und in meinem alten Leben.«

Jakob schwieg.

»Aber da gibt es bestimmt schon Stände, bei denen selbst gestrickte Socken und Mützen verkauft werden, oder?«

»Weiß ich nicht.«

»Vielleicht aber keine aus Alpakawolle«, überlegte ich weiter, weil mir eine Idee gekommen war. »Damit könnten Hannelore und Fran Geld für ihren Hof sammeln. Für die Tiere. Es fehlt an allen Ecken und Enden. Meinst du, das geht?«

»Weiß nicht.«

»Dafür müssten wir natürlich spinnen und stricken können. Das kann leider keine von uns.«

»Meine Schwester schon«, sagte er. »Meine Schwester kann stricken.«

»Ach ja?«, gab ich beiläufig zurück und wollte das Thema schnellstmöglich wechseln, aber Jakob ließ mich nicht.

»Bestimmt kann Sie Ihnen das zeigen.«

»Nein, nein. Schon gut. Das kriegen wir irgendwie hin.«

»Aber Sie haben gesagt, Sie können nicht stricken.«

»Ich weiß.«

»Wie wollen Sie es hinkriegen?«

»Wofür gibt es das Internet?«

»Weiß ich nicht«, antwortete er so ernsthaft, dass ich beinahe gelacht hätte, mich aber im letzten Moment zusammenreißen konnte.

Solche Situationen gab es zwischen uns öfter, doch ich hatte längst verstanden, dass ich ihn mit meinem Lachen kränkte, auch wenn es das Letzte war, was ich beabsichtigte.

»Wir wollen ihr keine Umstände machen«, sagte ich deshalb ausweichend.

»Ich kann sie fragen.«

»Das musst du nicht. Mach dir keine Mühe.«

»Ist keine.«

»Sie hat wahrscheinlich gar keine Zeit.«

»Vielleicht doch.«

»Aber ...«, versuchte ich zu entkommen.

Ich konnte mir kaum Schlimmeres vorstellen, als Frau Katschinski um Hilfe zu bitten und mir von ihr etwas zeigen zu lassen. Ich wollte so wenig Zeit mit ihr verbringen wie nur möglich.

Doch auch mein letzter Fluchtversuch scheiterte, als Jakob schließlich sagte: »Ich werde sie fragen.«

Widerspruch schien zwecklos.

»Ich habe etwas für dich«, sagte ich zu Janna.

Es war früher Nachmittag. Jakob und ich waren bereits einige Stunden von unserem Alpakaausflug zurück und er inzwischen nach Hause gegangen.

Seit gut einer Woche gab mir Janna hin und wieder Fahrstunden auf einem ihrer Trecker, weil sie der Meinung war, dass eine Frau mit Hof dringend Traktorfahren können musste. Zu meiner Überraschung und sicherlich auch zu ihrer stellte ich mich gar nicht so doof an. Natürlich hatte es anfangs Überwindung gekostet, so ein großes, lautes Gefährt zu bedienen. Vor allem die riesigen Reifen hatten mir Sorgen bereitet, weil ich unter ihnen nichts aus Versehen zermalmen wollte.

Aber inzwischen manövrierte ich die Maschine so selbstverständlich zwischen Scheune und Weide hin und her, dass ich heute zum ersten Mal selbst einzelne Heuballen bewegen durfte. Das konnte knifflig sein, vor allem dann, wenn es eng wurde und ich rechts und links verwechselte, aber Janna war eine gute Lehrerin. Mehrfach hatte sie mich im Slalom um Eimer geschickt, und sie hatte bereits angekündigt, dass ich bei unserer nächsten Stunde Ballen würde umsortieren müssen, wie bei Tetris.

Ich hatte länger darüber nachgedacht, wie ich mich bei Janna für ihre Hilfe bedanken konnte. Und das, was ich mir überlegt hatte, war gestern per Post angekommen.

»Das musst du nicht«, kam es sofort von Janna.

Ich hatte es nicht anders erwartet, doch gerade deshalb war es mir wichtig. Ich konnte nur hoffen, dass es ihr gefallen würde.

Geschenkpapier hatte ich keines. Ich hatte es deshalb zurück in die Versandtasche gesteckt und lediglich eine kleine Schleife aus einem Band umgebunden, das ich zufällig im Haus entdeckt hatte. Jetzt war ich gespannt, was Janna dazu sagen würde.

»Du hast nicht wirklich gedacht, du könntest mir Traktorfahrstunden geben und würdest einfach so davonkommen, oder?«, gab ich zurück, als ich ihr das entgegenhielt, was ich für sie hatte anfertigen lassen.

»Ich hatte es gehofft«, erwiderte sie. »Obwohl ich gerne Geschenke bekomme.«

»Wer auch nicht?«

»Mein Vater. Er hat das gehasst und immer gesagt, dass es für ihn das schönste Geschenk sei, kein Geschenk zu bekommen. Aber der war ja auch komisch«, fügte sie lachend hinzu. »Wie ist das eigentlich bei dir? Hast du Familie?«

»Lenkst du ab?«

»Vielleicht ein bisschen. Lenkst du ab?«

»Vielleicht auch ein bisschen.«

»Dann packe ich jetzt das Geschenk aus, das vollkommen unnötig war, und du erzählst mir dafür was über deine Familie. Deal?«

»Deal. Nur nicht die Sache mit dem unnötig«, antwortete ich.

»Einigen wir uns darauf, dass wir uns uneinig sind.«

»Mach einfach dein Geschenk auf«, sagte ich entschieden und drückte ihr das Paket in die Hand.

»Okay, okay. Ich wusste nicht, dass du so herrisch sein kannst.«

»Hin und wieder schaffe ich das.«

»Sehe ich.«

»Los jetzt.«

»Kein Grund, laut zu werden«, lachte sie und machte sich daran, das Klebeband zu öffnen.

Ich hatte erwartet, dass Janna zu den Leuten gehörte, die ihre Geschenke gleich aufreißen würden, ohne Rücksicht auf Verluste. Aber stattdessen knibbelte sie sorgfältig den Tesafilm von der Pappe, ehe sie die Laschen öffnete. Ich wurde nervös. Zwar hielt ich es weiter für eine gute Idee, aber vielleicht würde Janna es übergriffig finden oder das Design nicht mögen. Außerdem wurde mir klar, dass ich inzwischen schon lange niemandem mehr ein Geschenk gemacht hatte. Ich war aus der Übung, dabei mochte ich es, anderen eine Freude zu machen. Aber ich hatte lange nicht mehr das getan, was ich mochte.

»Die Spannung steigt«, murmelte Janna, die in die Verpackung hineingriff und das, was darin war, herauszog. »Es ist ein …«, setzte sie an und betrachtete es genauer.

Es war ein Schild, ein Schild für ihre Hofeinfahrt. Ich war inzwischen einige Male bei ihr gewesen. Sie hatte mir ihre Tiere gezeigt und die vielen Projekte für den Umweltschutz, die sie bereits umgesetzt hatte oder noch umsetzen wollte. Jedes Mal war ich dabei an dieser Aufschrift vorbeigekommen, für die Janna den Zusatz *bio* provisorisch auf ein Stück Klebeband geschrieben hatte. Irgendwie passte es zu ihr, weil sie wenig Aufhebens um sich selbst machte. Es war nicht so, dass sie nicht selbstbewusst war. Sie kannte den Wert ihrer Arbeit genau. Aber es war ihr nicht wichtig, dass andere das ebenfalls wussten.

Trotzdem hatte ich gedacht, dass es nett sein könnte, wenn sie das alte, verwitterte und mittlerweile sehr windschiefe Schild gegen ein neues eintauschen konnte. Eins, auf dem das Wort *bio* nicht aufgeklebt war. Bei der Gestaltung hatte ich mich absichtlich zurückgehalten. Janna war pragmatisch, zupackend und bodenständig, und genau so waren ihr Haus und der Hof gestaltet. Es gab nichts, was nur schön war. Alles hatte einen Zweck und nur deshalb seine Berechtigung. Auf Schnörkel oder zu viele Farben hatte ich also bewusst verzichtet.

»Ich dachte, vielleicht wäre es schön, wenn du dein altes, verrostetes Schild austauschen könntest«, sagte ich, als Janna schwieg. »Bevor es von selbst umfällt. Du baust schließlich hochwertige Bioprodukte an. Das ist toll. Ich finde, das können alle sehen.«

Es kam weiter keine Antwort.

Gefiel es ihr nicht? War das eine blöde Idee gewesen? Fand sie es unverschämt?

»Dein altes Schild ist natürlich auch gut«, fügte ich unsicher hinzu. »Ich wollte damit nicht sagen, dass es nicht ... Ich dachte nur, vielleicht könntest du so mehr Aufmerksamkeit auf den Hof ziehen. Die Leute, die hier wohnen, wissen natürlich, dass du einen Biohof hast und was man bei dir kaufen kann. Aber wenn Menschen von außerhalb vorbeifahren, könnten sie auf den ersten Blick sehen, was es bei dir gibt. Das ist etwas, worauf du stolz sein kannst und was ein echtes Verkaufsargument ist. Deshalb ...«

»Es ist nicht so, dass es mir nicht gefällt«, sagte Janna schließlich.

»Aber?«

»Eigentlich nichts aber.«

»Und uneigentlich?«

»Es ist schön. Das ist es wirklich. Genau so eins hätte ich mir wahrscheinlich ausgesucht. Lächelt die Kuh?«

»Tut sie.«

»Gefällt mir.«

»Es hat ziemlich lang gedauert, bis ich das hinbekommen habe.«

»Glaub ich. Es ist ein tolles Geschenk, und ich werde es auf jeden Fall aufstellen. Fest versprochen. Aber das alte Schild ...«

»Ich wollte damit nicht ...«

»Nein, alles gut.« Abwehrend hob sie die Hand. »Du

hast ja recht. Es ist alt und verrostet, und wahrscheinlich ist es nur eine Frage der Zeit, bis der nächste Windhauch es umpustet und es endgültig das Zeitliche segnet. Aber es ist von meinem Vater, weißt du? Vielleicht stammt es sogar noch von meinem Großvater. Keine Ahnung. Jedenfalls steht es da, seit ich denken kann. Immer war es für mich das Zeichen, dass ich nach Hause komme. Als ich gerade meinen Führerschein hatte, bin ich einmal mit dem Auto meines Vaters dagegengefahren. Ich habe es notdürftig wieder aufgestellt, aber natürlich hat er es trotzdem gemerkt. Und alles, was er dazu gesagt hat, war: ›Ist uns allen schon passiert.‹«

Sie lächelte. »Deshalb ist es so etwas wie ein Familienerbstück, würde ich sagen«, fuhr sie fort. »Und das Umfahren hat bei uns Tradition. Außerdem hat die Sache mit dem Klebeband ihre Geschichte.«

»Welche?«, fragte ich.

»Mein Vater hat von dieser ganzen Biosache«, sie verdrehte die Augen, »sehr lange nichts gehalten. Er war überzeugt, es wäre ein Trend und sowieso nur eine Spinnerei seiner einzigen Tochter und zukünftigen Erbin. Wie schnell das mit dem Erben gegangen ist, haben wir beide natürlich nicht gewusst.« Janna machte eine kurze Pause. »Jedenfalls hatten wir deshalb ziemlich oft ziemlich viel Streit. Mein alter Herr konnte einen krassen Dickschädel haben. Ich aber genauso. Und irgendwann bin ich einfach losgegangen und habe diesen Klebezettel angebracht. Ich wollte Fakten schaffen. Mein Vater hat getobt und tausendmal gedroht, er würde ihn abreißen. Aber das hat er nie getan. Ich weiß nicht, warum. In unserer Familie haben wir nicht viel geredet. Schon gar nicht über Gefühlsduseleien.« Sie grinste. »Nur streiten konnten wir richtig gut. Ich stelle mir aber vor, dass er insgeheim vielleicht doch irgendwie ein kleines bisschen stolz auf mich war.«

»Bestimmt.«

»Wir werden es nie erfahren«, sagte sie ausweichend. »Aber deshalb kann ich das Schild nicht austauschen, verstehst du? Es ist in meiner Familie aus kommunikationsamputierten Dickschädeln vielleicht der einzige winzig kleine Hinweis darauf, dass mein Vater das, was ich mache, nicht komplett scheiße fand. Das mag nicht viel sein, aber es ist alles, was ich habe.«

Einen Moment lag etwas Trauriges in Jannas Blick, doch dann vertrieb sie es entschlossen. »Es mag also total dämlich sein, aber das Schild muss einfach bleiben.«

»Das ist nicht dämlich«, erwiderte ich. »Ich kann das gut verstehen.«

»Ja?«

»Natürlich.«

»Ich werde einen tollen Platz für dein Geschenk finden. Das verspreche ich.«

»Das musst du nicht. Ich wusste ja nicht ...«

»Was mir ein altes, rostiges, abgefucktes Schild bedeutet?«, beendete sie meinen Satz. »Wie auch?«

»Du musst es nicht aufstellen. Es sollte nur ...«

»Da ist eine Grinsekuh drauf. Das bekommt einen Ehrenplatz. Ich glaube, ich werde es direkt neben die Tür stellen. Dann kann ich es jeden Morgen sehen. So eine grinsende Kuh muss einfach gute Laune machen.«

»Wenn du meinst.« Ich lächelte.

»Allerdings. Es ist ein großartiges Geschenk. Wirklich. Total unnötig, aber großartig«, fügte sie mit einem Augenzwinkern hinzu. »Danke.«

»Gern geschehen.«

»Aber du weißt, dass du jetzt dran bist, oder?«, fragte Janna. »Das war der Deal.«

»Ach ja?«, gab ich scheinheilig zurück.

»Ja.«

»Soll ich uns vorher Feuer im Kamin machen? Ich bin vollkommen durchgefroren.«

»Du kannst gerne vorher anheizen. Aber das verschafft dir nur Schonfrist. Drücken kannst du dich dadurch nicht.«

»Würde ich nie tun.«

Vor ein paar Tagen war es mir zum ersten Mal gelungen, Holz anzuzünden. Schon bei meinem Besichtigungstermin, bevor ich mich auf dieses ganze Abenteuer eingelassen hatte, war mir die schöne, alte gemauerte Feuerstelle im Wohnzimmer aufgefallen. Und seit meinem Einzug hatte ich versucht, sie irgendwie zum Laufen zu bringen. Immer wieder war ich kläglich gescheitert. Aber schließlich hatte ich mich nach einer erneuten Suche im Internet darangemacht, den Abzug zu reinigen. Natürlich war mir dabei eine riesige Ladung Dreck und Ruß entgegengekommen, und ich hatte zwei volle Stunden damit verbracht, erst mich und dann das Badezimmer von der hartnäckigen schwarzen Schicht zu befreien.

Seitdem funktionierte der Ofen jedoch. Ich hatte entschieden, die vielen Macken und Marotten meines kleinen, eigenwilligen und meinungsstarken Hauses sportlich zu nehmen. Offenbar wollte es mich auf Trab halten und mit neuen Herausforderungen auf die Probe stellen. Das konnte es haben. Insgeheim führte ich eine Strichliste über den Spielstand in unserem ungewöhnlichen Wettkampf. Aktuell lag ich weit zurück, aber Erfolgserlebnisse wie der funktionierende Kamin sorgten dafür, dass ich aufholte. Sogar das Anzünden der Holzscheite gelang mir inzwischen halbwegs gut. Vor allem aber liebte ich das Licht und die Wärme, die davon ausgingen. Genau so hatte ich es mir vorgestellt. Draußen vor den Fenstern konnte man den Schnee und das Eis sehen, während es im Inneren dieses Charakterhauses herrlich gemütlich war und wunderbar nach verglimmendem Holz roch.

Als das Feuer schließlich loderte, hatte es sich Janna auf meinem Sofa bequem gemacht. Sie hatte die Füße zu einem Schneidersitz verknotet und sah mich erwartungsvoll an. Wenn ich gehofft hatte, sie würde mich aus ihren Fängen lassen, wurde ich damit eines Besseren belehrt.

»Also?«, fragte sie, als ich mich ebenfalls setzte. »Lass hören.«

»Viel gibt es da nicht zu sagen.«

»Dann bist du schnell fertig.« Sie grinste mich an.

Ich zögerte und atmete einmal tief durch, dann begann ich zu erzählen: »Im Grunde habe ich keine richtige Familie.«

»Wieso nicht?«

»Meine Eltern sind beide gestorben, als ich noch klein war. Ich kann mich kaum an sie erinnern.«

»Bei wem bist du dann aufgewachsen?«

»Bei meiner Oma. Sie war die einzige lebende Verwandte, soweit ich weiß. Wenn meine Oma nicht gewesen wäre, hätte ich in ein Heim gemusst.«

»Wie schrecklich.«

»So schlimm war sie gar nicht.«

»Das meinte ich nicht«, erwiderte Janna.

»Nein, nein. Ich weiß.« Nun war ich es, die grinste.

Sie lachte zurück.

»Meine Großmutter war ein wunderbarer Mensch. Manchmal etwas zu streng, aber sie kam aus einer anderen Generation. Sie hatte ja nicht damit gerechnet, dass sie noch mal die Verantwortung für ein kleines Kind übernehmen müsste, das sie nicht nur als Oma verwöhnen und mit Süßigkeiten vollstopfen, sondern zu einem möglichst guten Menschen erziehen sollte.«

»Hat sie ganz passabel hinbekommen, würde ich sagen.«

»Zu freundlich. Ich denke, es muss sie viel Kraft gekostet haben, es in ihrem Alter mit einem Wirbelwind wie mir aufzunehmen. Außerdem war sie nicht gesund. In ihren letzten Lebensjahren habe ich sie gepflegt.«

»Wie alt warst du da?«

»Fünfzehn oder sechzehn?«

»Das ist hart.«

»Ja, das war es. Aber ich bin froh, dass ich sie hatte. Ich weiß nicht, wie mein Leben verlaufen wäre, wenn sie nicht gewesen wäre. Aber die Zeit, in der ich mich um sie kümmern musste, war nicht leicht. Neben der Schule und allem. Sie ist gestorben, als ich Anfang zwanzig war«, fügte ich hinzu.

»Da warst du dann allein?«

»Ja ... Aber als ich Malek kennengelernt habe, hat mich seine Familie gewissermaßen adoptiert. Seine Mutter ist so eine herzliche Frau. Die muss jede und jeden ständig umarmen. Und mit seinen Geschwistern habe ich mich auch auf Anhieb verstanden. Ich kannte das ja nicht, mit Gleichaltrigen aufzuwachsen.«

»Ich weiß, was du meinst. Ein Hoch auf uns Einzelkinder, oder?«

»Und plötzlich hatte ich einen großen Bruder, der mich geärgert hat, und eine große Schwester, die von allen die besten Ratschläge geben konnte. Wir haben oft zusammen gefrühstückt oder uns spontan in der Stadt getroffen. Wir hatten sogar eine gemeinsame WhatsApp-Gruppe.

Da ging es hoch her. Am besten habe ich mich allerdings mit Maleks kleinen Schwester Amina verstanden. Sie war ein paar Jahre jünger als ich, aber wir waren von Anfang an auf einer Wellenlänge.«

»Liebe auf den ersten Blick.«

»Total. Das war es bei Malek gar nicht. Sie dagegen wurde direkt eine meiner besten Freundinnen.«

»Wo sind sie jetzt?«

»In Köln.«

»Vermisst du sie nicht?«

»Was?«

»Was haben sie dazu gesagt, dass du einfach so aufs platte Land gezogen bist? Bis Köln ist es ein gutes Stück. Da kann man nicht eben zusammen frühstücken oder sich irgendwo treffen. Und wenn ihr vorher so eng gewesen seid ...«

»Ja.«

»Da waren sie bestimmt nicht begeistert.«

»Keine Ahnung.«

»Waren sie schon mal zu Besuch bei dir?«

»Nein.«

»Aber sie wissen, dass du hier bist, oder?«

»Willst du was trinken?«

»Will ich. Aber willst du dich um eine Antwort drücken?«

»Will ich«, erwiderte ich und stand auf.

Es war mitten in der Nacht, und die Dunkelheit umhüllte mich. Ich wusste nicht, was mich geweckt hatte, aber seit einer Stunde gelang es mir nicht, wieder einzuschlafen.

Anfangs hatte ich so Angst vor der tiefen Stille hier am Hof gehabt und vor meinen Gedanken, die dann lauter wurden, dass ich verzweifelt die Augen zusammengepresst und gehofft hatte, mein Kopf würde nicht merken, dass ich wach war. Inzwischen war das anders. Ich mochte es, im Bett in meinem kleinen Zimmer unter dem Dach zu liegen und zu lauschen. Denn selbst die größte Stille war meist nicht vollkommen still. Man hörte das Rauschen der Bäume im Wind, die Rufe von Eulen, auch das Haus selbst machte Geräusche. Irgendwo knackte oder knarzte es immer. Das Rascheln und Kratzen, vor dem ich mich in den ersten Tagen und Wochen gegruselt hatte, weil ich nicht wusste, woher es kam, war mir längst vertraut, es half sogar gegen die Einsamkeit. Denn es waren Mäuse im Gebälk unterwegs. Über mir, unter mir, um mich herum. Wahrscheinlich war das seltsam, und vor einem Jahr hätte ich mich selbst für diesen Gedanken für verrückt gehalten, aber wenn die Mäuse da waren, war ich zumindest nicht allein.

Morgen würden Jakob und ich die Wolle vom Heuboden holen. Ich hatte keine klare Vorstellung, wie genau wir das anstellen wollten, aber das war der Plan. Nach den vielen Jahren, in denen sie dort oben lagerte, musste man sie gründlich reinigen. Ich hatte mich im Internet schlau gemacht, und es gab verschiedene Möglichkeiten. Welche die beste war, würden wir selbst herausfinden müssen. Irgendwie würde das gehen.

Das bedeutete aber auch, dass mein schöner Wollhaufen, in den ich mich seit dem ersten Abend vor einigen Wochen weitere Male hineingelegt hatte, verschwinden würde. Daran hatte ich nicht gedacht. Bis jetzt.

Eine Weile hatte ich mit mir gerungen. Es war wenig verlockend, das warme Bett zu verlassen und sich nach draußen in die Kälte zu wagen.

Bevor ich es mir anders überlegen konnte, schlug ich schwungvoll die Decke zurück und stand auf. Längst waren mir das Haus und seine vielen Stolperfallen so vertraut, dass ich mich im Dunkeln unfallfrei darin bewegen konnte. Ich wusste, wo es unerwartete Ecken gab, denen mein Schienbein oder die Schulter schutzlos ausgeliefert waren. Ich kannte die Kanten, die vor allem für die kleinen Zehen schmerzhaft waren. Ich konnte sogar genau sagen, welche Dielenbretter knarzten und wie laut. Und auf der Treppe musste ich auf den letzten Stufen den Kopf einziehen, weil hier der Balken sehr tief hing.

Manchmal musste ich darüber lachen, wie sehr der Hof und ich uns aneinander angepasst hatten. Ich schimpfte nicht mehr über seine vielen Eigenheiten. Im Großen und Ganzen gefiel es mir sogar, in einem Haus mit Charakter zu leben. Es hatte etwas sehr Besonderes. Zumindest redete ich mir das ein, wenn die Dinge nicht so wollten wie ich. Ich erwischte mich regelmäßig dabei, dass ich mit meinen vier Wänden sprach, als wären sie ein alter, mürrischer Mann, der wieder mit dem falschen Fuß aufgestanden war oder seine Wehwehchen hatte.

Als ich im Erdgeschoß angekommen war, schlüpfte ich in meine Gummistiefel, Mantel und Mütze und ging durch die Hintertür nach draußen. Es war eine klare Nacht. Der Mond war nicht ganz voll, aber so hell, dass ich ohne Probleme über den Hof zur Scheune gehen konnte. Über mir funkelten die Sterne. An diesen Anblick würde ich mich nie gewöhnen. In der Stadt war es nachts zu hell, aber ich hatte selten in den Himmel gesehen. Seit ich hier war, konnte ich nicht damit aufhören, nach oben zu schauen.

Durch das helle Mondlicht konnte ich einige meiner Alpakas erkennen, vor allem Kniesbüggel und Fiese Möpp mit ihrem hellen Fell.

Auch daran würde ich mich wahrscheinlich nie ganz

gewöhnen. Dass ich Alpakas hatte. Dass dieser Hof mir gehörte. Und dass ich Alpakas hatte.

Erst als ich mich daranmachte, die Treppe nach oben zu steigen, wurde mir klar, dass es nicht eine meiner besten Ideen war, mitten in der Nacht in einer dunklen Scheune instabile Stufen hinaufzuklettern, die auch noch morsch waren. Um die Tiere nicht zu stören, hatte ich absichtlich kein Licht eingeschaltet. Das rächte sich jetzt.

Ich befand mich in der Mitte, über und unter mir war es komplett finster, als würde die Treppe aus dem Nichts ins Nichts führen. Ich klammerte mich fest an das Holz.

Das würde passen. Dass ich mitten in der Nacht auf meinem Hof im absoluten Nirgendwo bei dem Versuch, mich in einen Berg Wolle zu legen, von einer kaputten Treppe in den Tod stürzte.

Kurz schloss ich die Augen, atmete tief durch, dann stieg ich die letzten Stufen nach oben. Endlich hatte ich es geschafft und kletterte über die Kante auf den Heuboden. Ich brauchte einen Moment, um mich von dem Aufstieg zu erholen, und durfte nicht daran denken, wie ich nach unten kommen sollte. Aber darum würde ich mich später kümmern. Jetzt wartete die Wolle.

Von den letzten Malen wusste ich, wo die schönste Stelle zum Liegen war. Es gab einen Bereich, der besonders weich und nachgiebig war und sich inzwischen an meine Körperform angepasst zu haben schien. Genau dahin wollte ich, und als ich den Platz gefunden hatte, legte ich mich mitten hinein.

Ich breitete die Arme aus, wie ein Wollengel, und richtete den Blick durch das Fenster in den schwarzen Himmel voller heller Stecknadelköpfe. Natürlich roch es um mich herum nach Staub und Heu und zwanzig Jahren Dreck. Aber ich nahm vor allem den Geruch der Alpakas wahr. Warum war mir das nicht schon am Anfang aufgefallen? Das Fell duftete wie meine Tiere draußen, an die ich inzwischen nah genug heran durfte, um ihren besonderen Geruch einatmen zu können.

Es machte mich ein bisschen traurig, dass ich mich von meinem Wollhaufen verabschieden musste, aber gleichzeitig war es ein schöner Gedanke, dass daraus im besten Fall etwas sehr Schönes werden würde. Noch war es nicht das Fell von Bernd, Fussel und Co., aber eines Tages würde ich vielleicht auch deren Fell verarbeiten, und ich stellte es mir wunderbar vor, wenn ich Socken oder Schals oder Mützen von meinen Alpakas tragen konnte, dann hätte ich sie sogar bei mir, wenn sie nicht da waren.

Aber hergeben würde ich die Tiere nicht mehr. Nachdem ich so lange an meiner Entscheidung gezweifelt hatte, war ich mir da inzwischen vollkommen sicher. Ich würde bleiben. Und sie auch.

Neun

»Das ist Piet«, sagte Fran, als ein sehr großer, sehr dünner Mann durch die Tür zu uns ins Wohnzimmer kam, während der Abend draußen bereits langsam zu dämmern begann.

Er musste sich ducken und blieb geduckt stehen, obwohl er sich hätte aufrecht hinstellen können. Aber das schien seine generelle Haltung zu sein, bei der er sich kleiner machte, als er war. Er trug eine braune, formlose Mütze, die er jetzt abnahm und in der Hand hielt, während er mir zur Begrüßung zaghaft zunickte.

Ich kannte ihn nicht und konnte mich nicht daran erinnern, ihm jemals im Ort begegnet zu sein, doch das war wahrscheinlich nicht überraschend, weil Hannelore und Janna ihn Einsiedler Piet genannt hatten. Er war hier, um uns beim Spinnen zu helfen, das wir uns zu leicht vorgestellt hatten. Zwar hatte ich verschiedene YouTube-Videos herausgesucht, mit deren Hilfe man spielend das Verarbeiten von Rohwolle zu Garn erlernen sollte, aber nach einem langen Nachmittag voller missglückter Versuche mit den Spinnrädern, die ich unter dem Dach gefunden hatte, mussten wir gestern erkennen, dass es mehr brauchte als die vage Vorstellung, wie entspannend es sein würde, wenn man diese Kunst richtig beherrsche. Ich war erleichtert, dass ich nicht die Einzige war, die sich ungeschickt angestellt hatte. Auch Hannelore und Janna schienen in dieser Hinsicht zwei linke Hände zu haben, obwohl sie sonst handwerklich begabt waren, und sogar Fran war am Ende gescheitert, wobei ihr Ergebnis einem Faden, mit dem man stricken konnte, am ähnlichsten gesehen hatte.

Als wir gestern Abend gefrustet an meinem Küchentisch zusammengesessen hatten, waren Janna, Hannelore und ich bereit gewesen aufzugeben und den Plan an den Nagel zu hängen. Fran dagegen hatte der Ehrgeiz gepackt, und dafür zog sie Einsiedler Piet als Ass aus dem Ärmel. Er sollte uns das Spinnen beibringen. Und zwar schnell. Denn bis Weihnachten blieben uns nur noch knapp drei Wochen.

Dass er Schafe besaß, war das Einzige, was ich bisher über ihn in Erfahrung gebracht hatte. Sehr viel mehr schien fast niemand über ihn zu wissen, obwohl er schon sein ganzes Leben hier wohnte. Nicht einmal bei seinem Alter waren sich die Leute einig. Fran hielt ihn für siebzig, Hannelore meinte, er müsse mindestens achtzig sein, und Janna war überzeugt, er sei jenseits der Hundert. Eine Frau im Supermarkt, die aus mir unbekannter Quelle erfahren hatte, dass Einsiedler Piet mich besuchen würde, hatte mir erzählt, sie könne sich genau an seine Geburt vor sechzig Jahren erinnern. Er schien ein Mysterium zu sein, aber genau das gefiel mir bereits an ihm, bevor ich ihn kennengelernt hatte.

»Und Sie können spinnen?«, fragte ich Piet.

»So ist es, Frau ... Stella«, antwortete er, und ich mochte seine Stimme sofort.

Sie war sehr leise und sanft, trotzdem gehörte er nicht zu den Menschen, die man bat, lauter zu sprechen, weil man sie schlecht verstand. Wenn Einsiedler Piet redete, wurde man selbst still und lauschte aufmerksam, um kein

Wort zu verpassen. Ich konnte ihn mir gut als Synchronsprecher vorstellen. Von ihm würde ich mir sogar meine Steuererklärung vorlesen lassen.

»Dann sind Sie unsere Rettung.«

»Die Spinnerin kann nämlich kein bisschen spinnen«, fügte Janna mit einem Grinsen hinzu.

»Wenn ich mich richtig erinnere, hast du dich genauso wenig mit Ruhm bekleckert«, gab ich zurück.

»Ich muss nicht spinnen können. Das ist nicht mein Name.«

»Mein Name auch nicht.«

»Ich denke, schon.«

»Und ich denke …«, wollte ich ansetzen, aber Hannelore kam mir zuvor: »Wir sind bei unseren Versuchen alle kläglich gescheitert«, sagte sie. »Deshalb ist es gut, dass du da bist, Piet.«

»Ich freue mich, wenn ich helfen kann.«

»Hilfe brauchen wir definitiv.«

»Spinnen kann eine entspannende Tätigkeit sein«, behauptete er.

»Das hatten wir uns gedacht«, erwiderte ich, »aber leider hat sich herausgestellt, dass sie uns eher in den Wahnsinn treibt.«

»Deshalb hoffen wir, dass du uns das Geheimnis verrätst.«

»Ein Geheimnis gibt es nicht. Es verlangt nur Übung.«

»Fuck«, entfuhr es Janna. »Das hatte ich befürchtet.«

»Aber vielleicht hast du trotzdem den einen oder anderen Tipp für uns auf Lager, damit es weniger frustrierend ist?«

»Ich werde mein Bestes versuchen.«

»Wir haben uns nämlich in den Kopf gesetzt, aus unserer Wolle Weihnachtsgeschenke zu machen«, sagte Fran.

»Weihnachtsgeschenke?«, gab Einsiedler Piet zurück. »Für dieses Weihnachten?«

»So hatten wir uns das gedacht.«

»Da habt ihr euch was vorgenommen.«

»Wir lieben die Herausforderung«, erwiderte Hannelore gewohnt trocken.

»Möchten Sie was trinken?«, fragte ich meinen Gast. »Einen Tee oder Kaffee oder ein Glas Wasser?«

»Oder ein paar Weihnachtsplätzchen?«, fügte Fran hinzu, die eine große rote Dose mit Keksen mitgebracht hatte und herumreichte.

»Ich brauche nichts. Haben Sie vielen Dank«, erwiderte er. »Françoise meinte, Sie hätten bereits ein Spinnrad? Ich habe deshalb mein eigenes nicht mitgebracht.«

»Wir haben mehrere unter dem Dach gefunden und alle ausprobiert. Allerdings bin ich mir nicht sicher, ob sie nicht richtig funktionieren oder ob wir einfach unfähig sind, sie zu bedienen.« Ich führte ihn an die Stelle im Wohnzimmer, wo wir die Geräte aufgebaut hatten.

»Es sind Spinnräder und keine Wundermaschinen«, sagte er schlicht. »Ein Spinnrad ist nur so gut wie die Person, die damit spinnt«, antwortete Piet.

»Das erklärt, warum die Räder in unseren Händen wirkten, als wären sie kaputt«, sagte ich.

»Manchmal sind die Dinge nicht kaputt. Man ist einfach zu doof«, stichelte Janna und spielte damit darauf an, dass ich sie vor ein paar Tagen gebeten hatte, mir endlich bei meinem dauertropfenden Wasserhahn in der Küche zu helfen, der genau in dem Moment, in dem sie gekommen war, so getan hatte, als wäre nie etwas gewesen.

Einsiedler Piet betrachtete die Maschinen eingehend und nahm schließlich Platz.

»Ist das das beste Spinnrad?«, fragte ich ihn.

»Ich arbeite einfach lieber mit Ziegen als mit Böcken.«

»Da bist du hier richtig, Piet«, sagte Hannelore.

Und auch ich konnte mir jetzt ein Lachen nicht verkneifen.

»Haben Sie schon mal Alpakawolle versponnen?«, wollte Fran wissen.

»Nein, nur Schaf. Und das ist eine Weile her.«

»Meinen Sie, Sie sind aus der Übung?«

»Das ist wie Fahrradfahren.«

»Spinnradfahren«, sagte ich.

Janna sah mich an und schüttelte den Kopf. »Kennst du den Ausdruck Fremdschämen?«

»Ach komm. Ein bisschen witzig war es.«

»Glaubst du das echt?«

»Ich fand es lustig«, entgegnete Einsiedler Piet zu meiner eigenen Überraschung.

»Wollen wir endlich anfangen?«, fragte Hannelore. »Sonst sitzen wir bis spät in die Nacht hier und haben immer noch kein Garn zum Stricken.«

»Das wäre für uns nichts Neues.«

»Aber wir wollen doch mal ein Stück vorankommen. Schließlich ist bald Weihnachten.«

»Ignorieren wir einfach, dass wir alle auch nicht stricken können?«, fragte Janna.

»Tun wir. Einen Schritt nach dem anderen«, antwortete Fran.

»Dazu muss ich euch was beichten«, setzte ich an.

»Wozu?«

»Zum Stricken.«

»Bist du eine unentdeckte Strickkönigin?«

»Ich habe vielleicht … ganz vielleicht … und vollkommen aus Versehen Frau Katschinski um Hilfe gebeten.«

Janna nahm mich ein Stück zur Seite und flüsterte:

»Wie kann man jemanden aus Versehen um Hilfe bitten? Du kannst aus Versehen dem Hund auf die Pfote treten oder aus Versehen mit deinem Mund den Mund vom Heu-Hannes treffen ...«

»Was?«

»Aber wie bittet man Frau Katschinski aus Versehen um Hilfe?«, beendete Janna ihren Satz, ohne meinen Einwurf zu beachten.

»Ich wollte es nicht. Ich habe zufällig mit Jakob über unsere Pläne für die Wolle geredet. Und dabei ist mir rausgerutscht, dass wir alle nicht stricken können.«

»Warum machst du so was?«

»Aber es stimmt doch. Und woher sollte ich wissen, dass Frau Katschinski offenbar die Strickkönigin des Dorfes ist.«

»Das hättest du dir denken können.«

»Und wie?«

»Die gemeinsten Menschen in einem Dorf sind immer diejenigen, die am besten stricken können. Das weiß jedes Kind.«

»Das wissen höchstens Dorfkinder. Ich habe davon nie gehört.«

»Kann man überall nachlesen«, behauptete Janna.

»Ach ja? Und wo?«

»In jedem Roman übers Landleben. Dabei muss es nicht mal ums Stricken gehen. In allen Geschichten können die gemeinsten Leute immer genau das, was die anderen brauchen. Das ist wie ein Gesetz.«

»Und was machen wir jetzt?«

»Wir können da gar nichts machen. Wir können nur hoffen, dass Einsiedler Piet doch aus der Übung ist und wir nicht in hundert Jahren Garn herstellen können, mit dem man irgendetwas stricken könnte.«

»Mit der ersten Spule wäre ich fertig«, sagte Piet in diesem Moment.

Über unser Wortgefecht hatten wir nicht bemerkt, dass er bereits mit dem Spinnen angefangen hatte. Mit gleichmäßigen Bewegungen hatte er die Wolle an einem Faden über das sich drehende Rad laufen lassen, die Finger dabei vor- und zurückgeführt und den Fuß rhythmisch nach vorne gedrückt, als würde er das Pedal eines Autos bedienen.

»Das war's?«, fragte ich erstaunt, und gemeinsam beugten wir uns über den aufgewickelten Faden, den er hergestellt hatte.

»Das war's«, bestätigte er. »Ich sag doch, ist keine Hexerei.«

»Aber ein bisschen wie Zauberei kommt es mir vor«, widersprach ich und berührte fast ehrfürchtig das Garn.

»Wenn man weiß, wie es geht, ist es ganz leicht.«

»Wirklich?«

»Nein.«

»Na toll.«

»Ich möchte das auch können«, sagte Janna.

»Sogar auf die Gefahr hin, dass du dir dann von Frau Katschinski beim Stricken helfen lassen musst?«, wollte ich wissen.

»Wie Françoise vorher sagte: Einen Schritt nach dem anderen. Um den Drachen kümmere ich mich, wenn er mir das Feuer ins Gesicht spuckt.«

»Und das wird er, wie ich den Drachen kenne«, erwiderte Einsiedler Piet mit einem Zwinkern.

»In alten Häusern wie diesen sollte man sowieso immer einen Eimer Wasser bereitstehen haben.« Janna zuckte die Schultern und nahm ebenfalls an einem der Spinnräder Platz. »Und jetzt zeig mal, Einsiedler Piet. Was muss ich mit meinen Händen machen? Die Füße so? Und dann ziehe ich hier einfach ...?«

Die nächsten zwei Stunden verbrachten wir damit, die richtige Handhaltung, das korrekte Wippen des Fußes und die passende Geschwindigkeit zu üben und vor allem das Zusammenspiel aus allen Bewegungen gleichzeitig. Piet war ein geduldiger und freundlicher Lehrer, aber auch sehr genau. Er korrigierte bereits Kleinigkeiten, ließ uns aber auch ausprobieren, wenn er das Gefühl hatte, wir hätten die Grundlagen halbwegs verstanden. Ich war froh, dass jemand bei mir war, den ich jedes Mal fragen konnte, wenn ich unsicher war, und der mir Tipps gab, wenn ich nicht weiterkam. Trotzdem war es anstrengend und hatte nichts mit dem entspannenden Spinnen zu tun, das ich mir vorgestellt hatte.

Besonders den eigenen Rhythmus zu finden fiel mir schwer. Bei Einsiedler Piet dagegen sah es so mühelos aus. Durch seine Hilfe hatten wir tatsächlich ein wenig Material, mit dem wir arbeiten konnten, während wir weiter übten.

Wir wechselten uns ab, weil wir nicht genug Räder für alle hatten, und vor allem, weil wir die Arbeit in den Knochen spürten. Meist bemerkte ich erst, wie verkrampft ich dagesessen hatte, wenn ich mich von meinem Platz erhob, meinen Rücken streckte und Arme und Beine ausschüttelte.

»Ihr werdet in den nächsten Tagen schön Muskelkater haben«, prophezeite uns Piet, und daran zweifelte ich keine Sekunde.

Als wir uns schließlich verabschiedeten, war es draußen dunkel. Ich bedankte mich bei Piet.

»Wenn Sie ein bisschen weiter üben«, sagte er, »sind Sie bald wirklich eine Spinnerin.«

Einsiedler Piet hatte nicht übertrieben.

Als ich mich am nächsten Morgen aus dem Bett rollte, konnte ich mich kaum bewegen. Mein Rücken fühlte sich an wie der einer hundertjährigen, buckligen Frau, und meine Hände hatten größere Ähnlichkeit mit der Gichtkralle eines Greifvogels als menschlichen Fingern. Ich konnte sie kaum bewegen, geschweige denn Kaffee kochen. Janna schien es nicht besser zu gehen, denn sie schickte mir einen Zombiesmiley per SMS.

Trotzdem trafen wir uns auch an den folgenden Abenden, und langsam bekamen wir den Dreh raus. Mein Garn blieb unter allen zwar das unansehnlichste, doch ich hatte erste Erfolgsmomente und ein paar Zentimeter in meiner gesponnenen Wolle, die fast schön waren.

Bei unserem zweiten Treffen stand eine ältere Frau vor der Tür, die gehört hatte, dass bei mir ein kostenloser Spinnkurs stattfinden würde. Ich hatte es längst aufgegeben, mir Gedanken über die Verbreitung von Neuigkeiten auf dem Land zu machen. Das Ganze hatte jedoch einiges von Stiller Post. Bei der dritten Verabredung brachte die Frau ihren Enkel im Teenageralter und eine große Dose mit selbst gebackenen Weihnachtsplätzchen mit. Anfang der Woche waren wir bereits zu zehnt, und jeder neue Gast hatte etwas anderes dabei. Es gab Eierpunsch und Glühwein, Christstollen und Spekulatius, und irgendwer legte kitschige Weihnachtsmusik auf. Eine Teilnehmerin kam sogar in einem Rentierpullover und dicken Wollsocken mit Zuckerstangenmotiv.

Ich konnte mich nicht mehr gegen Weihnachten wehren, egal, wie sehr ich es bisher versucht hatte.

Inzwischen hatten wir genug Garn zusammen, um uns ans Stricken zu machen. Trotzdem hatte ich das Thema gegenüber Jakob absichtlich nicht angesprochen, weil ich gehofft hatte, er hätte seinen Vorschlag vergessen. Natürlich hatte er das nicht. Stattdessen informierte er mich am Dienstagmorgen darüber, dass seine Schwester am Nachmittag zu mir kommen würde, um uns allen den Umgang mit den Stricknadeln beizubringen. Aus dieser Nummer kam ich also definitiv nicht mehr raus.

Als ich diese Nachricht kurze Zeit später in die WhatsApp-Gruppe schrieb, die Fran für uns unter dem Namen »Spinnen macht Freu(n)de« eingerichtet hatte, antwortete Janna nur: *Mitgefangen, mitgehangen*, gefolgt von einem kotzenden Smiley. Hannelore schickte einen erhobenen Daumen, während von Fran ein zuversichtliches *Wie schön* kam, das sie durch drei fröhliche Gesichter ergänzte, damit Janna nicht fragen konnte, ob das sarkastisch gemeint war.

Um kurz nach halb fünf war jedoch niemand von ihnen bei mir aufgetaucht, und ich saß allein mit Frau Katschinski in meinem Wohnzimmer und wusste nicht, wie ich das Gespräch mit ihr in Gang bringen sollte. Bereits an der Tür hatte ich mich mit einem Scherz darüber, dass sie offenbar gut hergefunden hatte, ins Fettnäpfchen gesetzt. Daraufhin durfte ich mir einen viertelstündigen Vortrag anhören, dass ich mich endlich darum kümmern müsse, meinen Hof anständig auszuschildern, und seitdem traute ich mich nicht mehr, irgendetwas zu sagen. Ich hockte auf der Kante meines Sofas und sah zu, wie Frau Katschinski jedes Detail in diesem Raum mit abschätzigem Blick begutachtete. Wieder und wieder huschten meine Augen zur Uhr, als könnte ich Hannelore, Fran und Janna durch pure Willenskraft dazu bewegen, endlich aufzutauchen, aber nichts geschah.

»Sie haben immer noch nichts weihnachtlich dekoriert«, stellte sie nach eingehender Prüfung fest.

»Nein.«

»Ich dachte, Sie würden nur Ihren Hof nicht schmücken. Aber Sie machen das nirgendwo.«

»Nein.«

»Am Sonntag ist der dritte Advent.«

»Ich weiß.«

»In zwei Wochen ist Heiligabend.«

»Ja.«

Erneut schwiegen wir.

»Am besten fangen wir an«, entschied Frau Katschinski schließlich. »Ich habe nicht ewig Zeit.«

Wo blieben die anderen nur? Ich hatte wenig Lust, mich allein den strengen Anweisungen meiner Nachbarin auszusetzen, aber offenbar blieb mir nichts anderes übrig. Also fügte ich mich schweren Herzens in mein Schicksal.

»Ich habe Wolle mitgebracht, weil ich mir schon dachte, dass Sie nichts Geeignetes dahaben würden«, erklärte sie mir, als ich ihr nicht ohne Stolz die selbst gesponnene Alpakawolle gezeigt hatte. »Je nachdem, wie weit wir heute kommen, rechne ich aus, wie viel Geld ich von Ihnen dafür bekomme.«

Ich nickte.

»Stricken ist nichts, was man an einem Nachmittag lernt«, begann Frau Katschinski. »Wenn Sie denken, Sie könnten heute Abend perfekte Socken und Pullover stricken, muss ich Ihnen leider sagen, dass daraus nichts wird. Versuchen Sie trotzdem, sorgfältig arbeiten, denn nichts ist schlimmer, als teure Wolle zu verschwenden. Entweder Sie machen es von Anfang an richtig, oder Sie lassen es sein.«

»Das klingt nach Spaß«, murmelte ich.

»Es geht hier nicht um Spaß. Das ist Handarbeit. Die

muss man ernst nehmen. Nehmen Sie das nicht ernst?«, fragte sie mich und sah mich herausfordernd an.

»Doch ... natürlich ...«

»Ich möchte hier nämlich ungern meine Zeit verplempern.«

»Nein, nein. Ich meine ... Ich nehme das wirklich ernst«, sagte ich.

»Mein Bruder meinte, Sie wollten Weihnachtsgeschenke machen.«

»Ja, das war so eine ... Idee.«

»Ich selbst verschenke regelmäßig selbst gestrickte Socken und Schals. Ich finde, das ist viel persönlicher als irgendetwas Gekauftes, das man in jedem Ein-Euro-Laden bekommt. Ihnen sollte allerdings klar sein, dass das, was Sie an diesem Weihnachten unter den Baum legen, im besten Fall etwas von Kinderbastelei haben wird. Bis Heiligabend ist alles andere vollkommen unrealistisch. Wenn Sie sich dafür nicht in Grund und Boden schämen, ist es bestimmt ein ... netter ... Gedanke.«

»Okay.«

»Ich will nur ehrlich sein. Ich halte nichts davon, anderen Versprechungen zu machen, die unmöglich eingehalten werden können.«

»Ähm ... danke.«

»Fangen wir also an.«

»Sie kommen«, sagte ich in diesem Moment und sprang erleichtert auf.

Ich hatte ein Geräusch von draußen gehört, das eindeutig nach einem Auto geklungen hatte. Vielleicht hatte ich doch Glück und musste mir diesen Strickunterricht aus der Hölle nicht alleine antun.

»Es tut uns schrecklich leid, *ma chérie*«, sagte Fran kurze Zeit später, während sie sich aus ihrem Mantel schälte.

»Wir wollten längst da sein.« Zur Begrüßung schlang sie einen Arm um mich und küsste mich auf die Wange. »Aber auf dem Hof gab es einen Unfall, deshalb konnten wir nicht früher weg.«

»Und ich habe ewig auf diese blöde Lieferung gewartet«, kam es von Janna. »Hab ich dir ja geschrieben.«

»Ich hatte bisher keine Gelegenheit, auf mein Handy zu schauen. Hier war es etwas ...«

»Unangenehm?«

Ich warf Janna einen vielsagenden Blick zu. »Du hast ja keine Vorstellung«, flüsterte ich.

»Entschuldigen Sie, Frau Katschinski«, wiederholte Fran, als sie ins Wohnzimmer kam. »Wir wollten nicht unhöflich sein. Aber wir hatten zu Hause eine kleine Katastrophe zu bewältigen.«

»Klein ist gut«, gab Hannelore dazu.

»Was ist passiert?«, fragte ich.

»Der Schweinestall hat gebrannt.«

»Was?«

»Es muss einen Kurzschluss in der Wärmelampe gegeben haben. Das Feuer konnte schnell gelöscht werden, und es ist kein Tier verletzt worden. Zum Glück!« Fran tat, als würde sie einen Dank in Richtung Zimmerdecke senden. »Da haben alle Schutzengel des Hofes gemeinsame Sache gemacht. Aber ich befürchte, Elfie und ihr etwas ausladendes Hinterteil ...«

»Du meinst, ihr fetter Arsch«, warf Hannelore ein.

»Haben kein Dach mehr über dem Kopf. Der Sachschaden ist leider nicht unbeträchtlich.«

»Um nicht zu sagen, niederschmetternd.«

»Das kriegen wir alles geregelt. Es ist nur Geld. Wenn es nur Geld ist, ist es halb so schlimm.«

»Geld, das wir nicht haben«, brummte Hannelore.

»Dafür wird sich eine Lösung finden.«

»Wenn wir nicht zufällig eine Goldader im Garten finden, weiß ich nicht, wie.«

»Wir könnten etwas verkaufen. Noch einen Kredit aufnehmen. Wir schaffen das. Du wirst sehen. Das haben wir immer«, flüsterte Fran und drückte die Hand ihrer Freundin.

»Manchmal kommt mir das alles wie ein Fass ohne Boden vor. Es tut mir leid«, fügte Hannelore mit einem Seufzen hinzu. »Ich wollte euch nicht die Ohren vollheulen mit unseren finanziellen Problemen.«

»Hast du nicht«, erwiderte ich. »Kann ich euch irgendwie helfen? Wie viel Geld braucht ihr?«

»Nein, nein. Vergiss es. Françoise hat recht. Das kriegen wir geregelt.«

»Ich habe eine Scheune voller zwar rostiger, aber vielleicht wertvoller Landmaschinen.«

»Die aber eher Liebhaberstücke sind. Für Leute wie mich«, wandte Janna ein. »Leider bekommst du für die nicht viel mehr als eine Abwrackprämie.«

»Das ist nett von dir. Ehrlich«, sagte Hannelore. »Aber das wird schon. Ich musste nur einen Moment rumjammern. Ist gleich wieder gut. Kriegen wir alles hin. Und jetzt lernen wir stricken. Dafür sind wir hier, oder?«

»Zum Spaßhaben jedenfalls nicht«, murmelte ich.

»Was?«

»Schon gut.« Als Janna mich anschaute, verdrehte ich die Augen.

»Wir begeben uns jetzt ganz in Ihre Hände, Frau Katschinski«, sagte Fran lächelnd und nahm auf der Couch Platz. »Für die nächsten Stunden sind wir Ihre aufmerksamen Schülerinnen. Stricken soll eine sehr beruhigende und entspannende Wirkung auf Körper und Geist haben, *non*? Wenn die Hände zu tun haben, kommt die Seele zur Ruhe. Ich stelle mir das wie eine Art Meditation vor. Man kann eins sein, im Einklang mit sich und der Natur, etwas, das die Lautstärke der eigenen Gedanken herunterfährt. Ich denke, das könnte uns allen hier guttun. Meint ihr nicht auch?«

»Stricken ist kein Heilmittel. Wenn Sie sich davon Wunder bei psychischen Problemen erhoffen, muss ich Ihnen sagen, dass Sie bei einem Psychiater besser aufgehoben sind«, sagte Frau Katschinski, und mir kam es vor, als würde sie mich dabei ansehen.

»Da haben Sie sicherlich recht.« Fran lächelte gewinnend. »Meine Großmutter hat früher viel gestrickt, und sie kam mir wie die Ruhe im Auge eines Wirbelsturms vor, wissen Sie? Wenn es bei uns turbulent wurde, und in meiner Familie konnte es oft turbulent zugehen, weil wir alle sehr laute Personen waren, hat sie ihr Strickzeug genommen und angefangen zu stricken. Dann war es egal, ob um sie herum die Fetzen flogen, sie saß da, vollkommen entspannt, und hat gestrickt.«

»Wenn man es beherrscht, kann es diese Wirkung haben. Wenn ...«, wiederholte Frau Katschinski.

»Und deshalb sind wir hier. Um es zu lernen.«

»Ich bin gerne bereit, es Ihnen zu zeigen. Aber bitte erwarten Sie keine Zauberei.«

»Natürlich nicht«, sagte Fran. »Es ist wie bei allem im Leben: Der Gedanke zählt, *non*?«

»Manchen soll das reichen«, antwortete Frau Katschinski mit hochgezogenen Augenbrauen, die keinen Zweifel ließen, dass sie zu diesen Leuten nicht gehörte. »Ich habe einige Stricknadeln von zu Hause mitgebracht. Ich arbeite gerne mit dem richtigen Werkzeug. Sie dürfen sich die Nadeln gerne für die Dauer unseres

Unterrichts ausleihen, aber ich möchte Sie bitten, damit sorgfältig umzugehen und sie mir am Ende zurückzugeben. Sollten welche verloren gehen, muss ich Ihnen diese leider in Rechnung stellen. Ich zeige es Ihnen zunächst, erst dann versuchen Sie es selbst. Sollten Sie Fragen haben, bitte nicht mittendrin reinrufen. Merken Sie sich das, was Ihnen unklar ist, und heben Sie am Ende die Hand, damit wir das klären können. Sind die Regeln allen klar?«

»Ich kann's kaum erwarten«, murmelte Janna mir zu. »Sind wir hier bei einem Strickkurs für Knastis?«

»War das bereits eine Frage?«, kam es von Frau Katschinski.

»Nein. Schon gut.«

Ich gab ein unterdrücktes Seufzen von mir.

Was hatte ich uns da eingebrockt?

Zu meiner Überraschung wurde der Nachmittag nicht so schlimm wie befürchtet. Frau Katschinski war als Lehrerin nicht so angenehm und geduldig wie Einsiedler Piet. Sie war vielmehr pingelig und streng, fand jeden Fehler und bestand darauf, alles wieder aufzuribbeln, egal, wie weit man gekommen und wie stolz man darauf war.

Durch ihr Oberlehrerinnenverhalten fühlten wir uns wie eine eingeschworene Gemeinschaft, die in der Person vorne am Pult ein gemeinsames Feindbild hatte. Janna, Hannelore und ich warfen uns gegenseitig Blicke zu, machten Witze, die Frau Katschinski nicht verstand, und gaben uns versteckte Zeichen. Fran dagegen kam mir vor wie das Kind in der ersten Reihe, das auf alle Fragen die Antwort wusste und ständig die Hand hob. Sie schien die spezielle Art von Frau Katschinski kein bisschen zu irritieren, sondern sprach mit ihr, als bekäme sie nicht jedes Mal barsche Erwiderungen.

Doch mit dem Stricken klappte es trotzdem oder vielleicht auch gerade deshalb unerwartet gut.

»So schlecht ist das nicht geworden«, sagte ich schließlich und zupfte zufrieden an der Mütze, deren unteren Teil ich in den letzten Stunden hergestellt hatte.

Dreimal hatte ich die verschiedenen Stellen auftrennen müssen, aber dafür war das Ergebnis so, dass es wie der Teil von einem Kleidungsstück aussah, das man irgendwann anziehen konnte, ohne sich zu schämen.

»Nicht schlecht?«, wiederholte Fran. »Das ist richtig schön geworden.«

»So weit würde ich nicht gehen«, sagte Frau Katschinski.

Trotzdem blieb Fran bei ihrer Meinung. »Ich finde, das sieht fast professionell aus. Als könnte man das im Laden kaufen. Alle Sachen. Sogar dein Topflappen, Hannelore.«

»Das ist kein Topflappen.«

»*Non?*«

»Ich dachte auch, das wäre ein Topflappen«, kam es von Janna.

»Das wird ein Dreieckstuch. Zum Umhängen«, fügte Hannelore hinzu.

»Da wir gerade von kaufen sprechen«, sagte ich. »Was genau ist eigentlich der Wintermarkt?«

»Der findet am vierten Advent im Nachbarort statt. Da bieten die Leute aus der Umgebung verschiedene Dinge an. Es gibt Musik und gutes Essen und ...«

»Gutes Essen? Ich habe mir an dem Reibekuchen letztes Jahr den Magen verdorben«, warf Janna ein.

»War das der Reibekuchen von Gerda?«, wollte Hannelore wissen.

Janna nickte. »Ja.«

»Den nimmt man nicht. Ihr Stand steht am weitesten

von den Toiletten entfernt. Mehr muss ich dazu wohl nicht sagen.«

»Gutes Essen ist also relativ«, warf ich ein.

»Und gute Musik genauso«, ergänzte Janna.

»Habe ich auch nicht gesagt.« Hannelore hob die Schultern. »Ich habe nur gesagt, dass es Musik gibt. Das ist nicht gelogen.«

»Ich hoffe, dass nicht wieder diese schreckliche Weihnachts-A-Band spielt.« Janna seufzte auf. »Beherrscht von denen eigentlich irgendeiner ein Instrument? Und vom Sänger will ich gar nicht anfangen. Ich frage mich jedes Jahr, wer dem gesagt hat: ›O ja, Detlef, du hast eine so schöne Stimme. Das solltest du unbedingt professionell machen.‹«

»Heißt der wirklich Detlef?«, fragte Hannelore.

»Keine Ahnung. Er sieht aus wie ein Detlef.«

»Aber ich glaube, auf Detlef wolltest du gar nicht hinaus, *non*?«, wandte sich Fran an mich.

»Nicht wirklich, nein.« Ich schüttelte den Kopf. »Was ich gerne wissen würde: Dürfen alle auf diesem Wintermarkt etwas verkaufen?«

»Definiere alle.«

»Wir zum Beispiel?«

»Was sollten wir denn da verkaufen?«

»Na ja ... vielleicht das hier«, antwortete ich und machte eine Geste über die verschiedenen Stricksachen, die vor uns auf dem Wohnzimmertisch lagen. »Du hast selbst gesagt, dass sie richtig schön aussehen und fast professionell. Warum verkaufen wir sie also nicht, und ihr könnt mit dem Geld den Schweinestall der elfengleichen Sau Elfie ohne Ringelschwanz wiederaufbauen?«

Janna gab ein Pfeifen von sich. »I like.«

»Ich nicht«, widersprach Hannelore sofort.

»Wieso nicht? Es wäre für einen guten Zweck. Die Leute könnten sich schöne Socken aus heimischer Alpakawolle kaufen und dabei gleichzeitig Gutes für die Tiere auf dem Lebenshof tun.«

»So was nennt man eine Win-win-Situation.«

»Ich nenne so was eine Kommt-nicht-infrage-Situation.«

»Aber ...«

»Du hast gesagt, dass wir unsere Sachen nur dann als Weihnachtsgeschenke verschenken können, wenn allen Beteiligten klar ist, dass der Gedanke zählt. Und du bist die Strickexpertin«, wandte sich Hannelore an Frau Katschinski, die begonnen hatte, alle Stricknadeln und ihre Knäuel einzusammeln.

»Und hier zählt der Gedanke.«

»Fuck, ja«, stimmte Janna zu. »Das ist der Inbegriff von Der-Gedanke-zählt.«

»Wir können den Leuten nicht irgendwelche hässlichen Topflappen aufs Auge drücken, weil wir Geld von ihnen wollen.«

»Wer redet hier von hässlichen Topflappen?«, fragte ich. »Wir brauchen vielleicht ein bisschen Übung, aber warum sollten wir das nicht hinbekommen? Und wir würden es niemandem aufs Auge drücken. Es gibt bestimmt Menschen, die gerne Stricksachen aus weicher Alpakawolle kaufen und dabei für einen guten Zweck spenden würden.«

»Sehe ich genauso.«

»Für halbwegs ansehnliche Sachen bräuchten wir nicht nur Übung, sondern ein Wunder«, brummte Hannelore.

»Ist doch Weihnachten«, sagte ich. »Wenn es Weihnachten kein Wunder geben sollte, wann dann?«

Alle sahen mich an.

»Und das vom Grinch?«, fragte Janna.

»Ich bin doch nicht der Grinch«, widersprach ich.

»Sie haben Ihren Hof nicht geschmückt. Sie haben Ihr Haus nicht geschmückt«, kam es von Frau Katschinski. »Sie sind der Grinch. Das ist offensichtlich.«

»Und glaub ja nicht, dass ich nicht gesehen habe, wie du die Augen verdreht hast, als beim Stricken *Last Christmas* gespielt wurde«, fügte Janna hinzu.

»Niemand mag *Last Christmas*«, behauptete ich, obwohl ich sehr genau wusste, dass Malek das Lied gemocht hatte und ich eigentlich auch.

»Ich schon«, antwortete Fran.

»Okay, in Ordnung.« Ich gab auf. »Vielleicht bin ich der Grinch. Aber wenn sogar der Grinch an ein Weihnachtsstrickwunder glaubt …«

»Amen, Schwester!« Janna grinste.

Doch Hannelore wollte sich nicht überzeugen lassen. »Wir kriegen das alleine geregelt«, sagte sie.

»Müsst ihr doch nicht. Wir machen hier was zusammen. Als Gemeinschaft. Wie Fran gesagt hat. Über das Spinnen habe ich an ein paar Abenden mehr Leute kennengelernt als in den ganzen einundeinhalb Monaten, in denen ich hier wohne. Und wenn wir nicht komplette Nieten in Sachen Stricken wären, hätte ich nie im Leben Frau Katschinski um Hilfe gebeten. Nichts für ungut«, fügte ich an meine Nachbarin gewandt hinzu.

»Jetzt sag auch mal was, Françoise«, bat Hannelore ihre Freundin.

»Ich weiß nicht, was ich dazu sagen soll, Hannelore. Ich finde, das ist keine schlechte Idee.«

»Ich schon.«

»Warum?«, fragte ich.

»Weil nicht andere Leute meine Probleme lösen müssen.«

»Niemand sagt, dass du das nicht kannst. Und du hilfst ständig allen und jedem«, warf Janna ein.

Fran nickte. »Das ist wahr.«

»Ach.« Hannelore machte eine abwehrende Handbewegung.

»Und es ist ja nicht für dich persönlich«, fügte ich hinzu, weil Hannelore keine Anstalten machte einzulenken. »Es ist für die Tiere. Ist das nicht das Wichtigste?«

»Ich diskutiere darüber jetzt nicht weiter«, gab sie zurück. »Seid einfach mal realistisch. Guckt euch an, was wir heute in drei Stunden zustande gebracht haben. Ein Drittel einer Mütze, ein Stück Schal, die Spitze einer Socke und den Anfang eines Topflappens. Wie sollen wir bis Sonntag überhaupt genug Sachen zustande bekommen, die wir verkaufen könnten? Ganz abgesehen von der Menge an gesponnener Wolle, die wir dafür bräuchten und nicht haben? Es ist nett, dass ihr helfen wollt. Das weiß ich zu schätzen. Wirklich.«

»Aber ihr seht es selbst«, fügte Hannelore hinzu. »Für so eine Sache haben wir bei Weitem nicht genug Hände.«

Janna warf mir einen bedeutungsvollen Blick zu und flüsterte: »Das kann man ändern.«

»Das ist nicht dein Ernst!« Ich starrte den Traktor an, der auf meinem Hof stand, dann Janna, die darauf saß, als wäre es vollkommen normal, mit einer riesigen Landmaschine in eine Kneipe zu fahren.

Ich wusste selbst nicht, warum ich mich darauf eingelassen hatte. Mir war nicht schnell genug eine zehnte Ausrede eingefallen, nachdem ich es mit neun anderen nicht geschafft hatte, Janna davon zu überzeugen, dass es die denkbar schlechteste Idee war, mit mir unter Leute zu gehen. Sie hatte nicht aufgegeben, und deshalb hatte ich schließlich die Segel gestrichen und mein Schicksal akzeptiert. Die Hoffnung, dass irgendetwas dazwischenkommen würde, hatte sich leider vor einer guten Stunde zerschlagen, als mir Janna eine kurze Nachricht geschrieben hatte:

Der Countdown läuft. Stopp. 60 Minuten. Stopp. Raus aus den Bollerbuchsen. Stopp. Das wird episch. Stopp.

Ich war drauf und dran, ihr zu antworten, dass es mir nicht gut gehen würde. Kopfschmerzen passten immer. Aber als hätte sie es geahnt, kam einige Minuten später eine weitere Mitteilung:

Krankenscheine werden nicht angenommen.

Also hatte ich mich viel zu spät auf den Weg ins Badezimmer gemacht.

In Köln hatte ich es gemocht, mich rauszuputzen, neue Frisuren auszuprobieren, neue Kleidung auszuführen, in neue Schuhe zu schlüpfen und am Ende der Nacht mit klingenden Ohren nach Hause zu kommen, von lauter Musik und vielen Stimmen, der Kopf vernebelt, die Augen übernächtigt, noch verschwitzt vom stundenlangen Tanzen, genauso aufgekratzt wie erschöpft und nach Alkohol und Zigarettenrauch riechend. Aber das alles schien Lichtjahre her zu sein.

Als ich jetzt in meinem kleinen, niedrigen Badezimmer stand, hatte ich weder Lust noch die richtigen Utensilien, um mich irgendwie zu stylen. Alles, was ich tun konnte, war Schadensbegrenzung zu betreiben.

Fürs Haarewaschen war ich dank meiner Verzögerungstaktik längst zu spät dran, und schnelles Duschen passte ebenfalls nicht mehr in den Zeitplan, obwohl beides dringend nötig war. Ich kämmte deshalb nur kurz durch meine Haare und entfernte die größten Heuhalme, dann bemühte ich mich, mit einem Waschlappen die schlimmsten Verschmutzungen zu beseitigen, ehe ich gegen den Stallgeruch zu viel Parfüm auflegte, das ich vor ein paar Tagen zufällig in meiner Nachttischschublade entdeckt hatte. Jemand musste es dort beim Auspacken hineingelegt haben.

Ich beschränkte mich darauf, meine Augenringe einigermaßen abzudecken und ein wenig Glanz auf meine Lippen zu machen. Mehr ging nicht. Auch an Klamotten fand ich nichts, was nicht voller Tierhaare oder Schmutz war oder beidem. Allein ein schwarzer Pullover schien das Schlimmste halbwegs unbeschadet überstanden zu haben. Dazu zog ich eine einfache Jeans an und zum ersten Mal seit Wochen etwas anderes als Gummistiefel. Für die Deko hatte ich lediglich ein Paar silberne Ohrringe gefunden.

Ich warf einen letzten Blick in den Spiegel. In meinem Magen spürte ich ein seltsames aufgeregtes Zittern. War ich schon bereit, mein Schneckenhaus zu verlassen und mich wieder unter Leute zu wagen? Ich war mir nicht sicher. Trotzdem nickte ich mir noch einmal zu, nahm meinen Schlüssel und schloss die Tür.

Und jetzt stand ich draußen, auf meinem Hof, und vor mir Jannas gigantischer, dröhnender Traktor.

»Was dachtest du denn, wie wir da hinkommen?«, rief mir Janna über den Motorlärm hinweg zu.

»Mit einem Auto?«

»So ist es doch viel lustiger.«

»Das ist deine Meinung.«

»Na komm. Hab dich nicht so. Spring rauf.« Sie beugte sich in meine Richtung und hielt mir ihren Arm hin.

»Du weißt schon, dass ich ein bisschen älter bin als du, oder?«, fragte ich, ergriff ihre Hand und suchte mit der anderen nach einer Möglichkeit, mich festzuhalten, während ich den ersten Fuß auf die unterste Trittstufe hievte.

»Meine Oma ist noch mit über neunzig mit dem Trecker gefahren«, antwortete Janna unbeeindruckt. Und mit einem Ruck zog sie mich in die Höhe und in das Fahrerhaus. »Quetsch dich einfach hinter mich.«

Ich hatte mich noch nicht richtig hingesetzt, als sie bereits Gas gab und den Traktor mit einer gekonnten Drehung wendete. Der Schnee spritzte unter den großen Rädern in alle Richtungen. Ich spürte das Vibrieren des Motors in meinem Körper. Alles schien zu wackeln.

Es war eine vollkommen neue Perspektive, meinen Hof von so weit oben zu sehen. Bevor wir auf die Straße abbogen, schaute ich mich zu meinen Alpakas um. Sie standen alle aufgereiht am Zaun, als wollten sie sich von mir verabschieden. Ich hob die Hand, um ihnen zu winken.

»Was machst du?«, wollte Janna wissen.

Auch im Inneren der Höllenmaschine mussten wir sehr laut sprechen, um uns über den Lärm verstehen zu können.

»Ich winke meinen Alpakas.«

»Das habe ich befürchtet«, sagte sie und betätigte entschlossen das Pedal.

Unser Gefährt machte einen Satz nach vorne.

»Ich weiß, wer morgen einen Beschwerdezettel in seinem Briefkasten hat«, sagte ich, als wir an Frau Katschinskis Grundstück vorbeikamen.

»Sei froh«, kam es von Janna.

»Warum sollte ich froh sein?«

»Dass du zu viel in deinem Leben zu tun hast, um anderen Leuten Beschwerdezettel zu schreiben. Das ist für mich das traurigste Hobby von allen. Noch nach Kühe schubsen.«

»Wer schubst denn in seiner Freizeit Kühe?«

»Wir sind hier auf dem Land, Stella. Die richtige Frage wäre: Wer nicht?«

Ich überlegte, ob ich darauf etwas sagen sollte, aber in diesem Moment ließ Janna den Traktor um eine weitere Kurve schlingern, und ich entschied mich dagegen und stattdessen für besseres Festhalten.

Eine Weile fuhren wir durch die Dunkelheit. Ich hatte längst die Orientierung verloren.

Oft hatte ich das Gefühl, ich müsste etwas sagen, ein Gespräch in Gang setzen oder in Gang halten, um eine unangenehme Stille zu vermeiden. Auch jetzt dachte ich darüber nach, worüber Janna und ich reden konnten. Aber sie erwartete es nicht. Außerdem war es ohnehin zu laut. Ich hätte sie anschreien müssen, um mich halbwegs verständlich zu machen.

Deshalb lehnte ich mich zurück und genoss es, auf diesem Traktor durch den Abend gefahren zu werden.

Die Schwingungen des Fahrzeugs waren so monoton, dass ich aufpassen musste, nicht einzuschlafen. Mir kam es vor, als würden wir uns auf einem großen Schiff durch eine unendliche Eislandschaft bewegen. Über uns war ein schwarzer Himmel voller Sterne. Ich musste meinen Kopf gegen die Scheibe lehnen, um hinaufgucken und das Blitzen und Funkeln sehen zu können. Das Glas war kalt, und ich fror in meinen Jeans und den normalen Schuhen. Ich zog den Mantel fester um mich und vergrub die Nase tief im Schal. Es roch nach Benzin und Abgasen, klarer Winterluft, dem Parfüm, das ich aufgelegt hatte, und dem unvermeidlichen Alpakageruch, den ich offensichtlich überallhin mitnehmen würde. Aber das war ein tröstlicher Gedanke.

Ich hätte ewig hier sitzen und mich durch die Nacht steuern lassen können. Längst hatte ich mich so an das Rattern und Schaukeln und Brummen gewöhnt, das meinen Kopf auszufüllen schien, dass ich beinahe vergessen hatte, dass wir ein Ziel hatten. Erst als Janna plötzlich in einen schmalen Weg abbog, den ich in der Finsternis beinahe nicht bemerkt hätte, und den Traktor kurz darauf zum Stehen brachte, fiel es mir ein.

»Da wären wir«, sagte sie und deutete nach draußen.

Sie hatte die große Maschine neben einem Kleinwagen geparkt, der vom Fahrerhaus aus wie ein Spielzeugauto aussah. Ich beugte mich leicht vor und spähte hinunter. Der Parkplatz schien voll zu sein. Ich war mir nicht sicher, ob die Stelle, an der Janna unser Gefährt abgestellt hatte, überhaupt eine freigegebene Haltefläche war. Aber vielleicht interessierte das niemanden hier.

Links von uns befand sich ein Wirtshaus. Über der Tür hing ein Schild: *Die Kneipe meiner Mutter.*

»Muss ich wirklich?«, fragte ich etwas zu laut, weil Janna inzwischen den Motor ausgeschaltet hatte. Ich hatte mich an die plötzliche Stille noch nicht gewöhnt.

Sie wandte sich grinsend zu mir um. »Natürlich musst du«, erwiderte sie.

»Aber warum?«

»Wofür hätten wir uns sonst aufgebrezelt?«, gab sie zurück und stand entschieden auf.

Im matten Licht der Fahrzeugbeleuchtung musterte ich sie. Janna sah aus wie immer. Sie hatte die Haare zu einem Zopf gebunden, trug kein Make-up und schien nicht einmal ihre Latzhose gewechselt zu haben.

»Ich dachte, ohne Bollerbuchsen«, sagte ich und deutete auf ihre Beine.

»Das galt für dich«, gab sie zurück. »Das sind meine Glückshosen. Was soll ich machen?«

»Vielleicht sind meine Bollerbuchsen auch meine Glückshosen.«

»Sind sie nicht«, widersprach sie mir entschieden. »Deine Hose bringt niemandem Glück.«

»Woher willst du das wissen?«

»Das weiß ich eben. Komm schon, gib dir einen Ruck«, fügte sie hinzu, als ich keine Anstalten machte aufzustehen und den Traktor zu verlassen. »Wir werden was trinken. Wir werden tanzen und uns amüsieren und den einen oder anderen Typen abschleppen. Was ist dabei?«

»Ja, was ist dabei?«, äffte ich sie nach.

»Du kannst mir nicht erzählen, dass du so was in Köln nie gemacht hast.«

»Das war in einem anderen Leben.«

»Vielleicht solltest du anfangen, diese beiden Leben zu verbinden. Was hältst du davon?«

»Rein gar nichts«, antwortete ich.

»Umso besser«, lachte Janna zurück, dann griff sie nach meiner Hand. »Je schneller wir reingehen, desto schneller hast du es hinter dir.«

»Wenn wir gar nicht reingehen, habe ich es sofort hinter mir.«

»Du bist sturer als meine Kuh Elfriede. Und die ist echt ein störrisches Rindvieh. Komm endlich.«

Sie zog an mir. Ich hielt dagegen.

»Nein, ich korrigiere. Du bist noch sturer. Aber dann sag ich dir etwas, was ich auch Elfriede gesagt habe, als sie meinte, sie könnte unter keinen Umständen den Stall betreten.«

»Und das wäre?«

»Entweder wir machen es auf die sanfte Tour und du gehst auf deinen eigenen Hufen, oder wir machen es auf die harte und ich trag dich rein.«

Ich zögerte, schließlich gab ich nach und kletterte hinter Janna aus dem Traktor. Es war ein seltsames Gefühl, wieder festen Boden unter den Füßen zu haben. Meine Beine fühlten sich an, als würden sie vibrieren, und unten kam es mir noch kälter vor, obwohl mir kein frischer Fahrtwind ins Gesicht blies.

»Wofür hat sich Elfriede entschieden?«, fragte ich Janna, als sie mir die Kneipentür aufhielt.

»Das willst du nicht wissen.«

Mir schlug eine Mischung aus Rauch, Alkohol und dem Geruch von Menschen entgegen, die zu lange an einem Ort gesessen haben. Außerdem war der dämmrige Raum erfüllt von lauten Stimmen, Gläserklirren und Musik. Ich brauchte einen Moment, um mich zu orientieren.

In Köln war gefühlt jeder Laden auf etwas spezialisiert, nicht nur auf Essen oder auf Trinken oder auf Tanzen, sondern auf afghanisches Essen, auf Tapas oder Soulfood, auf Cocktails, auf Kaffee oder auf hundert und mehr Biersorten, auf Indie, auf Folk oder auf Techno. In der *Kneipe meiner Mutter* war alles in einem. Vorne an der Theke standen ein paar Männer zusammen und hatten Maßkrüge voller Bier vor sich stehen, in der Raummitte saßen Leute mit Burgern, Pizza und Schnitzel auf den Tellern, weiter links stießen drei Frauen mit pinkfarbenen Drinks an, hinten wurde getanzt, in der rechten Ecke gab es einen Fernseher, vor dem ein paar Fans lautstark mitfieberten, und auf der gegenüberliegenden Seite standen Billardtische und Kicker. Wenn es in der Gegend nur ein einziges Lokal gab, musste offenbar für alle was dabei sein. Aber jetzt verstand ich, was Janna gemeint hatte, als sie mir erklärte: »In der *Kneipe meiner Mutter* kannst du alles tragen. Kommt nur darauf an, aus welchem Anlass du da bist.«

»Erst mal was mit Wumms?«, fragte sie jetzt und wartete nicht auf meine Antwort, sondern schob sich zwischen einer Gruppe von jungen Männern hindurch, die auf dem Weg zur Tür waren.

Einer von ihnen blieb vor ihr stehen und musterte sie, doch sie drückte ihn beiseite und ging weiter in Richtung Theke.

»Morgen, Herr Viereck«, begrüßte sie der Wirt, ein älterer Mann mit Vollbart, der für mich wie das Klischee eines Kneipenwirts auf dem Land aussah. Er trug ein Holzfällerhemd, eine blaue Latzhose und ein Geschirrtuch über der Schulter. »Auch mal wieder auf der Pirsch?«

»Was muss, das muss«, erwiderte Janna. »Machst du mir einen Doppel-Wumms für meine Freundin und mich?«

»Wen hast du da mit?«

»Die Verrückte mit den Alpakas.«

»Die Spinnerin.«

»Genau die.«

»Schau an.« Er nickte in meine Richtung. »Willkommen in der *Kneipe meiner Mutter*. Hey, Leute«, wandte er sich an diejenigen, die vor ihm auf den Barhockern saßen, »wir haben heute hohen Besuch. Die Spinnerin mit den seltsamen Schafen ist hier. Du bist so was wie eine Berühmtheit«, fügte er hinzu.

Weil ich nicht wusste, was ich darauf sagen sollte, lächelte ich unbeholfen und murmelte: »Danke?«

»Das bist *du*?«, wollte einer der Gäste wissen und hatte sich halb zu mir umgedreht. Er lallte bereits, und ohne ihn zu kennen, wusste ich, dass er zum Inventar gehörte.

Manchen Menschen sieht man das an, egal, ob in Köln oder irgendwo auf dem platten Land. »Du bist die Spinnerin mit den komischen Schafen?«

»Es sind Alpakas. Keine Schafe.«

»Muss man sie scheren?«

»Ja ... muss man.«

»Dann sind es Schafe. Bei uns auffem Land sind die Dinge so einfach.«

»Okay.« Ich hob vage die Schultern.

»Ich kenn dich«, kam es jetzt von einem anderen, jüngeren Mann, der am anderen Ende der Theke saß.

»Ach ja?« Ich war mir sicher, dass ich ihn noch nie gesehen hatte.

»Ich habe dir Heu geliefert. Deshalb ...«

»Das heißt nicht, dass du sie jetzt vollquatschen darfst«, unterbrach ihn Janna entschieden, hatte die zwei Drinks vom Wirt in Empfang genommen und reichte mir einen davon, während sie mich in Richtung eines freien Tisches und weg von der Theke schob.

»Wieder schlechte Laune, Herr Viereck, oder was?«, fragte der Mann, rutschte von seinem Platz und folgte uns.

»Wenn ich dich sehe, immer«, gab sie zurück und ließ sich mit einem kleinen Seufzen auf einen der Stühle fallen.

»Das ist der Heu-Hannes?«, flüsterte ich ihr zu.

»Das ist der Heu-Hannes.«

»Dann würde ich gerne etwas reklamieren«, sagte ich.

»Da wärst du aber die Erste«, sagte er mit einem breiten Grinsen. »Bisher war jede Frau voll und ganz zufrieden mit dem, was ich geliefert habe.« Seine Augenbrauen schnellten vielsagend nach oben. »Wenn du verstehst, was ich meine.«

Janna tat, als würde sie würgen müssen. »Habe ich dir zu viel versprochen?«, fragte sie dann.

»Kein bisschen«, antwortete ich und wandte mich an den Heu-Hannes. »Janna hatte mich schon vorgewarnt.«

»Ach ja?« Er zwinkerte anzüglich.

»Aber jetzt weiß ich, dass du im Anbaggern sogar noch schlechter bist als im Heuaufstapeln.«

»Treffer ... versenkt!«, jubelte Janna und hielt ihre Hand in die Höhe, um mit mir abzuklatschen. »Und jetzt mach dich vom Acker. Wir wollen heute einen schönen Abend haben. Das kannst du dir gerne aus weiter Ferne ansehen. Mit Betonung auf weit«, fügte sie hinzu und deutete in Richtung Tresen.

Als der Heu-Hannes nicht gleich reagierte, machte sie Geräusche, als wollte sie ein Huhn treiben. Er verzog den Mund, trat jedoch tatsächlich den Rückzug an.

Janna sah wieder mich an.

»Und jetzt lassen wir es krachen.« Sie hielt mir das Glas zum Anstoßen entgegen und kippte den Inhalt bereits im nächsten Moment mit einem großen Schluck hinunter.

Ich machte es ihr nach und musste augenblicklich husten.

»Willst du mir etwa sagen, dass du als Stadtpflanze nichts verträgst?«, wollte Janna wissen.

»Es ist eine Weile her, dass ich so süßen Schnaps getrunken habe.«

»Dann musst du dringend wieder ins Training kommen.«

Bevor ich sie zurückhalten konnte, war Janna aufgestanden und kam wenige Momente später mit zwei gefüllten Gläsern zurück zu unserem Tisch. In der Zwischenzeit hatte ich versucht, mich umzusehen. Ich war das alles nicht mehr gewöhnt. So viele Leute. So viele Stimmen. Die Geräusche. Ich fühlte mich überfordert und konzentrierte mich deshalb auf meinen zweiten Drink, der nicht mehr so stark brannte wie der erste. Stattdessen spürte ich, wie nach und nach alles leichter wurde. Vielleicht hatte Janna recht, und ich musste mich wieder daran gewöhnen.

»Warum nennen dich alle Herr Viereck?«, fragte ich.

»Weil wir auf dem Land sind.«

»Und was soll das heißen?«

»Es soll heißen, dass hier alle Höfe Männern gehören.«

»Und?«

»Frauen können das nicht.«

»Offensichtlich doch. Du bist der beste Beweis.«

»Nicht für die. Wenn ich den Hof meines Vaters übernommen habe und wenn ich das auch noch gut mache, was hier niemand bestreiten kann, weil mein Hof besser läuft als einige andere, dann muss ich wohl ein Kerl sein.«

»Das ist absoluter Quatsch.«

»Sicher ist es das. Aber das ändert nichts. Ein paar von den Jüngeren wollten mich damit anfangs nur ärgern. Die meisten von denen kenne ich aus der Schule. Die Älteren meinen das teilweise ernst. Die würden eher tot umfallen, als zuzugeben, dass eine Frau das kann.«

»Das ist ja wie in der Steinzeit.«

»Niemand hat gesagt, dass wir hier auf dem Land im 21. Jahrhundert angekommen sind«, erwiderte Janna.

»Stört es dich?«

»Ich habe mich inzwischen dran gewöhnt, deshalb höre ich das kaum. Und wenn sie das brauchen, um anzuerkennen, dass ich gute Arbeit mache, dann sollen sie doch.«

»Ich glaube nicht, dass ich das so gelassen sehen könnte.«

»Was soll ich machen? Jedes Mal einen Streit anfangen?«

»Zum Beispiel.«

»Was würde das ändern?«

»Du bist doch sonst nicht auf den Mund gefallen.«

»Das hat damit nichts zu tun. Wenn ich glauben würde, dass es irgendetwas ändert, dann würde ich den Typen gehörig die Meinung sagen. Aber ich sehe das so: Bin ich wirklich Herr Viereck? Nein. Das war mein Vater. Frau Viereck bin ich genauso wenig. Das war meine Mutter. Ich bin Janna. Einfach Janna. Vor allem, wenn ich meine Arbeit mache, von der ich echt was verstehe. Was spielt das Geschlecht da für eine Rolle? Am Ende des Tages sagt es mehr über sie aus als über mich. Und zu denen, die mich ärgern wollen, kann ich nur sagen: Du willst mich damit beleidigen, indem du mich als Mann bezeichnest? Ich glaube, das hast du nicht zu Ende gedacht.«

»Und wenn ich einen von denen flachlegen will«, fügte sie hinzu und deutete die Reihe von Männern entlang, die mit dem Rücken zu uns an der Theke saßen, »dann werden die einen Teufel tun, mich im Bett Herr Viereck zu nennen. Das glaub mal.«

Ich lachte. »Kann ich mir vorstellen.«

»Aber wie war das bei dir?«, wollte Janna wissen. »Erzähl mir nicht, dass du als erfolgreiche Anwältin in der großen Stadt diesen Männerscheiß nicht genauso erlebt hast.«

»Doch. Habe ich. Natürlich. Ich könnte dir Geschichten erzählen.«

»Mach. Aber warte, vorher hole ich uns zwei Drinks.« Damit stand sie kurz auf. Als sie zurückkam, fragte sie: »Wo waren wir?«

»Ich sollte dir vom ganz normalen sexistischen Wahnsinn in der Großstadt erzählen.«

»Ja, genau.«

»Was genau willst du wissen? Wie oft mir nachts auf dem Weg nach Hause nachgerufen wurde, wie geil sie auf mich wären? Dass der Bankberater, mit dem wir über die Finanzierung unserer Wohnung gesprochen haben, unbedingt auf meinen Mann warten wollte, damit er mit ihm über die wichtigen Dinge reden konnte? Wie unsere Nachbarin immer mich abgefangen hat, wenn sie sich darüber beschweren wollte, dass der Flur nicht richtig geputzt wurde? Wie eine Kollegin von mir, die sich über einen ihrer Vorgesetzten beschwerte, weil der sie auf der Toilette belästigt hat, heimlich, still und leise verschwand, während der besagte Vorgesetzte auf die große Chinareise mitkommen durfte? Dass ich regelmäßig darauf angesprochen wurde, wann ich endlich einen Braten in der Röhre hätte? Dass sich bei einem Abendessen mit den Chefs alle Mitarbeiterinnen plötzlich in der Küche wiedergefunden haben, während die Mitarbeiter mit dem Oberboss eine Zigarre rauchen waren? Wie mir ins Gesicht gesagt wurde, ich würde diese Beförderung nicht bekommen, weil man sich nicht sicher sein könnte, wie lange ich noch bei den Großen mitspielen wolle? Wie ein Mandant ausdrücklich eine von den Anwältinnen verlangte, um was fürs Auge zu haben? Oder wie ein paar jüngere Anwälte eine Liste in der Küche aufhängten, in der sie Punkte für das Aussehen der weiblichen Mitarbeitenden vergeben haben? Welche Geschichte willst du zuerst hören?«, fragte ich.

»Klingt auch ziemlich nach Steinzeit«, sagte Janna.

»Niemand hat gesagt, dass wir in der Stadt im 21. Jahrhundert angekommen sind.«

»Darauf trinken wir.«

»Auf Sexismus?«

»Darauf, dass einem Großteil der Leute, ziemlich vielen Männern und leider auch zu vielen Frauen, mal ein Flug mit einer Zeitmaschine spendiert werden sollte. Sonst kommen die bestimmt niemals in der Gegenwart an.«

»Also, auf die Zeitmaschinen?«

»Auf die Zeitmaschinen.«

Den dritten Drink spürte ich als Wärme in meinem Bauch und als Hitze in meinen Wangen. Es setzte diese Wattigkeit der Gedanken ein, wenn jedes Wort und jeder Satz, die in einem auftauchen, viel weicher scheinen, aber auch langsamer wie ein Schnellzug, der auf freier Strecke abgebremst wird und vor sich hin tuckert. Das hatte etwas Erleichterndes.

»Sag mal, hattest du eigentlich auch schon mal ein Geschenk vor der Haustür?«, fragte ich und merkte selbst an meiner Aussprache, dass ich bereits beschwipst war.

»Was meinst du?«

»Ein Paket.«

»Von der Post?«

»Nein. Ohne Absender und ohne Briefmarken. Das muss mir jemand hingelegt haben.«

»Hast du es aufgemacht? Wenn Hundescheiße drin war, hast du vermutlich Feinde hier.«

»Außer meiner Nachbarin? Ich glaube nicht. Außerdem war es eher ein richtiges Geschenk. Eine Art kleiner Kerzenständer. Für Teelichte. Dazu selbst gemachte Quittenmarmelade«, beschrieb ich, was ich in dem Karton entdeckt hatte, als ich vor zwei Tagen morgens die Tür geöffnete hatte. »Es war weihnachtlich eingepackt.«

»Dann war es der Adventskalender«, erwiderte Janna.

»Der was?«

»Das ist bei uns im Dorf Tradition. Wir stellen unseren Nachbarinnen und Nachbarn eine Kleinigkeit vors Haus.

Jeden Tag. Wie bei den Türchen eines Adventskalenders. Reihum. Du bekommst ein Geschenk und gibst selbst eins her.«

»Ich muss auch etwas schenken? Und wann?«

»Wann hast du denn deines bekommen?«

»Vorgestern.«

»Dann gestern.«

»Ich hätte gestern jemandem ein Geschenk vor die Tür stellen müssen?«

»Klar. Sonst funktioniert das nicht.«

»Aber wem? Und was? Ich wusste das ja gar nicht. Hätte mir das nicht irgendwer sagen müssen?«

»Es gibt ein ausgeklügeltes, kompliziertes System, mit dem vor zweihundert Jahren entschieden wurde, wer wen beschenkt. Es wurde in Stein gemeißelt und am Glockenturm des Rathauses befestigt.«

»Was?«

»Es geht bei den Straßennamen nach dem Alphabet und dann nach den Hausnummern. That's it.«

»Dann hätte ich also ...?«

»Frau K. was schenken müssen?«, beendete Janna meinen Satz. »So sieht's aus.«

»Dann habe ich es bei ihr mal wieder ...«

»Voll verkackt.«

Auch das noch. Ausgerechnet Frau Katschinski. Hätte es nicht irgendjemand anders sein können?

Janna und ich redeten eine Weile über ihren Hof und welche Pläne sie dafür hatte. Sie hatte eindeutig viel vor, aber bei ihr hatte ich keinen Zweifel, dass sie das alles würde umsetzen können. Egal, was sie erzählte, man spürte, dass sie genau wusste, wovon sie sprach. Das hier waren keine Luftschlösser. Es waren klare Ziele, die verwirklicht werden würden.

»Bevor dem Typen da vorne die Augen rausfallen, gehe ich mal eben rüber und sage Hallo«, murmelte sie irgendwann und stand auf. »Bin gleich wieder da.«

Ihre Stimme war inzwischen ebenso schief wie ihr Gang, während sie sich auf einen Tisch an der anderen Raumseite zubewegte und mir auf halber Strecke zuwinkte.

Ich wollte mich auf meinem Stuhl zurücklehnen und die Augen schließen, weil ich mich plötzlich sehr müde fühlte und am liebsten in mein kleines Bett unter meine dicke Alpakawolldecke geklettert wäre, als ein Gesicht vor mir auftauchte. Ich brauchte einen Moment, um es zu erkennen, weil die Schärfe meiner Augen genauso gelitten hatte wie die Klarheit meiner Gedanken. Dann jedoch setzte mein Kopf die Informationen meines Sehsinns zusammen. Heu-Hannes.

»Ich wollte dir das Formular vorbeibringen«, sagte er und hielt eine Serviette in die Höhe.

»Was?«, fragte ich verständnislos zurück.

»Du weißt schon ...«, er grinste, »für die Reklamation. Ich habe auch meine Nummer draufgeschrieben.« Er schob das Papiertuch über den Tisch auf mich zu.

Prüfend musterte ich ihn. »Du glaubst nicht wirklich, dass das funktioniert, oder?«

»Warum nicht?« Er zuckte die Schultern. »Einen Versuch ist es wert. Darf ich dir einen Drink spendieren?«, fügte er hinzu.

»Ich glaube, ich habe definitiv genug für heute.«

»Ist eine philosophische Frage, oder? Bist du halb voll oder halb leer?« Er lachte über seinen eigenen Witz.

»Für diese Art von Humor bin ich definitiv noch nicht betrunken genug«, antwortete ich.

»Du kommst also eigentlich aus Köln?«, wechselte er das Thema. »Was hast du da gemacht?«

»Gewohnt.«

Der Heu-Hannes nickte leicht. »Schon klar. Aber was sonst. Was hast du gearbeitet?«

»Ich war Anwältin.«

»Ich gestehe: schuldig im Sinne der Anklage. Verhaften Sie mich, Officer.« Er hob die Hände, als würde er erwarten, dass ich ihn festnehme.

»Das machen Polizistinnen«, sagte ich.

»Dann hast du keine Handschellen?«

»Nein.«

»Schade.« Er zwinkerte mir zu.

Einige Momente betrachtete ich den Heu-Hannes schweigend. Er war absolut nicht mein Typ. Eigentlich war er mir sogar lästig, weil seine Sprüche flach und seine Witze wirklich mies waren. Auf der anderen Seite war es vielleicht genau das, was ich brauchte. Einen unbedeutenden Flirt mit einem Kerl, von dem ich rein gar nichts wollte. Inzwischen ging es mir so viel besser. Vielleicht war es sogar genau der richtige Zeitpunkt und genau der richtige Typ dafür.

»Ein Drink wäre toll«, erwiderte ich deshalb.

Der Heu-Hannes lächelte zufrieden. »Ich sag doch. Reklamationen gibt es bei mir nicht.« Damit stand er auf und kam kurze Zeit später mit zwei Gläsern zurück.

»Was ist das?«, fragte ich und deutete auf die goldbraune Flüssigkeit vor ihm.

»Bushmills Black Bush«, antwortete er. Als ich jedoch unbeeindruckt blieb, ergänzte er: »Whiskey.«

»Wie schmeckt der?«, wollte ich wissen.

Der Heu-Hannes beugte sich leicht zu mir vor und tauchte seinen Daumen in das Getränk. Anschließend fuhr er damit über seine Lippen. »Willst du probieren?«

Das war sicher die mit Abstand billigste Anmache der

Welt, und in Köln hätte ich höchstwahrscheinlich sofort die Flucht ergriffen. Aber hier in dieser seltsamen Kneipe mitten im Sauerland dachte ich: Warum eigentlich nicht? Was sollte schon passieren?

Bevor ich selbst wusste, was ich tat, lehnte ich mich dem Heu-Hannes entgegen und küsste ihn auf den Mund.

Seine Lippen waren warm und rau und schmeckten nach Alkohol. Ich spürte die Bartstoppeln und den Schweiß an seinen Wangen, als ich seine Haut mit den Fingern berührte. Ich wollte es einfach zulassen. Es passierte ja bereits. Ich musste es nur geschehen lassen. Nichts weiter tun. So einfach konnte es sein.

Aber plötzlich war da ein Schmerz. Keine Ahnung, woher er gekommen war. Er sauste durch mich hindurch. Die Luft blieb mir weg. Mein Herz setzte aus. Da war ich mir sicher. So weh tat es.

Ich wollte mich vom Heu-Hannes lösen und stieß ihn weg. So heftig, dass er beinahe das Gleichgewicht verlor.

»Was ist denn?«

»Nichts«, stammelte ich. »Alles.«

Dann sprang ich auf und rannte nach draußen.

Zehn

Ich hatte die Tiere gehört. Ich hatte Jakob gehört. Ich hätte aufstehen müssen. Ich konnte es nicht.

Seit ich nach Hause gekommen war, lag ich in meinem Bett, hatte jedoch kein Auge zugemacht. Stundenlang hatte ich in die Dunkelheit vor mir gestarrt, dann in das Dämmerlicht, als es langsam morgens geworden war. Aber für mich machte das keinen Unterschied.

Ich hatte mich nicht umgezogen, lag in der Jeans und dem schwarzen Pullover, die ich gestern zum Ausgehen ausgesucht hatte, unter der Bettdecke. Ob ich noch meine Schuhe anhatte, wusste ich nicht.

Wie spät war es inzwischen? Ich hatte keine Ahnung.

Irgendwann, vorhin irgendwann, hatte es geklopft. Unten an der Tür. Das Geräusch hatte mich zusammenzucken lassen. Dreimal. Dann war wieder alles ruhig. Ich hatte keine Sekunde darüber nachgedacht zu öffnen. Mir kam es unvorstellbar vor, jemals aus diesem Bett aufzustehen. An etwas wie Treppensteigen oder ein Gespräch mit Menschen war nicht zu denken.

Dieses Gefühl kannte ich nur zu gut.

Bevor Malek gestorben war, waren da diese Vorwehen gewesen. Anders konnte ich es nicht beschreiben. Wie Vorbereitungen auf den Schmerz, den ich bald spüren würde, und die trotzdem nur ein billiger Abklatsch dessen waren, was wirklich auf mich zukommen würde. Und als es dann passiert war, das, was ich so lange gefürchtet und wogegen wir so lange gekämpft hatten, was wir uns so lange verboten hatten, für möglich zu halten, war ich vollkommen haltlos in diesen tiefschwarzen Abgrund gefallen.

Wahrscheinlich war ich zur Beerdigung gegangen. Wahrscheinlich hatte ich alles organisiert und geklärt und getan, was getan werden musste, wie ich das in all den Jahren davor gemacht hatte. Das war mir längst in Fleisch und Blut übergegangen. Vielleicht hatte ich Maleks Familie getröstet, seine Schwestern, seinen Bruder, seine Mutter, seinen Cousin. Es war möglich. Erinnern konnte ich mich an nichts davon.

Es gab eine Lücke. Zwischen Maleks Tod und dem Moment, in dem ich mich im Bett wiedergefunden hatte. So wie jetzt. Nur dass ich dort bereits Tage lag und nicht Stunden. Ich musste zwischendurch etwas getrunken oder gegessen haben. Das wusste ich, weil ich nicht tot war. Man stirbt, wenn man nichts trinkt und nichts isst, und ich war nicht gestorben, obwohl es sich so angefühlt hatte.

Ich dachte, ich könnte all das hinter mir lassen. Ich dachte, ich müsste nur genug Kilometer zwischen mich und diesen Ort bringen, an dem ich gewesen war, damit ich so tun konnte, als wäre nichts davon passiert. Aber es war passiert. Natürlich war es passiert. Daran änderten ein paar letzte immer noch nicht ausgepackte Kisten nichts.

Als es nun erneut an der Tür klopfte, fühlte ich mich an das Klingeln und Klopfen an der Tür der Kölner Wohnung und an das ständige Klingeln meines Handys zurückerinnert. Nur dass jetzt ein neues Geräusch dazukam.

Es waren Schritte. Wieso Schritte?

Erst waren sie relativ leise, dann wurden sie lauter. Weil sie die Treppe hinauf und auf mich zukamen.

Ich verstand und verstand es zugleich nicht.

Ich wusste, dass in Köln Maleks Familie geklingelt hatte. Seine Mutter Farida, bestimmt seine Schwestern, vielleicht auch sein Bruder Hamza. Ihre Namen standen wieder und wieder auf meinem Handybildschirm, weil ich ihre Anrufe absichtlich verpasst hatte. Irgendwann hatten sie es direkt bis vor unsere Wohnungstür geschafft. Ich hatte Aminas Stimme durch die Tür gehört. Bevor sie weggingen, hatte sie gesagt: »Kannst du mir wenigstens ein Zeichen geben, dass du noch lebst?«

Also schickte ich ihr später eine letzte Nachricht: Ich lebe noch. Mehr nicht. Dann war ich weggezogen.

Aber jetzt stand nicht Amina vor mir und auch sonst niemand aus Maleks Familie. Es war der unwahrscheinlichste Mensch, den ich in diesem Moment in meinem Schlafzimmer erwartet hätte.

»Sind Sie krank?«, fragte Frau Katschinski und stemmte die Hände in die Hüften.

Ich wusste nicht, was ich darauf antworten sollte, und war mir nicht sicher, ob ich wusste, wie das überhaupt ging, reden. Aber sie schien nicht wirklich auf eine Reaktion von mir zu warten.

»Sie sehen nicht krank aus«, entschied sie. »Mein Bruder hat sich Sorgen um Sie gemacht. Er hat gesagt, Sie seien heute Morgen nicht rausgekommen und hätten die Alpakas nicht mit ihm versorgt. Er hat gesagt, das wäre noch nie vorgekommen. Es sind Ihre Alpakas. Ich finde, Sie sollten sich um Ihre Tiere kümmern. Sie haben die Verantwortung. Jakob hat geklopft«, fuhr sie fort, als ich weiter nichts sagte. »Mehrmals. Aber Sie haben nicht aufgemacht. Deshalb dachte er, Ihnen wäre was passiert. Ich habe ihm gesagt, dass ich das nicht glaube und dass Sie sich um Ihre eigenen Angelegenheiten kümmern müssen.

Aber mein Bruder ist ein guter Kerl, wissen Sie? Und er mag Sie. Hartnäckig kann er allerdings sein. Deshalb habe ich ihm versprochen, dass ich nach Ihnen gucke. Also, hier bin ich. Ich gucke nach Ihnen. Und Sie sehen nicht krank aus.«

Vorwurfsvoll musterte sie mich. Wenn ihr aufgefallen war, dass ich keinen Ton von mir gegeben hatte, ließ sie es sich nicht anmerken.

»Soll ich das meinem Bruder sagen?«, wollte sie wissen. »Dass Sie nicht krank und nicht irgendwo runtergefallen sind? Dass Sie gestern nur zu lange gefeiert und wahrscheinlich zu tief ins Glas geguckt haben? Wahrscheinlich haben Sie sogar irgendeinen dahergelaufenen Mann mit nach Hause genommen. Am Ende haben Sie sich noch den Heu-Hannes angelacht. Wundern würde mich das nicht. Soll ich das meinem Bruder sagen, der sich Sorgen um Sie gemacht hat?«

Am liebsten hätte ich genickt oder ein Wort herausgebracht, das wie ein Ja klang, damit sie endlich ging. Mehr wollte ich nicht. Sie sollte verschwinden und mich allein lassen.

Doch Frau Katschinski ließ nicht locker. »Was stimmt denn nicht mit Ihnen? Ich finde das sehr selbstsüchtig. Wissen Sie eigentlich, wie spät es ist? Sie sehen übrigens scheußlich aus. Sie sind nicht mehr die Jüngste. Eine durchzechte Nacht geht an Ihnen nicht spurlos vorbei. Vom Blick in den Spiegel sollten Sie nichts Gutes erwarten. Trotzdem sollten Sie dringend aufstehen«, fand sie. »Vielleicht trinken Sie einen starken Kaffee oder nehmen eine Dusche. Eine Dusche könnte ich Ihnen grundsätzlich sehr empfehlen«, fügte sie hinzu.

Ich schloss die Augen. Zum ersten Mal seit Stunden schloss ich meine schmerzenden Augen. Einfach nur, damit ich Frau Katschinski nicht sehen musste und so tun konnte, als wäre sie nicht da.

»Hören Sie mir überhaupt zu?«, fragte sie. »Und warum sagen Sie nichts? Wissen Sie nicht, dass es unhöflich ist, auf eine Frage nicht zu antworten? Was ist los mit Ihnen? Haben die Leute aus der Stadt gar keine Manieren? Hallo?«

Ihre Stimme kam mir plötzlich näher vor. Als wäre sie ganz nah an mich herangetreten und würde dicht vor meinem Bett stehen, über mir. Das konnte nicht sein. Sie war eben an der Tür gewesen.

»Ist alles in Ordnung?«

Da war jetzt ein anderer Ton in ihren Worten. Wenn ich es nicht besser gewusst hätte, wäre er mir wie Sorge vorgekommen.

»Stella«, sagte sie, lauter und trotzdem irgendwie leiser. »Geht es Ihnen nicht gut? Brauchen Sie Hilfe?« Sie rüttelte leicht an meiner Schulter. Dann hörte ich Schritte, die sich entfernten.

Ich schlief wieder ein. Ein bisschen fühlte es sich zumindest so an. Ich kam mir vor, als wäre ich auf einem Schiff, das sich vom Ufer entfernte und immer weiter abtrieb. Nein, ich war das Schiff. Daran konnte ich mich erinnern. Diesen Traum hatte ich damals ebenfalls gehabt. Als Malek gestorben war.

Plötzlich schreckte ich auf. Da waren Hände, die nach mir griffen. Sie packten mich und zogen mich hoch. Sie waren stark. Ich hatte nie so starke Hände gespürt. Ohne sie hätte ich nicht gewusst, wie ich mich jemals wieder aufsetzen sollte. Aber mit einem Mal saß ich da. Mit dem Rücken gegen die Wand hinter mir gelehnt.

Wie war das passiert?

Ich sah mich um. Da war sie wieder. Frau Katschinski.

Gehörten ihr die Hände? Ihr gehörten die Hände. War sie nicht längst gegangen?

»Trinken Sie das«, sagte sie.

Ich fühlte den Rand eines Glases an meinen Lippen. Im ersten Moment zuckte ich zurück. Doch Frau Katschinski ließ mich nicht meinen Kopf wegdrehen. Ich hatte keine Chance gegen sie. Ich musste den Mund öffnen.

Der Geschmack war scharf und bitter. Ich hustete. Was zum Teufel war das?

»Ein Familiengeheimrezept.«

Wollte sie mich vergiften?

»Nein«, sagte sie.

Hatte ich die Fragen ausgesprochen?

»Ja. Trinken Sie weiter«, befahl sie, und ich tat es.

Einige Male musste ich zwischendurch husten, aber Frau Katschinski ließ nicht locker, bis ich das komplette Glas geleert hatte. In meinem Bauch und meiner Brust spürte ich eine heftige Hitze, die langsam zu einer angenehmen Wärme wurde.

»Damit habe ich meiner Mutter früher auf die Beine geholfen. Es macht Tote lebendig. Wenn es sein muss«, fügte sie hinzu.

»Haben Sie es ausprobiert?«, wollte ich wissen. Meine Stimme klang kratzig.

»War bisher nicht nötig.«

Erst jetzt bemerkte ich, dass Frau Katschinski an meinem Bett saß. Sie war mit Abstand die Letzte, die ich jemals hier erwartet hatte. Aber ich fühlte mich nicht so unwohl, wie ich unter diesen Umständen vermutet hätte. Sie hielt noch das Glas in der Hand und wirkte, als wäre all das für sie vollkommen selbstverständlich.

»Was war los?«, fragte sie. Mehr nicht.

Natürlich hätte ich so tun können, als wüsste ich nicht,

wovon sie sprach. Ich hätte Ausflüchte finden oder lügen können. Noch vor einem Tag hätte ich mir lieber die Zunge abgebissen, als ausgerechnet Frau Katschinski einen winzigen Einblick in mein Übergepäck aus emotionalem Ballast zu geben. Aber jetzt?

Jetzt sagte ich: »Ich habe den Heu-Hannes geküsst.«

»Hat Ihnen niemand gesagt, dass man das nicht macht?«

»Doch.«

»Aber?«

»Es schien mir wie eine gute Idee.«

»Wieso?«

»Ich weiß nicht«, erwiderte ich.

»Doch. Wissen Sie«, behauptete sie.

Ich fuhr mir übers Gesicht. Meine Finger kamen mir taub vor, aber zumindest konnte ich die Bewegung spüren. »Ich glaube, ich wollte so tun, als wäre ich wieder ich.«

»Wer sollten Sie sonst sein?«

»Keine Ahnung. Ich glaube, ich weiß sehr lange nicht mehr, wer ich bin.«

»Warum nicht?«

»Weil ich mich immer nur um andere gekümmert habe.«

Frau Katschinski sagte nichts.

Und plötzlich wurde mir klar, dass ich genau mit ihr darüber sprechen musste. So seltsam das sein mochte, denn wir kannten uns kaum und mochten uns noch weniger. Ich war mir auch nicht sicher, ob das nach dem heutigen Tag anders sein würde. Aber aus einem mir selbst unerfindlichen Grund wusste ich, dass Frau Katschinski mich verstehen würde. Vielleicht war sie sogar die Einzige, die das konnte. Die Frau, die mir vom ersten Tag an das Leben schwer gemacht und mir von allen am meisten das Gefühl gegeben hatte, dass ich hier nichts zu suchen hatte und dass das alles ein riesiger Fehler gewesen war. Ausgerechnet sie.

»Mein Mann Malek hatte Krebs«, sagte ich ihr, und sie nickte leicht. Deshalb fuhr ich fort: »Eine seltene Form von Krebs. Am Anfang dachten wir, die Chancen würden ganz gut stehen, aber so war es nicht. Offensichtlich nicht.«

Ich brauchte einen Moment, ehe ich weitersprechen konnte: »Fünf Jahre. Es fing alles mit einer kleinen Verletzung am Bein an. Er dachte, er hätte sich gestoßen. Wer denkt bei so was an eine schlimme Krankheit, oder? Als er mich vom Arzt aus angerufen hat und sagte, er müsse ins Krankenhaus für weitere Tests, bin ich davon ausgegangen, er müsste in die Orthopädie. Es wäre doch irgendetwas mit seinem Fuß oder dem Knie oder keine Ahnung, jedenfalls irgendwas mit dem Bein. Aber dann musste ich ihn aus der Onkologie abholen. Ich habe das zunächst nicht kapiert. Erst als ich auf der Station war und überall die Schilder hingen und Leute ohne Haare rumgelaufen sind, da wurde mir das bewusst. Ich war überzeugt gewesen, ich wäre in die dritte Etage in die Orthopädie gefahren.« Ich hielt kurz inne. »Es kam dann alles. Bestrahlung. OP. Chemo. Das volle Programm«, erzählte ich schließlich weiter. »Eine Weile ging es ihm schlecht, dann besser und wieder schlechter. Es war ein ständiges Auf und Ab. Erst dachten wir, dass es nur ein paar harte Monate werden würden, dann ein hartes Jahr. Irgendwann war klar, es würden nur noch harte Tage, vielleicht Wochen bleiben. Sie wollten sein Bein retten. Dann sagten sie uns, sie würden es amputieren, um sein Leben zu retten. Doch das hat nicht geholfen.«

Ich holte tief Luft, weil ich vergessen hatte zu atmen.

»Fünf Jahre habe ich alles für ihn getan. Fünf Jahre hat er gekämpft, habe ich gekämpft. Aber ...« Ich brach ab.

»Es ging immer nur um ihn«, sagte ich. »Natürlich ging es immer nur um ihn. Das musste so sein. Ich wollte ihn nicht verlieren. Er sollte leben. Und dann sollte er wenigstens ein paar gute Tage haben, Stunden, Momente. Und am Ende wollte ich, dass er stirbt.«

Der Satz ließ mich zusammenzucken. Ich hatte es nie gewagt, das auszusprechen. Nicht einmal zu denken.

Erschrocken sah ich Frau Katschinski an, wartete darauf, dass sie ebenso schockiert sein würde wie ich. Das war sie nicht.

»Natürlich wollte ich nicht, dass er stirbt«, widersprach ich mir. »Ich wollte ...«

»Dass es vorbei ist«, beendete sie.

»Ja.« Ich nickte. »Ich glaube, wenn er nicht todkrank gewesen wäre, hätte ich Malek wahrscheinlich auch nicht geheiratet. Zumindest nicht zu diesem Zeitpunkt. Vielleicht irgendwann später. Vielleicht gar nicht. Weil ich eigentlich gar nicht heiraten wollte. Aber wie hätte ich Nein sagen können, als er mich gefragt hat?«

»Wir haben sogar sein Sperma einfrieren lassen«, sagte ich. Sprach ich hier wirklich mit Frau Katschinski über Sperma?

»Damit ich später ein Kind von ihm würde haben können. Wir wussten nicht, welche Auswirkungen die Chemo oder die Bestrahlung auf seine Fruchtbarkeit haben würden«, fügte ich peinlich berührt hinzu. »Dabei wollte ich gar keine Kinder. Aber wie hätte ich das sagen können? Es ging nicht. Und jetzt ist irgendwo in einer Klinik in Köln Sperma von ihm eingefroren und wartet darauf, dass ich ... keine Ahnung ... mir ein Kind damit machen lasse.« Ich lachte auf, sehr nervös.

»Und das hatte alles nichts damit zu tun, dass ich ihn nicht geliebt habe«, sagte ich. »Das habe ich. Er war meine große Liebe und mein bester Freund. Aber wenn ich eine wirkliche Wahl gehabt hätte, keine Ahnung, wofür ich mich dann entschieden hätte. Ich hatte sie nicht.« Ich zuckte die Schultern.

»Das geht mir mit allem so. Manchmal kommt es mir vor, als würde ich gar nicht wissen, was ich eigentlich will. Ich konnte es nie herausfinden. Früher, mit sechzehn, wenn man normalerweise damit anfängt, habe ich mich um meine Oma gekümmert. Als sie gestorben ist, hätte ich tun können, was ich wollte. Aber woher hätte ich wissen sollen, was das ist? Dann lernte ich Malek kennen, und dann wurde er krank. Manchmal kommt es mir vor, als hätte ich da weitergemacht, wo ich bei meiner Oma aufgehört habe. Vielleicht kann ich mich einfach gut kümmern. Vielleicht ist es das Einzige, was ich wirklich kann. Keine Ahnung. Jedenfalls ... Es waren schon die kleinen Dinge. Wenn mein Freund, der Krebs hat, lieber Pizza essen will, wer bin ich, dass ich auf Chinesisch bestehe? Wenn mein Freund, der ganz schwach von seiner letzten Bestrahlung ist, lieber *Italian Job* gucken will, wie kann ich da auf einen Film mit Hillary Swank bestehen? Wenn mein Freund nach seiner Beinamputation einen Ring in der Hand hält und mich bittet, ihn zu heiraten, was gibt mir das Recht, Nein zu sagen? So war es mit allem. Irgendwann habe ich mich selbst gar nicht mehr gefragt, was ich möchte. Irgendwann wusste ich gar nicht mehr, wer ich eigentlich bin.«

»Und ich schäme mich so«, brach es plötzlich aus mir heraus. »Ich schäme mich, weil ich über so etwas überhaupt nachdenke. Weil es mir vorkommt, als wäre mir was gestohlen worden. Dabei ist Malek tot. Und meine

Oma. Und ich bin am Leben. Ich habe keinen Grund, mich zu beklagen. Wie kann ich hier sitzen und darüber jammern? Ich meine ... Ich lebe. Aber ... trotzdem ...«

»Ja«, antwortete Frau Katschinski. Nur ja.

Eine Weile saßen wir schweigend nebeneinander. Aber es war ein gutes Schweigen, irgendwie.

»Wie sind Sie eigentlich reingekommen?«, fragte ich schließlich.

»Wie bitte?«

»Unten ... durch die Hintertür. Wie sind Sie da reingekommen?«

»Man kann die Tür von außen aufmachen. Wussten Sie das nicht? Das war immer so.«

»Fuck, ich hab doch gesagt, dass du mit dem Heu-Hannes nicht rumknutschen sollst«, sagte Janna und setzte sich zu mir ans Bett. »Es passieren schlimme Sachen, wenn man mit dem rumknutscht. Das weiß ich aus eigener Erfahrung.« Sie reichte mir einen Teller Nudelsuppe.

Es war bereits die dritte Mahlzeit an diesem Tag. Erst hatte mir Frau Katschinski ein Butterbrot mit Käse gemacht, dann waren Hannelore und Fran mit einer Lasagne gekommen, und jetzt brachte mir Janna Suppe. Ich hatte keine Ahnung, was Frau Katschinski ihnen erzählt hatte, aber offenbar waren sie alle davon überzeugt, dass man das Problem am besten mit Essen lösen konnte.

Zudem schienen die verschiedenen Gerichte wie eine Art Staffelstab, der von einer an die andere weitergereicht wurde.

»Ich bin wegen ihm sogar in der Notaufnahme gelandet. Frag nicht«, fügte Janna hinzu, als ich ein irritiertes Gesicht machte. »Ich sag nur so viel: Ein schlechter Küsser, der Mund und Zähne nicht koordiniert kriegt, kann im wahrsten Sinne des Wortes gesundheitsgefährdend sein. Das ist kein Kavaliersdelikt.«

»So schlimm war er nicht. Meine Lippen sind zumindest heile.«

»Aber du hast den Laden fluchtartig verlassen. Ich denke, das ist sogar für den Heu-Hannes ein neuer Rekord.«

»Es hatte aber eigentlich nichts mit ihm zu tun«, widersprach ich. »Ich war plötzlich so ... Ich wollte einfach wieder ... Ich weiß auch nicht. Einen Moment dachte ich, das Küssen wäre eine gute Idee. Aber das war es nicht. Im Gegenteil. Dafür kann der Heu-Hannes nichts.«

»Das will ich so nicht stehen lassen, denn er kann für alles was. Glaub mir. Aber ich versteh schon«, sagte Janna.

Während ich einen ersten Löffel nahm, sah ich sie an. Ich war mir nicht sicher, wie ich es finden sollte, dass sich andere Menschen um mich sorgten und kümmerten. Jeder von ihnen hatte ich gesagt, dass das nicht nötig sei und sie sich keine Umstände meinetwegen machen sollten, aber sie hatten alle meine Einwände weggewischt. Und tatsächlich ging es mir jetzt besser.

Ob es das warme Essen war, die Geschichten, die Fran mir erzählt hatte, Hannelore, die eine Weile neben mir saß, während ich immer wieder eingeschlafen war, Frau Katschinskis Familiengeheimrezept oder Jannas Nudelsuppe. Die ganze Nacht hatte ich mich gefühlt, als würde ich auf dem Boden eines Brunnens sitzen, über mir der dunkle Schacht und irgendwo oben ein winzig kleines Licht, das jedoch so weit entfernt war, dass ich es unmöglich erreichen konnte. Diesen Ort kannte ich. Über Wochen hatte ich hier gehockt und nicht gewusst, wie ich jemals herausfinden sollte. Ich war mir sicher gewesen, dass mir niemand dabei helfen konnte. Aber jetzt war ich hier. Nicht ganz an der frischen Luft, aber zumindest näher dran, und das hatte ich allein diesen Menschen zu verdanken.

Vielleicht hätte ich schon damals die Tür öffnen oder einen der vielen Anrufe annehmen sollen. Vielleicht wäre es gut gewesen, Maleks Familie nicht vollkommen auszuschließen. Aber zu jenem Zeitpunkt konnte ich es nicht. Und auch jetzt würde ich es nicht schaffen. Denn es war eine Sache, Frau Katschinski zu erzählen, dass ich auch erleichtert über Maleks Tod gewesen war, aber eine andere, es gegenüber seiner Mutter, seinen Schwestern, seinem Bruder einzugestehen.

Wie sollte ich ihnen überhaupt jemals wieder in die Augen schauen können?

»Was ist eigentlich aus dem Kerl geworden?«, fragte ich Janna, um die Gedanken zu vertreiben.

»Welchem Kerl?«

»Zu dem du rübergegangen bist?«

»Nichts. Wir haben ein bisschen gefummelt. Vielleicht hätte ich ihn mit nach Hause genommen, aber dann warst du ja plötzlich verschwunden, und ich musste dich suchen. Und den Heu-Hannes zusammenfalten.«

»Das hast du nicht getan.«

»Doch natürlich. So eine Gelegenheit lasse ich mir nicht entgehen. An irgendwas ist er immer schuld. Das ist Teil seines Charakters. Im Übrigen hätte ich mich bei einigen anderen nicht so unbeliebt machen müssen, wenn du an dein Telefon gegangen wärst oder mir gesagt hättest, dass du dir ein Taxi nimmst«, sagte Janna vorwurfsvoll, klang aber nicht ernsthaft verärgert.

»Tut mir leid. Auch wegen des Typen.«

»Um den ist es nicht schade. Der hatte zwei linke Hände. Das wäre ohnehin eine frustrierende Nacht geworden.«

»Dann habe ich dich gerettet?«

»Wer weiß?« Sie zwinkerte mir zu. »Ich habe übrigens inzwischen jede Menge Leute zusammengetrommelt.«

»Leute? Wozu?«

»Für unseren X-mas-Strickathon.«

»Unseren was?«

»X-mas-Strickathon.«

»Ist das ein Wort?«

»Natürlich. Ich benutze es ja.«

»Und was soll es bedeuten?«

»Eine Mischung aus Stricken und Marathon. Ein Strickmarathon. Oder kurz: Strickathon. Und da bald Weihnachten ist ...«

»Das hast du dir ausgedacht.«

»Dass Weihnachten ist? Ich wusste ja, dass das nicht so dein Ding ist, aber ...«

»Den Namen«, erwiderte ich.

»Umso besser, würde ich sagen. Ist sehr eingängig. Der Strickathon.« Sie machte eine Handbewegung, als würde sie einen Slogan aus Neonschrift in die Luft malen. »Wir ziehen das richtig groß auf. Du wirst sehen, bald werden überall in Deutschland Strickathons veranstaltet. Vielleicht auf der ganzen Welt. Und alles hat angefangen in einem kleinen Dorf im Sauerland.«

»Damit der örtliche Lebenshof einen neuen Schweinestall bekommt.«

»X-mas-Strickathon für das Schweinehaus. Die Leute lieben solche Geschichten.«

»Du solltest dir die Rechte an dem Namen schützen lassen. Nicht, dass dir nachher jemand diese Wahnsinnsidee klaut.«

»Jetzt lachst du. Aber wenn ich stinkend reich bin, wirst du dir wünschen, du wärst auf den Strickathon-Zug aufgesprungen.«

»Und welche Leute hast du für unseren ... Strickathon ... zusammengetrommelt?«

»Gerda, eine frühere Freundin meiner Mutter, und alle Mitglieder aus dem Kirchenkreis. Sven, ein entfernter Neffe von mir ...«

»Wie kann ein Neffe entfernt sein?«

»Er wohnt auf der anderen Seite des Dorfes.«

Ich lachte. »Ach so.«

Dass ich heute noch mal lachen würde, hatte ich nicht erwartet. Nicht mit der vergangenen Nacht im Rücken. Aber wenn das möglich war, waren es vielleicht noch ganz andere Dinge. Deshalb gab ich mir schließlich einen Ruck und bemühte mich, die Ereignisse und Gedanken der vergangenen Stunden abzuschütteln.

»Bis jetzt wollten alle, die ich angesprochen habe, sofort mitmachen. Deshalb ist die Frage eher, wer nicht dabei sein will. Ich habe es Hannelore gesagt. In diesem Dorf gibt es niemanden, dem sie nicht mindestens einmal geholfen hat und der sich deshalb endlich revanchieren möchte. Ob sie will oder nicht. Ganz abgesehen davon, dass sich niemand den ersten Strickathon der Welt im schönen Sauerland entgehen lassen will.«

»Und die sollen alle in mein Wohnzimmer passen?«

»Das klappt schon. Hannelore hat selbst gesagt: Wir brauchen dringend mehr Hände. Das sind mehr Hände. Wenn wir in dem Tempo weitermachen wie bisher, haben wir zum Wintermarkt eine einzige Socke fertig. Und selbst dafür müssten wir uns ranhalten. Aber ich glaube kaum, dass wir mit einer einzigen Socke so viel Geld zusammenkriegen, dass Hannelore und Fran den Stall der zarten Elfie wiederaufbauen können.«

»Und welche Regeln gelten für den Strickathon?«

»Welche Regeln?«

»Ja, ich meine: Wie lange stricken wir? Wird es Teams geben? Einen Wettbewerb? Treten wir gegeneinander an? Gibt es einen ersten Platz? Wann wollen wir das veranstalten? Viel Zeit bleibt ja nicht. Dieses Wochenende ist der dritte Advent.«

»Ich sehe schon, du hast in den Orgamodus geschaltet. Sehr gut. Ich denke, das Wort Strickathon leitet sich von Strickmarathon ab, also sollten wir zweiundvierzig Stunden stricken.«

»Am Stück? Wir schaffen es nicht einmal, fünf Minuten zu stricken, ohne uns die Finger zu brechen oder uns mit den Nadeln schwerwiegende Verletzungen zuzufügen. Wie sollen wir das zweiundvierzig Stunden durchhalten? Ganz abgesehen davon, sind wir nicht alle Mitte zwanzig. Manche von uns brauchen Schlaf und können nicht einfach die Nächte durchmachen.«

»Dann organisieren wir das wie bei einem Staffellauf. Alle Teilnehmenden bekommen Zeitfenster und übergeben anschließend an die nächste Person. Außerdem sind nicht alle, die mitmachen, so ungeschickt wie wir. Ich bin mir sicher, dass Gerda und ihre Kirchenleute Vollprofis an der Stricknadel sind. Und für die richtig schlimmen Verletzungen bringe ich meinen Verbandskasten mit«, fügte Janna hinzu.

»Klingt nach einem Plan.«

»Das ist ein Plan.«

»Wir veranstalten also einen Strickathon?«

»Wir veranstalten einen fucking X-mas-Strickathon.«

Janna blieb die ganze Nacht. Obwohl ich versuchte, sie davon abzuhalten, machte sie es sich unten auf dem Sofa bequem.

»Nur für den Fall«, sagte sie.

Und ich musste zugeben, dass es ein schönes Gefühl war, zum ersten Mal nicht allein im Haus zu sein.

Als ich am nächsten Morgen aufstand, hatte Janna bereits Kaffee gekocht und war draußen bei den Alpakas. Während ich mir eine Tasse einschenkte und die ersten dringend notwendigen Schlucke Koffein zu mir nahm, konnte ich vom Küchenfenster aus beobachten, wie sie sich mit Jakob unterhielt, der dabei war, neues Heu zu verteilen.

Ich fühlte mich erschöpft und müde. Außerdem war da dieses seltsame Gefühl, dass ich meinen Schmerz und meine Traurigkeit nicht mehr nur mit mir selbst ausmachte. Janna, Fran und Hannelore, sogar Frau Katschinski hatten es jede auf ihre Weise für mich besser gemacht. Etwas hatte sich in mir verändert, obwohl ich es noch nicht benennen konnte. Aber vielleicht musste ich das im Moment auch nicht, also zog ich meinen Wintermantel an und verließ ebenfalls das Haus.

Durch meinen gestrigen Zusammenbruch hatte ich meine Tiere einen ganzen Tag nicht gesehen. Das mochte nicht viel sein, aber es war die längste Zeit, seit sie bei mir eingezogen waren, und mir kam es sogar länger vor, als ich aus der Tür trat und in Richtung Weide schaute.

Bernd entdeckte mich als Erster und trabte zum Zaun, den Hals hoch aufgereckt. Stoffel und Kniesbüggel folgten ihm, und die Stuten liefen genauso auf mich zu. Sogar Fiese Möpp hob den Kopf und blickte mir entgegen.

»Da hat dich aber jemand vermisst«, sagte Janna, als ich näher kam.

Ich war sprachlos.

Es war eindeutig. Meine Alpakas freuten sich, mich wiederzusehen. Als ich durch das Tor auf die Koppel schlüpfte, wurde ich gleich von ihnen umringt. Ich musste mich unmittelbar an die Abgrenzung zwischen beiden Ausläufen stellen, damit ich alle Tiere gleichzeitig begrüßen konnte. Sie schnupperten an mir, sie stupsten mich leicht an, Bernd wuschelte mir mit den Lippen durchs Haar, Fussel zupfte an meiner Jacke, und Kalte Schnauze drängte sich so eng an mich, als wollte sie auf den Arm. Es war ein unglaubliches Gefühl. Mir schossen sofort Tränen der Rührung in die Augen. Etwas Vergleichbares hatte ich in meinem Leben nie zuvor erlebt.

Natürlich wusste ich, dass wir uns inzwischen gut verstanden. Trotzdem hatte ich das nicht erwartet. Sie hatten mich gern. Meine Alpakas hatten mich wirklich gern.

»Danke schön«, flüsterte ich ihnen zu und genoss ihre Nähe. Ich atmete ihren besonderen Geruch ein und spürte trotz der kalten Winterluft die Wärme ihrer Körper um mich. »Wenn ich gewusst hätte, dass ich nur zu euch kommen muss, damit es mir besser geht, wäre ich gestern nicht den ganzen Tag im Bett geblieben«, fügte ich hinzu.

Schavöttche prustete mir lautstark ins Ohr, als wollte sie etwas erwidern.

»Du hast recht«, sagte ich lächelnd. »Dann weiß ich es fürs nächste Mal.«

Einige wunderbare Momente lang lehnte ich mich leicht an Bernds Hals, die Augen geschlossen und das weiche Fell im Gesicht, während ich meine linke Hand auf Stoffels Rücken legte und mit der rechten Fussel hinter den Ohren kraulte.

Gab es einen schöneren Ort als diesen?

Foto, sagte ich stumm. Foto.

»Geht es Ihnen besser?«, fragte Jakob, nachdem ich mich endlich von meinen Tieren hatte losreißen können und zu ihm und Janna hinüberging.

»Ja.«

»Gut.«

»Wenn du halbwegs auf den Beinen bist«, kam es von Janna, »würde ich mich auf den Weg machen. Ich habe da einige Literaturnobelpreisträgerinnen zu versorgen.«

»Danke«, sagte ich. »Für alles.«

»Kein Ding.« Sie machte eine abwehrende Handbewegung. »Was sagst du zum Kaffee?«

»Köstlich. Ich wusste nicht, dass meine Maschine so leckeren Kaffee machen kann.«

»Kann sie eigentlich nicht. Aber was Kaffeebohnen angeht, habe ich außergewöhnliche Fähigkeiten.«

»Offensichtlich.«

»Wenn ich genug vom Biohof und der Weltrettung habe, werde ich vielleicht Barista. Man braucht immer einen Plan B im Leben.«

Ich nickte.

»Also, ich mache mich vom Acker ... auf den Acker. Und wir zwei müssen später dringend über den X-mas-Strickathon reden. So ein Großereignis plant sich nicht von selbst«, rief sie mir nach und hatte sich bereits auf den Weg in Richtung ihres Traktors gemacht, der vor meiner Scheune parkte.

»Kann ich dich was fragen?«, wandte ich mich an Jakob, der seine Arbeit wieder aufgenommen hatte und dabei war, den Rest Heu in einer der Raufen zu verteilen.

Seit dem Gespräch mit Frau Katschinski war mir eine Sache nicht aus dem Kopf gegangen.

Er schaute auf. »Ja.«

»Du weißt, dass hier reihum Geschenke vor die Häuser gelegt werden, oder? Im Advent, meine ich.«

»Ja.«

»Das geht nach Straßennamen und Hausnummern.

Man bekommt etwas und legt am nächsten Tag jemand anderem etwas vor die Tür.«

Er nickte, obwohl es keine Frage war.

»Das macht ihr auch, oder?«

»Ja.«

»Ist es deiner Schwester wichtig?«, fügte ich hinzu, obwohl ich die Antwort kannte.

»Sie sucht das ganze Jahr über nach einem passenden Geschenk und packt es immer sehr schön ein. Das hat sie schon früher so gemacht. Als wir klein waren.«

»Schon als Kind hat sie das gemacht, und nicht eure Mutter?«

»Ja.«

Jakob senkte den Blick auf das Heu. »Manchmal hat sie einen ganz Abend damit verbracht, es hübsch einzupacken«, fuhr er plötzlich fort, als ich schon dachte, er würde nichts mehr sagen. »Mit Schleifen und Konfetti und schönem Papier. Ich habe ihr dabei zugesehen und durfte die Karte reinlegen.«

»Und ...«, setzte ich an. »Habt ihr jemals ein Geschenk vom beknackten Jo bekommen?«

»Nein.«

Genau das hatte ich befürchtet.

»Aber von seiner Frau«, fügte Jakob hinzu.

»Er hatte eine Frau?«

»Ja. Aber dann war sie plötzlich weg.«

»Und seitdem habt ihr nie wieder ein Geschenk vor die Tür gelegt bekommen?«

»Nein.«

»Aber deine Schwester hat das trotzdem weiter gemacht?«

»Ja.«

Ich nickte, obwohl ich nicht genau wusste, weswegen.

»Darf ich Sie auch was fragen?«, wollte Jakob wissen, als wir einige Minuten geschwiegen hatten.
»Klar.«
»Was ist ein Strickathon?«
»Eine Mischung aus Stricken und Marathon.«
»Gibt es das?«
»Ich denke, jetzt schon.«

Elf

In den nächsten zwei Tagen verselbstständigten sich unsere Vorbereitungen des Strickathons. Wieder einmal hatte ich den Dorffunk auf dem Land unterschätzt, denn plötzlich sprachen mich vollkommen Fremde an, denen ich zufällig über den Weg lief. Ich erhielt auf meinem Handy Anrufe von Leuten, denen ich nie begegnet war und bei denen ich keine Ahnung hatte, wie sie an meine Nummer gekommen waren. Und zweimal kamen Menschen zu mir auf den Hof, um zu sagen, dass sie sich an unserem X-mas-Strickathon beteiligen würden.

Weil die Zeit knapp wurde, entschieden Janna und ich, dass unsere Veranstaltung nach dem dritten Advent stattfinden sollte, von Mittwochfrüh bis Donnerstagnacht. Das war übermorgen. Wir hatten also jede Menge zu tun und verbrachten die verbleibenden zwei Tage mit Einkaufen, Aufräumen und Organisation. Wir brauchten genug Sitzmöglichkeiten für alle, Getränke und Essen, weitere Spinnräder und so viele Stricknadeln, wie wir auftreiben konnten. Jakob und ich wuschen Wolle im Akkord und heizten mein Wohnzimmer anschließend auf die Temperatur einer Sauna, damit sie auf den Wäscheleinen, die wir quer durch den ganzen Raum gespannt hatten, rechtzeitig trocken wurden.

Einsiedler Piet erklärte sich bereit, die Unterweisung an den Rädern zu übernehmen, und Frau Katschinski würde denjenigen helfen, denen beim Stricken die Übung fehlte. Am Dienstag brachten die Frauen aus dem Kirchenkreis mehrere Kuchen, Christstollen und Dosen voller Weihnachtsplätzchen, ein Bauer meterweise Wurst, angerichtet in Form eines Tannenbaums mit Frikadellen als Kugeln, ein anderer eine riesige Käseplatte in einem Schlitten. Der Bäckereibetrieb aus einem der Nachbarorte versprach, uns Mittwochmorgen mehrere Bleche mit frischen Brötchen zu liefern, und ich sammelte alles an Geschirr und Besteck ein, das ich kriegen konnte.

Schließlich musste ich sogar über meinen Schatten springen und mein Haus und den Hof weihnachtlich schmücken.

»Wie sollen wir einen X-mas-Strickathon veranstalten, wenn es bei dir aussieht wie an elf normalen Monaten im Jahr?«, hatte mich Janna gefragt, als ich mich weiter sträuben wollte. »Ich verspreche dir, es tut nicht weh.«

Aber da hatte sie leicht reden, denn dafür musste ich eine der Kisten öffnen, um die ich lange einen großen Bogen gemacht hatte, den Karton mit Maleks Lieblingsdekoration für Weihnachten. Darin waren kitschige Kugeln, glitzernde Girlanden und sogar ein hässlicher goldener Engel für die Tannenbaumspitze, der mit jeder Menge kleiner Strasssteinchen beklebt war. Es gab zwei Kakaotassen mit seinem und meinem Namen drauf, blinkende Lichterketten, vier verschiedene Paar Adventssocken in seiner und meiner Größe und sogar Weihnachtswichtelschürzen, die wir beim Plätzchenbacken getragen hatten.

Für unsere Wohnung hatte all das damals gereicht, aber für einen waschechten Bauernhof war die Deko natürlich viel zu wenig. Ich wusste nicht, von wem die Idee stammte. Aber nach und nach tauchten immer mehr Kisten mit zusätzlichen Kerzen, selbst gebastelten Sternen und weiterer Weihnachtsdeko bei mir auf. Verschiedene Leute aus dem Dorf liehen mir das, was sie nicht brauchten, und ich verbrachte einen ganzen Vormittag damit, alles zu verteilen und für jeden Gegenstand einen Platz in meinem neuen Zuhause zu finden. Am Ende war ich verheult, aber zufrieden, und mein Hof bereit für den X-mas-Strickathon.

Wir hatten keine Ahnung, wie viele Leute tatsächlich kommen würden, aber da mussten wir uns wohl überraschen lassen. Während Fran von unserem Vorhaben gleich begeistert war, als wir ihr davon erzählten, nachdem die Idee in unseren Köpfen Form angenommen hatte, fügte sich Hannelore mit einigem Murren in ihr Schicksal, brachte uns am Vorabend jedoch als Zeichen ihrer Unterstützung eine Kaffeemaschine und mehrere Sorten Tee vorbei.

In der Nacht war ich so aufgeregt, dass ich kaum schlief, und ich hatte das Gefühl, dass es meinem Haus genauso ging. Wiederholt knackte es irgendwo, als ich gerade halbwegs eingeschlummert war, und einmal fiel ein Bild im Flur krachend auf den Boden, sodass ich mit wild klopfendem Herzen aufschreckte. Um kurz nach drei gab ich es schließlich auf und machte mich auf den Weg in die Küche, um die erste Ladung Kaffee zu kochen.

Der Sauerländer Strickathon, wie wir ihn offiziell nannten, sollte um sieben Uhr morgens starten, und überpünktlich fuhr bereits um fünf vor der erste Wagen auf meinen Hof. Es war der entfernte Neffe von Janna, der zwei weitere Verwandte im Gepäck hatte. Sie hatten sich als Weihnachtswichtel verkleidet. Damit war der Bann gebrochen, und nach und nach füllten sich nicht nur die Parkmöglichkeiten, sondern auch die Zimmer.

Es war eine bunte Mischung von Leuten. Einige hatten

langjährige Erfahrungen mit dem Aufnehmen von Maschen und brachten bereits ihre eigenen Nadeln mit, andere dagegen hatten höchstens oberflächliche Kenntnisse aus dem Handarbeitsunterricht ihrer Kindheit. Die einen wollten ihr Talent am Spinnrad entdecken, die anderen hatten klare Pläne, wie viele Socken sie stricken wollten und in welcher Farbe. Manche Menschen blieben ein oder zwei Stunden, andere deutlich länger, und zwei ältere Frauen nahmen die Sache mit dem Strickmarathon so ernst, dass sie ihre Zahnbürsten dabeihatten.

Ich selbst kam anfangs kaum dazu, irgendetwas anderes zu tun, als neuen Tee und Kaffee aufzusetzen, Essen zu verteilen und Informationen weiterzugeben. Janna hatte eine große Tafel aufgestellt, auf der unsere Strickfortschritte regelmäßig aktualisiert wurden. Wir machten Striche für fertige Sockenpaare, für Schals, Mützen, Topflappen und Decken. Außerdem gab es ein freies Feld für Projekte, die keiner dieser Kategorien zuzuordnen waren. Eine Frau hatte sich vorgenommen, einen Weihnachtspullover zu stricken, ein Mann wollte einen Satz Babystrampler herstellen, und ein Junge hatte sich ein Supermancape aus Wolle in den Kopf gesetzt.

Der erste Strumpf, den Hannelore auf unserer Wand vermerkte, wurde groß gefeiert und beklatscht. Die erste Mütze und der erste Schal bekamen ebenfalls Applaus, aber schnell füllten sich die Spalten und genauso der Korb, den ich neben die Tür gestellt hatte und in dem alle fertigen Sachen gesammelt wurden. Jedes Mal, wenn ich vorbeiging, schien er voller geworden zu sein.

Ich war froh, als Fran mich irgendwann aus der Küche heraus auf einen Platz vor einem Spinnrad schob. Gastgeberin für irgendwen oder irgendetwas zu sein hatte mich immer überfordert. Außerdem gefiel es mir besser, eine normale Teilnehmerin des X-mas-Strickathons zu sein. Ich unterhielt mich mit einem Bauern über seine Kühe, tauschte mich mit einer Frau über die Feinheiten des richtigen Dralls aus, und als ich mich später ans Stricken machte, lieferten ein Junge und ich uns ein Wettrennen, wer am schnellsten eine Reihe Maschen aufnehmen konnte.

Bei einer Pause fand ich zum ersten Mal Zeit, mit Piet über etwas anderes zu reden als Ziegen und Böcke, Einfachtritt und Doppeltritt, einfädig oder zweifädig. Ich erfuhr, dass er als junger Mann den Hof seiner Eltern hatte verlassen wollen. Sein Traum war es gewesen, auf einem Schiff anzuheuern und etwas von der Welt zu sehen. Doch dann verschwand seine Schwester. Bis heute wusste er nicht, ob sie mit ihrem damaligen Freund ausgerissen oder Opfer eines Verbrechens geworden war. Die Polizei hatte die Nachforschungen eingestellt. Als erst sein Vater, dann seine Mutter verstorben waren, hatte er das Gefühl gehabt, bleiben zu müssen, falls Fenny irgendwann zurückkommen würde.

»Wo sollte sie mich suchen, wenn ich irgendwo in der Weltgeschichte unterwegs wäre? So würde sie immer wissen, wo sie mich finden kann.«

Mit einem Mann sprach ich über den Verlust seines Sohnes, der vom Scheunendach gefallen war, mit einer Frau über die hohen Futterkosten für ihre Tiere, die sie nicht mehr bezahlen konnte, ein Mädchen erzählte mir von den Jungen in der Schule, die sie beleidigten und mit halb leeren Kakaotüten bewarfen, und eine andere Frau berichtete mir über das, was sie sich wegen ihres Kopftuches regelmäßig anhören musste. Daneben gab es auch lustige Geschichten, Anekdoten, Peinlichkeiten, die offenbar zu Running Gags geworden waren. Eine ältere Frau, die mit ihrem

Schwiegersohn gekommen war, hatte einen herrlich trockenen Humor und zu allem und jedem etwas zu sagen.

Mir kam es vor, als würde ich die Menschen im Dorf zum ersten Mal wirklich kennenlernen. In den letzten Stunden hatte ich mehr mit den Leuten gesprochen als in den ganzen zwei Monaten, die ich inzwischen hier war. Bei den Planungen für unseren X-mas-Strickathon hatte ich nur über das Stricken und Spinnen, die Wolle und den neuen Stall für Schwein Elfie nachgedacht. Ich war so damit beschäftigt gewesen, alles zu organisieren, dass ich erst jetzt verstand, dass es für alle Leute hier eine besondere Veranstaltung war, etwas für die Gemeinschaft, zu der ich jetzt ebenfalls gehörte, ob ich wollte oder nicht.

Zwischendurch machte ich kleine Rundgänge für diejenigen, die meine Alpakas noch nicht gesehen hatten, damit sie wussten, wie die Tiere aussahen, von denen die Wolle kam, die wir verarbeiteten, und stellte ihnen stolz meine Herde vor. Ich erzählte ihnen vom Beschwerdesong, den Bernd und die anderen summten, wenn sie meinten, ich würde ihnen zu langsam das Essen servieren, und davon, dass Stoffel begonnen hatte, sich als mein Friseur zu betätigen, indem er seine Nase wild durch meine Haare schob.

»Bald sehe ich selbst aus wie ein Alpaka«, lachte ich.

Den Teil des Strickathons mochte ich besonders.

Am Nachmittag schob Fran einen vielleicht vierzehn- oder fünfzehnjährigen Teenager in meine Richtung, mit einem farbenprächtigen Irokesenhaarschnitt. Vor einer Weile hatte ich ihr erzählt, dass ich gerne wüsste, ob mein Hof einen Namen hatte, ich dazu jedoch bisher keine Hinweise gefunden hatte. Außer vielleicht auf dem Bild in dem Fotoalbum, das ich gefunden hatte, aber dort konnte ich nichts entziffern.

»Luca kennt sich mit den Hofnamen bei uns besser aus als irgendwer sonst«, sagte sie und klopfte Luca aufmunternd auf die Schulter.

Der Teenager schien nicht begeistert darüber zu sein, mit einer Fremden reden zu müssen, doch als sie anfing, über die Bedeutung von Hofnamen im Allgemeinen und bei uns in der Region im Besonderen zu berichten, blühte sie auf. Sie erzählte mir von den verschiedenen Höfen in der Gegend und welche Geschichten sich hinter deren Namen verbargen.

»Ich habe auch versucht, Informationen zu Ihrem Hof zu finden«, sagte sie. »Viel ist es bisher nicht, aber ich hatte nicht genug Zeit. Belegt ist die Existenz des Hofes auf jeden Fall bis ins 18. Jahrhundert. Ich kann Ihnen eine genauere Aufstellung machen, wenn Sie möchten«, bot sie mir an.

»Möchte ich. Danke.«

»Das wird ein wenig dauern. Mal sehen, was ich ausgraben kann.«

»Aber über Namen hast du nichts gefunden?«

Ich zeigte ihr die Fotografie. Sie betrachtete die Menschen und die unleserlichen Buchstaben auf dem Stein, zuckte jedoch die Schultern.

»Meinst du, der Hof hieß Hof Jacobsen?«

»Nach dem beknackten Jo? Nein. Es war eigentlich der Hof seiner Frau, und deren Mädchenname war Gördes. Ich kann zwar nicht lesen, was da steht«, fügte Luca hinzu und tippte auf das Bild, »aber Gördes Hof bestimmt nicht. Das sieht länger aus.«

Damit hatte sie recht.

»Aber wenn wir den Namen nicht herausfinden, können Sie dem Hof einfach selbst einen geben.«

»Das geht?«, fragte ich überrascht. »Er ist ja nur gepachtet.«

»Und? Trotzdem ist es Ihr Hof. Sie wohnen da.«

»Das stimmt«, antwortete ich und dachte darüber nach. Irgendwie mochte ich den Gedanken. Ich mochte ihn sogar sehr.

Als es schließlich dunkel wurde, blieb nur ein harter Kern zurück, während sich die meisten anderen mit dem Versprechen, morgen wieder vorbeizuschauen, auf den Weg nach Hause machten. Ich sah zu, wie Janna auf der Couch einschlief, und kurz vor Mitternacht fielen mir ebenfalls die Augen zu, und das gleichmäßige leise Rattern von Piets Spinnrad erledigte den Rest.

Als ich aufwachte, saß neben mir eine ältere Frau, die ich bisher nicht gesehen hatte. Mit dem Kopf war ich gegen sie gerutscht, aber das schien sie nicht gestört zu haben. Sie strickte unaufhörlich Reihe um Reihe um Reihe. Im Hintergrund liefen leise klassische Weihnachtslieder.

»Tut mir leid«, murmelte ich, während ich mir mit der Hand übers Gesicht strich.

Jemand hatte das Holz im Ofen angezündet, und das Feuer warf rötliches Flackern an die Wände. Die Luft war angenehm warm.

»Muss es nicht, Liebchen«, sagte die Frau.

»Ich hoffe, ich habe nicht geschnarcht.«

»Nein. Nur ein bisschen gesabbert.« Sie deutete auf meine Wange.

»Auch schön«, erwiderte ich und fuhr mir hastig über die Haut, die sich feucht anfühlte. »Wann sind Sie gekommen?«

»Ungefähr vor einer Stunde.«

»Dann sind Sie wohl die Spätschicht.«

»Die Macht der Gewohnheit. Mein ganzes Leben war

ich Nachtschwester. Da führt man zwangsläufig ein Vampirleben.«

»Kommen Sie aus der Gegend?«

»Früher mal, aber ich wohne schon länger woanders. Ich habe fast vier Stunden hierher gebraucht.«

»Vier Stunden? Nur um mit vollkommen Fremden zu stricken?«

»Ich hatte nichts vor.«

»Und wie haben Sie davon erfahren?«

»Ich bin im Verteiler.«

»Was für einem Verteiler?«

»Dem Lebenshof-Verteiler.«

»Es gibt einen Lebenshof-Verteiler?«

»Klar. Hannelore schickt uns regelmäßig Informationen zum Hof und zu den Tieren. Und vor drei Tagen kam die Mail zum X-mas-Strickathon.«

»Vor drei Tagen?«, fragte ich nach, weil ich mich gut erinnern konnte, wie wenig begeistert sich Hannelore da von unserer Idee gezeigt hatte.

»Ziemlich genau, ja.«

»Gut zu wissen.«

»Warum?«

»Schon gut«, antwortete ich eilig und schüttelte den Kopf. »Und wieso sind Sie im Verteiler?«

»Ich habe einen Hund adoptiert. Das ist zehn Jahre her. Aber ich erinnere mich noch sehr gut daran.« Während die Frau erzählte, strickte sie weiter, sah aber nicht auf ihre Hände, sondern mich an.

Das kam mir immer noch wie ein Wunder vor. Wenn ich halbwegs gleichmäßige Maschen hinbekommen wollte, musste ich meine Finger genau im Auge behalten, damit sie nicht unvorhergesehene Bewegungen machten, die dazu führten, dass ich die gesamte Reihe aufribbeln musste. Außerdem fiel es mir schwer, mich dabei zu unterhalten, weil ich mich so sehr auf die Wolle konzentrierte, dass ich Fragen oder Bemerkungen von anderen komplett ausblendete. Jetzt lag mein aktuelles Strickprojekt unangerührt in meinem Schoß, deshalb konnte ich ihr aufmerksam zuhören.

Sie berichtete mir, wie es zu dazugekommen war, dass sie diesen Hund, der eigentlich für ihren kranken Neffen gewesen war, bei sich aufgenommen hatte, und wie das ihr gesamtes Leben verändert hatte. Ich schwieg in dieser Zeit und schaute dem Feuer im Ofen zu, wie es das nächste Holzstück verschlang. Nachdem ich über Jahre das Gefühl hatte, in meiner Tätigkeit als Anwältin läge kein Sinn, kam es mir vor, als wäre ich zum ersten Mal Teil von etwas, das gut war und sinnvoll.

»Ich hatte gedacht, er könnte ein Hoffnungsschimmer für meinen Neffen sein«, murmelte sie nach einer Weile und ließ kurz ihre Handarbeit sinken und sah mich an, »aber letztlich war er meiner, vielleicht sogar mein Lebensretter. Über Umwege«, fügte sie hinzu, zögerte kurz und strickte dann die nächste Reihe. »Aber manchmal machen wir Umwege.«

»Es geht um Fiese Möpp. Irgendwas stimmt nicht.«

Jakobs Klopfen hatte mich aufgeschreckt. Es war klar gewesen, dass der Strickathon gestern bis spät in die Nacht dauern würde, deshalb hatte er angeboten, die Tiere morgens allein zu versorgen, während ich Schlaf nachholen konnte. Daran war nicht mehr zu denken. Jakobs Gesicht war ernst. Sehr ernst.

Noch im Schlafanzug und ohne Mantel folgte ich ihm zur Weide der Stuten. Fussel und Kalte Schnauze liefen aufgeregt auf und ab, und Bernd auf der anderen Seite des Zauns war ebenfalls außer sich.

»Wo ist sie?«, fragte ich, aber da sah ich sie schon.

Fiese Möpp lag in einem der Unterstände im Stroh und rührte sich nicht. Normalerweise stand sie gleich auf, wenn ich in die Nähe kam. Jetzt nicht.

»Ich glaube, es ist das Baby«, sagte Jakob. »Es steckt fest.«

»Das Baby? Es steckt fest?« Ich starrte ihn an.

»Ja.«

Nachdem Jakob mir von seiner Vermutung, Fiese Möpp könnte schwanger sein, erzählt hatte, war ein Tierarzt hier gewesen. Doch die Alpakastute hatte ihn nicht nah genug an sich herangelassen, damit er sie eingehend untersuchen konnte. Jedes Mal, wenn er sie berühren wollte, war sie gestiegen, hatte sich wild um uns herumgedreht und sich schließlich losgerissen. Sie hatte mit allem gekämpft, was ihr zur Verfügung gestanden hatte.

»Schwer zu sagen«, hatte der Arzt schließlich gemeint und sich den Schweiß vom Gesicht gewischt. Der Versuch, Fiese Möpp fest und halbwegs ruhig zu halten, war für alle Beteiligten ein Kraftakt gewesen.

»Möglich wäre es. Aber wenn, dann ist es sicher erst Anfang des Jahres so weit«, hatte er mich beruhigt. »Februar. Vielleicht erst März. Weiter wird sie nicht sein. Wenn überhaupt. Wir müssten sie sedieren, um Genaueres zu erfahren.«

Aber das hatte ich ausgeschlossen. Ich wollte ihr Zeit geben, sich an mich und ihr neues Zuhause zu gewöhnen. Bis Februar oder März würden wir es schaffen. Da war ich mir sicher.

Und jetzt? Es war erst Dezember. Doch sie bekam tatsächlich ein Baby – und zwar jetzt? Und dabei ging offenbar irgendwas schief.

Ich starrte Jakob verzweifelt an.

»Hier«, fügte er hinzu und hockte sich hinter die Alpakastute, die mich seltsam ansah, mit einem Blick, den ich bei ihr bisher nicht gesehen hatte.

Sie wirkte erschöpft. Erst jetzt bemerkte ich, wie schweißnass sie war. Ihr Fell war dunkel und feucht. Sie atmete schwer. Ihre Augenlider flatterten, als würde sie gegen eine starke Müdigkeit ankämpfen. Ich betrachtete sie einige Sekunden besorgt, dann ging ich Jakob nach.

Endlich sah ich es auch.

Der Geburtsvorgang hatte begonnen, und die Nase eines kleinen Alpakas war bereits zu sehen. Mehr tat sich nicht. Fiese Möpp presste nicht, und das Neugeborene bewegte sich nicht weiter heraus.

»Was ist los?«, fragte ich. »Warum kommt es nicht?«

Jakob schüttelte nur stumm den Kopf. Er wirkte, als hätte er alles getan, was er konnte, er hatte mich geholt. Jetzt war er erleichtert, die Verantwortung an mich abgeben zu können. Aber ich konnte sie nicht übernehmen. Ich wusste auch nicht, was zu tun war.

»Der Kopf ist schon da«, stammelte ich hilflos. »Das ist gut. Warum flutscht es nicht einfach raus?«

Vorsichtig berührte ich Fiese Möpps Bauch. Ich hatte sie noch nie angefasst. Nie hatte sie es zugelassen. Jetzt jedoch reagierte sie nicht einmal. Also musste es ihr wirklich schlecht gehen.

»Wir brauchen Janna«, sagte ich, weil es das Erste war, was mir einfiel.

Janna war Landwirtin. Sie hatte Dutzende Kühe. Damit war sie groß geworden. Bestimmt war sie tausendfach dabei gewesen, wenn ein Kälbchen zur Welt gekommen war. Sie wusste Rat. Ganz sicher.

»Mein Handy.« Hastig stand ich auf. Davon ließ sich das Alpaka im Stroh ebenfalls nicht beeindrucken. »Ich muss sie anrufen. Du wartest hier«, sagte ich zu Jakob, der ein erschrockenes Gesicht machte. »Du musst nichts tun. Nur hier warten. Ich bin gleich zurück. Und du«, wandte ich mich an Fiese Möpp, die von unten zu mir aufschaute, »halte durch. Ich hole Hilfe. Ich werde dir helfen«, flüsterte ich. Natürlich wusste sie nicht, was ich sagte, trotzdem hatte ich das Gefühl, dass sie mich verstand. »Bitte nicht sterben«, murmelte ich, während ich mich auf den Weg zurück ins Haus machte.

Die anderen Tiere waren unruhig. Auch ihnen rief ich zu, dass ich Hilfe holen und dass alles gut würde, obwohl ich Angst hatte, dass ich sie angelogen hatte.

Mein Handy lag in der Küche auf dem Tisch. Ich war erleichtert, dass ich es gleich fand.

»Janna, Janna, Janna.« Meine zitternden Finger suchten nach der Nummer.

Da. Endlich. Anrufen. Los, anrufen. Kein Netz. Ich hielt das Telefon in die Höhe. Nichts. Ich rannte zu der Stelle unter dem Türbogen, an der es das letzte Mal geklappt hatte. Wieder nichts. Also raus. Neben die Hintertür. Da hatte ich gestanden, als ich vor Kurzem mit Fran telefoniert hatte. Ja, jetzt. Endlich ein Balken. Sogar zwei. Es tutete.

»Jep«, drang es aus dem Hörer. Das war Jannas Version eines Hallos.

»Fiese Möpp ...« Weiter kam ich nicht.

»Stella? Ich verstehe dich schlecht. Der Empfang hat Dorfqualität.«

»Scheiße!« Ich lief weiter über den Hof in Richtung Weide. »Wie ist es jetzt? Hallo? Hallo?«

»Ja. Jetzt kann ich dich hören«, sagte Janna, als ich mich gerade mit einem Bein halb über den Zaun geschwungen hatte. Sofort hielt ich inne, bewegte mich nicht. »Noch mal von Anfang.«

»Fiese Möpp bekommt ein Baby. Aber es steckt fest. Es geht ihr wirklich schlecht, und ich weiß nicht, was ich tun soll. Ich habe Angst, dass sie stirbt.«

»Wie liegt das Baby?«

»Wie es liegt? Mit dem Kopf voran.«

»Dann kannst du den Kopf sehen?«

»Ja. Also, die Nase. Die Nasenspitze guckt raus. Mehr nicht.«

»Keine Vorderfüße?«

»Nein. Ist das gut?«

»Wenn es bei Alpakas wie bei Kühen ist, wovon ich ausgehe, dann liegt das Fohlen richtig, aber die Vorderbeine müssen zuerst raus, weil sonst ...«

Den Rest konnte ich nicht hören.

»... du musst es zurückschieben.«

»Was? Nein!«

»Ich mache mich gleich auf den Weg. Aber du musst das Baby jetzt sofort wieder reinschieben und dann die Vorderbeine suchen.«

»Wie suchen?«

»In der Mutter.«

»In Fiese Möpp?«

»Ja. Irgendwo da drin müssen die Vorderbeine sein. Du musst sie finden und nach vorne ziehen, damit der Geburtsvorgang weitergehen kann.«

»Aber ich kann doch nicht ...«

»Du musst, Stella. Sonst überleben sie vielleicht beide nicht.«

»Aber du kommst.«

»Ja. Ich bin gleich da. Trotzdem musst du das alleine machen. Sonst ist es vielleicht zu spät.«

»Janna?«, fragte ich in den Hörer, aber die Verbindung war bereits abgebrochen.

Das konnte nicht ihr Ernst sein. Ich konnte das Baby nicht zurückschieben und dann irgendwo in Fiese Möpp nach Vorderbeinen suchen. Ich war keine Tierärztin oder Tierhebamme. Aber was blieb mir anderes übrig? Fiese Möpp und ihr Baby durften nicht sterben. Auf keinen Fall. Ich hatte die Chance, ein Leben zu retten. Zum ersten Mal in meinem Leben. Ich musste nicht nur beim Sterben zusehen. Ich konnte etwas tun. Und verdammte Scheiße, das würde ich. Die beiden würden nicht sterben. Sie nicht auch noch. Nicht, wenn ich es irgendwie verhindern konnte.

Ich erkannte die Erleichterung in Jakobs Gesicht, als ich zurück in den Unterstand kam. Auch Fiese Möpp schien froh, mich zu sehen, obwohl ich mir das kaum vorstellen konnte.

»Janna ist unterwegs«, sagte ich und wusste nicht genau, zu wem von beiden ich sprach. »Aber wir müssen das Baby jetzt zurückschieben.«

»Die Babys von Alpakas heißen Cria.« Er wirkte verzweifelt und hilflos.

Ich legte ihm sanft die Hand auf die Schulter. »Wir schaffen das«, sagte ich so entschlossen, wie ich konnte, weil wir beide ein wenig Zuversicht nötig hatten. Ich straffte die Schultern. »Los geht's. Stell du dich zum Kopf«, wies ich ihn an. »Und beruhige Fiese Möpp ein bisschen. Kannst du das tun?«

Er nickte sehr kurz, stand jedoch auf und hockte sich neben das Alpaka ins Stroh. Vorsichtig legte er eine Hand auf den Hals des Tieres, schien sich aber nicht zu trauen, sie zu bewegen.

»Also gut«, murmelte ich mir selbst zu und ging um die Stute herum.

Nichts hatte sich verändert, seit ich gegangen war. Der vordere Teil der Nase war zu erkennen, umgeben von der Fruchtblase. Mehr nicht. Falls ich gehofft hatte, es wäre ein Wunder geschehen und die Vorderbeine wären aufgetaucht, wurde ich enttäuscht.

Zurückschieben und die Füße suchen. Zurückschieben und die Füße suchen, wiederholte ich in meinem Kopf.

Nie zuvor hatte es mich so viel Überwindung gekostet, etwas anzufassen. Aber ich zwang mich, meine Hand auf die Nase des Babys zu legen. Ich drückte leicht dagegen. Nichts passierte. Musste ich fester schieben? Aber wie? Ich konnte doch nicht diese kleine Nase ...? Und Fiese Möpp ...

»Scheiße. Verfluchte, verdammte Scheiße, Scheiße, Scheiße«, fluchte ich.

Sie durften nicht sterben. Bei Malek hatte ich nichts tun können. Aber hier und jetzt konnte ich etwas tun.

Ich ließ meine Finger höher und tiefer gleiten, bekam so den Kopf besser zu fassen, schloss die Augen, holte Luft, dann drückte ich. Erst dachte ich, es würde sich nichts rühren. Doch dann bewegte sich das Fohlen. Es rutschte zurück. Die Nase verschwand.

Geschafft. Den Teil hatte ich geschafft.

»Jetzt die Vorderfüße«, flüsterte ich mir selbst zu. »Wo seid ihr? Wo sind diese beschissenen Füße?«

Vorsichtig tastete ich mich in das Innere des Tieres vor, an diesem winzigen Alpaka entlang, das auf die Welt kommen wollte. Aber da war nichts. Da war nichts, was sich wie Beine oder Füße anfühlte. Was, wenn ich sie nicht finden würde? Dann war alles umsonst. Ich wollte bereits aufgeben, als ich endlich etwas spürte. Eindeutig. Das war ein Bein. Ein sehr dünnes, aber langes Bein. Was sollte ich damit machen? Es nach vorne klappen? Und dann?

Ein Schritt nach dem anderen. Ich arbeitete mich weiter vor. Dann hatte ich eine geeignete Stelle. Vorsichtig zog ich daran. Erst gab es einen Widerstand, dann ging es. Das zweite war leichter. Mit einem kurzen Ruck lag es neben dem anderen.

»Geschafft«, sagte ich und hob den Kopf in Jakobs Richtung, sprach aber eigentlich mit Fiese Möpp. »Ich hab's geschafft.«

»Und jetzt?« Jakobs Stimme klang heiser.

»Jetzt muss sie wieder pressen.«

»Ich glaube, sie kann nicht mehr.«

»Du musst«, sagte ich zu der Alpakastute und sah sie eindringlich an. »Das hier können wir nur zusammen.«

Plötzlich ging eine Welle durch ihren Körper. Die Vorderbeine, die ich in den Händen hielt, kamen ein Stück auf mich zu.

»Super! Ja, genau. Du schaffst das. Sehr gut. Du schaffst das.«

Auf einmal ging alles sehr schnell. Es folgten einige wenige Presswehen, das Baby rutschte vor, und schließlich glitt es aus dem Körper seiner Mutter heraus und lag vor mir im Stroh.

»Es ist da. Jakob. Es ist da.« Ich lachte und weinte gleichzeitig.

Auch Jakob konnte es nicht fassen. Er hatte die Hände vor den Mund geschlagen und blieb so stehen, ohne sich zu rühren. Wiederholt schaute er stumm von mir zu dem neuen Wesen am Boden zu Fiese Möpp und zurück. Die Alpakastute dagegen stand jetzt langsam auf, wackelig und zittrig, und sie drehte sich zu ihrem Kind um, das sich aus seiner Fruchtblase befreite.

»Ja, das ist dein Baby«, sagte ich ihr, während sie es mit der Nase sorgfältig untersuchte und begann, es sauber zu lecken. »Das ist dein Baby.«

Fix und fertig ließ ich mich auf den Boden fallen. Mir kam es vor, als hätte ich nie zuvor so hart gearbeitet wie in den letzten Minuten. Jeder Teil meines Körpers tat weh. Ich war verschwitzt, und mein Atem klang, als hätte ich einen Marathon hinter mir. Aber es war geschafft. Wir hatten es geschafft.

Ich hätte nicht glücklicher sein können.

»Das hast du dir verdient«, sagte Janna und reichte mir ein Bier.

»Ich bin so am Ende, als hätte ich selbst ein Baby aus mir rausgepresst«, erwiderte ich.

»Fuck. Das glaube ich.«

Es war nicht das Wetter, um gemeinsam draußen zu sitzen und Bier zu trinken. Die Temperaturen waren in den letzten Tagen über null geklettert, doch die Welt wurde dadurch nicht wärmer, nur matschiger. Janna und ich saßen dick eingepackt in Mantel, mit Mütze und zusätzlichen Decken auf Klappstühlen vor der Weide. Die Stuhlbeine versanken im weichen, nassen Boden.

Verzaubert sahen wir zu, wie das Neugeborene Schritt für Schritt an der Seite seiner Mutter die Welt entdeckte.

Noch schirmte Fiese Möpp ihr Kleines gegen alle ab, nur Jakob und ich hatten uns ihm nähern dürfen. Damit der Tierarzt es sich hatte anschauen können, hatten wir sie ans Halfter nehmen müssen. Ich hätte schwören können, dass sie gerade mir das auf jeden Fall übel nehmen würde, aber das tat sie nicht. Dieses Mal wehrte sie sich auch nicht mit aller Kraft gegen uns, sondern hielt still, bis der Tierarzt sie und ihr Baby untersucht hatte. Sie vertraute darauf, dass wir nur das Beste für sie wollten. Sie vertraute mir. Dieses Ereignis hatte die Beziehung zwischen ihr und mir grundlegend verändert.

Seit ich vor dem Zaun Platz genommen hatte, war sie mehrere Male zu mir gekommen, und wenn ich aufgestanden war, hatte sie den Kopf in meine Richtung gestreckt und an meiner Hand gerochen. Sie hatte sich sogar absichtlich so hingestellt, dass ich sie am Hals und hinter den Ohren streicheln konnte. Das mochte sie offenbar besonders. Und sie ließ es zu, dass ihr Fohlen an mir schnupperte und an einer Ecke der Wolldecke zupfte.

Das Kleine war von Anfang an vollkommen anders als seine Mutter, kein bisschen misstrauisch, kein bisschen distanziert und abwehrend. Von der ersten Sekunde an, als es auf seinen eigenen Beinen gestanden hatte, ging es neugierig und mit einer beeindruckenden Furchtlosigkeit auf alles zu, und es war unglaublich schön, ihm dabei zuzusehen.

Die anderen Alpakas schienen ebenfalls verstanden zu haben, dass etwas Außergewöhnliches geschehen war. Denn obwohl wir alle inzwischen eine gute und enge Beziehung zueinander hatten, kam es mir vor, als hätten die Dramatik der letzten Stunden und der Ernst der Lage uns weiter zusammengeschweißt.

Wie unwirklich das alles war. Nie hätte ich gedacht, dass ich so etwas erleben und dabei helfen würde, dass ein Baby geboren wurde. Diese Erfahrung würde ich so nicht wiederholen wollen. Doch jetzt dieses Alpakakind über die Wiese laufen zu sehen war sehr besonders. Magisch.

Maleks Krankheit und unser aussichtsloser Kampf hatten mir das Gefühl gegeben, dass sich die Dinge niemals zum Guten wendeten. So oft und so lange hatte ich gehofft, und am Ende war es vergebens gewesen. Genau wie bei meiner Oma und wie mit dem Tod meiner Eltern. Maleks Sterben hatte mich in einer grundlegenden Haltung dem Leben gegenüber bestärkt, die ich seit meiner Kindheit hatte. Ich hatte genug Gründe gehabt, weiter und weiter daran festzuhalten.

Doch dieses Wunder. Das passte nicht rein.

Ich konnte nicht aufhören, die beiden Bilder in meinem Kopf miteinander zu vergleichen: Die kleine Nase, die festgesteckt hatte, und wie sie jetzt nach dem Euter der Mutter suchte oder anfing, die Dinge in ihrer Umgebung zu beschnuppern. Die dünnen Beinchen, die sich so unwirklich angefühlt hatten, als ich sie nach vorne gezogen hatte, eins nach dem anderen, und wie das Junge jetzt seine ersten Schritte und winzige Hüpfer darauf machte. Und dann natürlich Fiese Möpp, die erschöpft und kraftlos im Stroh gelegen hatte und wie sie jetzt über die Weide lief, ihr Kind an ihrer Seite, noch stolzer als sonst.

Das hatten meine Hände geschafft. Immer wieder sah ich sie an und konnte es nicht fassen. Sie kannten es zu schreiben, zu tippen, zu spülen, zu tragen, am Ende von Maleks Krankheit zu waschen, zu massieren, Essen zu reichen. Aber noch nie waren sie so sehr mit dem Leben in Berührung gekommen. Vielleicht war das übertrieben, aber für mich fühlte es sich so an.

»Auf dich«, sagte Janna nun und hielt mir ihre Bierflasche hin, um mit mir anzustoßen.

»Auf Fiese Möpp«, erwiderte ich. »Und das Baby.«

»Und auf dich«, beharrte sie.

»Okay. Und auf mich.« Ich grinste. »Und auf das Leben.«

»Und auf das Leben.«

Gemeinsam schauten wir auf die Tiere und tranken unser Bier.

Früher hatte ich meist Cocktails bestellt oder Wein, an lauen Sommerabenden oder gemütlich irgendwo drinnen. Aus einem Grund, den ich selbst nicht kannte, hatte ich angenommen, Bier wäre mir zu herb, und ich wäre nie darauf gekommen, an einem usseligen Wintertag, bei dem es aussah, als könnte es jeden Augenblick anfangen zu regnen, dick eingepackt mit einer Decke im Freien zu sitzen und eine Flasche in der Hand zu halten. Aber es fühlte sich genau richtig so an.

»Wie soll es denn heißen?«, fragte Janna nach einer Weile und schlang ihre Jacke enger um sich.

»Ich dachte an Schnüss.«

»Schnüss?«

»Das ist das Erste, was ich von ihr gesehen habe«, ich deutete auf meine Nase, »die Schnauze. Und in Köln ist das die Schnüss.«

»Gefällt mir.«

»Ja?«

»Ja.« Sie nickte mir zu. »Unser X-mas-Strickathon war ja ein krasser Erfolg, oder?«

Der Strickathon. In der ganzen Aufregung der vergangenen Stunden hatte ich den vollkommen vergessen.

»Ich habe keine aktuellen Zahlen«, fuhr Janna fort. »Aber wir haben eine Menge Stricksachen zusammenbekommen. Jetzt müssen wir das alles nur noch auf dem Wintermarkt für mächtig Asche verkaufen, dann sitzt Elfie, die Sau, bald in ihrem eigenen Palast.«

»Ich hoffe es.«

»Und mich haben gestern bestimmt vier Leute angesprochen, wann wir das wiederholen. Eine Frau hat gesagt, ihre Schwester möchte beim nächsten Mal dabei sein, und der Knochenbrecher Martin ...«

»Wer?«

»Der Tierarzt. Der will es auch versuchen und sagt, er übt schon mal. Ich glaube, so was nennt man einen Volltreffer. Der Sauerländer Strickathon. Wir haben eine neue Tradition ins Leben gerufen, von der noch Generationen nach uns erzählen werden. Dann sausen wir wahrscheinlich in kleinen Raumkapseln über die Felder wie bei den Jetsons, aber gestrickt wird trotzdem.«

»Und gesponnen«, warf ich ein.

»Natürlich. Und gesponnen. War klar, dass das von der Spinnerin kommt.«

»Den Namen werde ich nicht mehr los, oder?«

»Fuck, nein. Er passt. Besser geht's nicht.«

»Eins noch«, sagte Janna, als wir nach einer knappen Stunde einsehen mussten, dass wir nicht länger draußen sitzen konnten.

Außerdem musste sie dringend einiges auf ihrem Hof erledigen, was in den letzten Tagen liegen geblieben war. Sie war bereits aufgestanden. Ich sah zu ihr hoch. Janna beugte sich in meine Richtung. Dann küsste sie mich. Es war ein warmer, schöner Kuss. Durch die Kälte waren ihre Lippen rau, aber trotzdem fühlten sie sich sanft auf meinen an. Ich war überrascht. Aber es war zu schön, um es nicht zu erwidern.

Als wir uns voneinander lösten, schaute ich Janna fragend an.

»Ich wollte nicht, dass du von deiner letzten Kusserfahrung traumatisiert bleibst«, antwortete sie. »Denn du solltest es wieder tun. Vielleicht nicht sofort. Und definitiv nicht mit dem Heu-Hannes. Aber irgendwann. Und da solltest du eine gute Erinnerung an deinen letzten Kuss haben und nicht ... na ja ... so eine.«

»Danke«, sagte ich.

»Gern geschehen.«

»Du bist eine ziemlich gute Küsserin.«

»Ja, ich weiß.«

Hatte Frau Katschinski irgendetwas von einem Wachhund gesagt? Oder einer Alarmanlage? Besaß sie wirklich eine Waffe?

Vorsichtig schlich ich in der Dunkelheit durch die Einfahrt auf ihr Haus zu und blieb wiederholt stehen, um zu horchen und in die Schwärze um mich herum zu starren, ob ich jemanden erkennen konnte. Die geschmückten Fenster waren finster, bis auf ein kleines unter dem Dach, dessen Licht jedoch nicht bis zu mir reichte. Weil der Mond nicht zu sehen war, konnte ich die Umrisse des aufblasbaren Weihnachtsmanns, der bereits seit Wochen mit seinem Schlitten auf dem Dach befestigt war, nur erahnen. Ich wusste, dass in den Sträuchern und an den Bäumen überall Kugeln und Strohsterne hingen, doch ohne Licht war davon nichts zu erkennen. Ich folgte den Zuckerstangen aus Plastik, die den Weg säumten. Der Boden unter meinen Füßen war rutschig und schmatzte bei jedem meiner Schritte. Das hätte gepasst. Dass ich bei meiner nächtlichen Aktion mit all den Dingen, die ich bei mir hatte, in den Schlamm plumpsen würde.

Der beknackte Jo hatte Frau Katschinski und ihrer Familie nie ein Geschenk vor die Tür gelegt, obwohl das seit Ewigkeiten Tradition war. Aber offenbar hatte er auch die

Geschenke, die er selbst bekommen hatte, nie ausgepackt, sondern sie alle in einen seiner Schränke gestopft und dort verstauben lassen. Es kam mir richtig vor, sie weiterzugeben, an Frau Katschinski und Jakob, als Ausgleich für all das, was sie nie bekommen hatten.

Jede einzelne der kleinen Aufmerksamkeiten, die der beknackte Jo erhalten hatte und die von ihm nicht wertgeschätzt worden war, hatte ich aus dem bereits vergilbten Papier befreit, gesäubert und anschließend neu eingepackt und mit Schleifen, Kärtchen und Tannengrün verziert. Dabei war einiges zusammengekommen, und die Arbeit hatte mich einen ganzen Nachmittag und Abend gekostet. Doch jetzt war alles fertig, und ich stand wenige Schritte von der Eingangstür entfernt, an der ein großer Kranz aus Zweigen hing.

Ich kniete mich auf die Fußmatte, die fröhliche Weihnachten wünschte, und begann, die einzelnen Stücke aus meinem Korb zu nehmen und auszubreiten. Anfangs wollte ich sie schön anordnen, aber es waren zu viele. Ohne meine eigenen Hände sehen zu können, musste ich sie eng zusammenschieben und übereinanderstapeln, damit alle Geschenke auf dem Treppenabsatz Platz fanden. Meine Finger zitterten leicht, weil ich aufgeregt war. Ich tat nichts Schlimmes, im Gegenteil, trotzdem fühlte es sich ein wenig verboten und wie ein Abenteuer an.

Dann hörte ich plötzlich ein Geräusch.

Ich war gerade fertig geworden, als im Haus Licht anging. Durch das schmale Türfenster fiel der Schein auf mich. Ich zuckte zusammen, ließ ein eingepacktes Schneidebrettchen aus Holz fallen, stolperte, etwas anderes kugelte scheppernd in die Finsternis. Ein Weihnachtsmann begann zu blinken und schmetterte ein Lied in die Nacht. Laut und durchdringend. Hastig sprang ich auf. Rutschte aus. Musste wieder aufstehen. Rannte ein Stück. Und versteckte mich gerade rechtzeitig hinter einer Hecke.

»Ich habe eine Waffe und weiß, wie ich sie einsetze«, schrie Frau Katschinski hinter mir her.

Ich presste mir eine Hand auf den Mund. Mein Herz hämmerte.

»Wenn ich dich erwische, dann werde ich ...«, schimpfte sie weiter. Dann erstarben ihre Worte.

Sie hatte die Geschenke entdeckt.

Zwölf

Ich stand mit beiden Beinen im Mist.

Das Tauwetter der letzten Tage hatte nicht nur dazu geführt, dass sich einige meiner Fenster wieder öffnen liessen und die Tränken auf den Alpakaweiden funktionierten. Leider hatte es auch den sorgfältig aufgestapelten Misthaufen in einen großen Matschberg aus Exkrementen verwandelt, von dem kleinere und größere Lawinen hinabstürzten, die den Boden in der Umgebung in einen widerlichen, sumpfigen, dunkelbraunen See verwandelt hatten. Bevor dieses Ekelwasser sich weiter ausbreiten konnte, wollte ich versuchen, alles zumindest halbwegs aufeinanderzuschichten und so der Abwärtsbewegung entgegenzuwirken, was jedoch aussichtslos schien.

Der Wintermarkt gestern hatte unsere Hoffnungen übertroffen. Beinahe jeden Schal und jede Mütze und jedes Paar Socken, die beim Strickathon hergestellt worden waren, hatten wir verkauft. Weil wir unseren Stand als Letzte angemeldet hatten, war für uns nur einer der schlechten Plätze am hinteren Ende des Marktes übrig geblieben. Doch die Leute hatten uns trotzdem gefunden. Unsere Aktion für Elfies neues Zuhause hatte sich weit über das Dorf in die Nachbarorte herumgesprochen, und einige Menschen waren nur wegen uns überhaupt zum Wintermarkt gekommen.

Zwei Frauen aus dem Kirchenkreis hatten ein großes

Schild gemalt, um deutlich zu machen, dass alle Einnahmen für einen guten Zweck sein würden. Sie hatten es mit Fotos von Elfie beklebt, in ihrer vollen Zwei-Zentner-Pracht. Außerdem hatte Janna Flugblätter drucken lassen, auf denen sie unseren Strickathon, Hannelores und Frans Lebenshof und meine Alpakas vorstellte. Tagelang hatte sie mir in den Ohren gelegen, ob wir meine Tiere dafür nicht ein bisschen weihnachtlich einkleiden könnten, mit Mützen, Schals und roten Rentiernasen. Als Kompromiss hatte sie Bilder von Schavöttche, Kniesbüggel, Bernd und Co. am Computer bearbeitet, sodass es aussah, als würden sie tatsächlich den Schlitten des Weihnachtsmanns ziehen und dabei lustige Weihnachtspullover tragen. Am besten gefiel mir jedoch das Foto auf der Rückseite, auf der Fiese Möpp und ihre Tochter abgebildet waren. Sie standen vor meinem Haus und trugen bunte Bommelmützen.

Ich hatte fest vor, Janna zu bitten, mir das Bild im Original zu geben, damit ich es einrahmen und im Wohnzimmer aufhängen konnte.

Alle Stricksachen waren wunderschön geworden. Es war schwer, sie nicht einfach selbst zu kaufen. Außerdem musste ich mich immer wieder daran erinnern, dass die Kleidungsstücke aus Wolle von meinem Hof gemacht waren. Nicht von meinen Alpakas, dieses Jahr nicht, aber von meinem Hof. Das kam mir sogar nach fast zwei Monaten unwirklich vor.

Ja, ich hatte tatsächlich einen eigenen Hof.

Und das alles hatten wir gemeinsam geschafft, mit Menschen, die ich bisher nicht gekannt hatte.

Der Wintermarkt war ein langer und anstrengender Tag gewesen, aber auch ein aufregender, auf dem viel gelacht wurde. Als wir abends unsere Einnahmen und zusätzlich das Geld aus der aufgestellten Spendendose zählten, hatten wir noch mehr Grund zu feiern. Mit dieser Summe würde Sau Elfie wirklich einen Palast bekommen können.

»Von wegen armes Schwein«, hatte Hannelore gesagt und angefangen zu klatschen.

Am Ende hatten wir alle gemeinsam gejubelt, uns umarmt und auf uns angestoßen.

Danach war mir auf meinem zerfließenden Misthaufen gerade nicht zumute. Denn während ich noch versuchte, das Unaufhaltsame aufzuhalten, und mit meinen pinken Pünktchengummistiefeln tiefer und tiefer im stinkenden Modder versank, fuhr ein Auto auf den Hof. Es war noch ein gutes Stück von mir entfernt. Aber ich erkannte es sofort. Ich hatte selbst schon dringesessen, als ich nach Holland ans Meer gefahren war, zur Einweihungsfeier des Hauses einer angeheirateten Cousine oder zu Gedos neunzigstem Geburtstag.

Es war Faridas Kombi. Das Auto von Maleks Mutter.

Ich ließ die Mistgabel sinken. In meiner Brust fühlte es sich an, als würde mein Herz viel zu schnell klopfen und gleichzeitig stillstehen. Falls ich atmete, merkte ich es nicht.

Vielleicht hast du dich geirrt, schoss es mir durch den Kopf. Sie weiß nicht, dass du hier bist. Woher soll sie das erfahren haben? Sie kann es nicht sein.

Wieder und wieder ging ich diese Sätze durch. Sogar noch, als sich beide Autotüren öffneten und Farida und Amina ausstiegen. Kurz hatten sie sich umgesehen. Jetzt entdeckten sie mich.

So ekelhaft die Vorstellung war, ich wünschte mir, ich könnte in diesem riesigen Haufen aus halb gefrorenem und halb zerlaufenem Mist versinken, bis ich komplett verschwunden war und mich niemand finden würde. Ich machte mich absichtlich schwer. Nichts geschah. Ich sackte nur so weit ein, dass ich mich kaum selbst daraus befreien konnte. Weglaufen war also keine Option mehr.

Farida und Amina kamen auf mich zu. Beide waren definitiv nicht für einen Bauernhof im Winter angezogen. Maleks Mutter versuchte, das Schlimmste von ihren Schuhen abzuwenden, indem sie um die größten Pfützen herumging. Ihre Tochter hatte das aufgegeben und lief einfach hindurch. Aber genau so waren sie. Farida deutete ein Lächeln an, als sie mich fast erreicht hatten. Amina bemühte sich nicht um ein freundliches Gesicht.

»Ich dachte mir, dass du in der Scheiße steckst, aber dass du wirklich so in der Scheiße steckst, hatte ich nicht erwartet«, sagte sie und erntete dafür einen vorwurfsvollen Blick ihrer Mutter.

»Hallo, Stella«, begrüßte die mich stattdessen. »Es war gar nicht so einfach, dich zu finden.«

»Es wäre leichter gewesen, wenn du den Anstand besessen und uns gesagt hättest, dass du am Arsch der Welt lebst und hässliche Schafe hältst«, kam es von Amina.

»Alpakas«, krächzte ich. »Es sind Alpakas.«

»Mir doch egal.«

»Und wie ... Ich meine, wie habt ihr mich gefunden?«

»Wäre es dir lieber gewesen, wir hätten es nicht geschafft?«

»Nein«, antwortete ich.

Stimmte das? Ja. Irgendwie stimmte das.

Ich war kein bisschen darauf vorbereitet, vor Amina und Farida zu stehen. So lange hatte ich davor Angst gehabt. So lange hatte ich es vermieden. Aber jetzt spürte ich vor allem eine Erleichterung, die mich selbst überraschte. Ich hatte mich so darauf konzentriert, sie aus meinem Leben rauszuhalten, dass ich mir nicht hatte eingestehen können, wie sehr sie mir fehlten. Sie alle, doch Maleks jüngste Schwester und seine Mutter am meisten. Mit Ausnahme meiner Oma waren sie die einzige Familie, die ich jemals hatte. Und obwohl ich mich hier inzwischen zu Hause fühlte, sogar mehr zu Hause, als ich es in Köln je getan hatte, und obwohl Janna, Hannelore und Fran nicht nur sehr gute Freundinnen geworden waren, sondern mir ebenfalls fast wie Familie vorkamen, hatte ich trotzdem die ganze Zeit ein Fehlen in mir gespürt. Als wären einzelne Teile in einem Puzzle nicht da. Selbst wenn man alles daransetzte, nur das Bild zu sehen, blieben die Augen ständig an den schwarzen Lücken hängen.

»Wer's glaubt«, erwiderte Amina unversöhnlich.

»Eine Freundin von dir hat uns angerufen«, sagte Farida und antwortete damit auf meine Frage.

»Welche Freundin?«

»Eine neue Freundin. Mit deinen alten redest du ja nicht mehr«, kam es von Amina.

Ihre Mutter antwortete: »Janna Viereck.«

»Janna hat euch angerufen?«, sagte ich überrascht.

Damit hatte ich nicht gerechnet. Sie war die Einzige, mit der ich über Maleks Familie gesprochen hatte. Mehrmals hatte sie danach versucht, das Thema anzuschneiden, doch ich hatte abgeblockt und so getan, als wäre es nicht wichtig. Offensichtlich nicht so überzeugend, wie ich gehofft hatte.

»Sie hat sich Sorgen gemacht.«

»Warum sollte sie sich …?«, setzte ich an, aber Amina unterbrach mich sofort.

»Für die meisten Menschen ist das nicht normal, weißt du?«, sagte sie.

»Was ist nicht normal?«

»Dass man einfach den Kontakt zu seiner Familie abbricht. Dass man nicht mehr mit ihnen redet. Dass man ihnen die Tür nicht aufmacht. Dass man sie von einem Tag auf den anderen aus seinem Leben schneidet und wegwirft, als wären sie Müll.«

»So ist das nicht. Ich habe nie ...«

»Amina übertreibt mal wieder«, versuchte Farida zu schlichten, weil die Stimme ihrer Tochter schrill geworden war und ich kaum ein Wort herausbrachte. »Aber dein Verhalten hat uns verletzt.«

»Das ist die Untertreibung des Jahrtausends. Außerdem bin ich nicht verletzt. Ich bin verdammt wütend«, widersprach Amina.

»Dann bist du wütend. Das ist in Ordnung. Aber ich bin vor allem verletzt. Und ich glaube, Hamza, Meryem und Elif geht es ähnlich.«

»Ich bin gerne mit meiner Wut allein. Macht mir nichts.«

»Wir verstehen einfach nicht, warum du das getan hast, Stella«, fuhr Farida fort, ohne den Einwurf ihrer Tochter zu beachten. »Warum hast du unsere Anrufe ignoriert? Warum wolltest du uns nicht sehen? Du hast einen schweren Verlust erlitten. Das wissen wir.«

»Und wir etwa nicht?«, warf Amina dazwischen.

»Doch. Natürlich. Wir genauso. Aber deshalb dachte ich, dass wir das alle gemeinsam durchstehen. Als Familie. Denkst du nicht, dass Malek das gewollt hätte?«, fragte Farida.

Wie schmerzhaft es war, seinen Namen aus ihrem Mund zu hören. Als hätte ich mit der Hand auf eine heiße Herdplatte gefasst. Unwillkürlich zuckte ich zurück.

»Maleks Verlust war das Schlimmste für mich«, sagte sie leise, als ich nicht antwortete, und die Traurigkeit über den Tod ihres Sohnes war überall in ihrem Gesicht zu sehen. »Aber dass wir dich ebenfalls verloren haben, hat es noch schlimmer gemacht.«

»Ihr habt mich nicht verloren.«

»Ach nein?«, fragte Amina heftig. »Und was soll das sonst gewesen sein? Erst lässt du uns tagelang, wochenlang nicht in deine Wohnung und gehst nicht an dein Handy, und dann bist du plötzlich verschwunden. Einfach weg, und wir haben keine Ahnung, wo du steckst. Was genau soll das sonst sein?«

»Ich ...«, setzte ich an, hatte aber keine Ahnung, wie ich meinen Satz beenden sollte.

»In einer Familie steht man solche Sachen gemeinsam durch«, sagte Farida.

»Man lässt sich nicht gegenseitig im Stich«, fügte Amina hinzu. »Das ist nur arschig.«

»Man tröstet sich gegenseitig. Man hilft sich. Man hält zusammen. Das ist, was Familien tun.«

»Und woher sollte ich das bitte wissen?«, platzte es aus mir heraus. »Ich hatte nie eine Familie. Meine Oma war die einzige Familie, die ich hatte. Sonst hatte ich niemanden. Ich war immer allein.«

»Du hattest Malek.«

»Und der ist auch tot!«, schrie ich zurück und merkte selbst erst, dass ich weinte, als ich das Salz der Tränen auf den Lippen schmeckte.

»Du hast uns. Und diese Janna klang ebenfalls so, als wäre sie Teil deiner Familie.«

»Aber ...«

»Aber was?«, wollte Amina herausfordernd wissen.

»Ist es, weil du abgehauen bist?«, fragte Farida. »Das war nicht schön, aber so leicht wirst du uns nicht los. Wir sind nicht sehr nachtragend.«

»Sprich nur für dich«, gab ihre Tochter dazu.

»Willst du vielleicht erst mal von diesem Misthaufen runterkommen?«, fragte Farida und streckte die Hand nach mir aus.

Ich zögerte. »Ich kann nicht.«

»Natürlich kannst du«, widersprach sie mir.

»Nein, wirklich«, antwortete ich. »Ich kann nicht. Ich glaube, ich stecke mit den Gummistiefeln fest.«

Es stimmte. Ich hatte mich so lange nicht bewegt und auf einer Stelle in diesem widerlichen Morast gestanden, dass mich die Mischung aus Tierkot und Wasser nicht freigeben wollte. Ich versuchte, eins meiner Beine zu bewegen. Es rührte sich nicht. Es kam mir vor, als hätte der Misthaufen mich an sich gesogen und hatte nicht vor, mich freizulassen.

»Dann müssen wir dich da irgendwie rausbekommen.«

»Aber kommt nicht hier rauf«, sagte ich, als Farida und Amina sich daranmachten, ebenfalls auf den Exkrementenberg zu steigen.

»Wie sollen wir dich aus dem Mist ziehen, wenn wir nicht auf den Mist klettern sollen?«

»Dafür habt ihr die falschen Schuhe.«

»Und wenn schon.«

»Nein, wirklich. Hier taut gerade alles. Deshalb ist es total matschig. Ihr werdet ...«, wollte ich hinzufügen, aber in diesem Augenblick war es bereits geschehen. Farida war mit einem ihrer größtenteils sauberen Straßenschuhe im Modder eingesackt.

»Vorsicht!«

»Mama!«

Sie versuchte, ihren Fuß wieder herauszuziehen, aber es war zu spät. Sie sank tiefer ein. »Iiih«, entfuhr es ihr. »Ist das eklig.«

»Und es stinkt wie ...«

»Es ist ja auch welche. Ich habe euch gesagt, dass ihr ...«

»Ich glaube, diese widerliche Brühe läuft mir in den Schuh«, jammerte Farida.

»Musst du dich so anstellen, Mama? Das ist nur ein bisschen Mist. So ist das eben auf dem Land.«

»Das stimmt nicht«, widersprach ich sofort.

»Ach ja? Und wie würdest du das hier nennen?«

»Das ist wirklich Mist, ja. Das gebe ich zu. Aber hier ist nicht alles so.«

»Können wir vielleicht aufhören, darüber zu diskutieren, und lieber nachdenken, wie wir uns aus dieser misslichen Situation befreien wollen? Ich habe die Gülle jetzt zwischen den Zehen, deshalb wäre ich sehr dafür, dass wir uns überlegen, wie ich hier rauskomme, damit ich unter die nächste Dusche springen und mich eine Stunde lang mit Seife schrubben kann.«

»Bist du dir sicher, dass es hier am Arsch der Welt überhaupt fließend Wasser gibt?«

»Wir haben fließend Wasser, stell dir vor«, antwortete ich. »Es ist nicht immer warm, vor allem dann nicht, wenn das Haus schlechte Laune hat, und manchmal stellt der Boiler auf stur, aber meistens haben wir hier draußen fließend Wasser.«

»Das klingt sehr vertrauenserweckend.«

»Ich nehme auch kaltes Wasser und einen sturen Boiler. Ist mir egal. Holt mich nur hier raus.«

»Ich werde euch rausziehen«, entschied Amina.

»Wie willst du uns rausziehen? Du kommst gar nicht nah genug an uns ran, ohne selbst zu versinken.«

»Dann hole ich mir eben ...«

Amina sah sich um. Dann hatte sie entdeckt, was sie suchte. Sie steuerte ein paar Latten an, die Jakob und ich an die Seite geräumt hatten, weil wir damit die Unterstände ausbessern wollten. Sie nahm einen der langen Balken, stemmte ihn hoch und trug ihn zu uns her. Dann legte sie ihn so auf den Misthaufen, dass die Planke einen Weg zwischen Farida und mir bildete.

»Meinst du, das wird halten?«, fragte ihre Mutter.

»Werden wir sehen.« Sie schob die Latte zurecht, dann stellte sie ihren Fuß darauf.

Das Holz senkte sich in den Modder, aber offenbar war der Untergrund gefroren genug, dass es hielt.

»Jetzt siehst du, was man in Familien füreinander tut«, erklärte sie mir. »Wir ziehen uns aus der Scheiße. Merk dir das.«

Vorsichtig und Schritt für Schritt balancierte Amina über die Planke auf Farida und mich zu. Als sie ihre Mutter erreicht hatte, streckte sie ihr die Hand entgegen und zog sie zu sich auf das rettende Stück Holz. Das schien nicht schwierig, aber Farida steckte auch nicht so lange im Mist fest wie ich.

»Die werde ich niemals sauber bekommen«, sagte Farida und betrachtete mit einem verzweifelten Blick ihre Schuhe.

»Jammere nicht, Mama. Die waren sowieso hässlich.«

»Meine Schuhe sind nicht hässlich«, widersprach sie sofort. »Findest du meine Schuhe hässlich, Stella?«

»Die Farbe gefällt mir nicht so gut«, antwortete ich. »Und sie müffeln ein bisschen.«

»Sehr witzig. Jetzt du«, fügte sie hinzu, und beide hielten mir ihre Hände hin, während sie gleichzeitig versuchten, auf der improvisierten Brücke das Gleichgewicht zu halten.

»Das wird nicht gehen«, erwiderte ich zweifelnd.

»Natürlich wird das gehen. Los jetzt.«

»Wir lassen dich nicht auf dem Schlachtfeld zurück«, kam es von Amina.

»Dem Schlachtfeld?« Farida zog die Augenbrauen hoch. »Musst du immer so melodramatisch sein?«

»Ich bin nicht melodramatisch. Stella versteht das.«

Tat ich wirklich. Es war ein Insider zwischen uns.

Zum ersten Mal heute sah Amina mich richtig an, nicht wütend oder vorwurfsvoll, sondern beinahe lächelnd.

»Aber meine theatralische Tochter hat trotzdem recht. Wir lassen dich nicht zurück. Also gib uns deine Hände, damit wir endlich aus diesem Mist rauskommen.«

Ich streckte mich ihnen so weit entgegen, wie es mir möglich war. Aber der widerliche Matsch wollte mich nicht freigeben. Erst berührten sich nur unsere Finger, dann schlossen sie sich umeinander, dann spürte ich einen Ruck im Arm, als Farida und Amina beide an mir zogen.

»Fester«, wies Farida ihre Tochter an.

»Ich ziehe so fest ich kann, Mama. Das liegt nicht an mir. Stella ist zu schwer.«

»Mach nicht andere dafür verantwortlich, dass du dich nicht genug bemühst.«

Wie früher, schoss es mir durch den Kopf. Wir mochten vielleicht noch nie in einer mit dieser vergleichbaren Situation gewesen sein, aber alles andere fühlte sich vertraut an. Dieses liebevolle Necken und Ärgern, an das ich mich anfangs erst hatte gewöhnen müssen, weil ich es von meiner Oma nicht kannte. Ich hatte es vermisst. Das wurde mir erst jetzt klar.

Ich hatte sie sehr vermisst. Sie alle.

»Mach dich leicht«, verlangte Amina.

»Wie soll ich mich leicht machen?«

»Dann mach deine Füße schmaler.«

»Wie soll ich meine Füße schmaler machen? Außerdem habe ich Gummistiefel an.«

»Pinke. Mit Pünktchen. Du hättest in Köln nie pinke Gummistiefel mit Pünktchen getragen.«

»Wie schlimm wäre es, wenn wir die Gummistiefel zurücklassen?«, fragte Farida mich.

»Das ist keine Option.«

»Es sind nur Gummistiefel«, sagte Amina.

»Es sind nicht nur Gummistiefel«, widersprach ich entschlossen.

»Wenn sie sagt, dass das keine Option ist, dann ist es keine Option. Also hör auf zu jammern und zieh weiter, damit wir Stella endlich aus dieser Scheiße rauskriegen.«

»Du hast Scheiße gesagt, Mutter.«

»Habe ich auch gehört.«

»Das hier ist doch auch eine Riesenscheiße, oder täusche ich mich da? Und jetzt Schluss mit dem Gequatsche. Ich will heute noch unter die Dusche«, sagte Farida streng.

Die beiden Frauen versuchten es mit aller Kraft. Ich spürte bereits einen heftigen Schmerz in den Händen und Armen, aber der Morast wollte mich nicht loslassen. Dann gab es plötzlich ein lautes Schmatzen, meine Stiefel bewegten sich, und ich war frei. Ein letzter beherzter Ruck, und ich stand neben Farida und Amina auf der Holzlatte, auf der für uns drei kaum genug Platz war.

»Siehst du?«, freute sich Farida und schloss mich direkt in die Arme. »Ich wusste, dass wir dich da rauskriegen.«

Ich fühlte ihre Wärme und atmete das Parfüm ein, das ich gerne an ihr roch. Ich war plötzlich so erleichtert und gleichzeitig so traurig, dass ich weinen musste. Das war Maleks Familie. Und Malek war tot.

»Ich weiß«, flüsterte Farida, als hätte sie meine Gedanken erraten. »Ich weiß.« Sie drückte mich enger an sich.

Aus meiner Kindheit kannte ich es nicht, umarmt zu werden. Meine Oma war nicht lieblos, aber Umarmen war etwas, das es zwischen uns nicht gegeben hatte, auch nicht das Küssen. In Maleks Familie war beides an der Tagesordnung. Alle umarmten und küssten einander die ganze Zeit. Darauf hatte ich mich irgendwann richtig gefreut.

»Lass mich auch mal«, verlangte Amina. »Du kannst Stella nicht nur für dich haben.«

Farida ließ sich jedoch nicht hetzen. Sie hielt meine Hände, während sie mir ins Gesicht sah. Sie weinte ebenfalls. Wir alle weinten. Sie küsste mich, dann wischte sie mir über die Wangen, wahrscheinlich um notdürftig ihren Lippenstift zu verreiben, was jedoch nie gelang. Ein Tag mit Farida bedeutete, überall rote Abdrücke auf der Haut zu haben. Und sie schminkte sich regelmäßig nach.

»Ich bin so froh, dass wir dich wiederhaben«, flüsterte sie. »Ich bin so froh. Lass uns reden.«

Ich nickte.

Ja, ich würde ihnen alles erzählen, auch die Dinge, für die ich mich am meisten schämte. Vielleicht nicht sofort. Aber irgendwann.

»Hast du eigentlich einen Knall?«, fragte Amina, als wir einander anschauten. »Weißt du eigentlich, dass wir Elif nur ganz knapp davon abhalten konnten herzukommen, dich in den Kofferraum zu werfen und dich zurück nach Köln zu verfrachten?«

»Echt?«

»O ja«, antwortete ihre Mutter.

»Aber du bleibst erst mal auf dem Land?«

»Tue ich.«

»Bei deinen Schafen?«

»Alpakas.«

»Musst du mir zeigen.«

»Mach ich.«

»Aber mögen werde ich sie nicht.«

»O doch, wirst du«, erwiderte ich.

»Wenn sie schuld sind, dass ich nicht mehr einfach zu dir rübergehen und mit dir *Gilmore Girls* gucken oder mich mit dir auf einen Kaffee bei der *Coffee Company* treffen kann, kann ich sie nicht leiden.«

»Aber wir haben sogar ein Baby. Ein wuscheliges, flauschiges Alpakababy. Es heißt Schnüss.«

»Wieso Schnüss?«

»Weil es das Erste war, was ich bei der Geburt von ihr gesehen habe.«

»Auf die Geschichte bin ich gespannt.«

Einen Moment standen Amina und ich befangen voreinander. Das hatte es bei uns nie gegeben. Es war schön, sie endlich wiederzusehen. Aber ich wusste auch, dass sie sehr nachtragend sein konnte. Wenn man sie einmal gegen sich aufgebracht hatte, war sie nicht gut im Verzeihen.

»Jetzt umarmt euch«, sagte Farida, um es uns leichter zu machen. »Ihr liebt euch doch.« Sie gab ihrer Tochter einen kleinen, aufmunternden Stoß.

»Ja, ja, ist schon gut. Schubs mich nicht.«

Amina griff nach meinen Händen. Dann ging plötzlich alles sehr schnell. Wir machten beide einen Schritt aufeinander zu und lagen uns endlich in den Armen. So lange hatte ich mir das selbst vorenthalten. So lange hatte es mir gefehlt.

»Mach das ja nie wieder«, flüsterte sie mir ins Ohr, während wir uns so fest aneinanderpressten, als hätten wir Angst, dass uns sonst jemand trennen würde.

»Nein«, flüsterte ich zurück.

Und dann spürte ich wieder Farida. Sie hatte von hinten die Arme um uns beide gelegt.

Foto, dachte ich.

Ich wusste nicht genau, wie es passierte. Irgendetwas brachte uns aus dem Gleichgewicht. Wir begannen zu taumeln. Als großes Dreierpaket. Wir versuchten, uns zu fangen. Hielten uns gegenseitig fest. Wir bekamen Schieflage. Und dann war es passiert. Mit einem lauten Flatsch fielen wir drei gemeinsam um, mitten in den Mist.

Foto, Foto, Foto.

Farida und Amina schliefen im Wohnzimmer, als ich mich früh am nächsten Morgen nach unten schlich. Heute war Heiligabend. Der Tag, vor dem ich mich in den letzten Wochen so gefürchtet hatte, weil ich Weihnachten zum ersten Mal nicht mit Malek verbringen würde. Dafür hatten Farida und Amina vor zu bleiben.

Wir hatten gestern Abend lange geredet. Ich hatte ihnen alles gezeigt, und sie hatten meine Tiere kennengelernt, von denen sie so entzückt gewesen waren, wie ich erwartet hatte. Amina hatte zu Fussel und Stoffel gleich einen guten Draht. Bernd, Schavöttche, Fiese Möpp und ihre kleine Schnüss waren dagegen an Farida interessiert gewesen, und Kniesbüggel hatte sich wie immer lieber von allen ferngehalten.

Wir wollten später zusammen einkaufen fahren, bevor die Geschäfte schließen würden, und anschließend gemeinsam kochen. Ich hatte vor, mich an Kalte Schnauze zu versuchen, dem Kuchen meiner Oma. Aus dem Internet hatte ich mir ein Rezept gesucht, das nicht zu schwer klang. Damit wollte ich es probieren.

»Wollt ihr Weihnachten nicht zu Hause bei eurer Familie verbringen?«, hatte ich die beiden gefragt, obwohl mir beinahe schlecht wurde bei dem Gedanken, die Feiertage allein zu verbringen.

»Du bist Familie«, hatte Amina gesagt. »Schon wieder vergessen?«

»Und wenn das hier dein neues Zuhause ist, dann sind wir hier genau richtig«, hatte ihre Mutter hinzugefügt.

Wahrscheinlich würden wir morgen zum Weihnachtsfrühstück bei Janna sein, am Abend dann zum Essen bei Fran und Hannelore. Viel Zeit allein mit meinen Alpakas würde ich in den nächsten Tagen nicht haben.

Heute Morgen war ich deshalb extra zeitig aufgestanden und schlich nun nach draußen zu meinen Tieren, um einige Momente allein mit ihnen zu verbringen. Ihre Nähe war mir wichtig, und ich genoss jede Sekunde, die ich bei ihnen sein konnte, umgeben von ihrer Ruhe und ihrer Wärme.

Sie hatten alles verändert. Ich hatte ihnen so viel zu verdanken. Ich wusste nicht, was aus mir geworden wäre, wenn es sie nicht geben würde, wenn ich mich vor knapp drei Monaten nicht auf dieses vollkommen verrückte Abenteuer eingelassen hätte.

Hatte ich es zwischendurch bereut? Definitiv. Inzwischen konnte ich mir kein anderes Leben vorstellen.

Farida hatte mich gefragt, wie ich mir zukünftig meinen Lebensunterhalt verdienen wollte. Das stand an. Das Ersparte reichte nicht ewig. Noch hatte ich darauf keine Antwort. Nie wieder würde ich in einer Kanzlei für reiche Leute und Unternehmen schuften. Wirklich viel Geld ließ sich mit den Alpakas allerdings nicht verdienen, und im Grunde wollte ich das auch nicht. Sie sollten keine Einnahmequelle sein. Sie sollten sie selbst sein.

Eine Weile war ich mir sicher gewesen, ich würde nie wieder Anwältin sein wollen. Wahrscheinlich hatte ich mich damals nicht aus den richtigen Gründen für mein Jurastudium entschieden. Es war nie etwas, das ich wirklich gewollt hatte. Und dann hatte sich alles verselbstständigt. Aber das musste so nicht laufen. Malek hatte mir gezeigt, dass die Arbeit als Anwalt anders sein konnte. Vielleicht würde ich es noch einmal versuchen. Vielleicht würde ich mich sogar auf Umweltrecht spezialisieren und Biobauernhöfe vertreten oder mich für den Tierschutz engagieren. Über Janna hatte ich so viel gelernt und erfahren, worüber ich mir bisher keine Gedanken gemacht hatte. Das Thema interessierte mich. Es war wichtig. Also ja, es konnte sein, dass ich es damit noch einmal in diesem Beruf versuchen würde. Aber nicht sofort. Erst einmal würde ich einfach meine Zeit mit meinen Alpakas auf meinem Hof verbringen. Nicht mehr und nicht weniger.

Außerdem hatte ich dem beknackten Jo einen Brief geschrieben und gefragt, ob ich den Hof kaufen könne. Ich hatte mich entschieden zu bleiben. Hier gehörte ich her. Dafür würde ich die Kölner Wohnung endgültig aufgeben. Ich wollte klare Verhältnisse schaffen. Das fühlte sich richtig an. Bis jetzt hatte Jo jedoch nicht geantwortet. Also musste ich warten.

In der Nacht hatte es wieder gefroren. Ich hatte die dicke Eiskruste am Fenster bereits beim Aufstehen gesehen. Außerdem war erneut Schnee gefallen. Der vordere Eingang schied damit aus.

Als ich mir meinen Mantel über den Bärchenschlafanzug gezogen hatte und in Gummistiefel, Mütze und Schal geschlüpft war, steuerte ich deshalb die Hintertür an und wollte sie schwungvoll aufreißen. Nichts. Ich zog ein weiteres Mal. Fester. Riss sogar mit voller Kraft daran. Es war aussichtslos. Offenbar hatten die unerwarteten Minustemperaturen der Nacht das Tauwasser in allen Ecken und Ritzen frieren lassen und die Tür damit fest verschlossen. Hier war kein Rauskommen.

»Okay«, sagte ich an mein Haus gerichtet, das offenbar wieder seine Spielchen mit mir spielte. »Das ist neu. Aber gut, kannst du haben.«

Was sollte ich tun? Sollte ich versuchen, das Eis mit einem Föhn zu schmelzen? Es musste einen anderen Ausweg geben. Ich entschied, es mit den Fenstern zu versuchen. Hier gab es jedoch dasselbe Problem. Ziehen und Zerren nützten nichts. Bis ich endlich fündig wurde. Das kleine Guckloch oben im Badezimmer ließ sich als einziges öffnen. Dort passte ich zwar kaum durch, aber mit ein paar Verrenkungen und etwas Gewalt ging es.

Zum Glück begann direkt darunter das Vordach des Haupteingangs, von dem ich mich langsam seitlich herabhangeln konnte. Am Ende musste ich einen kleinen Sprung wagen. Dann war es geschafft.

»Siehst du?«, fragte ich mein Charakterhaus triumphierend.

Natürlich hatten meine Tiere jede meiner Bewegungen genau verfolgt. Aufgereiht standen die Alpakas am Zaun, den ich mit einer Lichterkette, Tannenzweigen und einigen roten Kugeln geschmückt hatte, und sahen mir entgegen, als ich endlich wieder auf meinen zwei Füßen stand.

Über uns ging die Sonne auf.

Danksagung

Dass diese Alpakageschichte überhaupt das Licht der Welt erblickt hat, ist zu einem großen Teil Regine Schmitt zu verdanken. Denn sie hatte die Idee, zwei Dinge zu verbinden, die ich liebe: das Schreiben und die Tiere. Dafür, aber auch für ihr Vertrauen und ihren Glauben an mich kann ich ihr nicht genug danken. Weil sowohl die menschlichen als auch die tierischen Charaktere nicht so wären, wie sie jetzt sind, wenn es Hanna Bauer nicht geben würde, gilt ihr mein herzlicher Dank für ihren genauen Blick, ihre Fragen und ihre wichtigen Anmerkungen. Anabelle Assaf danke ich, dass sie sich mit mir auf dieses Abenteuer eingelassen hat und ich sie auf unseren manchmal gewundenen Wegen an meiner Seite weiß. Zudem möchte ich den verschiedenen Personen bei Piper meinen Dank aussprechen, dass sie mir die Möglichkeit gegeben haben, meine Geschichte über eine verrückte kleine Gruppe Neuweltkamele zu erzählen. Und ich möchte mich von Herzen bei den besonderen Tieren und den besonderen Menschen in meinem Leben bedanken, die mich inspirieren, unterstützen und ohne die meine Welt weniger bunt, reich und wunderbar wäre.